AF287200

Der Mond über dem roten Ziegeldach

Thomas Gohlke

Bibliografische Information der Deutschen Nationalbibliothek: Die Deutsche Nationalbibliothek verzeichnet diese Publikation in der Deutschen Nationalbibliografie; detaillierte bibliografische Daten sind im Internet über dnb.dnb.de abrufbar.

Titelbild: Thomas Gohlke

Zeichnungen: Melanie Gohlke

Verlag: BoD · Books on Demand GmbH, Überseering 33, 22297 Hamburg, bod@bod.de

Druck: Libri Plureos GmbH, Friedensallee 273, 22763 Hamburg

ISBN: 978-3-8192-4537-4

Vorwort

Liebe Leserinnen und Leser,

es ist mir eine außerordentliche Freude, Ihnen dieses Buch ans Herz legen zu dürfen, dass die unvergesslichen Abenteuer eines ganz besonderen Jungen namens Gürkchen erzählt. Der Name mag zunächst seltsam anmuten, ein liebevoller Spitzname, geboren aus einem kuriosen Moment, doch begleitet er diesen Jungen auf all seinen Erkundungen und Erlebnissen, wie ein treuer Begleiter, der mit ihm durch die Höhen und Tiefen des Lebens zieht. Gürkchen, ein Name, der sich, so wie er selbst, stets dem Wandel anpasst, mal belächelt, mal liebevoll gerufen, stets ein Symbol seiner unbezwingbaren Neugier und seines unerschütterlichen Willens. Er ist ein Junge, der nicht nur durch die Straßen Berlins streift, sondern auch durch die inneren Labyrinthe der Menschlichkeit, der Freundschaft und des Erwachsenwerdens. Die grauen Betonmauern der geteilten Stadt, das Dröhnen der Hubschrauber und das Knistern der politischen Spannungen der Zeit sind nicht bloß Kulisse, sondern tief verwobener Bestandteil seiner Geschichte. Inmitten des geteilten Berlins, als die Welt durch den Kalten Krieg wie eingefroren schien, beginnt für Gürkchen eine Reise, die weit über die sichtbaren Mauern hinausgeht. Er wagt sich mutig in unbekannte Gefilde, jenseits der engen Grenzen seiner Heimat, in denen der Alltag durch Starrheit und Züchtigung geprägt ist. Doch nichts kann den Drang in ihm ersticken, die Welt in all ihren Facetten zu entdecken. Jeder Rückschlag, jede Repression seiner Eltern, jeder körperliche Hieb scheint ihn stärker zu machen. Wie oft stand er da, benommen, aber ungebrochen, seine Mütze richtend, um weiterzugehen. Von den versteckten, dunklen Bunkern, in denen die Vergangenheit noch immer leise flüstert, bis hin zu den gemütlichen Stuben seiner Großmutter in Hamburg, in denen die Zeit für einen Moment stillzustehen scheint, führt uns Gürkchen durch eine bunte Vielfalt an Lebenswelten. In diesen wechselnden Landschaften lernt er die Schönheit des Alltags kennen und entdeckt gleichzeitig die Tiefe der menschlichen Beziehungen. Seine Reise führt ihn auch in die weite Natur. Hier, auf unendlichen Wiesen und in abgeschiedenen Ecken, zwischen versteckten Pfaden und geheimnisvollen Orten, die nur darauf warten, von neugierigen Augen erkundet zu werden, erkennt er, dass Freiheit mehr ist als das, was die Mauern seiner Stadt zu bieten haben. Die Natur öffnet ihm neue Horizonte, zeigt ihm die Schönheit des Einfachen, die Kraft des Lebens in jedem Blatt, in jeder Brise. Er erlebt nicht nur Abenteuer, sondern auch Zuneigung und Wärme, die er in den Armen von Pflegeeltern und fremden Städten, wie in Silandro Italien oder in den Einrichtungen des Roten Kreuzes, erfährt. Doch seine Geschichte ist nicht nur eine von Entdeckungen und Freiheit. Es ist auch eine Geschichte des Heranwachsens, der ersten zarten Bande der Liebe, des ersten Kusses und der süßen, flüchtigen Aufregung der Jugend. Gürkchen verliebt sich, spürt das Kribbeln der ersten Schmetterlinge im Bauch, erlebt den ersten Herzschmerz und die bittersüße Erfahrung von Verlust. Diese Momente prägen ihn ebenso wie die Abenteuer, die er besteht, formen ihn, lassen ihn reifen. Diese Erzählung von Gürkchen ist eine Hommage an den Mut, den es braucht, sich der Welt zu stellen, und die Freundschaften, die einem auf dieser Reise begegnen. Es ist eine Erinnerung daran, dass das Leben immer wieder neue Türen öffnet, man muss

6

nur den Mut haben, hindurchzugehen. Gürkchen lädt Sie ein, Teil seiner Welt zu werden, mit ihm zu träumen, zu lachen, zu weinen und das große Abenteuer des Lebens in all seinen Facetten zu erleben. Legen Sie für einen Moment den Alltag und das Handy beiseite. Lassen Sie sich von Gürkchens Geschichte mitreißen, und ich verspreche Ihnen, dass Sie das Buch nicht so schnell aus der Hand legen werden. Ein Meisterwerk, was man gelesen haben muss. Mit den besten Grüßen und auf eine unvergessliche Reise,

Thomas Gohlke

Samstag, 18. Juni 1960 Krankenhaus Berlin Neukölln am Mariendorfer Weg.

Ein Frühlingsmorgen im Juni erwacht langsam, als die ersten weichen Strahlen der aufgehenden Sonne den Horizont zart berühren. Der Himmel ist in sanfte Pastelltöne getaucht, von einem blassen Rosa, bis zu einem poppigen Orange, während die Dunkelheit der Nacht langsam dem Tageslicht weicht. Die Luft ist frisch und erfüllt mit dem Duft von blühenden Blumen und frisch gemähten Gras. Das duftende Rosenbeet unter dem gekippten Krankenzimmer erstreckt sich wie ein lebendiges Gemälde. Die Blüten in verschiedenen Farben, von hellem Rosa über kräftiges Rot bis hin zu sanftem Weiß, wiegen leicht im Wind. Der aufsteigende Duft füllt das Krankenzimmer mit einer beruhigenden Atmosphäre.

Das Zwitschern der Vögel klingt durch die Stille der frühen Morgenstunden, als ob sie die Sonne begrüßen und den Tag mit ihrer Melodie einläuten. Von den höchsten Ästen der Bäume hinunter zu den Grashalmen, wo gerade eine Amsel über den Rasen hüpft um Würmer und Insekten zu picken, singen sie in einer harmonischen Symphonie, die die Natur zum Leben erweckt.

Der Zilpzalp ruft aus voller Kehle seinen Namen „Zilpzalp Zilpzalp" und die Kohlmeise, das Stimmenwunder, unterbreitet ihren vielfältigen Gesang. Die Bäume wiegen sich sanft im leichten Morgenwind, während Blätter im goldenen Licht der aufgehenden Sonne glänzen. Der Tau glitzert auf den Blütenblättern der Blumen wie winzige Diamanten, die das erste Licht des Tages reflektieren. Langsam erwachen auch Tiere. Eichhörnchen huschen an Baumstämmen bis hoch in die Baumwipfel, während Schmetterlinge über die Blumenmeere

8

tanzen. Eine sanfte Brise trägt das ferne Summen der Bienen heran, die emsig von Blüte zu Blüte fliegen, um Nektar zu sammeln. Auch eine fellflauschige Hummel brummt vor dem Fenster herum. Inzwischen erhebt sich das Zwitschern verschiedenster Vögel zu einem fröhlichen Konzert, das den neuen Tag feiert. Es ist ein magischer Moment, in dem die Welt erwacht und alles möglich erscheint, ein Spätfrühlingsmorgen im Juni, an dem ich um 09:17 Uhr geboren werde. Ein neues Leben voller Hoffnung.

Meine Mutter macht sich samstags, zu dieser Jahreszeit gewöhnlich vor dem Schminkspiegel bequem, um sich für den Einkauf hübsch zu machen. Es war Sommersaisonstart auf der Karl-Marx-Straße in Berlin Neukölln. Die Schaufenster von Hertie, Quelle, Kajot, Kofferpanik, sowie C&A und vieler kleinerer Geschäfte, waren hergerichtet. Die Grabbeltische voll. Reges Treiben in der Innenstadt. Um 09:00 Uhr wurden die Türen der Kaufhäuser geöffnet und Mengen von Frauen stürzten hinein. Doch an diesem Tag fehlte sie. Während in der Karl-Marx-Straße alle Arten von Tüchern, Blusen und Hemden eingekauft wurde, brachte sie mich, einen Jungen, in der Entbindungsstation am Mariendorfer Weg zur Welt. In der Brandenburgischen Hebammenlehranstalt und Frauenklinik. Die Enttäuschung war jedoch groß. Meine Eltern, Lothar und Christel hatten sich nicht sagen lassen, was ich werde, sie wünschten sich sehnlichst ein Mädchen. Hatte Christel doch schon zwei Jungs das Leben geschenkt. Der dritte Junge sollte unbedingt ein Mädchen werden. Ich war da, ein junge, und Christel weinte.

9

Nach vier Tagen im Krankenhaus, holte uns Vater ab und wir fuhren in mein erstes zuhause, Postsiedlung 46, Rudow, eine kleine Häusergruppe am südlichen Stadtrand von Berlin.

Noch bevor der Zweite Weltkrieg über Deutschland und die Welt hereinbrach, hatte mein Großvater Wittkamp – der Vater meiner Mutter – 1938 das Haus in der Postsiedlung erworben. Damals war dieses Fleckchen Erde weit entfernt von dem, was man sich heute unter der Großstadt Berlin vorstellt. Die Postsiedlung lag am Rand der Stadt, eingebettet in die Stille eines Brandenburger Wäldchens, das sich endlos zu erstrecken schien und nur vom Zwitschern der Vögel oder dem leisen Rascheln der Blätter unterbrochen wurde.

Die Straßen, wenn man sie so nennen konnte, waren kaum mehr als befestigte Sand- und Schotterwege, die sich durch das satte Grün und das federnde Moos der Umgebung schlängelten. Ein Hauch von frischer Erde und feuchtem Holz lag ständig in der Luft, und wenn der Wind durch die Bäume strich, vermischte sich das Zirpen der Grillen mit dem fernen, geheimnisvollen Ruf eines Kuckucks. Rund um die Siedlung erstreckten sich Felder, die das Leben vieler Siedler prägten, die von ihren Äckern und dem, was die Natur hergab, lebten. Das Leben hier war einfach, doch es hatte eine Bodenständigkeit und einen Frieden, der in der lauten, geschäftigen Stadt nicht zu finden war.

Mein Opa hatte, wie er oft erzählte, großes Glück gehabt, das Haus in der Siedlung erwerben zu können. Es war damals ein einfaches, aber solides Heim, gebaut für Menschen, die ein beständiges Leben suchten und die Weite der Natur der Enge der Stadt vorzogen. Hinter dem Haus begann der Wald fast unmittelbar, und die Kinder der

10

Siedlung – darunter auch meine Mutter später – konnten stundenlang in den Baumwipfeln verschwinden, Hütten bauen, Pilze sammeln oder auf einer kleinen Lichtung spielen, die ein paar Häuser weiter in den Wald hinein lag.

In diesen Tagen war die Postsiedlung noch eine richtige Gemeinschaft. Jeder kannte jeden, und es war selbstverständlich, dass man sich gegenseitig half, sei es beim Hausbau, bei der Ernte oder wenn ein Nachbar in Not war. Mein Großvater war glücklich, hier ein Zuhause für seine Familie geschaffen zu haben, fernab vom Getöse Berlins, das langsam wuchs und immer mehr Land verschlang. Doch diese Zeit, diese friedlichen Jahre, sollten bald ein jähes Ende finden – der Krieg zog wie eine dunkle Wolke über das Land, und die Ruhe des Brandenburger Waldes sollte bald von neuen, düsteren Geräuschen durchbrochen werden.

Der Krieg hatte die kleine Siedlung immer wieder in die Schrecken der Angriffe getrieben. Bei jedem Alarm rannten die Bewohner der Siedlerhäuser in Richtung des nahen Bunkers, einem schützenden Unterschlupf, der in der Not zur zweiten Heimat geworden war. Nicht jedes Haus hatte so viel Glück; mindestens eines war den Bomben zum Opfer gefallen, und in der gesamten Siedlung hing die stille Furcht vor den nächsten Angriffen in der Luft.

Inmitten all dessen hatte meine Mutter einmal eine Geschichte erzählt, die wie ein düsteres Märchen klang und doch wahr war. Während die Sirenen durch die Luft schrillten und alle in den Bunker eilten, waren sie – meine Mutter, ihre eigene Mutter und ihr Bruder Hans – die einzigen, die im Haus blieben. Ihre Mutter bestand darauf, für die Schutzsuchenden im Bunker Kartoffeln zu kochen. Der

11

Topf brodelte auf dem alten Herd, und der Duft der Kartoffeln füllte die Küche, obwohl sie wussten, dass draußen bereits die Gefahr näherkam.

Als die Kartoffeln schließlich fertig waren, kippte meine Großmutter sie in einen alten Kinderwagen – das einzige Gefährt, das sie in dieser Not für den Transport hatten. Die kleinen, dampfenden Knollen lagen dicht an dicht in dem abgenutzten Puppenwagen, und die drei machten sich auf den Weg übers Feld. Der Himmel hatte sich bedrohlich dunkel gefärbt, und das Brummen der alliierten Flieger war bereits von Weitem zu hören. Sie hielten den Kopf gesenkt, doch als die Flugzeuge plötzlich in einem Sturzflug auf das Feld zuhielten, drückte meine Großmutter meine Mutter und Hans auf den Boden. Der Puppenwagen kippte dabei zur Seite, und die dampfenden Kartoffeln rollten heraus, über den kalten, feuchten Boden.

Plötzlich gellten Maschinengewehrsalven durch die Luft. Die Tiefflieger schossen knapp über die Köpfe hinweg, und die drei verharrten reglos in dem hohen Gras. Die Sekunden dehnten sich, als das Geräusch der Flugzeuge lauter und lauter wurde und dann langsam wieder abflaute, als die Piloten ihr Ziel offenbar verfehlt hatten und sich entfernten.

Nach einem Moment des Atemholens richteten sich meine Mutter, ihre Mutter und Hans vorsichtig wieder auf. Die Kartoffeln lagen verstreut im Gras, teils aufgebrochen und dampfend in der kalten Winterluft. Sie sammelten die heißen Knollen hastig ein, warfen sie zurück in den Puppenwagen und machten sich in einem zügigen Lauf auf zum Bunker.

Als sie den Eingang erreichten, öffnete sich die schwere Tür, und drinnen warteten die Siedler, erschöpft und verängstigt, aber unendlich erleichtert, die drei heil und gesund zu sehen. Die heißen Kartoffeln wurden an alle verteilt, und sie aßen schweigend, das Brot zum Aufteilen wurde geteilt, und der Bunker erfüllte sich mit einem Hauch von Wärme und Gemeinschaft. An diesem Tag zählte nichts mehr, als überlebt zu haben, und ein Gefühl von Glück und Dankbarkeit zog sich durch die kleine Gruppe, ein winziger, heller Moment im Dunkel des

Krieges.

Opa Heinrich Wittkamp, geboren 11.04.1910 war schon im August 1960, gestorben. Er war lange in Kriegsgefangenschaft und hatte es Schwierig, Ende der fünfziger Jahre, zurück nach Berlin zu kommen. Die Aufteilung der Welt hatte sich verändert.

Ja ganze zwei Monate hatte Opa mich schreien gehört, er wohnte auch bei uns.

Doch eigentlich wohnten wir bei ihm, denn es war ja sein Haus. Als er mich in der Babywiege sah, sagte er zu meiner Mutter: "Der hat aber krumme Beine, dass wird mal ein Fußballer." Immerhin hatte Opa einen Bruder, deren Sohn Jürgen in der Bundesliga bei Gladbach und Schalke kickte. Kurz darauf ist Opa Wittkamp leider viel zu jung verstorben. Opa hatte eine schwere Lungenkrankheit, die er sich in der über 10-jährigen russischen Gefangenschaft zugezogen hatte. Oma hatte Opa sechs Jahre nach dem Krieg aufgegeben und einen neuen Mann geheiratet. Sie ist zu Fritze Bock nach Hamburg an die Elbchaussee gezogen und mein Vater hatte das Haus in der Postsiedlung übernommen.

Doch nun zu meiner Familie, ich war der Neue. Meine beiden älteren Brüder waren Manni und Roland. Der zweite Weltkrieg war gerade 15 Jahre vorbei, da schrie ich die Welt zusammen. Meine Eltern nannten mich Thomas.

Gleich im ersten Jahr gab es in meinem Körper Komplikationen, ich musste am Magenpförtner operiert werden. Irgendwie, während ich größer wurde, blieb er klein und kein Essen ging mehr rein.

Was gab es so Ende der 50ziger Anfang der 60ziger, was für mich als Baby und heranwachsendes Kind von Bedeutung sein konnte.

Ende 1959, kurz nachdem ich gezeugt wurde und im Laib meiner Mutter heranwuchs, gab es zum ersten Mal das Sandmännchen im Fernsehen.

An Ereignisse der ersten Jahre kann ich mich nicht mehr erinnern, aber da geht es nicht nur mir so. Ich habe gehört, dass nur wenige Menschen sich an Situationen der ersten drei Lebensjahre erinnern können. Das Gehirn als Kleinkind hat noch nicht die Fähigkeit, Sprache zu verarbeiten. Und ohne Sprache könne wir die Informationen, die Ohren und Augen erhalten nicht einordnen. Wie genau diese wissenschaftliche kindliche Amnesie zu erklären ist, kann ich mir nur so denken, wir sind noch zu blöd. Aber in gewissen Situationen trifft das für mich nicht zu. Ich kann mich an kleine Details erster frühkindlicher Erfahrungen erinnern. Und das sind nicht Erzählungen von Eltern oder älterer Geschwister, die mir im Nachhinein ein Bild in meinen Kopf gepflanzt haben. Und der jenige oder die jenige, die nachts ihre Spielchen mit mir trieben, als ich noch ein Baby oder Kleinstkind war, hat sich auch nicht bei mir, seine Seele ausgeheult. Ich erinnere mich an mein Kinderbett, die weiß gestrichenen Holzlat-

14

ten und die vielen kleiner runden Querstangen, damit ich nicht aus dem Bett falle. Eine rosa Decke mit kleinen Püppchen drauf. An ein kleines graues Stoffäffchen, was neben, hinter, oberhalb und manchmal auch unterhalb meines Körpers lag. Nachts lutschte ich an den runden Querverstrebungen des Bettes und als die ersten Milchzähne wuchsen knabberte ich sie an. Spät am Abend, oder sogar in der Nacht stand oft ein kleiner Junge neben mir am Bett. Es muss einer meiner beiden älteren Brüder gewesen sein. Es war dunkel, und die schatten tanzten an den Wänden, geformt von dem schwachen Licht, das durch das Fenster drang. Plötzlich spürte ich Hände, die an meinem Körper herumfummelten. Manchmal eine, manchmal zwei Personen waren über mich gebeugt, ihre Gesichter verschwommen und unheimlich. Einer vor ihnen hielt mir den Mund zu, damit ich nicht Schreine konnte. Mein Herz raste, Panik breitete sich in mir aus. Ich fühlte mich so wehrlos, so klein und ausgeliefert. Die Kälte ihrer Hände und die Härte ihres Griffs brannten sich in meine Haut und Seele ein. Es krabbelte mir unangenehm am Bauch und kitzelte ewig an meinen Fußsohlen. Ich wollte schreien, strampeln, mich wehren, aber ich war wie gelähmt. Die Angst überwältigte mich, und ich konnte nichts tun, außer still zu liegen und darauf zu hoffen, dass es bald vorbei sein würde. Und diese Situationen sind seit frühester Kindheit in meinem Kopf verankert. Das perverse an diesen Geschichten war, dass mir auch mit Daumen und Zeigefinger die Nase zugehalten wurde und mit der anderen Hand der Mund. Ich schlug wild mit Händen und Füssen um mich, da ich drohte zu ersticken Dann lösten sich wieder die Finger und Hände, ich konnte wieder atmen. Dieses Spiel wiederholte sich mehrmals. Meine Erinnerungen

15

sind echt, es gab bei mir diese frühkindliche Amnesie nicht in vollem Umfang. Niemand konnte mir diese Bilder in den Gehirnkasten manifestieren. Abartige Erinnerungen? Oder doch erste wilde Träume? Ich war vielleicht ein bis zwei Jahre alt und meine beiden Brüder 3-4 und 6-7 Jahre. Einer von beiden oder sogar beide trieben vielleicht einen Schabernack mit mir.

Zoo Besuch im Sommer 1962, ich war gerade zwei geworden und hatte einen jungen Löwen auf den Schoß, meine Mutter machte dieses, um Erinnerungsfotos, die ein Fotograf im Zoo schoss, in ein Familienalbum zu kleben. (Hier ein Foto, gemalt oder gescannt). Den Erzählungen meiner Mutter nach, hielt ich still, sagte kein einziges Wort und pullerte mir langsam in die Hose, eine Windel hielt sie in meinem Alter für Überflüssig. Mutter zog mir die Hose aus und setzte mich mit nacktem Popo in den Kinderwagen und spazierte mit mir durch die bunte Tierwelt. Beeindruckend fand ich als Kind die Eisbären und Tiger, da schaute ich wohl aufgeregt hin. Imposant waren auch die Adler in der Vogelvoliere, da winkte ich und ahmte den Flügelschlag nach, den Angaben meiner Mutter zufolge. Affen, Kamele und auch Giraffen fand ich uninteressant, ich schlief dort angeblich ein. Am Ende des Zoobesuchs fuhren wir mit einem Doppeldecker Bus zum Hermannplatz, dort stiegen wir in die Linie 47 der Straßenbahn, Passanten halfen beim Umsteigen, in dem sie den Kinderwagen in Bus und Tram hoben. Wie fuhren bis zur Endstation Rudower Spinne. Im Volksmund hieß sie Rudower Spinne, weil es ein Verkehrsknotenpunkt war, von dem heute noch sechs Straßen abgehen. Die Fahrt vom Zoo an den Stadtrand Rudow, dauerte mehr als eine Stunde. Von der Spinne spazierte meine Mutter die letzten zwei Kilometer, den Kinderwagen vor sich herschiebend, die Großziethner Chaussee entlang, in aller Ruhe heim. Von unserem ersten Zoo- besuch erzählte mir meine Mutter, eines Abends im Winter, als ich schon älter war. Wir saßen oft im Wohnzimmer auf der Couch und stöberten in den Fotoalben. Auch Roland hatte als Kleinkind einen Löwen auf den Schoß. Mutter hatte ein Ritual entwickelt. Bevor das Leben los geht, ab in den Zoo Berlin.

Im Jahr 1963 erhielt ich eine Schwester, Viola, die Eltern nannten sie Püppi. Endlich war das lang ersehnte Mädchen da. Ich wurde durch die Geburt von Püppi ersetzt, zum Glück durfte ich weiterleben und in der Familie bleiben. Kurze Zusammenfassung der Kinder. Manfred war der erste Sohn von meiner Mutter, dann heiratete sie meinen Vater. Roland war der erste Sohn meines Vaters. Den Beiden galt die volle Aufmerksamkeit. Dann wollten sie ein Mädchen, Ich kam zur Welt, dass lang erbetene Mädchen wurde ein Junge. Leider ein totaler Reinfall, Fehlschlag, verschossener Elfmeter. Ich stand im Abseits. Ein weiterer Versuch musste her. Und sieh da, es folgte 1963 endlich das Mädchen. Volle Aufmerksamkeit für Püppi, Manni und Roland.

Im gleichen Jahr, im Juli zur Gurkenreife, saß ich einsam im Gurkenbeet in der hintersten Ecke unseres Gartens und knabberte an einer reifen sandigen grünen Gurke. Manni sah dieses, rannte ins Haus und petzte laut schreiend. „Der sitzt mang den Gurken und macht alles kaputt!" Meine Mutter kam in den Garten, sah mich und schmunzelte erst.

Doch dann sah sie, dass ich mehre kleine Gurkenpflanzen zertreten hatte. Sie zerrte mich am Arm aus dem Beet und gab mir eine Ohrfei-

17

ge. Mutter brüllte mich an: „Sie nur an, was du angerichtet hast, du hast die ganz kleinen Gurken zertreten, du Gürkchen!" Dabei zottelte sie weiter an meinem Arm, dass es langsam schmerzte. Ich hielt weiter an einem Gürkchen fest, bis sie es aus meiner Hand schlug. Manni und Roland standen dabei und lachten. Als Mutter mich los lies und wieder zurück ins Haus ging, standen meine beiden Brüder da, lachten, zeigten mit dem Finger auf mich und sagten immer wieder „Gürkchen, Gürkchen" zu mir. Das war die Ursprungsgeschichte meines Spitznamens „Gürkchen".

Unser Garten war voller Obst Und Gemüse. Mal saß ich mang den Möhren, es gab eine Ohrfeige aber blieb Gürkchen, wurde nicht zu Möhrchen. Auch wurde ich nicht zu Böhnchen. Aß den ganzen Tag von den Johannisbeersträuchern, bis zum Durchfall. Naschte an den Stachelbeeren, Kirschen und Äpfel. Zwischen durch knabberte ich Schnittlauch und Petersilie. Im Herbst Spillinge, Pflaumen und vom Boskop sowie Steinmann Apfel. Und wenn mich Mutter oder Vater erwischte, rumst es im Gebälk. Zwei Sachen blieben gleich, erstens es knallte am Schädel und zweitens, ich blieb Gürkchen.

Frühjahr 1965

Am liebsten buddelte ich jedoch die ersten Zeiten meines Lebens im Buddelkasten. Frühling, Sommer oder Herbst, meine Eltern fanden mich oft vollverdreckt im Buddelkasten spielen. Ich baute aus Wasser und Sand kleine Burgen. Anfangs stänkerte Roland oft und zerstörte

18

meine mit viel Geschick errichteten Bauwerke. Irgendwann platzte mir die Hutschnur und ich brät im mit meinem Kinderspaten, deren Schaufel aus Metall war, eine über. Ich traf ihn mitten im Gesicht. Ich kloppte Roland einen Zahn raus und er schrie, sein Gesicht war Blutüberströmt. Vater kam raus und klatschte mir eine. Ich hatte die Schippe noch in der Hand und mit einem Reflex, knallte die Schippe nochmals bei Roland ins Gebälk. Mutter sah das und brüllte mich an, legte mich übers Knie und der Rohrstock knallte am Arsch auf meine Lederhose. Wenn sie dann ungenau schlug, traf sie dann schon mal auf meine nackten Schenkel, das zeckte dann gewaltig. Anschließend ging es meist ab nach oben auf die Stube. Dort weinte ich dann meinen Schmerz aus dem Körper. Nebenbei bemerkt, Roland war fast zwei Jahre, um genau zu sein, ein Jahr und zehn Monate älter als ich, aber weich wie ein Schäfchen. Jedoch oft in der Nacht, so glaube ich mich zu erinnern, kam die Rache. Häufig stand einer neben mir am Bett oder auch am Kopfende. Das war für mich immer sehr gruselig, ich machte meine Augen zu und traute mich nicht mehr die Augen zu öffnen. Manchmal spürte ich auch einen Atem oder sogar eine Berührung am Arm an der Wange. Wer das war kann ich nicht genau sagen, ich schlief allein in meinem Kinderzimmer, nebenan von Manni und Rolands Zimmer. Für mich als kleiner Junge war es immer der schwarze Mummelmann, der mich holen wollte. Diese Spielerei eines oder beider meiner Brüder hörte abrupt auf, als meine Eltern ein Doppelstockbett kauften, mich ins Zimmer meiner Brüder verfrachteten und ich oben schlief. Sie kamen da oben schwieriger an mich heran, außerdem konnte ich mich der Angriffe aus der Höhe besser erwehren. In meinem geliebten Kinderzimmer bekam unsere kleine Schwester Püppi, die Ihr Kinderbett noch immer im elterlichen Schlafzimmer hatte, ihr neues Reich.

Doch die Belästigungen durch meine Brüder verliefen anderweitig. Ich saß oft auf dem abgewetzten Teppich im Kinderzimmer und spielte stundenlang mit meinen kleinen Cowboy- und Indianer-Figuren. Doch manchmal wurde meine friedliche Spielzeit jäh unterbrochen. Meine beiden älteren Brüder konnten aus heiterem Himmel auftauchen, genauso schnell, wie sie in der Regel verschwanden, wenn sie sich unbeobachtet fühlten. Sie waren viel größer und kräftiger als ich und hatten schon länger den Dreh raus, wie man sich zusammentat, um mich zu piesacken. Die Art ihrer Belästigungen war nicht immer laut oder offensichtlich – sie zogen nicht an meinen Haaren oder brüllten in mein Gesicht. Stattdessen kam einer von ihnen hinter mich, legte mir den Arm um die Schultern, so als wollte er mir etwas ins Ohr flüstern. Doch dieser scheinbar brüderliche Griff wurde im nächsten Augenblick fest und unangenehm. Dann folgten das Zwicken und Kneifen.

Ihr Ziel war eindeutig: Sie kneifen mir in meinen „Pippimann" und in meine kleinen „Eierchen", so wie wir es als Kinder nannten. Für mich war das ein furchtbares Gefühl, nicht nur körperlich, sondern vor allem seelisch. Ich fühlte mich in diesen Momenten so hilflos und beschämt, dass ich den Raum am liebsten für immer verlassen hätte.

Aber oft war ich wie erstarrt, und die Scham trieb mir Tränen in die Augen, während ich innerlich hoffte, dass es schnell vorbeiging.

Jedes Mal zog sich mein Bauch zusammen, wenn ich nur schon die Schritte meiner Brüder auf dem Flur hörte. Ein Teil in mir schämte sich dafür, dass ich keine Gegenwehr zeigen konnte. Aber noch grö-

20

ßer war die Angst, dass sie es nur noch schlimmer machen würden, wenn ich schrie oder mich wehrte. Und so schwieg ich meistens. Ich schluckte das Unbehagen runter, schaute stumm zu meinen Spielfiguren, die eben noch unbefangen in einer Wildwest-Szenerie standen, und wünschte mir, ich wäre einer der mutigen Revolverhelden, die gegen Ungerechtigkeit antraten.

Es war mir unendlich peinlich, meinen Eltern davon zu erzählen. Oft saßen sie abends in der Küche, tranken einen Tee und redeten darüber, wie schwer das Leben war, gerade weil in unserem alten Haus viele teure Reparaturen anstanden. Eine Geschichte über das merkwürdige und schmerzhafte „Spielen" meiner Brüder würde ihnen wahrscheinlich ganz und gar nicht in den Kram passen. Ich malte mir in Gedanken aus, wie meine Mutter mich entgeistert anschauen würde, sollte ich es versuchen zu beichten. Sie könnte denken, ich hätte mir diese böse Geschichte nur ausgedacht, um meine Brüder in Schwierigkeiten zu bringen.

Und selbst wenn sie mir glaubte, spürte ich eine tiefe Furcht davor, wie mein Vater reagieren würde. In unserer Familie war es nicht unüblich, dass laut geschimpft wurde und manchmal sogar die Hand oder der Rohrstock zum Einsatz kam, wenn man glaubte, dass ich gelogen oder mich schlecht benommen habe. Schon die Vorstellung, dass mein Vater mir eine schallende Ohrfeige geben könnte, weil er meine Worte für blanke Erfindung hielt, ließ mich erschaudern. Noch schrecklicher jedoch war der Gedanke, dass er erst meinen Brüdern glaubte, wenn sie alles abstritten.

Ich konnte mir in meinem Kopf nahezu ausmalen, wie die Szene ablaufen würde: Meine Brüder würden ihre Gesichter in Unschuld

21

baden und schwören, ich sei nur beleidigt, weil sie mich beim Spielen gehänselt hätten. Mein Vater würde die Stirn runzeln, mich streng anschauen und dann wäre da dieses kurze Zögern, bevor er schlussendlich womöglich sagte: „Was erzählst du da für Lügenmärchen?" Dann könnte es sein, dass er mich am Arm packte, mich einmal durchschüttelte und mir eine ballerte. Oder Mutter kam gleich mit dem Rohrstock. Alleine dieser Gedanke jagte mir schon am Esstisch kalte Schauer über den Rücken, weshalb ich oft noch leiser wurde, als ich ohnehin schon war.

So blieb ich still. Ich trug meine Scham wie einen kleinen Stein im Bauch, der mit der Zeit immer schwerer zu werden schien. Manchmal drückte er so sehr, dass ich abends im Bett meine Tränen in das Kissen weinte, leise, um bloß keine Aufmerksamkeit zu erregen. Gleichzeitig zweifelte ich an mir selbst: War es wirklich so schlimm, was sie mir antaten, oder übertrieb ich nur? Vielleicht wollten sie ja nur „Spaß" machen und wussten nicht, was sie mir damit antaten.

Dennoch tat es weh. Und trotzdem spielte ich am nächsten Tag wieder mit meinen Figuren, weil es mir ein Gefühl von Kontrolle gab, wenigstens in meiner Fantasie die Guten über die Bösen siegen zu lassen. Ich konnte die kleinen Cowboys und Indianer so aufstellen, dass das Recht am Ende triumphierte. Dieser kindliche Glaube an Gerechtigkeit war mein einziger Trost in jenen Tagen, in denen meine Stimme zu leise war, um mich zu wehren, und mein Herz zu ängstlich, um die Wahrheit laut auszusprechen.

Ich behielt aber immer meinen Humor und eines Morgens, weil ich Hummeln im Arsch hatte sprang ich am Frühstückstisch hin und her. Kasperte, alberte herum, machte Faxen und zog Grimassen bis endlich alle lachten. Stieß mit meinem Ellenbogen den Becher mit dem heißen Kakao um und die Brühe lief mir über den nackten Oberschenkel. Gleichzeitig knallte es von rechts, denn ich fing mir eine Backpfeife seitens meiner Mutter ein.

Ich schrie. Wusste erst nicht warum, ob wegen des Schreckens der Schelle ins Gesicht oder der Schmerzen auf dem Oberschenkel. Egal, ich schrie.

Hecktisch, wie der Blitz sprang ich auf. Der Hocker flog herum und ich rannte aus dem Haus über den Hof in unseren Garten. Langsam ließen beide Arten von Schmerz nach und meine Tränen trockneten. Ich suchte Trost bei meinem Kater, dem ich alles erzählen konnte, mein bester Freund. Er war grau schwarz getigert und ich nannte ihn Dicker, weil er mal ein dickes Kaninchen fing. Mich nannte sie immer noch Gürkchen, weil ich mal Gurken im Beet anknabberte.

Am Ende des Gartens stand unser roter Zaun und dahinter war ein weites Feld. In dem Zaun befand sich eine Tür, von der hatten wir direkten Zugang zum Feld. Ich ging mit dem Dicken nach hinten. Öffnete die Tür, um auf dem Feld mit meinem Kater zu spielen. Doch der büxte gleich aus und jagte Millionen fetter Mäuse. Ich ging zurück, holte meinen bunten Gummiball und spielte Fußball. Später kamen auch meine beiden älteren Brüder, um auf dem Feld Fußball zu spielen. Dort versammelten sich die Kumpels aus der Umgebung. Sie wählten zwei Mannschaften, steckten mit gefundenen Stöckern zwei Tore ab und warfen die Leder Ülle in die Mitte und knödelten frei drauf los. Mich kleines Gürkchen ließen sie links liegen. Ich war erstens zu klein, zweitens zu langsam und drittens viel zu jung.

So kickte ich den Ball vor mir her, gedankenlos, verträumt, nicht bei der Sache.

Bis mein schöner Ball mitten in den Grenzzaun flog.

Denn was ich noch nicht erwähnte, an dem Feld grenzte ein riesiger Stacheldrahtzaun, deren Bedeutung ich bis dahin noch nicht kannte. Ich rannte in dieses Stacheldrahtgewirr und versuchte mein Ball herauszupopeln. Ich sah voller Entsetzen, wie das bunte Rund immer kleiner wurde. Mein Ball verlor die Luft und somit auch sein Leben. Er hing unerreichbar für mich, fest im Zaun. Trotzdem wollte ich ihn retten. Also kroch ich in die verrostete Stacheldrahtfestung und riss mir zu allem Übel meinen Oberschenkel auf. Ich starrte auf mein rotes, vom Kakao verbranntes Bein und sah, wie aus einem tiefen weißen Riss das Blut quoll.

Schon wieder schrie ich los und meine Brüder befreiten mich aus dem Zaun. Ich humpelte übers Feld wie ein angeschossenes Reh. Am Gartentor empfing mich schon meine Mutter. Und als hätte ich heut Vormittag nicht schon genug durchgemacht, zog sie mich an den Ohren durch den Garten bis in die Küche. Dort wurde ich anständig mit dem Rohrstock durchgejackt, ehe ich endlich verarztet wurde.

Anschließend gab es Stubenarrest. Nur zum Mittagessen durfte ich kurz in den Garten, um Manni und Roland zum Essen heranzurufen.

Nach dem Mittag nahm uns unsere Mutter zur Seite und erklärte uns, warum dort im Feld so ein großer Zaun steht. Jetzt wusste ich, dass dies eine Grenze zu dem anderen Deutschland, der DDR, war. Ich habe es nicht so richtig verstanden, aber ich begriff, dass ich auf keinen Fall in das andere Land gehen durfte. Sonst würde ich nie wieder nach Hause kommen.

Am Abend stand ich am Fenster meines ehemaligen Kinderzimmers. Der Blick von hier reichte über den Garten hinaus, über das Feld bis hin zur Grenze und noch weiter. Ich schaute übers Feld zum Grenzzaun und blickte noch weit darüber hinaus. Dort konnte ich Schäferhunde erkennen, die an einer fest installierten Leine, einsam am Grenzzaun ruhten. Einige schliefen in Ihrer Hütte, andere wachten davor. Einer von ihnen lief gelangweilt an seiner Leine entlang an der Absperrung hin und her. Dahinter stand wiederum ein Zaun. Und weiter schließlich Brachland. Was ich heute weiß ist, dass auf der anderen Seite die Rieselfelder von Großziethen waren. Daher auch der oft sommerabendliche Gestank nach Gülle, wenn der Wind aus Westen wehte.

Am nächsten Tag spielte ich wieder auf dem Feld aber mit einem kleinen respektvollen Abstand zur Grenze. Ich ließ immer so ungefähr zwei Meter zwischen mir und dem Zaun. Trotzdem reizte es jetzt noch mehr, in Stacheldrahtrollen des Grenzzaunes hinein zu krabbeln. Ich wagte es oft, erzählte es aber Niemanden.

Auf unserem "Spielplatz" Feld, standen drei Autowracks herum. Ich glaube mich zu erinnern, dass da ein Auto Marke Wartburg und ein alter Auto Union stand, der Dritte war eine undefinierbare Rostlaube. In der Mitte des Feldes war eine kleine Erhöhung, etwa zwei Meter höher als der übrige Acker. Die Anhöhe war ungefähr vier Meter breit und ist früher, vor dem zweiten Weltkrieg eine Sandstraße gewesen, die das Dorf Rudow mit dem Dorf Großziethen verband. Einige ganz alte Siedler behaupteten sogar, dass dieses einmal ein Bahndamm gewesen sei. Ich denke seit dem letzten Krieg verwilderte diese Straße, wuchs mit Gestrüpp zu, da sie durch den Grenzzaun

25

geteilt wurde. Mich interessierte das alles aber nicht, ich saß gern in einem der drei Autos, die jemand vergessen hatte und lenkte wie wild herum, zappelte mit den Füssen und prustete mit dem Mund die schnellsten Motorengeräusche heraus. Ich fuhr dann meist durch die Landschaft. Blickte mal nach rechts aus dem Autofenster und sah unser Siedlerhaus mit dem großen Garten. Nach links sah ich den angeschossenen Bunker, der seit dem Weltkrieg hier stand und den niemand abzuholen schien. Manchmal winkte ich auch zu den imaginären Menschen.

Im Sommer 1965, kurz nach meinem fünften Geburtstag, wurde ich zum ersten Mal verschickt. Es ging in ein Ferienheim vom Roten Kreuz, nach Sandkrug. Mein brauner Koffer war gepackt. Ein kleines Schild am Handgriff verriet, dass ich der Eigentümer war. Ich durfte auch einen Aufkleber mit dem Symbol des Berliner Bären aufkleben. Ich war absolut aufgeregt, ich konnte es kaum abwarten, endlich allein auf Reisen zu gehen. Am Bahnhof Berlin Zoo angekommen, zog sich meine Mutter für einen Groschen eine Bahnsteigkarte, ohne diese durfte sie mich nicht bis zum Zug begleiten.

Die schwarze Dampflok mit der Nummer 010509-8 schnaufte und prustete nervös, als ob auch sie spürte, dass das chaotische Treiben der Kinder etwas zu wild wurde. Sie zitterte in ihren massiven Rädern, als wollte sie darauf drängen, endlich losfahren zu dürfen und dem Tumult zu entfliehen. Ich saß brav am Rand des Bahnsteigs auf meinem alten, robusten Koffer und ließ meinen Blick über die geordnete Hektik schweifen, die sich auf dem Bahnsteig abspielte. Überall wuselten Kinder, strahlende Gesichter, die in die aufsteigenden Dampfwolken der Lok schauten, vor Aufregung rotglühende Wan-

26

gen und leuchtende Augen, die von Neugier und Abenteuerlust erzählten.

Ihre fröhlichen Stimmen hallten durch die Bahnhofshalle des Bahnhofs Zoo, und für einen Moment schien das mächtige Zischen und Dampfen der Lok in den Hintergrund zu treten. Angeführt von einem mutigen Jungen, der mit einem zerzausten Hut und mutigem Lachen wie ein kleiner Abenteurer wirkte, rannten die Kinder auf und ab, erkundeten die mächtige alte Lokomotive, bewunderten ihre gewaltigen schwarzen Räder und das wuchtige, funkelnde Messing.

Die Kinder spielten Fangen zwischen den Waggons, kletterten auf die eisernen Tritte, reckten sich nach den Kesseln und wagten sich sogar auf das verbotene Gelände, nahe des Führerstands.

Doch ihre ausgelassene Freude blieb nicht unbemerkt. Schon bald traten zwei Bahnhofswärter, mit sanfter Autorität und einem Hauch Besorgnis im Blick, an die muntere Schar heran. Sie trommelten die Kinder zusammen und schickten sie, an den Händen haltend, zurück zum Bahnsteig, wo sie sicherer waren. Einer der Bahnbediensteten kam auch zu uns, und meine Mutter übergab ihm den Koffer, den er auf einen Handwagen lud. Als der Wagen schließlich überquoll von Koffern und Taschen, rollte er ihn zielsicher Richtung Gepäckwagen, und mit geübtem Griff lud er das Gepäck in den Zug.

Schließlich war auch für mich der Moment gekommen, in den Zug zu steigen. Meine Mutter führte mich zum Abteil, dessen Nummer sorgfältig auf der Fahrkarte vermerkt war. Die vielen Helferinnen, in ihren dunkelblauen Uniformen mit weißen Kragen und leuchtend roten Kopftüchern, schienen alle Hände voll zu tun zu haben, uns kleinen Reisenden in die richtigen Abteile zu bugsieren. Es herrschte

27

ein Hin und Her, ein leises Murmeln von "Gute Reise" und "Pass gut auf dich auf," bis die Eltern schließlich schweren Herzens die Abteile verließen und an den Bahnsteig zurücktraten.

Plötzlich ertönte ein lautes Pfeifen der Lokomotive, durchdrang die Halle und ließ alle zusammenzucken. Der Schaffner, ein großer, stattlicher Mann mit kantigem Kinn und durchdringendem Blick, brüllte in einer tiefen Stimme: „Zurückbleiben!" und schlug, mit einem kräftigen Rums die Wagentür zu, in der er stand. Die alte Lok setzte sich nun endlich in Bewegung, langsam und kraftvoll, als würde sie sich gegen die Schwere des Augenblicks auflehnen. Ein letzter Dampfstoß schoss aus dem Kessel, hüllte den Bahnsteig in dichte, weiße Nebel.

Ich stand am Fenster des Abteils und heulte Rotz und Wasser, weil Mama draußen blieb und mit einem weißen Taschentuch zum Abschied winkte. Die Lokomotive machte sich gar nichts da draus und stampfte einfach los, sie rumpelte und trampelte aus dem Bahnhof raus. Die großen roten eisernen Räder drehten sich immer schneller. Durch Charlottenburg über Zehlendorf, Wannsee, raus aus Berlin. Ich hatte mich längst beruhigt und die wilde Fahrt konnte abgehen. „Auf nach Sandkrug", schrie ich kleiner Frechdachs. In unserem Abteil saßen sechs Kinder und eine Betreuerin. Sie versorgte uns während der Reise mit Essen, es gab Schmalzstullen und Äpfel, sowie Brause aus Flaschen. Ich spielte mit meinem Sitznachbarn und meinem gegenüber schwarzer Peter und Kinderautoquartett.

Ich kann mich noch an beide Namen erinnern, Andreas und Michael. Dann hatte ich keine Lust mehr, außerdem wurden im Waggon Kinderlieder gesungen. ich starrte aus dem Fenster und beobachtete die Dampfschwaden der Lokomotive, die sich auflösten und eine freie

28

Sicht in die umliegende Gegend gaben. Während die Landschaft draußen vorbeizog, träumte ich von neuen Abenteuern und unentdeckten Welten, die darauf warteten, von mir und den anderen Kindern entdeckt zu werden. Ankunft am Bahnhof Sandkrug im Sauerland. Ein Bus holte uns ab, der Busfahrer lud die Koffer um, der arme Mann musste viel schleppen, wir waren bestimmt vierzig Kinder, Mädchen und Jungen. Auf der Fahrt zum Heim sangen wir mit unseren Betreuerinnen wieder Kinderlieder, die da waren, „Alle Vögel sind schon da", „Auf dem Baum ein Kuckuck saß" und „Ein Männlein steht im Walde". Diese drei Lieder haben sich mir eingeprägt, weil ich sie schon auswendig mitsingen konnte. Es war nur eine kurze Busfahrt bis zur Ankunft im Kinderheim. Jeder nahm sein Koffer und schleppte ihn ins Haus. Einen kleinen Flur entlang, bis in einen einfachen Schlafsaal auf der linken Seite. Hier standen viele Betten und auf jedem Bett lag ein Namensschild. Meins war gleich das zweite Bett auf der rechten Seite hinter dem Eingang. Ich legte meinen Koffer drauf und setzte mich auf die Bettkante und wartete, bis alle Jungs ihre Schlafstätte gefunden hatten. Der Schlafsaal der Mädchen war ein wenig weiter den Gang entlang auch auf der linken Seite. Die Erzieher halfen uns beim Auspacken unserer sieben Sachen und anschließend ging es gemeinsam in den Essenssaal zum Abendbrot. Auf den Tischen standen Tabletts mit vorgefertigten Broten. Es gab Salami-, Leberwurst-. und Käsebrote. Dazu warmen Kakao oder warmen Tee. Unsere Erzieherinnen, mir war aufgefallen, dass es nur Frauen waren, riefen nach dem Abendbrot, zur Ruhe. Während einige der Frauen die Tische abräumten, stand eine vorne im Saal und schaute uns Kinder an. Als Stille im Saal herrschte, stellte sie sich vor.

„Ich bin Marina, ihr könnte auch Tante Marina sagen." „Alle Kinder stehen jetzt auf, gehen zu Ihren Betten, ziehen sich den Schlafanzug an, putzen sich die Zähne und gehen dann ins Bett." Ich komme nachher vorbei und sehe ob ihr alle im Bett seid, es wird nicht mehr herumgetobt." „Und los jetzt." Tante Marina war eine große Frau, sie war größer als die Anderen, schwarze lange Haare, blaue Augen und sehr schlank. Sie sprach in einem bestimmenden jedoch sehr ruhigen Ton. Ich war sehr müde, zog meinen Schlafanzug an, putzte mir die Zähne und schlief in meinem Bett ein, bevor im Raum das Licht ausging. Am nächsten Morgen nach dem Frühstück zeigten uns Tante Marina und die vielen andern Helferinnen, wie wir unsere Betten und Schlafanzüge zu legen haben. Wir hatten viele Regeln zu befolgen, auch nach dem Mittagsschlaf mussten die Betten ordentlich hinterlassen werden. Und im Haus durfte nicht gerannt werden.

Nachdem das geklärt war, bekam jeder ein kleines Stoffbeutelchen mit Marschverpflegung, denn wir machten einen Ausflug in die Natur. Ich hatte meine Lieblingssachen an, meine schwarzen Sepplhosen, ein flauschiges und gemütliches weißes Nikki, meine eleganten braunen Halbschuhe und die kniehohen Strümpfe mit grauen und schwarzen Rauten als Motiv. Die Luft war frisch und klar, während wir über kleine Wege in den dichten Wald gelangen. Die Sonne brach durch die Blätter und malte helle Flecken auf den Waldboden. Zwei Lehrerinnen begleiteten uns. Sie blieben stehen und erklärten uns die verschiedensten Pflanzen. „Psst", machte eine. „Seht da oben, ein Eichhörnchen." Es huschte geschickt von Ast zu Ast, manchmal hielt es inne, um uns zu beobachten. Wir wanderten weiter, während Vögel ihre fröhlichen Lieder sangen und unsere erwachsenen Begleiter uns die verschiedenen Baumarten erklärten. Wir Kinder sammelten kleine Schätze wie bunte Blätter, hellbraune Eicheln und glitzernde Steine, die wir in unsere Taschen verstauten. Wir kletterten über umgestürzte Bäume, balancierten über schmale Baumstämme und erkundeten jede Ecke des Waldes mit unerschrockener Gelassenheit. Dabei hatten die Erzieherinnen und die Lehrer, jede Mühe, uns beisammen zu halten. Nach einer Weile machten wir Rast an einem idyllischen Plätzchen, wo wir unsere mitgebrachten Brote und Schokogetränke auspackten und uns auf den Waldboden niederließen. Wir lachten und die Erwachsenen erzählten gruselige Waldgeschichten, wir hatten eine schöne gemeinsame Zeit inmitten der Natur. Mit müden Beinen und glücklichen Herzen machten wir uns schließlich auf den Rückweg.

Am nächsten Tag blieben wir im Heim und auf deren Gelände, dass sich sehr weit erstreckte und genügend Platz zum Spielen und verstecken bot. Aber wir hatten nicht immer Freizeit, manchmal war auch Schulunterricht. Einige der Kinder waren bereits in der ersten Klasse, ich ging ja noch nicht zur Schule, nahm aber am Unterricht teil. Insbesondere lernten wir Rechnen und mussten auf einem Blatt Papier mit Bleistift Buchstaben nachzeichnen, die eine Lehrerinn vorn an der Tafel vorgeschrieben hatte. Marina war überwiegend da, um uns mit einer Ansprache ins Bett zu befördern, sei es zum Mittagsschlaf oder zur Nachtruhe. Sie ging abends immer durch die Zimmer und knipste das Licht aus.

Nachts bin ich in dem großen Schlafraum oft wachgeworden und wandelte in meinem dunkelblauen Schlafanzug durch den langen Flur zum Essraum und starrte aus dem Fenster in die Nacht. Zwischen den Tannen im Garten lugte nicht nur der Mond, sondern auch Riesen, die mich beobachteten und sich fragten, warum ich nicht in ihren Wald komme und alles in Ordnung bringe? Doch eines nachts machte ich mich auf den Weg, ich stellte einen Stuhl ans Fenster, öffnete es und stieg hinaus. Ich beschloss tief in den Wald zugehen.

Je weiter ich in den Wald vordrang, desto dichter und dunkler wurde es um mich herum. Doch ich war nicht ängstlich, meine Neugier trieb mich voran. Als ich schließlich eine Lichtung erreichte, sah ich etwas, was mich ängstlich machte. Riesen! Gigantische Gestalten, die sich zwischen den Bäumen bewegten und miteinander sprachen. Als die Ängste überwunden waren, entwickelte ich eine unerklärliche Faszination. Plötzlich sahen mich die Riesen und sie waren überrascht, nachts einen kleinen Jungen in ihrem Wald zu sehen. „Was führt dich hierher, kleiner Mann?", fragte einer der Riesen mit tiefer Stimme. Ich erklärte meine Neugier und meinem Wunsch, mehr Abenteuer zu erleben. Die Riesen lauschten aufmerksam und lächelten dann. „Du bist ein mutiger kleine Mensch", sagte ein Riese. „Aber warum kommst du nicht jeden Tag zu uns und bringst alles wieder in Ordnung?" Ich war verwirrt. „Was meinst du?", fragte ich.

Die Riesen erklärten, das der Wald in Gefahr sei. Die Bäume würden gefällt, die Tiere verlören ihre Heimat und die Natur würde leiden, weil hier eine breite Straße durchgeführt werden soll. Ich fühlte mich plötzlich verantwortlich. Vielleicht war ja mein Abenteuergeist dazu bestimmt, den Wald um mich herum zu schützen. Mit dem festen Entschluss, mich mehr für die Natur einzusetzen, kehrte ich zurück. Ich wachte am nächsten Morgen in meinem Bett auf und erzählte den

Jungs von meinem Traum. Als wir nach dem Zähneputzen in den Speisesaal kamen, sah ich wie ein Stuhl am Fenster stand. Nach dem Frühstück stoben wir hinaus in den Garten, es war schönstes Sommerwetter. Nicht fern, hinter der aus einem dunkelbraunen Jägerzaun bestehenden Begrenzung des Ferienheimes, war die Eisenbahnlinie und der Bahnhof und immer, wenn eine Lokomotive pfiff, liefen alle Kinder zum Zaun um ein startendes qualmendes schwarzes Stahlungeheuer durch die vielen Bäume huschen zu sehen. Jedoch war es fast unmöglich eine Lok zu sehen, zu viel Dampf und zu viel Bäume standen dazwischen.

Das Ferienheim stand mitten im Wald, ringsherum Bäume. Vor dem zweistöckigen weißen Haus war eine große Spielwiese. Dort spielten wir Ball, Versteck oder Fangen. Wir konnten uns auch rote Decken, die in einem Regal im Heim lagen, mitnehmen und uns einfach nur auf die Wiese legen und mit Puppen oder Stofftieren spielen. Vier Wochen verblieb ich hier und hatte eine schöne erholsame Zeit doch die erste Ferienreise ging vorbei und ich rumpelte mit der dampfenden Lok 011531-3 wieder Heimwärts. Die Wiedersehensfreude mit Mama und Papa am Bahnhof Zoo war überwältigend. Wir fuhren mit einem schwarzen Taxi heim und ich erzählte von all meinen Abenteuern.

Und es war immer noch Sommer. Sonntag, Bäcker Nitsche hupte. Vor unserem Haus war ein kleiner Platz, dort kam jeden Sonntag Becker Nitsche mit seinem blauen dreirädrigen Automobil und brachte frische Brötchen, Schnecken und Kuchen. Ich rannte die Treppen hinunter ins Schlafzimmer meiner Eltern. „Darf ich zum Bäcker, darf ich zum Bäcker!" Vater gab mir eine Mark und sagte:

33

„Zehn Schrippen und vier Schnecken, den Rest darfst Du behalten."
Ich nahm die Mark, zog Straßenschuhe an und rannte im Sonne
Mond Sterne Schlafanzug hinaus zum Bäcker. Da standen dann meist
schon Frau Stussack, Frau Neumann und Frau Bienias, in ihren ge-
blümten Küchenschürzen. Sie begrüßten mich mit: „Guten Morgen
Gürkchen." Es hatte sich weltweit herumgesprochen, dass ich das
Gürkchen bin. Ich war stolz wie Bolle. Endlich war ich an der Reihe:
"Zehn Schruppen und vier Schnecken." Er packte zehn Schrippen in
eine Tüte und fragte welche vier Schnecken. „Mohn-, Streusel-, Zu-
cker,- und einen Amerikaner." Für Manni war der Amerikaner, für
Roland die Mohnschnecke, für Püppi die Streusselschnecke und für
mich war die Zuckerschnecke. Und genau diese mussten bestellt
werden, sonst gab es Zoff unter uns Kindern und den gewann immer
Manni. „Neunzig Pfennig", sagte Bäcker Nitsche. Ich gab ihm die
Mark. „Und einen Groschen zurück", brubbelte der alte Mann. Ich
nahm beide Tüten, sagte auf wiedersehen und rannte durch das vor-
dere Gartentor, durch den Vorgarten links über den Hof, in die Küche. Die zehn Pfennig die übrig blieben stopfte ich in ein kleines rosa
Sparschweinchen, welches den Namen Nuschi trug. Wenn Nuschi
mal platze, dachte ich, bin ich reich. Nach dem Frühstück spielte ich
im Garten. Später dann auch auf dem hinter uns gelegenen Feld,
unser privater Abenteuerspielplatz. Mitten im Gestrüpp stand der
angeschossene Luftschutzbunker aus dem zweiten Weltkrieg. Den
hatte es wirklich hart erwischt, hunderte Einschusslöscher und Teile
vom Beton herausgesprengt, aber er stand da wie ein treuer Gefährte.
Der Grenzzaun aus Stacheldraht, angereiht an Betonpfeilern durchschnitt unser Reich des Spielens. Hier war die Grenze zwischen Ber-

lin West und Brandenburg, der DDR. Ein Hinweisschild bestärkte dieses.

„SIE VERLASSEN DEN AMERIKANISCHEN SEKTOR"

„YOU ARE LEAVING THE AMERICAN SEKTOR"

und diesen Schriftzug zu dem auch auf RUSSISCH. Auf und im Bunker spielten meine beiden älteren Brüder mit ihrer Horde Spielkameraden. Obwohl unsere Eltern uns ein Spielverbot für diesen Bereich gaben, erforschten alle gern das innere des Betonklotzes. Nur ich durfte wieder mal nicht mitkommen, weil ich das kleine Gürkchen war und die großen Jungs mit mir nicht viel am Hut hatten. Eine Mutprobe müsse ich machen hieß es immer. Und heute war es soweit. Ich raffte mich zusammen, spazierte langsam durch das hohe Gestrüpp des Feldes, griff mal links nach unten, dann wieder rechts nach unten, um den auf dem wilden Feld herumliegenden Mut, der vielen hier ausharrenden Menschen des zweiten Weltkrieges, in meine Hosentaschen zu packen. Angekommen am Eingang des Bunkers hörte ich tief im Inneren die Stimmen der Großen und manchmal auch den Schein einer Taschenlampe. Gleich am Anfang ging eine unendlich lange Steintreppe ins dunkle Nichts.

Mein fünf Jahre älterer Bruder Manni kam nach oben. Er fragte mich was ich hier wolle, ich sagte mitspielen, sonst sage ich Mama und Papa, dass ihr wieder im Bunker seid. Manni rief die Anderen und verriet ihnen, dass ich vorhätte sie zu verpetzen, wenn ich nicht mit in den Bunker dürfe. Unser Nachbar Peter und sein Kumpel Lutze sagten: "Okay, aber du musst die Mutprobe machen!" Gemeinsam gingen wir auf einen Block oberhalb des Bunkers und ich musste von dort auf den kleinen Kiesberg nach unten springen. Es war sehr hoch,

35

bestimmt zwei Meter. Doch wenn ich auch ein Großer werden wollte, musste ich springen. Noch einmal fasste ich in meine Taschen, schaute auf meiner voller Mut gefüllten Hände und sprang. Bei der Landung verspürte ich einen stechenden Schmerz in meinem Oberschenkel.

Man erzählte mir, dass ich mit der Feuerwehr ins Krankenhaus gebracht wurde, denn es bohrte sich eine riesige Glasscherbe in meinen Oberschenkel und ich blutete wie ein angestochenes Schwein. Außerdem war ich Ohnmächtig geworden. In diesem Sommer musste mein linker Oberschenkel sehr viel leiden und heute noch sieht man die Narbe meiner Mutprobe. Doch wie oft ich auch gefallen, gestolpert, gestürzt bin, mein Körper und Gesicht zerschrammt habe, unzählige Male, es war mir ab jetzt alle egal. Na diesem Sprung wurde ich im Kreis der Großen aufgenommen. Nicht weil ich gesprungen bin, sondern, weil ich nach einer Vernehmung durch meine Eltern, keinen der großen Jungs verraten hatte. Fortan durfte ich mit hinunter in den Bunker.

Da er keine Tür hatte, brachen die Großen ein Stück Mauer auf, von dem man sah, dass es erst vor kurzem zugemauert wurde. Und genau dort befand sich auch der Eingang. Manchmal gaben sich Arbeiter, woher die auch immer kamen, die Mühe den Eingang zu zumauern. Doch die großen Jungs um meinem Bruder Manni und seinen Kumpanen Peter und Lutze, brachen ihn immer wieder auf.

Über eine dunkle Steintreppe ging es hinab, die großen hatten Taschenlampen. Unten durch eine Stahltür nach links und wieder eine Treppe hinab. Sie machten mal die Taschenlampen aus, um zu sehen wie dunkel es war. Nichts war zu sehen, völlig schwarz, nicht einmal die Hand vor Augen.

Es plätscherte und im Kegel des Lichtscheines der Taschenlampe sah ich Wasser. Ein großer Raum voller Wasser, wir zogen unsere Schuhe aus und wateten durch das eiskalte Nass.

Auf der anderen Seite angekommen waren viele Räume. In einem war ein senkrechter Lüftungsschacht und durch ihn hindurch konnte ich oben blauen Himmel sehen. Ich stand dort drunter und atmete die frische Luft und fand es faszinierend, im Dunkel des Bunkers ein Licht zu sehen. Was ich nicht so toll fand, war die Tatsache, dass die Großen verschwunden waren. Ich sah und hörte niemanden mehr, ich spitze meine Ohren, doch kein Geräusch war zu hören. Ich bekam es mit der Angst. Ich hielt den Atem an und schrie, wie kurz vor einem gewaltigen Unglück stehend, nach Hilfe. Sofort klickten alle Taschenlampen an, die Idioten wollten mir nur einen großen Schreck einjagen, was ihnen auch gelungen war, für Sekunden dachte ich allein auf dieser Welt zu sein. Ich wollte nur noch raus. Und für die nächsten Male war ich immer mit meiner Taschenlampe bewaffnet.

Und noch etwas Merkwürdiges geschah an diesen Tag an der Grenze.

Wir Kinder saßen auf dem oberen Rand des Bunkers und beobachteten wie ein zwei fix eine Betonwand auf das Feld gestellt wurde, direkt hinter dem Grenzzaun. Große Rambockmaschinen hauten über drei Meter hoher Pfeiler in den Boden, dazwischen setzten riesige Bagger weiße Betonplatten, drei an der Zahl übereinander. Plötzlich war ein lautes Donnern zu hören. Ein Hubschrauber der Amis landete neben dem Bunker auf unserem Feld. Auch zwei Jeeps mit jeweils drei amerikanischen Soldaten standen auf der Straße. Und die Arbeiter trieben unbeirrt Mauer Stücke in den Boden, bis der Blick nach Brandenburg gänzlich versperrt war. Die haben einfach eine Betonwand auf unser Feld gesetzt. Die Arbeiter schoben die Teile Stück für Stück voran, bis sie links hinter dem Siedlergarten der Neumanns verschwanden.

Ich rannte, durch unser Grundstück nach vorn auf die Straße, zur Festwiese. Ich sah den Stacheldraht, die Drahtrollen. Etwa drei Meter dahinter bauten sie eine Mauer, immer weiter, sie ackerten unaufhörlich. Es entstand ein steinerner Grenzwall. Die ganze Siedlung war auf den Beinen. Die Alten quasselten was von Niemandsland, dass soll der Streifen sein, der zwischen Stacheldraht und Mauer liegt. Einige sagen: „Und der Stacheldraht gehört auch zum Niemandsland!" Und einige Siedler hatten jetzt die Mauer als Gartengrenze. Demnach auch Niemandsland im Garten. Ich fragte später meine Mutter was Niemandsland ist, sie sagte: „Das ist Land was keiner betreten darf, weil es niemanden gehört." Ob das stimmte wusste ich nicht aber wir betrachteten es erst einmal so. Ich ging zurück zum Feld und sah gerade noch, wie ein riesiger Kran ein Rohr auf die Mauer hob, mit Metallschellen wurde es befestigt.

Unser Acker hatte jetzt eine unwiederbringliche, unüberwindbare Grenze. Bis hierher und nicht weiter – eben die Mauer. In welchem Jahr Anfang der Sechziger das geschah, wusste ich nicht mehr so genau.

Hinter der Wand wurden dann mit der Zeit Panzersperren aufgebaut. Ein Grenzweg, auf dem die Grenzer mit Motorrad und Auto patrouillierten, wurde geteert. Zwischen den Panzersperren und der Straße hoben sie einen Graben aus.

Zwischen der Straße und der Mauer im Osten erstreckte sich ein breiter, sauber geharkter Streifen, der bedrohlich ordentlich wirkte. Viele glaubten, dieser Bereich sei ein Minenfeld, ein gefährlicher, stiller Wächter vor der eigentlichen Mauer. Doch wie ich später erfuhr, durfte um West-Berlin kein Minenfeld angelegt werden – es blieb also bei der Vermutung und dem schaurigen Mythos dieses Streifens.

In regelmäßigen Abständen ragten Wachtürme in den Himmel, jeder ausgestattet mit einem blendend hellen Scheinwerfer, der die Nacht durchdrang, als könnte er jede Bewegung erfassen. Die Türme standen da wie einsame, eiserne Wächter, die endlos und unerbittlich in alle Richtungen spähten. Dazu kam der sogenannte ‚Hundezaun', wie wir ihn nannten – ein Zaun, an dem Hunde an langen Führungsleinen befestigt waren und das Gelände bewachten. Diese Hunde, oft Deutsche Schäferhunde, kläfften und zerrten an den Leinen, bereit, auf alles zu reagieren, was sich ihnen näherte.

An manchen Stellen waren Stolperdrähte in Bodennähe gespannt, so versteckt, dass sie selbst für den aufmerksamsten Beobachter schwer zu erkennen waren. Immer wieder lösten Tiere wie Hasen, Füchse oder sogar Störche und große Raubvögel diese Drähte aus, und in einem grellen Aufblitzen schossen Leuchtraketen in den Himmel, begleitet vom schrillen Alarm, der die Nacht durchbrach. Kurz darauf kamen Grenzer angerast, um zu prüfen, ob es sich um Eindringlinge handelte oder nur um ein weiteres wildes Tier, das in die Falle getappt war.

Am äußersten Rand des Grenzstreifens stand schließlich ein letzter Zaun, durch den, so hieß es, Strom fließen sollte. Ob das wirklich stimmte, kann ich nicht sagen, denn ich habe ihn nie berührt. Die Bauarbeiten an dieser Grenze schritten unaufhaltsam voran. Amerikanische Hubschrauber überwachten die Vorgänge und flogen immer wieder die Grenze entlang, häufiger als je zuvor. Manchmal landeten sie sogar auf unserem Feld zwischen dem Bunker und unserem Garten, und wir Kinder starrten mit großen Augen zu, denn wir wussten, das waren die ‚Amis', unser Bezirk Rudow lag schließlich im amerikanischen Sektor.

Während der Mauerzeit war es sowieso immer interessant, wenn die Amis mit ihrem Hubschrauber die Grenze abflogen. Anfangs war es ein einfacher Hubschrauber mit einer Glaskabine, der immer klirrende Geräusche machte. Bis eines Tages ein tiefes Bummern uns näherte. Ich rannte ins Haus. Von meinem Zimmer aus sah ich den legendären Vietnamhubschrauber über uns hinweg donnern.

BELL UH-1 D, der nach dem Vietnamkrieg meistgebaute Hubschrauber (Drehflügler) der westlichen Welt.

Wenn der mal so richtig tief flog hatte ich gehörigen Respekt. Faszinierend waren auch die Jeeps der Amis, die auf unserer Seite der Grenze fuhren. Die kamen täglich dreimal bei uns vorbei. Erst hinten am Feld, dann vorne bei uns am Gartentor und später wieder zurück. Wir Kinder steckten dann immer unsere Hände raus, um mit den Amis abzuklatschen. Wer mit einer schwarzen Hand abklatschte war für den Moment etwas Besonderes. Die Hände der amerikanischen Soldaten waren die größten Hände die ich jemals gesehen hatte.

40

Außer natürlich die Stahlpranken von meinem Vater. Und wenn die Amis gut drauf waren, gaben sie schon mal beim Abklatschen einen Kaugummistreifen rüber.

Und jeden Freitag um achtzehn Uhr heulte eine Sirene im Dorf Rudow – ein regelmäßiger Fliegeralarmtest. Das laute, durchdringende Heulen schnitt durch die ruhige Abendluft und erinnerte die Bewohner an die alten Zeiten, als die Sirenen eine ganz andere Bedeutung hatten. Für uns Kinder war es ein aufregendes Ritual, das den Beginn des Wochenendes markierte. Wir versammelten uns oft in der Nähe des Sirenenmastes, neugierig und ein wenig aufgeregt, während die Sirene ihre melancholische Melodie in die Welt hinausposaunte. Das Heulen ließ uns erschaudern, aber auch gleichzeitig unsere Fantasie beflügeln. Wir stellten uns vor, wie es wohl gewesen sein musste, als die Sirenen noch echte Luftangriffe ankündigten und die Menschen in die Schutzbunker trieb. Nach dem Ende des Alarms zerstreuten wir uns wieder, bereit für die Abenteuer, die das Wochenende für uns bereithielt. Manchmal flüsterte jemand von uns: „Stellt euch vor, wir wären damals Kinder gewesen." Und dann liefen wir lachend auseinander, die Ernsthaftigkeit dieser Gedanken schnell wieder vergessend, um uns in neuen Spielen und Entdeckungen zu verlieren.

Im Winter baute Vater den größten Schneemann der Welt. Er war eine wahre Schneeskulptur, mit einer dicken Karottennase, Augen aus Koks und einem alten Hut, der ihm ein charmantes Aussehen verlieh. Ich wollte unbedingt seine rote Rübennase essen, doch der weiße Riese war zu hoch für mich. Also holte ich mir eine kleine Holzkiste aus dem Geräteschuppen, stellte sie vor den Schneemann und stieg darauf. Mit ausgestreckten Armen, auf Zehenspitzen balancierend, schnappte ich mir die Möhre. Doch in demselben Augenblick verlor ich die Balance, und das Nächste, was ich wusste, war, dass ich samt Schneemann umkippte. Der riesige Schneemann zerbrach in einem Schneehaufen und ich landete unsanft im Schnee. Panisch und mit klopfendem Herzen rannte ich vom Tatort davon. Ich hoffte, niemand würde herausfinden, wer den Schneemann umgestoßen hatte. Doch mein Geheimnis hielt nicht lange. Die kleine Holzkiste, die vor dem zerstörten Schneemann lag, verriet mich. Mutter fand sie und erkannte sofort, was passiert war. Ich erhielt von Mutter eine ordentliche Standpauke und eine Backpfeife, die meine Wangen rot glühen ließen. Dazu kam der Rest des Tages Stubenarrest, was mich um die winterlichen Spiele mit meinen Freunden brachte. Von meinem Fenster aus konnte ich nur zuschauen, wie sie lachend und tobend im Schnee spielten. Während ich im warmen Zimmer saß, dachte ich über meine Tat nach. Der riesige Schneemann, den Vater mit so viel Mühe gebaut hatte, lag nun in Trümmern. Trotz der Strafe, die ich bekommen hatte, lernte ich eine wertvolle Lektion über Ehrlichkeit und Respekt vor der Arbeit anderer.

Und so beschloss ich, mich bei Vater zu entschuldigen und beim Bau des nächsten Schneemanns zu helfen, in der Hoffnung, dass er noch größer und schöner werden würde als der vorherige. Das Weihnachtsfest stand vor der Tür. Die kalte Winterluft umhüllte unser Haus, während drinnen der Kachelofen wohlige Wärme ausstrahlte. Der Tag begann früh mit dem Duft von frisch gebackenen Keksen und dem verlockenden Geruch von Kaffee, der aus der Küche strömte. Wir Kinder waren aufgeregt und konnten die Bescherung kaum erwarten. Während draußen der Schnee leise fiel und die umliegende Gegend in Weiß tauchte, saßen wir in der Mitte der Küche am festlich gedeckten Tisch. Es gab eingelegten Brathering mit Kartoffelsalat, eine Tradition in unserer Familie, da meine Mutter aus einer katholischen Familie stammte. Kerzen erhellten den Raum und schufen eine gemütliche Atmosphäre. Nach dem Mittagessen mussten wir drei Jungs nach oben in unsere Kinderzimmer und auf den Weihnachtsmann warten. Unsere kleine Schwester Püppi, erst zwei Jahre alt, wurde in ihren Buggy gesetzt und durfte unten bleiben. Wir lauschten aufgeregt, bis es laut an der Haustür bummerte. Wir schlichen uns auf den Treppenabsatz, um zu sehen, was da unten vor sich ging. Doch Mutter entdeckte uns und schickte uns zurück in unsere Zimmer. Nach einer Weile rief Mutter zur Bescherung. Das Wohnzimmer war seit gestern Abend für uns gesperrt gewesen, doch jetzt durften wir hinein. Der Weihnachtsbaum stand stolz vor uns, sein tiefgrünes Geäst war dicht mit brennenden Kerzen und bunten Kugeln geschmückt. Die Äste bogen sich leicht unter dem Gewicht der Dekoration, während der Duft von frischem Tannengrün den Raum erfüllte. Die Lichter, kleine glänzende Sterne in warmem Gold, warfen sanfte Lichtreflexe auf die glänzenden Kugeln, die in verschiedenen Farben den Baum schmückten. Es gab strahlend rote, glitzernd grüne, leuchtend blaue und funkelnd goldene Kugeln, die in einem harmonischen Durcheinander miteinander verschmolzen. Inmitten des prächtigen Schmucks standen echte Kerzen, sicher in kleinen Haltern befestigt. Ihre zarten Flammen erzeugten ein warmes, behagliches Licht und ließen den Baum in einem sanften Glanz erstrahlen. Das Knisterr und Knacken der brennenden Kerzen verliehen dem Raum eine zu-

43

sätzliche Atmosphäre von Gemütlichkeit und Geborgenheit. An den äußeren Ästen hingen zarte Engel aus Papier mit goldenen Glöckchen, die bei jedem Luftzug leise klingelten. Zwischen den Kugeln waren filigrane Lametta Fäden kunstvoll drapiert, die bei jeder Bewegung des Baumes wie silberne Wasserfälle schimmerten. Der geschmückte Weihnachtsbaum war das strahlende Zentrum des Raumes, ein Symbol der Hoffnung und Freude in der dunklen Winternacht. Seine Schönheit und Pracht, brachte mein Herz zum Leuchten. Ich fragte, wo der Weihnachtsmann sei, und mein Vater rief mich zum Wohnzimmerfenster. „Schnell, siehst Du, dahinten fährt noch der Schlitten," sagte er. Ich sah nichts, doch Vater behauptete, ihn noch hinter der nächsten Hecke verschwinden zu sehen. Ich bildete mir ein, auch noch etwas gesehen zu haben, doch da war nichts. Ich widmete mich wieder dem Geschehen im Wohnzimmer. Vor dem geschmückten Baum standen drei bunte, mit Weihnachtsmotiven bemalte Pappteller. Sie waren gefüllt mit Dominosteinen, Zuckerkringeln, selbstgebackenen Keksen, einer Mandarine und einer Apfelsine. Daneben lagen mit rotem und grünem Weihnachtspapier verpackte Geschenke. Für mich gab es einen warmen Winterpullover, graue Wintersocken und eine Pappkiste voller Wundertüten. In den Wundertüten waren Puffreis und Cowboy- und Indianer-Spielfiguren. Später wurde es Zeit, zu Bett zu gehen. Ich war sehr müde und oben in meinem Zimmer blickte ich nochmals aus dem Fenster, hinaus in unseren Garten, weit über das Feld bis zur Straße in die nächste Siedlung. Ich hoffte, doch noch den Weihnachtsmann zu sehen. In Gedanken schlief ich schließlich in meinem Bett ein.

Das neue Jahr begann. In diesem Winter gab es in der Familie noch ein Ereignis der besonderen Art. Im Januar 1966, den 26zigsten wurde Olaf, genannt Sohni geboren. Somit bestand die Sippe bereits aus Mutter, Vater und fünf Kindern.

Nach dem Winter folgte ein aufregendes Frühjahr.

Im April 1966 folgte meine Einschulung in die Oskar-Heinroth-Grundschule, benannt nach Oskar Heinroth, einem bekannten deutschen Zoologen. Die Schule lag in einer ruhigen Wohngegend in Berlin Britz, umgeben von hohen Bäumen und grünen Wiesen an deren Ränder bunte Blumen standen. Die Luft ist erfüllt mit Frühlingsdüften und Vogelgezwitscher. Vor der Eingangstür versammelten sich bereits andere aufgeregte Erstklässler mit Ihren Eltern. Leider habe ich nie ein Einschulungsfoto von meiner Klasse und mir vor der Schule gesehen, vielleicht wurde ja auch nie ein Foto geschossen. meine Schultüte war bald größer als ich. Und prall gefüllt mit Naschzeug. Gummibärchen, Kekse, Brausetüten, Lutscher und eine Taschenlampe. Mit mir wurde auch der Nachbarsjunge Willy eingeschult, er kam in meine Parallelklasse. Doch am Tag der Einschulung posierten wir zu Fotozwecken mit sämtlichen Familienmitgliedern. Ein Foto hatte ich mal gesehen, ich stand mit Willy bei uns zuhause auf dem Hof, unsere Schultüten in der Hand, Willy im blauen und ich in einem roten Einschulungssakko. Grinsend standen wir da und warteten der Dinge, die folgten. In der ersten Nacht als Schulkind

45

wurde ich plötzlich wach. In meinem Bett rannte ein klitzekleines, klitzekleines Wesen herum, es rannte und rannte, immer um mich herum. Ich fragte: „Wer bist Du." „Ich bin dein Zeitfräulein", antwortete sie, während sie rannte. „Ich bin deine Zeit, und so lange du lebst, renne ich neben dir her, um dich herum, bis zum letzten Tag." „Ich renne immer und schlafe nimmer."

Ich beobachtet sie, wie sie Sekunde um Sekunde ihre Kreise zog, dabei schlief ich wieder ein. Am nächsten Morgen am Frühstückstisch erzählte ich von dem Zeitfräulein, Alle lachten. „Ha Ha, träum weiter", sagte Manni.

Wenn es zur Schule ging, standen wir immer am Siedlungsausgang und warteten auf den Schulbus. Hier versammelte sich dann eine Horde von Kindern allen Alters aus der näheren Umgebung. Und wenn der Doppeldeckerbus von weitem zu sehen war, riefen alle laut: "Der Bus, der Bus, ein Negerkuss, der Bus, der Bus, ein Negerkuss!" Heute wäre das verwerflich.

Als die Schulglocke läutete, wurde ich von der Lehrerin freundlich begrüßt und mit den anderen Schülern in mein zukünftiges Klassenzimmer geführt. Willy der Nachbarsjunge kam zu Herrn Haberstroh in die Klasse und ich zu Fräulein Müller in die Klasse 1a. Fräulein Müller war die schönste Lehrerin auf dem Planeten, Sie war jung, groß und blond, sie hatte tiefblaue Augen. Die Klassenräume sind liebevoll gestaltet, mit bunten Bildern an den Wänden und kleinen Lese- und Spielecken. Mein Platz ist mit einem sauberen Schreibtisch und einem Stapel neuer Schulbücher vorbereitet. Neben mir saß Stefan, Stefan Reschke, wie sich herausstellte, wohnte er in der Nachbarsiedlung. Fräulein Müller hielt eine feierliche Ansprache und der

Unterricht begann mit einfachen kennenlernen spielen und der ersten Zahl und dem ersten Buchstaben, 1a. Ich war gespannt und aufgeregt zugleich, aber auch voller Vorfreude, auf die vielen Dinge, die ich hier lernen werde. Die Einschulung in die Oskar-Heinroth Grundschule markiert den Beginn eines neuen Lebensabschnitts, gefüllt mit Herausforderungen, aber auch mit vielen neuen Freundschaften und unvergesslichen Erfahrungen. Es war ein Tag, der mir noch lange in Erinnerung blieb, als ein wichtiger Meilenstein auf Pfad der Dinge, die ich erlernen sollte. In den ersten Tagen der Schule malten wir gelbe Postautos aus. Ich dachte es sind Postautos, denn ich malte alle Autos gelb, da es meine Lieblingsfarbe war. Die Schule fiel mir leicht, längst hatte ich lesen, schreiben und rechnen von meinen älteren Brüdern Roland und Manfred gelernt.

Im Sommer 1966 durfte ich das erste Mal mit meinen beiden älteren Brüdern, Manni und Roland, mit dem Fahrrad zum Schwimmbad Mariendorf fahren. Es ging aus der Postsiedlung raus, durch noch zwei angrenzende Siedlungen, durch ein Wäldchen, zwischen unendlichen Kornfeldern über den schwarzen Weg, bis zum Schwimmbad. Das waren immerhin 8 Kilometer. Am Wochenende kamen oft Mutter und Vater mit der Straßenbahn oder mit dem Fahrrad nach. Sie brachten selbstgemachten Kartoffelsalat und Bouletten mit. Am Kiosk im Schwimmbad konnte ich mir dazu für 70 Pfennig, eine Flasche Florida Boy Orange kaufen. Sonst war den Tag über Badespaß angesagt. Am besten fand ich die Rutschbahn ins Wasser. Der Rückweg vom Schwimmbad war dann immer sehr beschwerlich, da wir kaputt vom baden und Toben waren. Ich fuhr dann manchmal auch mit der Straßenbahn 47 von der Rudower Spinne nach Mariendorf zum Schwimmbad. Der Radweg wurde mit der Zeit auch mühevoller, manchmal mussten wir unsere Räder über von schweren Baumaschinen ausgefahrene Sandwege schieben, denn die Wälder und Felder wurden von Zeit zu Zeit gerodet. Es setzte sich eine große Baumaschinerie in Bewegung. Eine neue Stadt entstand, die Gropiusstadt. Gigantische Baukräne, riesige grüne, braune und schwarze Laster und große gelbe Planierraupen brüllten in die Ruhe und machten sämtliches Grün platt. Auch die Straßenbahn wurde ein Jahr später eingestellt. Vom hinteren Gartenzaun aus konnte ich eine Mühle sehen, die Jungfernmühle. Auch von hier beobachtete ich täglich viele rote und blaue Baukräne, sie waren wie Riesen, die zu einem großen tanz aufgerufen hatten. Sie drehten sich, hoben Betonklötze, machten weiter bis eine neue Stadt stand. Die Jungfernmühle war verschwunden. Die Grundsteinlegung war schon 1962 am Grünen Weg, las ich später zuhause in Vaters Berliner Morgenpost, die jeden Sonntag in unserem Briefkasten lag.

Anfang Juli brachen meine ersten Sommerferien an, die Schule machte eine Pause bis Mitte August. Ich wurde wieder verschickt, diesmal nach Bamberg. Es begann die gleiche Prozedur wie im letzten Jahr. Ich saß schon einen Tag vorher auf den kleinen gepackten braunen Koffer. Liebevoll schmückte ich ihn. Einen Berliner Bär Aufkleber und mit einem schwarzen Stift schrieb ich "Gürkchen" auf meinem braunen Reisekoffer. Ich durfte auch das kleine Lederschild mit Namen und Adresse neu beschriften, damit, wenn das Gepäckstück verloren geht, jeder wusste, zu wem und wohin es gehörte. Und wieder ging es zum Bahnhof Zoo. Gleiche Prozedur wie letztes Jahr, Mutter kaufte sich eine Bahnsteigarte, übergab den Koffer, die Kinder tobten, während die Koffer in den Gepäckwagen eingeladen wurden. Die Dampflok prustete, sie pfiff laut zum Einstieg. Es dröhnte durch die Bahnhofshalle. Die Kinder hingen sprangen schnell in den Zug und die Eltern heraus. An den Fenstern standen die Kinder und weiten, weil die Mütter am Bahnsteig standen und Ihrerseits heulten. Der Zug setzte sich in Bewegung und die Zurückgebliebenen winkten mit ihren weißen bestickten Taschentüchern. Mutter stand auch da, sie trug ein hellblaues Kopftuch, damit ihre Haare nicht durcheinander wehten. Sie winkte mit einem bestickten Taschentuch in der gleichen Farbe. Mutter verschwand als der Zug einen Rechtsbogen machte und der Bahnhof nicht mehr zu sehen war. Die Tränen waren schnell getrocknet und wieder sangen wir Kinderlieder und es wurden Essen und Getränke verteilt. Es gab leckere Brötchen mit Leberwurst oder Salami und Käse. Jede Menge Äpfel, Tee und Orangensaft. Auch Butterkekse konnten genascht werden. Angekommen in Bamberg begann ich gleich mit lustigen Streichen. Hinter dem Zaun vom Feriencamp hing ein Bienenstock und ich versuchte ihn mit einem Stein zu treffen. Es misslang. Dann holte ich vor lauter Wut einen langen Ast und stocherte im Bienenstock herum. Die gelb schwarzen Insekten jagten mich und mehrere stachen zu. Mir wurde schwarz vor Augen und wachte erst wieder im Bett auf. Ein herbeigerufener Arzt behandelte mich und schmierte mir eine Paste auf die Wunden der vielen Stiche. Ich hatte Glück, denn ich hatte nur milde Schmerzen und einige Schwellungen, Rötungen an den Einstichstellen vom Bienengift. Es traten keine allergischen Reaktionen auf. Drei Tage musste ich im Bett bleiben. Und als ich wieder gesund war, nahm mich eine Pflegerin zur Seite und hielt mir eine predigt über

Bienen und deren Bedeutung. Sie sagte mit ruhigem Ton: „Es sind nur kleine Insekten, haben aber eine große Bedeutung. Bienen sind sehr fleißig, sie bestäuben Blumen, damit sie in einer wundervollen Pracht blühen können. Sie bestäuben auch Obstbäume, damit wir immer frische Früchte essen können. So jetzt gehen wir raus an die frische Luft."

Die Sonne stand hoch am Himmel, als wir hinaus in den Hof gingen. Hinter mir lagen die bunten Blumenbeete, summende Geräusche erfüllten die Luft. Die Worte der Betreuerin hallten in meinem Kopf nach: „Wir dürfen die Bienen niemals in ihrer Ruhe stören." Ihre braunen Augen hatten tief in meine geschaut und durchdrangen mich, als wollten sie sicherstellen, dass ich verstanden hatte. „So, nun geh und spiel wieder mit den anderen, aber vorher gehst du zu den Bienen und entschuldigst dich."

Also lief ich langsam zum Bienenstock. Die anderen Kinder spielten lachend weiter, doch ich blieb mit einigem Abstand stehen, spürte ein Kribbeln im Bauch und flüsterte leise: „Es tut mir leid." Doch als ich mich umdrehte, stand die Betreuerin plötzlich wieder neben mir. Sie legte ihren Arm auf meine Schulter, und ich fühlte ihre sanfte Berührung. „Sie können dich nicht hören," meinte sie. Da holte ich tief Luft, richtete den Blick zum Bienenstock und sagte mit fester Stimme: „Es tut mir leid, dass ich euch gestört habe. Ich wusste nicht, wie fleißig ihr seid und wie viel ihr für uns tut. Ich verspreche, euch nie wieder zu stören."

Ein kleines Lächeln huschte über das Gesicht der Betreuerin. „So geht das," sagte sie, zufrieden nickend. „Übrigens, ich bin Tante Renate. Wenn du mal Hilfe brauchst, komm einfach zu mir." Ich strahlte und rief aus vollem Herzen: „Ich bin Gürkchen!" Dann lief ich zurück zu den anderen Kindern, das Herz ein wenig leichter, während Tante Renate sich umdrehte und zurück zum Haus ging. Ihr schulterlanges braunes Haar hüpfte bei jedem Schritt, und die weiße Haube und Schürze tanzten mit. Alle Erzieherinnen hier trugen blaue Röcke und diese weißen Hauben, die sie ein wenig wie Märchenfiguren aussehen ließen.

Die Tage vergingen, und bald war eine Woche vergangen. An einem sonnigen Sonntag saßen wir alle gemeinsam zum Mittagessen zusammen, als Tante Renate vor uns trat und verkündete: „Morgen nach dem Frühstück werdet ihr erfahren, wer von euch für eine Woche zu Pflegeeltern gehen darf." Aufgeregt begann sie, Namen vorzulesen, und bei meinem stockte mir der Atem. Am Abend packte ich vorsichtig meinen kleinen Koffer, legte meine wenigen Sachen ordentlich hinein. Ein Kribbeln aus Aufregung und ein wenig Angst ließ mich kaum schlafen.

Am nächsten Morgen, nach dem Frühstück, war es dann soweit. Eine amerikanische Soldatenfamilie, stationiert hier in Deutschland, holte mich ab. Sie gehörten zu den amerikanischen Truppen, die nach dem Zweiten Weltkrieg in diesem Teil Deutschlands geblieben waren. Sie kamen in einem breiten, gelb glänzenden Chevrolet, der viel größer und mächtiger wirkte als die Autos, die ich kannte. Mein Abenteuer bei der Soldatenfamilie hatte begonnen, und ich konnte es kaum erwarten, mehr über diese fremde, aufregende Welt zu erfahren.

Es ging schon am nächsten Morgen auf ein drei tätiges amerikanisches Volksfest, das war ein riesiger Abenteuerspielplatz. Lissy, die

Tochter der Gasteltern, war so alt wie ich, sie zeigte mir, was ich alles so machen konnte.

Sie nahm mich an die Hand und ich schaute sie an, sie hatte ein rundes Gesicht und blonde weich fallende Locken. Lissy sagte auch, dass mein Spitzname hier nicht mehr Gürkchen sei, sondern „little cucumber", das englische Wort für kleine Gurke. Sie lachte dabei rannte los und zog mich ins Getümmel. Neben einer lockeren Militärparade, konnte ich an allen Tagen im Jeep und im Panzer mitfahren. Es sprach sie auf dem Festplatz allgemein herum, dass der Deutsche little cucumber heißt. Ich flog mit einem Hubschrauber eine Platzrunde. Es gab viel Getränke- und Essstände. Es gab Hot Dog, Hamburger und Pommes. Ich durfte so viel Vanilleeis essen wie ich wollte. Ein schwarzer Mann reichte mir eine Coca-Cola, er war so dunkel wie die Cola in der Flasche, es war meine erste Coke. Er lächelte und sagte: „For you my friend." -Unvergessen- Lissy blieb an jedem Tag des Volksfestes an meiner Seite. Die Amis redeten mal deutsch und mal englisch, auch die Kinder konnten beide Sprachen. So lernte ich meine ersten Worte auf englisch. Yes, no, one, two, three, four, five, happy birthday, love you, cucumber, and more. Der Höhepunkt war eine Militärparade, ich durfte kleine amerikanisch Fahnen schwenken und es fuhren Panzer und Jeeps an uns vorüber und viele Soldaten marschierten in den verschiedensten Uniformen, manche hatten Helme auf, einige Hüte und Mützen. Es waren bestimmt alles Paradeuniformen. Auch eine Militärkapelle trommelte festliche Marschmusik. Dieses Volksfest war ein gemeinschaftliches Zusammenkommen, wir normalen Bürger und die amerikanischen Soldaten. Ich hatte ein Gefühl der Verbundenheit, nicht nur mit den

52

Soldaten, sondern eher mit der Familie, die mich aufgenommen hatte. Es kam der Tag der Abreise. Ich packte meine Koffer und musste wieder zurück ins Feriencamp. Meine Gasteltern fuhren mit ihrem gelben Chevy die Einfahrt hoch und Lissy öffnete mir die Tür zum Aussteigen. Sie drückte mich und weinte, ich weinte mit und flüsterte leise: „Good by Friends." Sie fuhren die Einfahrt wieder hinunter und ich winkte noch zum Abschied. Auch Lissy und Ihre Eltern winkten aus dem sich langsam entfernenden Auto.

Die Zeit in Bamberg verging.

Wir machten uns bereit zur Heimreise und fuhren mit dem Bus zum Bahnhof. Als wir am Bahnhof auf den Zug warteten, sah ich das Mädchen mit den weich fallenden Locken. Lissy stand dort mit einem kleinen Strauß Blumen. Sie trug ein hellgrünes Sommerkleid, weiße Kniestrümpfe und hellgrüne Lackschuhchen. Ihre Eltern standen hinter ihr und strahlten vor Freude. Lizzy übergab mir die Blumen und gab mir ein Kuss auf die Wange. Die Dampflok fuhr in den Bahnhof, ihre Eltern verabschiedeten sich von mir in dem sie mich herzlich drückten und Lizzys letzten Worte waren:" Good bye little cucumber." Wir haben uns nie wieder gesehen. Vielleicht waren das meine ersten Freunde.

Abschiedstränen in Bamberg und Freudentränen in Berlin.

So schlimm wie der Abschied war, so schön der Empfang in Berlin.

Im Spätsommer machten wir uns auf zum Funkturm auf dem Messegelände in Berlin. Der Himmel war strahlend blau, und eine leichte Brise ließ die Blätter in den Bäumen rascheln. Die Aufregung kribbelte in mir, denn solche Ausflüge waren selten. Das riesige, schlanke

Bauwerk des Funkturms ragte majestätisch in die Höhe, und von unten sah es fast so aus, als ob es bis in den Himmel reichte.

Auf dem Parkplatz hielt uns ein großer, weißer Plüsch-Berliner Bär in seinem Arm. Ein Bär, drinnen ein Mensch, mit weißem Fell und einer goldenen Krone auf dem Kopf. Er trug eine Schärpe in den Berliner Farben Rot und Weiß, die quer über seine große Brust verlief. Neben ihm zu stehen, war aufregend und etwas einschüchternd, immerhin war das mein erster "Berliner Bär." Ich stand mit Respekt, wie versteinert da, im roten Sakko, einem gebügelten, weißen Hemd und schwarzen Hosen. Meine Schuhe glänzten vor lauter Politur, und ich versuchte, mit dem Bären ernsthaft für das Foto zu posieren, auch wenn ich innerlich kichern musste, weil eben in dem Kostüm ein Mensch steckte. Auf der anderen Seite des Bären stand meine Mutter, die eine schützende Hand auf die Schulter meiner kleinen Schwester Püppi legte. Püppi sah neugierig in die Kamera des Fotografen und schien anschließend den Bären genauer zu betrachten, als würde sie sich wundern, ob da wirklich jemand drinsteckte.

Mutter bestand auf dem Foto Erinnerungen waren ihr wichtig. Sie wollte jeden Moment mit ihren Kindern, festhalten, als ob diese kleinen Abdrücke der Vergangenheit irgendwann alles erzählen könnten, was man über uns wissen sollte.

Im Herbst 66, September, erfolgte eine Umschulung. Da die Oskar-Heinroth Schule zu weit entfernt war, kamen wir Kinder aus der näheren Umgebung in die gerade fertig gestellte Schliemann Grundschule in der Großziethner Chaussee. Von unserer Siedlung aus konnten wir zu Fuß in die Schule gehen, sie war nur etwa einen Kilometer entfernt. Die Klasse blieb so bestehen, es kamen nur noch die

Geschwister Virginia und Benno in unsere Klasse. Der Unterricht wurde zunehmend langweiliger, denn alles was Fräulein Müller meinen Mitschülern beibrachte, lernte ich vorher schon von meinen beiden älteren Brüdern. Ich entpuppte mich vor Langerweile, als Störenfried. Oft musste ich dann als Strafe im Klassenzimmer in eine Ecke stehen, mit dem Gesicht zur Wand. Doch ein neues Rechenspiel brachte mir Freude. In einem Plastiktablett waren Puzzleteile ebenfalls aus Plastik. Auf den Puzzleteilen war eine Rechenaufgabe und auf dem Tablett die Ergebnisse. Wenn ich also richtig rechnete, konnte so das Puzzle zusammengesetzt werden. Während die Schüler in der Klasse noch die Tabletts mit den einfach plus Rechenaufgaben erhielten, bekam ich schon die Minus und später die Malaufgaben (multiplizieren). Da standen mir ein ums andere Mal vor Schwierigkeit schon die Haare zu Berge.

Unser Vater sorgte in dem Jahr noch für ein großes, heute eher kleines, Ereignis! Nachmittags fuhr ein blaues Auto in unsere Einfahrt und mein Vater stieg aus dem Fahrzeug aus. Einige Siedler versammelten sich um diesen neuen Wagen und mein Vater erklärte technische Finessen des Autos. Meine Mutter kam schnellen Schrittes in Küchenschürze hinaus, das Geschirrtuch noch in der Hand und fragte ihren Mann: „Was das soll?" Mein Vater sagte: „Das ist der neue Ford 15 M und ich habe ihn gekauft." Meine Mutter bekam erst den Mund nicht zu und sagte dann: „Bist du denn verrückt?!" Und schlug mit dem Geschirrtuch nach meinem Vater, ehe sie ihm um den Hals fiel. Vater lud uns zu einer Fahrt ein. Manni, Roland und ich saßen schon drinnen. Mutter rannte schnell rein, legte die Schürze ab und holte Püppi. Sohni war gerade neun Monate alt und träumte im Babybett fest seinen ersten Traum von Milch, Nuckel und dem grünen Krokodil, das an seinem Kopfkissen lag. Mutter huschte ins Auto. „Och, Püppi kann vorne sitzen." Rutschte es aus mir heraus. „Halt den Schnabel." Vater machte eine Ausholbewegung mit der Hand und ich zuckte zusammen in der Erwartung einer Maulschelle, denn wenn Vaters Riesenpranke im Gesicht einschlug, gab es den ganzen Tag Kopfschmerzen. Vater lächelte Mutter an und fuhr los. Die Rundfahrt begann. Zwanzig Minuten kutschierte er seine Familie durch Rudow. Den Zwicker Damm hoch, am alten Kohleplatz vorbei, weiter geradeaus bis hoch zur Mauer, dann rechts in die Kanalstraße rein. Auf der linken Seite war Vaters Arbeitsplatz, Krupp Stahlbau, Vater war dort Schweißer. Dann fuhr er durch einige kleine Gassen bis zur Köpenicker Straße bis runter ins Dorf Rudow. Anschließend links in die Neuköllner Straße zur Spinne. Rechts zu sehen war die aus rotem Backstein gebaute Sonderschule, die restaurierungs- bedürftige Apotheke und der Spielwarenladen Rehfeld. Links die alte Feuerwache und Fahrrad Berger. An der Rudower Spinne, die hieß so, weil dort sechs Wege abgingen und von oben es aussah wie eine Spinne, hielt er an und alle bekamen ein Eis spendiert. Zuhause an- gekommen stieg ich aus und glitt mit den Fingern vorsichtig über den Lack. Wir hatten ein dunkelblaues Auto, das Kennzeichen hat noch heute Platz in meinem Kopf, B-JT 132.

Die erste Freude war verflogen und wir spielten wieder im Garten, im Feld und in der umliegenden Gegend.

Ich rief zum ersten Mal uns fünf Freunde zusammen. Da war Martin (Spargel), Jörg (Moppel), Wilfried (Willy), Stefan (Steffi) und natür- lich ich (Gürkchen). Wir hatten uns nach und nach in der Siedlung gefunden und wurden eine feste Gruppe. Martin war ein Jahr jünger als ich blond wie ein Engel und dünn wie ein Spargel, Wilfried, den alle Willy nannten, war von normaler Statur, hatte braune kurze Haare und ein Jahr älter, und der Rest von uns war gleichaltrig. Jörg war ein wenig übergewichtig und rund, daher trug er den Spitznamen Moppel, es war der Einzige Lockenkopf unter uns. Warum Stefan Steffi hieß, habe ich nie herausgefunden, aber Steffi hatte in jungen Jahren schon ganz schöne Mukis, wenn es Ärger gab, riefen wir nach Steffi. Ich bat alle, eine Taschenlampe und zwanzig Pfennig mitzubringen, denn ich hatte meine erste Bunkerführung angekündigt. Es war ein stürmischer Herbsttag, ich hatte einen dunkelblauen Pudel auf dem Kopf und einen dunkelblauen Schal um meinen Hals gebunden, als wir uns am aufgebrochenen Bunkereingang trafen. Dieser wurde immer wieder zugemauert, doch die Älteren in der Siedlung stemmten die Steine jedes Mal heraus. Voller Respekt standen wir fünf vor dem dunklen Eingang und schauten hinab auf die Steintreppe, die in die Tiefe führte. „Auf geht's, Jungs," gab ich das Kommando und knipste meine Taschenlampe an. Meine Kumpels taten es mir nach, und ich stieg als Erster hinab, dicht gefolgt von meinen vier Freunden. Unten an der Treppe angekommen, führte der Weg nur nach links ins Innere. Der große Raum, der sich uns darbot, war bis zu den Knöcheln mit Wasser gefüllt. Nur am Rand, ringsherum, war ein kleiner Absatz, darauf war es trocken. Ich sagte: „Macht mal alle die Taschenlampen aus." Plötzlich war es pechschwarz, beklemmend und gruselig. Ich knipste meine Taschenlampe wieder an, und die anderen folgten meinem Beispiel. Weiter ging es durch enge Wege, von denen rechts und links kleine Kammern abgingen. In diesen standen noch die Drahtgestelle von Doppelstockbetten. In einem abgetrennten Bereich waren viele kleine Kammern, in einer stand ein Eimer. Spargel bemerkte trocken: „Hier haben die bestimmt gekackt." Alle lachten, und die Spannung löste sich kurzzeitig. Ich hatte mich immer gewundert, warum auf einem Bunker große viereckige Türme standen. Von hier drinnen konnten wir sehen, dass in den größeren Räumen nach oben hinaus Schächte verliefen, Lüftungsschächte. Die hatte ich schon bei meiner ersten Bunkerbegehung mit den Großen bemerkt. Gelegentlich hörten wir das Tropfen von Wasser aus Rissen in den Wänden. Es war düster und beklemmend hier unten, die feuchte Luft roch nach Moder und Vergangenheit. Nach einer Stunde verließen wir den Bunker. Alle waren ein wenig erleichtert, denn die Stimmung da unten war doch sehr erdrückend. Über dem Feld am Bunker wehte ein heftiger Wind, und der leichte Nieselregen sorgte dafür, dass alle wortlos auseinanderstoben. Wir liefen nach Hause, und die fünf Freunde hatten ihr erstes großes Geheimnis. Die Erlebnisse im Bunker schweißten uns noch enger zusammen und wurden zu einem unvergesslichen Teil unserer gemeinsamen Kindheit.

Vor unserem hinteren Gartenausgang hatte Vater eine kleine Tannenschonung angepflanzt. Die Idee war, zu Weihnachten Tannenbäume zu verkaufen. Überhaupt, machte mein Vater alles zu Geld was nur auf der Straße oder irgendwie als Idee im Kopf herum lag. Wir hatten Hühner, ein Kartoffelfeld, Erdbeeren, Gurken, Möhren, Bohnen, Schnittlauch und vieles mehr in unserem Garten und auf dem anschließenden Feld. Auch meterhohe Obstbäume, Apfel, Kirsche (sauer und süß), Birne, Spilling und Pflaume. Johannisbeere- und Stachelbeersträucher. Auf dem Kompost zwei große Kürbisse.

Jeder von uns drei Brüdern besaß einen Lieblingsbaum, der von Manni war hinten die große Birne, der von Roland war der breite Pflaum Baum und meiner war die süße Kirsche. Und niemand durfte ohne Genehmigung des anderen, fremden Baumes beklettern.

Eines Tages im November, es war schon recht kalt, der Wind schoss durch das Geäst der Bäume, rief mich Manni nach hinten auf seinen Birnbaum, er saß in etwa vier Meter Höhe und ich sollte zu ihm hinaufklettern. Als ich bei ihm angelangt war, drückte er mir eine alte Blechdose in die Hand. „Halte sie fest und lass sie nicht fallen" Sagte er mir, bevor er hinabstieg. An der Unterseite der Dose war innen mit einem Nagel, ein Draht befestigt, es war so ein Wickeldraht, mit dem unsere Eltern in der Vorweihnachtszeit immer Adventskränze banden. Ich hielt die Dose und Manni ging den Draht abwickelnd ins Feld. Ich sah wie er auf das Dach des alten Autos Marke Wartburg kletterte und irgendwas bastelte. Er zog den Draht straff und mir fiel fast die Büchse aus der Hand.

Auf einem Mal: „Hallo, Hörst du mich?" Ich schaute mich um, wer da mit mir sprach. „Hallo hier ist Manni, kannst du mich hören, dann spreche in die Dose rein!" „Ja hallo, ich kann dich hören." Es war wie ein Wunder, wir konnten durch die alten Konservendosen über den Draht miteinander telefonieren. Später holte er Roland, der saß auf dem Feld in einem alten Autowrack und Manni baute eine zweite Leitung vom Auto zum Bunker. Wir hatten das erste Feldtelefon. Später nutzten auch Mutter und Vater die Leitungen, um uns zum Essen zu rufen. Vom Bunker verknüpfte Manni auch Lutze, der wohnte in einem Haus neben dem Bunker in der Nachbarsiedlung und Peter, der zwei Häuser weiter, am Feld, in unserer Siedlung wohnte. Manni war ein Genie!

Wir hatten viel Spaß.

Nach dem Herbst folgte der Winter, am 15.12. hatte Vater Geburtstag und am 24.12. unser Christkind, unsere Mutter Christel. Der Weihnachtsmann kam, draußen andauernder Schneeregen. In der Wohnstube Stand der Weihnachtsbaum. Wir Kinder mussten uns in dem oberen Geschoss unseres Siedlerhauses aufhalten, wir platzen vor Neugier. Pünktlich um 14.00 Uhr rief Mutter nach oben: „Der Weihnachtsmann war da!" Wir stürzten die Treppe hinunter und neben den mit Koks geheizten Kachelofen saß der Weihnachtsmann. Wir drei Jungs sollten unsere auswendig gelernten Weihnachtsgedichte aufsagen. So etwas lernten wir Kinder in der Schule. Der Weihnachtsbaum war mit silbernem Lametta, und Weihnachtskugeln, in den Farben blau, grün, rot und gelb, geschmückt. Oben auf der Spitze thronte ein goldener Stern. An einigen Zweigen hing auch wieder Schokonaschzeug. Kleine Zuckergusskringel, Geleeringe und Weihnachtsmänner. Es brannten echte Kerzen am Baum. Unter dem Baum war auch wieder für jedes Kind ein bunter Teller bereitgestellt. Leckereien und Obst, immer zwei Apfelsinen und ein Apfel. Nach dem Weihnachtsgedicht saß jeder an seinem bunten Teller und die liebevoll verpackten Geschenke wurden aufgerissen. Ich bekam für die gemeinsame Eisenbahnplatte einen gelben Shell Tankwagen und eine Kleine Lokomotive mit Tender von Fleischmann. Einen warmen Winterpullover und zwei paar dicke Socken. Püppi bekam ein kleines Petra Püppchen mit Puppenwohnstube sowie ein Köfferchen voll

60

Wechselwäsche fürs Püppchen. Sohni schlief in dem neben dem geschmückten Baum stehenden Kinderbett. Als der Weihnachtsmann die Stube verlies, bereiteten Tante Beate und Onkel Detti in der Küche schon das Essen. Es gab Vaters selbstgemachten Kartoffelsalat, dazu heiße Würstchen oder selbst eingelegten Brathering. Die gleiche Prozedur wie jedes Jahr, nur das Sohni, der Neue, nachdem er ausgeschlafen hatte, in der Stube herumkrabbelte.

Am nächsten Tag gab es den Festtagsbraten und schon eine Woche später verabschiedeten wir das Jahr 1966 mit lauten Knallern.

Januar 1967 Der Winter trug viel Schnee.

Wir versuchten den größten Schneemann im ganzen Land zu bauen. Wir schliffen die Kufen unserer Schlitten und gingen an den Teichen hinter der Rudower Spinne rodeln. Alles was ein kleiner Hügel war, wurde berodelt. Im Dunkeln zogen wir dann unsere Schlitten Richtung Heimat. Mit nassen Stiefeln schlurften wir über zwei Kilometer in der herannahenden Dämmerung die Großziethner Chaussee entlang nachhause in die Postsiedlung. Es war dann immer wohlig, sich direkt neben dem braunen Kachelofen im Wohnzimmer aufzuwärmen. Der Winter verging, erst kalt, dann nass und endlich kam das Frühjahr.

Im April wurde ich in die zweite Klasse versetzt. Ich hatte nur Einsen und Zweien auf dem Zeugnis, außer in Religion, da gab es eine drei. Ich war nicht so gläubig, obwohl meine Mutter katholisch war und

61

am 24.12. geboren wurde. Ich gab damit an, dass ich das religiöse Wissen nicht brauche, da ich ja eh der Sohn des Christkindes bin und Gott mein Opa ist.

Fräulein Müller, meine Klassenlehrerin, präsentierte mich als besten Schüler und die Birgit, war die beste Schülerin. Fortan gingen Birgit und ich Hand in Hand nachhause. Ich brachte sie immer in den Meißner Weg, bis vor ihre Gartentüre. Nach den Hausarbeiten spielten die Kinder der Siedlung gemeinsam auf der Straße. Ina Berger war die Älteste und sie bestimmte was gespielt wurde. Gummitwist, Hopse oder Mutter - Mutter wie spät ist die Uhr oder Fischer - Fischer wie tief ist das Wasser. Doch am meisten Spaß machte Räuber und Gendarm, das spielten wir am Wochenende, da war mehr Zeit. Eine Gruppe waren die Räuber und die Anderen die Gendarmen. Ina hatte schon eine Armbanduhr, sie teilte die Räuber ein, die hatten dann 4 Minuten Zeit sich in und um der Siedlung herum zu verstecken. Nach Ablauf der Zeit machten sich dann die Gendarmen auf den Weg sie zu suchen. Unsere Siedlung bestand aus zwei aneinander liegenden Kreisen, eine acht. Und rings herum war Feld, außer an den Gärten zur Westseite, da war die Mauer. Es konnte dann schon mal bis zum Abend dauern ehe die Räuber gefangen genommen werden konnten. Ich habe mich mal ins Feld gelegt und bin eingeschlafen, so dass ich nicht gefunden wurde. Erst leichter Nieselregen weckte mich in der Dämmerung. Das Spiel war längst vorbei und alle Kinder waren zuhause beim Abendbrot. Von weitem sah ich Mutter mit ihrer Schürze am Gartenzaun stehen, und mir war bei dem Anblick nicht wohl zumute. Sie packte mich an den Ohren und zog mich mit solch einer Kraft, dass der Schmerz durch meinen Kopf schoss.

Manchmal dachte ich, sie könnte mir die Ohren abreißen. In der Küche angekommen, sah ich Manni, Roland und Püppi bereits beim Abendbrot sitzen. Sohni krabbelte im Flur herum und versuchte sich vergeblich am Türrahmen aufzurichten. Mutter zog mich ohne ein Wort an den Ohren an allen vorbei ins Badezimmer. Dort setzte es eine ordentliche Tracht Prügel mit dem Rohrstock. Bei jedem Schlag sprach sie in scharfen, zornigen Silben: „Wie-oft-hab-ich-dir-ge-sagt-du-sollst-nicht-zu-spät-zum-A-bend-brot-kom-men." Achtzehn Schläge zählte ich, die auf meinen Hosenboden niederprasselten. Der Schmerz war heftig, und ich konnte meine Schreie nicht zurückhalten. Schließlich schrie sie mich mit hochrotem Kopf an: „Ab ins Bett mit dir!" Mit brennenden Tränen in den Augen wusch ich mir im Bad die Hände und putzte mir die Zähne. Ich schaute in den Spiegel, schniefte und versuchte, die Tränen zu unterdrücken. Dann verließ ich das Bad und ging schnurstracks an meinen Geschwistern vorbei zur Treppe. Doch dort wartete bereits mein Vater, und bevor ich etwas sagen konnte, holte er aus und seine riesige Stahlarbeiterhand traf mein Gesicht. Der Schlag war so heftig, dass ich in die Treppe fiel und mir den Kopf an einer Stufe stieß. Benommen und mit pochenden Kopfschmerzen rannte ich nach oben ins Kinderzimmer. Meine Nase blutete, und der Schmerz war unerträglich. Ich legte mich auf den Rücken, hielt ein Taschentuch an meine blutende Nase und war traurig. Unter großen Schmerzen schlief ich schließlich ein. Zum ersten Mal kamen mir Gedanken ans Ausbüchsen. Die Vorstellung, von diesem Ort zu entkommen und den Schmerz hinter mir zu lassen, schien plötzlich verlockend und tröstlich.

Am nächsten Tag, Sonntag, spielten ich und Nachbarsjunge Willy im Gartenbereich vor dem Haus am Gartenzaun Quartett. Autos, Schiffe, Eisenbahn und Flugzeuge Quartett. Und wenn ich nicht mit Willy oder Ina spielte, kamen oft Spargel oder Moppel mit neuen Freunden, die ich dann zur Bunkertour führen musste. Heimlich schlichen wir uns davon, denn unsere Eltern waren nicht davon begeistert, dass wir tief hinab in den Bunker schlichen. Doch ich verdiente mir ein ums andere Mal ein paar Groschen. Manchmal spielte ich bei Spargel im Garten, da kamen am Wochenende oft Spargels Cousinen, Dagmar 5 Jahre und Bettina 6 Jahre. Wir spielten fangen. Bettina jagte mir hinterher und ich der kleinen süßen blonden Dagmar. Manchmal kam auch Moppel rüber, der war direkter Zaunnachbar von Spargel und stellte Bettina immer Beine. Moppel war eifersüchtig, denn er wollte Bettina zur Freundin, sie jedoch wollte mich und ich meinerseits Dagmar. Das war dann immer ein wildes Gerangel auf Spargels Wiese. Spargel fragte, ob wir auf dem Feld, hinten an der Mauer ein Lagerfeuer machen wollen. Dagmar, Bettina und ich waren sofort begeistert, nur Moppelchen hatte so seine bedenken. Aber als Martin mit der Streichholzschachtel schüttelte, war auch Moppel dabei. Wir suchten kleine Gräser und kleine trockenen Äste. An der Mauer war noch kein Unkraut oder Gras. Es war noch eine Menge aufgeschütteter Sand vom Mauerbau an der großen Steinwand. Windgeschützt saßen wir auf alten Kochtöpfen und warteten bis Spargel endlich das Streichholz an der Fläche rieb.

Er entzündete das trockene Gras, und schon schlugen die Flammen auf, leuchtend und züngelnd, griffen sie nach den kleinen Ästen, die sofort Feuer fingen. Die Mauer warf einen langen Schatten hinter dem Garten, während wir alle in die tanzenden Flammen starrten, jeder in seine eigenen Gedanken versunken. Neben mir spürte ich Dagmars warme Hand in meiner. Ein zarter Windstoß trug den Geruch von brennendem Holz und Erde zu uns. Plötzlich hallte ein Ruf meiner Mutter durch die Stille: „Gürkchen essen!" Ihre Stimme riss uns abrupt aus unserer Lagerfeuerstimmung. Ohne zu zögern sprang ich auf, rannte los und schlängelte mich durch das unebene Feld hinüber zu unserem Gartenzaun. Manchmal erwischte mich eine der zahllosen Stolperfallen – ein verborgener Stein, eine Wurzel – und ich landete der Länge nach mit dem Gesicht voran im Gras. Doch das gehörte dazu; das Feld war bekannt für seine kleinen, unsichtbaren Hindernisse. Mit zerkratztem Gesicht und aufgeschlagenen Knien stand ich schließlich in der Küche, nachdem ich mir flüchtig die Hände gewaschen hatte, bereit für das Mittagessen.

Die Sommerferien, endlich. Ich, Gürkchen ging wieder auf Reisen. Ich war schon sieben Jahre und packte meine Sachen selbst. Den Koffer schmückten zwei Aufkleber, einen Berliner Bär und ein Posthorn, denn schließlich wohnte ich ja in der Postsiedlung. Meinen Spitznamen „Gürkchen" hatte ich mit einem dicken roten Stift durchgestrichen und mit fein leserlicher Handschrift, fett in Gelb „Thomas" draufgeschrieben. Wieder freute ich mich schon Tage vorher auf meine Ferien. Es ging mit dem Flugzeug zur Oma nach Hamburg. Auch meine Brüder Manni und Roland reisten mit mir zur Oma an die Elbchaussee. Und schon standen wir alle am Flughafen Berlin Tempelhof. Der monströse silberfarbene Bomber wartete schon. Seine Propeller waren in Lauerstellung. Sie konnten es kaum abwarten, Kräfte strotzend zu Brummen um die Maschine in den

65

Himmel zu heben. Das Ritual, Verabschiedung mit winkendem Taschentuch von Muttern folgte und keiner von uns dreien weinte. Zu spannend war das Abenteuer unseres ersten Fluges. Wir Jungens gingen in Begleitung einer Stewardess über das Rollfeld. Ich ging schnurstracks auf das silberne Monster zu, während Manni und Rolland sich mehrfach umdrehten und der Mutter zu winkten, die immer noch mit dem weißen Taschentuch dastand.

Als dann alle Passagiere endlich an Bord waren, die Rolltreppe weggeschoben wurde, ließ der Pilot die Maschinen an. Die Propeller klotterten los, die ganze Maschine vibrierte, ich klemmte meine Hände fest in die Armlehnen, langsam rollte der Brummer. Vor der Startbahn machte sie kurz halt, die Motoren brummten lauter die Propeller heulten auf und gaben jetzt alles. Die Maschine rollte, der ganze Sitz wackelte, ich krallte mich tiefer im Sitz fest und wurde immer kleiner. Ich versank fast im Sitz und schwitzte Blut und Wasser. Doch ich wollte mutig sein, nicht schreien, nicht heulen, denn meine beiden älteren Brüder waren dabei. Ich schaute rechts rüber zu Manni, dem machte das alles nichts aus, er schaute aus dem Fenster und winkte dem Flughafengras zu. Dann schaute ich nach links zu Roland, der starrte den Gang nach vorne und war Leichenblass. Plötzlich leere im Magen, was ist das dachte ich und kam leicht in Panik. Die Maschine hob ab. „Gürkchen, du fliegst zum ersten Mal in deinem Leben," flüsterte ich.

Und je höher die Maschine stieg, desto angenehmer empfand ich das Gefühl des Fliegens. Ich entkrampfte, rutschte den Sitz wieder hoch und grinst über alle vier Backen. Mit Stolz geschwelter Brust saß ich da. Manni klopfte mir noch auf die Schulter, jetzt war ich ein fliegender Held. Ich musste pullern und wie Graf Koks, Brust raus lief ich kleenes Gürkchen den Gang entlang zur Toilette. Die Stewardess half mir beim Öffnen der Tür und erklärte mir, wie sie von innen zu verriegeln sei. Die Stewardess war sehr nett und äußerst hübsch, fast so hübsch anzusehen wie meine Klassenlehrerin Fräulein Müller.

Während des Fluges gab es noch ein Rosinenbrötchen aber da ich keine Rosinen aß, schenkte ich mein Essen Roland. Die Stewardess fragte was ich trinken möchte, Florida Boy Orange, Fassbrause oder Malzbier? ich fragte Manni, ob ich ein Malzbier trinken dürfe und Manni nickte wohlwollend. Ich sagte übers ganze Gesicht grinsend im Berliner Dialekt: „Icke will een Malzbier."

So hatte ich auf meinem ersten Flug, mein erstes Bier.

Oma holte uns drei Jungs in Hamburg am Flughafen ab und wir fuhren in ihr Haus in die Elbchaussee.

Oma besaß ein prächtiges, schneeweißes, altes Herrenhaus, das vor Eleganz nur so strahlte. Dazu gehörte ein weitläufiger Garten, der sich wie ein grünes Paradies hinter dem Haus ausbreitete. Über kunstvoll angelegte Stufen und verschlungene Wege gelangte man schließlich hinunter zum idyllischen Elbufer. Der Pfad dorthin, der an seinem Ende von einem schmiedeeisernen Gartentor abgeschlossen wurde, glich einem verwunschenen Labyrinth. Er führte durch majestätische, hohe grüne Hecken, die von einem Meer aus bunten Blümchen gesäumt waren und den Spaziergang zu einem wahren Erlebnis machten. „Gürkchen, du hast aber einen schicken Koffer, aber warum hast du denn Gürkchen durchgestrichen?" fragte Oma. Ich meinte nur: „Weil ich jetzt nicht mehr ein Gürkchen bin!" Oma lachte laut und meinte dann: „Aber für mich wirst du immer das kleine freche grüne Gürkchen bleiben."

Auch Jahrzehnte später als OMA alt war und ich ihre Wohnung im Märkischen Viertel in Berlin renovierte, sagte sie als einziger Mensch noch „Gürkchen" zu mir, dass erfüllte mich mit Stolz.

Oma grinste und wir packten unsere kleinen Koffer aus. Die gesamten Sommerferien waren meine Brüder und ich bei Oma in Hamburg und es gab viel zu sehen. Unendlich lang erscheinende Schiffe fuhren täglich auf der Elbe am Haus in der Elbchaussee vorbei.

Unter der majestätisch dahinfließenden Elbe erstreckte sich ein faszinierender Tunnel, dessen Geheimnisse nur darauf warteten, von uns erkundet zu werden. Schon die Vorfreude auf diesen Abstieg ließ unsere Herzen schneller schlagen. An unserer Seite war Onkel Otthard, der jüngste Spross der Familie, der mit seinen gerade einmal 14 Jahren eine erstaunliche Wissbegierde an den Tag legte. Er war blass und von hagerer Statur, was seinem scharf geschnittenen Gesicht einen gewissen Ernst verlieh. Sein kurzes, schwarz gelocktes Haar umrahmte einen wachen Blick, der jeden Winkel der Stadt zu kennen schien. Voller Stolz führte er uns durch die Straßen Hamburgs, zielstrebig und voller Enthusiasmus, bis wir schließlich das imposante Eingangsportal zum Elbtunnel erreichten.

In einem riesigen Fahrstuhl, dessen Wände mit historischen Bildern und alten Bauplänen geschmückt waren, glitten wir in die Tiefe. Ein sanftes Summen erfüllte die Kabine, und das leichte Vibrieren des Bodens unter unseren Füßen ließ uns die gewaltige Konstruktion spüren. Als sich die Fahrstuhltüren schließlich öffneten, standen wir am Anfang eines langen, schmalen Weges, der in einer scheinbar endlosen Linie unter dem mächtigen Fluss hindurchführte. Die Ziegelwände des Tunnels glänzten feucht im schummrigen Licht, das sich in regelmäßigen Abständen von den gekachelten Wänden und dem leicht gewölbten Boden des Durchgangs reflektierte. Ein eigenartiger Geruch lag in der Luft, eine Mischung aus kühler Feuchtigkeit und den Auspuffgasen einiger Autos, der nach und nach mit dem Fahrstuhl heruntergelassen wurden.

Schritt für Schritt gingen wir voran, unsere Schritte hallten in der Stille wider und erzeugten eine fast magische Atmosphäre. Manchmal fuhr eines der heruntergelassenen Autos durch den Tunnel, der Einspurig war. Wir fühlten uns wie Entdecker, die eine geheime Welt durchstreiften, verborgen unter den Wellen der Elbe, getrennt von der Hektik der Großstadt über uns. Der Tunnel schien endlos zu sein, ein Korridor in die Tiefe der Erde, und doch erblickten wir am Ende schließlich das schwache Licht, das die andere Seite ankündigte. Als wir den Ausgang erreichten und in die frische Luft traten, blieb uns der Eindruck dieser geheimnisvollen Unterwelt, in der wir für einen kurzen Augenblick etwas Unvergängliches berührt hatten.

Wir waren auch auf einen bunten Rummel, besuchten den Michel und spielten fast jeden Tag am Elbe Ufer. Mit Onkel Otthard, erlebte ich die schönsten Stunden an der Elbe. Mit einer selbst gebastelten Angel standen wir vier Jungs in alten blauen Sporthosen, die Onkelchen besorgte, knietief in der Elbe und holten einige Fische an Land.

Oma bereitete die frischen Fische mit geübter Hand zu: Sorgfältig nahm sie die silbrig schimmernden Kreaturen aus, entfernte alle Innereien und wusch sie gründlich unter klarem kaltem Wasser. Danach würzte sie die Fische mit einer aromatischen Mischung aus duftenden Kräutern, Knoblauch und einer Zitronenschale. Anschließend schob sie die marinierten Fische behutsam in den vorgeheizten Ofen, wo sie langsam zu einer goldbraunen Perfektion gebacken wurden. Der köstliche Duft von frischem Fisch und Gewürzen durchzog bald das gesamte Haus, und wir konnten es kaum erwarten, das köstliche Mittagsmahl zu genießen. Onkel Otthard zeigte uns die ganze Gegend um Blankenese. Oft war er auch mit Manni allein unterwegs. Lausbubenstreiche, die beiden zogen dann immer in den Jenischpark und trafen sich mit anderen Jugendlichen. Ich konnte jeden Abend bevor es ins Bett ging, unten im Waschkeller baden. Das war aber auch nötig, denn ich war nach meinen Abenteuern am Elbufer immer sehr verdreckt. Einmal musste Oma nachhelfen und mit der Bürste schrubben, so tief saß der Dreck. Sie machte das Wasser im Badeofen immer ein wenig zu heiß. Ich machte mir nichts draus, schnell hatte ich in Hamburg einen neuen Spitznamen: „Der Dreckspatz von Blankenese." Diesen Spitznamen trugen die Kinder von Hamburg mir zu, und wenn ich das Glück hatte, mit in den idyllischen Jenischpark gehen zu dürfen, schallte es oft laut über die Wiesen: „Eh, da kommt der Dreckspatz von Blankenese!" Obwohl der Name vielleicht rau klang, trug ich ihn mit Würde. Schließlich bedeutete es, dass die Hamburger Kinder mich als einen der ihren ansahen. Mit erhobenem Haupt und einem breiten Grinsen auf den Lippen fühlte ich mich wie ein kleiner Held, der ein Teil dieser lebendigen und aufregenden Gemeinschaft war. Von Opa Fritze Bock lernte ich nebenher Akkordeon spielen, er war vor seiner Alkoholkrankheit, Kapitän zur See. Opa brachte mir auf seinem alten, von unzähligen Seefahrten gezeichneten Schifffahrtsklavier die schönsten Kinderlie-

70

der bei. Mit liebevoller Geduld spielte er „Hänschen klein", „Hänsel und Gretel" und „Alle meine Entchen", während ich eifrig mitsang und seine Finger bewunderte, die so geschickt über die Tasten glitten. Leider blieb es bei diesen wenigen Liedern, denn die sechs Wochen Ferien vergingen viel zu schnell, und der Abschied stand bevor. Oma war sehr traurig, als wir drei Jungs wieder nach Berlin aufbrechen mussten. Ich versprach ihr fest, dass ich sie im nächsten Jahr wieder besuchen würde. Die Erinnerungen an Oma in Hamburg und die gemeinsamen Stunden am Elbufer begleiteten mich jeden Tag aufs Neue und wärmten mein Herz, egal wie weit entfernt ich auch war.

Am Flughafen in Berlin Tempelhof angekommen, war die Freude von Mutter groß, ihre drei Sprösslinge waren gesund und munter zurück. Die Ferien waren zu ende, doch ich konnte es kaum erwarten, wieder nach Hamburg zu Opa und Oma zu fahren, und so nervte ich meine Eltern unablässig mit meinen Bitten. Meine Mutter, mit einem strengen Blick, stellte klar, dass es auf mein Zeugnis ankäme, was ich zu den Herbstferien vorlegen würde. Entschlossen setzte ich mich an meine Schulaufgaben, und als die Zeit gekommen war, konnte ich stolz ein Zeugnis präsentieren, das nur Einser und Zweier zeigte. Die Freude war groß, als Oma einen liebevoll verfassten Brief schickte, in der sie eine Hin- und Rückfahrkarte von Berlin nach Hamburg für mich beilegte. Diese Fahrkarte war für den legendären rot-weißen TEE-Dieselzug, den Trans Europa Express, reserviert. Der Gedanke an diese Reise erfüllte mich mit Aufregung. Endlich war der Tag gekommen. Mein Vater brachte mich zum Bahnhof Zoo, wo der imposante Zug schon auf mich wartete. Mit klopfendem Herzen stieg

71

ich ein und ließ mich von dem luxuriösen Ambiente des TEE verzaubern, während ich die Reise nach Hamburg voller Vorfreude genoss. Bei der Ankunft in Hamburg sah ich Oma schon in Altona am Bahnsteig stehen. Ich sprang aus dem Waggon, rannte zu Oma und sagte: „Siehste Oma da bin ick wieda, hab ick dia ja fasprochen, dass ick wieda komme."

Oma fragte wo denn mein Koffer sei? Ich hatte ihn vor Aufregung im Zug vergessen. Doch Oma holte den Koffer geschwind aus dem Abteil. Opa Fritz hatte mir ein wunderschönes rotes Akkordeon geschenkt, das mit seinen glänzenden Knöpfen und filigranen Verzierungen sofort mein Herz eroberte. An stürmischen Herbsttagen, wenn die Wellen der Elbe wild gegen das Ufer peitschten und der Wind um das Haus heulte, saßen wir gemütlich im Wintergarten. Durch die großen Fenster konnten wir das beeindruckende verregnete Schauspiel der Natur beobachten, während Opa mir geduldig weitere Kinderlieder beibrachte. Das fröhliche Spiel des Akkordeons und die wohlbekannten Melodien boten einen harmonischen Kontrast zu dem rauen Wetter draußen. Ich erlebte aufregende Hochwasser bei Flut und genoss es, mit Opa im Herbstwind entlang der Elbe zu spazieren. Der Wind zerrte an unseren Regenmänteln, doch unsere Gespräche und sein herzliches Lachen machten diese Spaziergänge zu etwas ganz Besonderem. Doch wie alle schönen Zeiten, gingen auch die Herbstferien zu Ende. Mit einem wehmütigen Gefühl verabschiedete ich mich von Opa Fritz und der Elbe, doch die Erinnerungen an diese wundervollen Tage wärmten mein Herz und ließen die Vorfreude auf den nächsten Besuch wachsen. Opa Fritze hatte noch eine besondere Überraschung für mich in petto. Mit einem geheimnisvollen Lächeln auf den Lippen öffnete er ein kleines, raschelndes Papiertütchen und zog behutsam einen glänzenden Aufkleber hervor. Es war das stolze Hamburger Wappen. Eine strahlend weiße Burg auf einem tiefroten Hintergrund. Meine Augen leuchteten vor Begeisterung, als er mir den Aufkleber reichte. Sofort nahm ich ihn und klebte ihn sorgfältig auf meinen braunen Koffer, der dadurch zu einem ganz besonderen Schatz wurde. Nun trug ich ein Stück Hamburg immer bei mir, wohin ich auch reiste, und der Anblick der weißen Burg erinnerte mich stets an die unvergesslichen Zeiten mit Opa Fritze Bock.

Vater holte mich wieder ab. Und war überrascht, dass ich mit zwei Koffern zurückkam, der braune verziert mit Aufklebern und ein grauer mit meinem Akkordeon.

Ferien waren zu Ende und die Schule stand wieder vorne an. Ich war ein Schüler, der schnell alles verstand und wenig lernen musste. Ich störte auch fleißig den Unterricht. Ich quatschte mittenrein, sagte Ergebnisse vor, zog Grimassen und machte Faxen. Ich lernte viel von meinen beiden Brüdern, daher war der Unterrichtsstoff für mich langweilig. Meine Klassenlehrerin Fräulein Müller fand kein probates Mittel gegen mein Stören und stellte mich zur Beruhigung in die Klassenecke, mit dem Gesicht zur Wand. Doch das fand ich auch noch lustig, folglich musste ich für zehn Minuten hinaus auf den Flur. Auch wenn Fräulein Müller streng Thomas rief, hörte ich nicht, denn ich hieß ja Gürkchen, außerdem waren in der Klasse vier Mal Thomas: Den Renger, den Purzel, den Müller und eben das Gürkchen. Nach dem Schulunterricht brachte ich oft meine Freundin Birgit Machalasowitz nach Hause. Dies bedeutete immer einen kleinen

73

Umweg, den ich jedoch gern in Kauf nahm. Unsere gemeinsamen Gespräche, die oft über unsere Hausaufgaben waren und das fröhliche Lachen machten den Weg kurzweilig und schön. Nachdem ich Birgit verabschiedet hatte, schlenderte ich verträumt durch die verschiedenen Gartenanlagen und die malerische Siedlung, die meinen Weg säumten. Die Farbenpracht der Blumenbeete und das Rascheln der Blätter im Wind begleiteten mich, während ich meinen Gedanken nachhing. Schließlich erreichte ich das Elternhaus, das mir nach diesen friedlichen Wegen immer noch ein wenig heimeliger erschien.

Vater beschloss, unser Grundstück umzugestalten, und begann damit, vorn an der Straße ein Stück der dichten, grünen Hecke wegzureißen. Mit viel Geschick und Tatkraft baute er eine geräumige Einfahrt für unser Auto. Sein guter Freund Manne Unger, ein begabter Handwerker, half ihm dabei. Gemeinsam zogen sie eine solide Garage hoch, die perfekt zum Haus passte. Nach etlichen Tagen harter Arbeit und vielen Flaschen Bier, war die Garage endlich fertig. Unser stolzes, blaues Gefährt stand nun sicher und trocken in seinem neuen Zuhause, geschützt vor Wind und Wetter.

Bei den Versteckspielen mit den Mädchen und Jungen in der Siedlung, bin ich mal wieder auf dem Feld vor der Siedlung, nahe der Großziethner Chaussee eingeschlafen. Das war das Drama des Jahres in Rudow. Herr Schirmeister, der Polizist unserer Siedlung, rief noch zwei weitere Polizisten an. Mütter und Väter der Siedlung suchten mich. Es war schon dunkel, da erwachte ich. Manni, mein Bruder und sein Kumpel Lutze standen am Eingang der Siedlung und sahen mich. „Wo warst Du?" fragt mich Manni. „Ich war eingeschlafen", kam es müde aus mir heraus. „Das gibt Kloppe, Mutter und Vaddern

74

sind stink sauer." Ich bekam es mit der Angst. Vaters Stahlpranke und Mutters Rohrstock. Sie begleiteten mich zu unserem Heim. Unterwegs trafen wir die erleichterten Siedler, welche mich suchten und zufrieden meine Schulter klopften. Am Gartentor angekommen, sah ich bereits den Mond über dem roten Ziegeldach.

Ich sagte leise. „Bitte beschütze mich."

Meine Eltern saßen in der Veranda und wussten schon, dass ich aufgefunden war. Meine Eltern sagten nichts. Mein großer Bruder Manni wollte mich beschützen und sagte: „Loss, jetzt schnell Zähne putzen und ab ins Bett." Er stand im Badezimmer neben mir, als ich fertig war hatte ich mächtig Angst vor der harten Strafe, den Prügeln von Vater und Mutter. Manni legte sein Arm auf meine Schulter und lotste mich zwischen Vater und Mutter, die gierig wie Wölfe auf das schwarze Schaf blickten, hindurch nach oben ins Bett. „Da haste nochmal Schwein gehabt", beschwört er. „Mach das bloß nicht nochmal." Ich sagte zu Manni: „Ich bin doch nur eingeschlafen." Manni war an dem Abend sehr mutig.

Im Herbst pflückten alle das restliche Obst und Gemüse, damit Mutter alles, vor dem Winter, einwecken und im Keller einlagern konnte. Aus den Birnen, Äpfeln und Sauerkirschen wurde leckerer Saft gemacht. Der Entsafter stand auf heißer Flamme auf dem Ofen in der Küche. Es war dann immer wie ein Wunder, wenn der Gummischlauch runter gebunden Wurde und der leckere heiße Saft aus dem großen Topf floss. Mutter weckte auch Pflaumen, Birnen und Sauerkirschen ein.

Spätkartoffeln werden ausgegraben und im Keller eingelagert. Unser Garten war nicht nur Spielwiese, sondern auch Acker für Nahrungs-

75

anbau. Es gab auch zehn Hühner im Stall, manchmal durften sie auch raus in den Garten um saftiges Grün zu fressen. Morgens gab es immer frische Eier auf dem Frühstückstisch. Die restlichen Eier wurden an Nachbarn der Straße verkauft.

Und nicht nur der Garten, die Bepflanzung dehnte sich bis auf das angrenzende Feld aus. Nicht nur eine Tannenschonung, auch noch mehr Kartoffeln wurden darauf angepflanzt. Wem sollte das auch stören, geradezu war der graue geheimnisvolle Bunker, rechts ein Stück Sandweg. Auf der glatten Straße, patrouillierten die Amis in Ihren Jeeps. Abgegrenzt war alles durch meterhohes Gestrüpp und einem zugewachsenen Zaun. Links vom Feld die Mauer. Den Bunker ließen wir für eine Weile in Frieden, wir spielten auf ihn und durch das verbot unserer Eltern nicht mehr in Ihm, Wir hatten zu wenig Mut und noch zu viel Schiss in den Hosen.

In diesem Jahr trat ich noch einem Sportverein, dem TSV Rudow, bei. Sport getrieben wurde unter Anleitung von Herrn Rehfeld in der kalten Jahreszeit, in der Sporthalle der Matthias-Claudius-Grundschule in der Köpenicker Straße in Berlin Rudow. Angemeldet wurde ich als Turner, später wechselte ich zu den Leichtathleten, bis ich schließlich Fußballer beim TSV Rudow wurde. Im Verein verschwand der Spitzname Gürkchen, hier war ich Thomas. Im Winter wurden wieder Schneemänner gebaut. Die wildesten Schneeballschlachten geführt, Schneeburgen und Iglus erschaffen. ich fertigte mit aller Sorgfalt seinen eigenen Iglu an. Ich fragte erst Vater, dann Mutter, ob ich in diesem Iglu übernachten dürfe. Meine Eltern betrachteten den Iglu und stimmten anschließend zu. Ich schleppte alle Decken und Kissen in meine neue Unterkunft und nach dem Abendbrot ging ich hinaus in mein Iglu und verbrachte die Nacht darin. Vater schaute aus der Veranda und beobachtete meinen kleinen weißen Bau. Bis ich die Taschenlampe im Innern ausschaltete und ich einschlief. Sonntagmorgen Frühstück. Mutter öffnete das Küchenfenster und rief: „Gürkchen, Frühstück!" Nochmal rief Mutter: „Thomas, essen kommen!" Ich ignorierte diese Worte anfangs, bis ich nach zwei weiteren Rufen erwachte. Thomas, wann wurde schon Thomas zu mir gesagt. Ich freute mich, sprang aus meinem Iglu, rannte in meinem weißen Schlafanzug, der mit Sonne Mond und Sterne verziert war, mit einem Grinsen im Gesicht durch den Garten Richtung Haus. Doch kurz vor der Veranda hatte ich eine Bruchlandung. Zum Glück war noch kein Schnee gekehrt und mein Gesicht landete in der kühlen weißen Pracht.

Mutter schaute aus dem Küchenfenster und schüttelte nur den Kopf, dachte dabei und flüsterte: "Es ist und bleibt noch ein Gürkchen."

Der Weihnachtsmann war dieses Jahr besonders fleißig und bescherte mir ein prächtiges rotes Kasperletheater mit einem grünen Vorhang. Dazu gab es die passenden Handpuppen: Kasper, Gretel, Polizist und Teufel. Vor Aufregung konnte ich die halbe Nacht nicht schlafen und grübelte über den Ablauf meiner ersten Vorstellung. Am nächsten Morgen war es soweit. Roland und Manni saßen gespannt vor meinem kleinen Theater. Kasper machte Faxen und rief fröhlich: „Tri Tra Trallala, der Kasper, der ist wieder da!" Gretel trat auf die Bühne und versuchte, den herumtollenden Kasper zur Ruhe zu bringen. Doch Kasper versteckte sich geschickt, und Gretel suchte verzweifelt nach ihm. Da tauchte der gruselige Teufel auf und entführte Gretel in seinem finsteren Bann. In diesem dramatischen Mo-

77

ment erschien der tapfere Polizist auf der Bühne. Mit großem Mut stellte er sich dem Teufel entgegen und versohlte ihn, bis dieser schließlich nachgab und Gretel wieder freiließ. Der Teufel floh geschlagen von der Bühne, und der Polizist tröstete die verängstigte Gretel. Gretel fragte den Polizisten, ob er den Kasper gesehen habe, und auch der Polizist verschwand suchend von der Bühne. Da rief Kasper plötzlich: „Hurra, der Kasper, der ist wieder da!" Gretel erschrak und erzählte Kasper die ganze Geschichte von ihrer Entführung und der Rettung durch den Polizisten. Mit einem feierlichen Schwung schloss sich der grüne Vorhang, und das Theaterstück fand sein Ende. Roland und Manni sprangen auf und verließen das Kinderzimmer, um pünktlich zum Frühstück zu erscheinen. In Zukunft zeigten meine beiden größeren Brüder kein Interesse mehr an meinem Kasperletheater. Doch ich gewann einen treuen Edel-Fan, Püppi. Auf ihrem kleinen Schaukelpferdchen saß sie stets gespannt und verfolgte jede meiner Aufführungen mit leuchtenden Augen. Immer wieder dachte ich mir neue Geschichten aus, um Püppi zu erfreuen und die Magie des Kasperletheaters lebendig zu halten.

Und wieder verabschiedeten wir das verbrauchte Jahr mit lautem Knallen und bunten Feuerwerken, die den Nachthimmel erleuchteten. Die Luft war erfüllt vom Geruch des verbrannten Pulvers und dem fröhlichen Gelächter der Nachbarn. Im Garten stand erneut ein majestätischer Schneemann, den wir mit viel Mühe und Freude gebaut hatten. Mit seiner großen Karottennase, den glänzenden runden Koksaugen und dem alten Hut auf dem Kopf wirkte er beinahe lebendig. Direkt neben ihm, am alten Pflaumenbaum, dessen Äste unter der Last des Schnees fast bis zum Boden reichten, wirkte die winterliche Szenerie wie aus einem Märchen. Der Schneemann schien über unseren Garten zu wachen, und seine stattliche Erscheinung brachte eine ganz besondere Magie in die eisige Nacht, die den Beginn eines neuen, hoffnungsvollen Jahres markierte.

Das alte Jahr flog nur so dahin, und das neue Jahr 1968 versprach erneut voller wunderbarer Erlebnisse zu werden. Doch diese Vorfreude wurde stets von einem düsteren Schatten getrübt. Die ständigen Prügelstrafen mit dem Rohrstock seitens meiner Mutter und die schmerzhaften Maulschellen mit der stählernen Hand meines Vaters. Jeder Tag war ein Balanceakt zwischen kindlicher Unbeschwertheit und der Angst vor den strengen, oft grausamen Bestrafungen. Die Momente des Lachens und Spielens wurden regelmäßig von der harten Realität überschattet, die sich in Form von Schmerzen und Tränen manifestierte. Trotz der strahlenden Tage und der Aussicht auf neue Abenteuer hing die bedrückende Atmosphäre wie eine dunkle Wolke über meinem jungen Leben, die ich nicht abschütteln konnte. Ich habe eine geknallt bekommen, mal weil ich Püppi ärgerte, mal weil meine Schuhe nicht geputzt waren, weil ich zu spät aus der Schule kam oder auch schon mal, weil das Mittagessen mir nicht schmeckt und ich nicht aufaß. Meine Eltern fanden immer ein Grund mir eine zu ballern. Es war furchtbar.

Im April 1968 war ich gerade in die dritte Klasse versetzt worden. Mein Zeugnis hatte sich im Vergleich zum Vorjahr verschlechtert.

Während ich zuvor im Lesen eine Eins hatte, war es nun nur noch eine Drei. Ich war zu faul gewesen, dem Unterricht aufmerksam zu folgen, meldete mich kaum und ließ meine Gedanken oft abschweifen. Auch meine Schrift hatte gelitten – sie war unordentlich, krakelig, und manchmal war es schwer zu erkennen, was ich überhaupt schreiben wollte. Die Gesamtnote in Deutsch, die sich aus Lesen und Schreiben zusammensetzte, war ebenfalls auf eine Drei gefallen. Meine Mutter ließ das nicht auf sich beruhen. Entschlossen, etwas zu ändern, begann sie, mit mir täglich Schönschrift zu üben. Dafür richtete sie mir in der Veranda einen festen Platz ein, wo ich jeden Nachmittag mit einem Schreibheft saß, das sie extra für mich gekauft hatte. Sie diktierte mir Sätze, die ich sauber und ordentlich zu Papier bringen musste. Jedes Mal, wenn ihr etwas nicht gefiel – sei es ein schiefer Buchstabe oder ein unsauberer Strich –, klatschte ihre Hand leicht gegen meinen Kopf. Es war kein harter Schlag, aber er erschreckte mich jedes Mal. Die Überraschung, gepaart mit der Frustration über meine Fehler, ließ mir manchmal eine Träne über die Wange laufen. Doch sie ließ mich nicht davonkommen: Die ganze Seite musste neu geschrieben werden, und zwar fehlerfrei.

Das Schreibheft war schneller voll, als ich dachte, aber meine Schrift wurde tatsächlich besser. Nach einigen Wochen konnte ich meine Fortschritte sogar selbst erkennen. Doch damit nicht genug – meine Mutter fand auch eine Lösung, um meine Lesefähigkeit zu verbessern. Sie kaufte mir die drei Bände von *Pippi Langstrumpf*. Oft, während sie in der Küche stand und etwas vorbereitete, musste ich ihr laut daraus vorlesen. Sie korrigierte mich, wenn ich stolperte, und bestand darauf, dass ich flüssig und mit Betonung las. Anfangs nervte mich das ständige Üben, doch mit der Zeit begann ich, die Geschichten von Pippi und ihren Abenteuern zu mögen.

Während ich immer mehr Zeit mit Schreiben und Lesen verbrachte, blieb wenig Raum für meine Freunde. Dieses Frühjahr, das so schnell verging, sah ich sie immer seltener. Manchmal hörte ich sie draußen lachen und rufen, während ich an meinem Tisch in der Veranda saß und Buchstaben schrieb oder versuchte, einen Absatz ohne Fehler vorzulesen. Es war frustrierend, aber meine Mutter war überzeugt, dass ich mich später dafür bedanken würde.

Die nächsten Sommerferien standen schon vor der Tür, und ich sehnte mich danach, wieder draußen zu sein – ohne Schreibhefte, ohne Diktate, nur ich und meine Freunde in der Sonne. Doch in diesem Moment war klar: Meine Mutter ließ nicht locker, bis meine Noten wieder besser waren.

Und am Sonntag den 23ten Juni, durfte ich meinen achten Geburtstag nachfeiern. Als Belohnung für meinen Fleiß durfte ich Freunde und die beiden Klassenkameradinnen Birgit Machalasowitz, mit ihren langen, glänzenden blonden Zöpfen, und Birgit Krause, deren hübscher blonder Pferdeschwanz stets fröhlich im Takt ihrer Schritte hin- und herschwang, waren herzlich zur Geburtstagstorte eingeladen. Meine Mutter hatte die beste Käse-Sahne-Torte in ganz Berlin gebacken, eine wahre Meisterleistung, die alle Gäste beeindruckte. Nach dem Genuss von Kakao und Torte tobten wir ausgelassen im Garten herum. Wir spielten Fangspiele auf dem saftig grünen Rasen, bis wir schließlich auf den großen Süßkirschbaum kletterten. Dort saßen wir zwischen den Zweigen und futterten die köstlichen, reifen roten Kirschen, bis wir satt und glücklich waren. Als der Nachmittag sich

81

dem Ende neigte, gingen meine Freunde nach Hause. Ich begleitete meine zweitliebste Freundin Birgit Krause in die Nachbarsiedlung zum Söderblomweg. Sie hüpfte fröhlich neben mir her, und ihr Pferdeschwanz schwang munter von rechts nach links. In meiner Aufregung hatte ich Birgit Machalasowitz völlig vergessen. Als ich schließlich wieder zu Hause ankam, fand ich sie in meinem Zimmer, vertieft in meine Schulhefte. Sie hatte mein Rechenheft vor sich und betrachtete neugierig die Additionsaufgaben mit Tausender, Hunderter, Zehner und Einer. Ihre Augen weiteten sich, als sie die fehlerlosen Berechnungen und das grüne Häkchen von Fräulein Müller als Bestätigung meiner Sorgfalt entdeckte. Neben dem Häkchen prangte die Note 1+, ein Zeichen meiner Bemühungen und des Stolzes meiner Lehrerin. Mit einem zufriedenen Lächeln klappte ich das Rechenheft zu und bot an, auch Birgit Machalasowitz nach Hause zu bringen. Gemeinsam machten wir uns auf den Weg zu ihrem elterlichen Haus im Meißner Weg. Der Tag endete für mich mit einem Gefühl von Stolz und Glück, umgeben von Freunden und Familie, die meine Freude teilten.

Noch in der gleichen Woche Ende Juni, nachdem ich im letzten Herbst ein Akkordeon als Geschenk von Opa Fritze Bock erhalten hatte, meldete mich meine Mutter zum Akkordeonunterricht an. Fortan fuhr ich bei Wind und Wetter mit meinem blauen Fahrrad, das Akkordeon auf dem Gepäckträger, in die Straße 7s (heute Pfarrer-Heß-Weg) hinter dem Dorf Rudow. Das waren immerhin drei Kilometer, und ich war erst acht Jahre alt. Das war eine kraftraubende Strampelei. Die Musiklehrerin bot mir an, das Akkordeon in ihrem Flur stehen zu lassen, damit ich es nicht mehr auf dem Gepäckträger hin- und her kutschieren musste. Doch wenn es zu kalt wurde, oft im Herbst, öfter im Winter, fiel die Doppelstunde aus. Und heute noch kann ich einige der damals gelernten Kinderlieder auf dem Akkordeon und auf dem Klavier spielen.

Mit Püppi hatte ich ein neues, fantasievolles Spiel erfunden. An den kalten Regentagen, ob im Frühjahr oder Herbst, packten wir kleine Koffer und begaben uns gemeinsam auf imaginäre Reisen. Als Reisemittel diente uns ein „Auto", das wir unter der Treppe, bei den letzten fünf Stufen, eingerichtet hatten. Diese provisorische Fahrerkabine war perfekt: Die Freiräume zwischen den Stufen erlaubten uns eine klare Sicht in den Flur, und so fühlte sich unser Abenteuer besonders real an.

„Rums!" machten wir und schlossen die nicht vorhandene Tür, bevor wir losfuhren. Ich saß am imaginären Steuer, der stolze Fahrer unseres abenteuerlichen Gefährts, während Püppi neben mir saß und gespannt auf das Kommende wartete. Wir imitierten die Geräusche eines Autos, brummten und knatterten, als würden wir wirklich die Straßen entlangbrausen. Unsere Lieblingsreise führte uns immer zur Oma nach Hamburg. Während unserer Fahrten erzählte ich Püppi spannende Geschichten von den Erlebnissen an der Elbe. Ich berichtete von den Abenteuern, die ich dort erlebt hatte, von den Schiffen, die majestätisch auf dem Wasser glitten, und den bunten Blumen, die im Garten meiner Oma blühten. Püppi hörte aufmerksam zu, ihre Augen leuchteten vor Begeisterung. Gemeinsam tauchten wir in unsere Fantasiewelt ein, in der der Regen draußen nur eine ferne Erinnerung war und unsere kleinen Koffer uns in die aufregendsten Abenteuer führten.

Und es begannen die lang ersehnten Sommerferien 1968. Für ganze sechs Wochen reiste ich zu Pflegeeltern nach Schlanders (Silandro) in Südtirol. Mit großer Aufregung und Vorfreude packte ich meinen braunen Koffer, sorgsam darauf bedacht, nichts zu vergessen. Mein gleichaltriger Zaunnachbar Willy begleitete mich auf dieses Abenteuer, was die Reise noch spannender machte. Unsere Reise begann am Bahnhof Zoo, wo eine mächtige Dampflok uns abholte. Der allgewaltige Zug dampfte und pfiff, während wir uns in unseren Abteilen niederließen und die Reise in Richtung Süden antraten. Wir waren 12 Kinder und eine Aufseherin, die uns begleitete. In München mussten wir umsteigen, ab hier fuhren Willy und ich allein weiter, der Zugschaffner, ein alter unrasierter grauhaariger Mann in blauer Uniform und blauer Dienstmütze, setzte sich bei uns mit ins Abteil, er stand bei jedem Halt auf und beobachtete das Treiben auf den Bahnsteigen. Wenn alle aus dem Zug ausgestiegen und die neuen Gäste eingestiegen waren, stellte er sich auf das Trittbrett des grünen Eisenbahnwaggons, hob seine weiß grüne Schaffnerkelle, pfiff laut in seine Trillerpfeife und brüllte laut: „Zurückbleiben bitte." Die Dampflok pfiff laut und setzte sich wieder in Bewegung. Jetzt ging es weiter durch die malerischen Landschaften, vorbei an hohen Bergen und tiefen Tälern, bis wir schließlich Meran erreichten. Der Zugführer begleitet uns aus dem Zug, half uns mit dem Gepäck und wir warteten mit unseren Koffern auf den Stufen des Ausganges des Bahnhofs Schlanders.

Von dort holte uns der Bauer Wellenzon mit einem blauen Ford Transit ab, er setzte Willy in Göflan ab und mich nahm er mit auf den

Huterhof der Familie Wellenzon in Schlanders, auf Italienisch heißt der Ort „Silandro".

Am Morgen nach meiner Ankunft führte mich ein großes Mädchen namens Elise über den Hof. Es war gerade mal 6 Uhr, die Luft war frisch und der Duft von Heu und Erde lag in der Luft. Elise war eine 16-jährige Italienerin mit einer beeindruckenden Ausstrahlung. Ihr schwarzes, lockiges Haar fiel in natürlichen Wellen bis zu ihren Schultern und bildete einen schönen Rahmen um ihr Gesicht. Die Locken waren voll und glänzend, ihr Aussehen verlieh ihr einen lebendigen und charaktervollen Look. Ihre dunkelbraunen Augen waren tief und ausdrucksstark, sie schienen die Welt mit einer Mischung aus Neugier und Weisheit zu betrachten. Die dichten, geschwungenen Wimpern betonten ihre Augen und gaben ihr einen faszinierenden, intensiven Blick. Elise hatte eine makellose, warme Haut, die einen gesunden Glanz hatte und ihre natürlichen, italienischen Wurzeln widerspiegelte. Ihr Lächeln war freundlich und einnehmend, es strahlte eine Wärme aus, die sofort Sympathie weckte. Elise bewegte sich mit der unbeschwerten Anmut eines Teenagers, aber gleichzeitig mit einer Eleganz, die auf eine tiefe innere Stärke hinwies. Ihre Art zu sprechen und zu lachen verbreitete eine positive Energie, die ansteckend war und die Menschen in ihrer Umgebung sofort in ihren Bann zog.

Elise zeigte mir, wie der Alltag auf dem Bauernhof begann. Zuerst öffneten wir die Stalltüren und trieben die Schweine hinaus auf eine umzäunte Wiese vor der Scheune. Der Boden war von ihren Hufen aufgewühlt, und sie grunzten zufrieden, als sie in die Freiheit liefen. Ich nahm eine Schaufel und begann, den Mist aus den Schweinestäl-

85

len in eine Schubkarre zu schaufeln. Elise, deren kräftige Arme mühelos den Karren schoben, entleerte ihn auf dem Misthaufen. Sobald die Ställe sauber waren, streuten wir frisches Stroh ein. Die Schweine durften noch eine Weile draußen bleiben, während wir die Futtertröge mit Fressen und Wasser füllten. In der Zwischenzeit melkten der Bauer und die Bäuerin das Dutzend Kühe im Stall. Auch hier durfte ich helfen, indem ich die fetten Kuhfladen in eine Schubkarre schaufelte. Elise und ich stiegen in den oberen Teil der Scheune, wo das Heu lagerte. Mit Mistgabeln stachen wir das duftende Heu auf und warfen es durch ein rechteckiges Loch in die untere Hälfte der Scheune, wo es als Futter für die Kühe diente. Danach kehrten wir wieder nach unten zurück. Ich nahm zwei Hände voll Heu und verteilte es an die hungrigen Kühe. Frau Wellenzon beobachtete genau, ob ich alles richtig machte, denn es war wichtig, Heu und Stroh nicht zu verwechseln. Stroh diente als Einstreu für die Tiere, während das Heu als Futter verwendet wurde. Nachdem alle Arbeiten in Scheune und Stall erledigt waren, trafen wir uns im Haus zum gemeinsamen Frühstück. Es war acht Uhr morgens und der Tisch war traditionell üppig gedeckt. Es gab frische Brötchen, hier als Vinschgauer bekannt, die wahlweise mit Kümmel verfeinert waren. Wir genossen Milch von den eigenen Kühen, Graukäse, Schinken und Speck, sowie Kaffee, Tee und Saft. In einem Korb lagen gekochte Eier, frisch von den vielen Hühnern auf dem Hof. Nach dem kräftigen Frühstück machten sich der Bauer und zwei weitere Erntehelfer bereit, mit dem Traktor und einem Anhänger hinaus aufs Feld zu fahren. Der Tag versprach voller neuer Erlebnisse zu werden, und ich konnte es kaum erwarten, noch tiefer in das Leben auf dem Bauernhof einzutauchen.

Doch zunächst durfte ich zu Willy nach Göflan. Es ging ungefähr zwei Kilometer über einen malerischen Feldweg. Die Sonne schien warm auf die Felder, und der Duft von frischem Gras erfüllte die Luft. Wir spielten an der Etsch, deren Wasser glitzernd im Sonnenlicht floss, und versteckten uns im dichten, geheimnisvollen Wald. Das Lachen und die Freude erfüllten den Tag, während wir durch die Bäume rannten und neue Verstecke entdeckten. Erst zur Brotzeit gegen 16.00 Uhr war ich wieder zurück auf dem Hof. Der Himmel war inzwischen in ein warmes Abendlicht getaucht, und die Geräusche der Natur begleiteten mich auf meinem Rückweg. Ich musste nicht früher zurück sein, da die Familie ihr Mittagessen auf dem Feld aß. Ich lernte, dass die Brotzeit eine Art Zwischenmahlzeit war, bei der es köstliche Vinschgauer Brote, geräucherten Schinken und würzigen Käse gab. Dazu tranken die Helfer um die Bauernfamilie Wellenzon herum meist Rotwein. Ich durfte auch ein kleines Glas Rotwein probieren, was mich mit einem leichten Schwindel erfüllte. Während die Bauern nach der Brotzeit auf dem Hof ihre Gerätschaften säuberten und warteten, legte ich mich schlafen. Der sanfte Triesel im Kopf und die Eindrücke des Tages begleiteten mich in meine Träume.

Ich hatte im zweiten Obergeschoss des Bauernhauses in Silandro mein eigenes gemütliches Zimmer, das einen atemberaubenden Blick auf die umliegenden Berge bot. Die Holzmöbel und der rustikale Charme des Raumes verliehen mir eine warme, einladende Atmosphäre. Spät in der Nacht wachte ich plötzlich auf. Neugierig ging ich zum Fenster und sah die dunklen Umrisse der gigantischen Dreitausender, die sich majestätisch gegen den sternenklaren Nachthimmel abzeichneten. Die Stille der Nacht und die erhabene Präsenz der Berge wirkten beruhigend und gleichzeitig beeindruckend. Noch müde und erschöpft vom ereignisreichen Vortag, legte ich mich wieder ins Bett. Die sanfte Brise, die durch das offene Fenster hereinwehte, trug den Duft von frischer Bergluft mit sich und wiegte mich bald wieder in einen tiefen, erholsamen Schlaf.

Am nächsten Morgen ließen sie mich schlafen, um mir die wohlverdiente Ruhe zu gönnen. Es war Elise, die mich schließlich sanft zum Frühstück weckte. Mit einem freundlichen Lächeln trat sie in mein Zimmer, ihr schwarzes, lockiges Haar fiel in weichen Wellen über ihre Schultern. Sie hatte ein Tablett bei sich, auf dem liebevoll angerichtete Speisen arrangiert waren. Elise brachte mir Brote, die noch warm und knusprig waren, dazu gab es verschiedene Sorten Käse, gekochte Eier, frische Butter und ein Glas Orangensaft, dessen leuchtende Farbe das Sonnenlicht einfing, das durch das Fenster fiel. Sie setzte sich zu mir aufs Bett, und wir frühstückten gemeinsam, während wir leise plauderten und lachten. Die Atmosphäre war gemütlich und vertraut, und die köstlichen Aromen des Frühstücks füllten den Raum. Elise erzählte mir von den Plänen für den Tag und den Aufgaben auf dem Hof, heute durfte ich mitfahren zur Obsternte auf dem Feld. Es war ein friedlicher und herzlicher Start in den Morgen, der uns beide mit Energie und Freude erfüllte.

Die Bauern hatten einen traditionellen Essensrhythmus, an den ich mich erst spät gewöhnen konnte. Es gab Frühstück, Mittagessen, Brotzeit und Abendessen. Besonders das Abendessen fand sehr spät statt, meist kurz vor Sonnenuntergang, wenn der Himmel in warmen Rot- und Orangetönen leuchtete. Am langen Holztisch in der gemütlichen Küche versammelten sich alle, und es herrschte eine Atmosphäre von Zusammenhalt und Gemeinschaft. Die Gerichte waren stets herzhaft und traditionell, mit Zutaten direkt vom Hof: frisches Gemüse, hausgemachte Wurst, deftige Eintöpfe und knuspriges Brot. Der Duft von frisch zubereiteten Speisen erfüllte den Raum und schuf eine einladende, familiäre Stimmung. Nach dem Abendessen wurden die Aufgaben für den nächsten Tag besprochen. Die Familie und die Helfer diskutierten angeregt über die anstehenden Arbeiten, vom Melken der Kühe bis zur Ernte der Felder. Die Gespräche waren voller Vorfreude und Pläne, und jeder trug seinen Teil zum reibungslosen Ablauf des Hoflebens bei. Die Helfer der Bauernfamilie wohnten ebenfalls auf dem Hof, in kleinen, aber gemütlichen Zimmern, die mit einfachen, rustikalen Möbeln eingerichtet waren. Nach den Besprechungen kehrte Ruhe ein, und jeder zog sich in sein Zimmer zurück, um sich von den Anstrengungen des Tages zu erholen. Der späte Abend, kurz vor dem Schlafengehen, war oft von einer friedlichen Stille geprägt. Die Dunkelheit senkte sich über die Felder, und nur das leise Rascheln der Blätter und die entfernten Rufe der Nachtvögel waren zu hören. Manchmal bellte da draußen noch irgendwo ein Hund. Diese Momente der Ruhe und des Gemeinschaftsgefühls machten das Leben auf dem Bauernhof zu einer einzigartigen und unvergesslichen Erfahrung.

Mit zwei Traktoren und jeweils einem Anhänger fuhren wir zur Ernte, zu den vielen Pfirsich-, Zwetschgen- und Nektarinen Bäumen. Ich war stolz, weil ich mit acht Jahren schon bei der Obsternte helfen durfte. Elise und mich setzten sie bei einer Reihe von Pfirsichbäumen ab. Wir hatten mehrere leere Körbe, die wir füllen mussten. Ich kletterte begeistert in den Baum hinein und pflückte die reifen Früchte, die in der Sonne schimmerten und verlockend dufteten. Elise erntete die Früchte im Stehen unten am Baum, ihre geschickten Hände arbeiteten schnell und präzise. Während der Arbeit erzählte mir Elise von den Bauern und von sich selbst. Sie war eine Freundin der Familie und ging noch zur Schule. Auch sie hatte jetzt, wie ich, Schulferien. Elise teilte ihre Träume und Pläne mit mir. Sie wollte keine Bäuerin werden, sondern nach Amerika auswandern und dort Pferde züchten. Dafür sparte sie schon seit einiger Zeit Geld. Sie sprach mit leuchtenden Augen von ihrer Zukunft, und ich konnte ihre Begeisterung spüren. Elise half bereits seit vier Jahren auf dem Hof der Wellenzons, mal beim Ausmisten, mal bei der Ernte oder auch im Haushalt. Und während wir so redeten, verspeisten wir einige reife gelb, orange, rote Pfirsiche. Später kam der Traktor, der einen Wagen voller Pfirsiche hinter sich herzog. Wir luden unsere Ernte mit auf den Anhänger und kletterten selbst mit darauf. Während der Fahrt zurück auf den Hof wehte uns der warme Sommerwind ins Gesicht und wir lachten über kleine Abenteuer und Träume. Die Rückfahrt war erfüllt von dem süßen Duft der Pfirsiche und dem Gefühl, Teil einer wunderbaren Gemeinschaft und eines besonderen Tages gewesen zu sein.

Nach der Ankunft war es Zeit für die Brotzeit. Ich genoss ein herzhaftes Vinschgauer Brot mit köstlichem Räucherschinken und gönnte mir zwei kleine Näpfe Wein. Wieder überkam mich eine tiefe Müdigkeit, ob von der Arbeit oder dem Wein, sei dahingestellt. Am nächsten Morgen, nach einem kräftigenden Frühstück mit Elise, machte ich mich auf den Weg in den Nachbarort zu Willy. Während des Spaziergangs erzählte ich ihm begeistert von meinen Abenteuern auf dem Feld. Gemeinsam gingen wir hinunter zur Etsch und versuchten, Fische zu fangen, während die Sonne golden über dem Fluss schimmerte. Später verabschiedete ich mich von Willy, der mich noch bat, den Bauern zu fragen, ob er mit zur Ernte kommen dürfe. Ich wanderte die zwei Kilometer über einen Sandweg zurück zum Bauernhof, und beim Abendessen brachte ich das Thema zur Sprache. Ich fragte, ob Willy morgen mitkommen dürfe. Der Bauer nickte zustimmend und fügte hinzu, dass ich jedoch um fünf Uhr aufstehen müsse, um Willy abzuholen, da wir diesmal schon um sechs Uhr zur Heuernte aufbrechen würden. Die Bäuerin lächelte und sagte: „Ich mache dann ein Fresspaket mehr, für den kleinen Willy." Alle am Tisch lächelten, und Elise zwinkerte mir zu. Es war ein Moment der Vorfreude und eine Art Familienbande, der den bevorstehenden Tag voller harter Arbeit und neuer Abenteuer versprach.

Am nächsten Morgen holte ich Willy ab, und wir warteten am Feldrand, bis der Bauer mit seinem Traktor und Anhänger vorbeikam, um uns abzuholen. Wir sprangen auf den Anhänger und genossen eine lustige Fahrt. Unsere erste Aufgabe bestand darin, das Heu mit einem Rechen zu wenden, damit es gleichmäßig trocknet. Auf einem anderen Feld luden wir das bereits getrocknete Heu auf den Anhänger. Mit einer Heugabel wurde das geschnittene Heu aufgeladen, und wir durften anschließend das Heu flachtreten, um möglichst viel davon transportieren zu können. Das machte riesigen Spaß. Auf dem Rückweg sprang Willy bei Göflan wieder vom Anhänger, winkte kurz und rannte dann den Sandweg entlang zu seiner Pension.

So verging die erste Zeit in Silandro, und die Tage waren von einer wohltuenden Routine geprägt. Morgens wurde ich oft von Elise geweckt, ihre sanfte Stimme und ihr freundliches Lächeln machten das Aufwachen zu einem freudigen Moment. Wir frühstückten immer gemeinsam auf meinem Bett. Elise war sehr hübsch, ihre schwarzen gelockten Haare flogen über ihre Schultern und verliehen ihr eine natürliche Eleganz. Nachdem wir die köstlichen Frühstücksleckereien genossen hatten, wusch ich mich und zog mich an. Währenddessen öffnete Elise das Fenster und ließ die frische Morgenluft herein, die den Raum mit einem Hauch von Natur erfüllte. Sie schüttelte das Federbett auf, sodass es wieder flauschig und einladend war. Die morgendlichen Sonnenstrahlen tanzten auf den weißen Wänden und warfen weiche Schatten, die den Raum in ein warmes Licht tauchten. Elise erzählte mir oft von ihren Plänen und Träumen, während wir uns auf den Tag vorbereiteten. Ihre Anwesenheit brachte eine besondere Freude und Leichtigkeit in meinen Alltag, und die gemeinsame Zeit machte jede Aufgabe zu einem angenehmen Erlebnis. So begann jeder Tag in Silandro mit einem Gefühl von Familie und Vorfreude auf die kommenden Abenteuer. Elise und ich wurden zu einem eingespielten Team, und die vertrauten Morgenrituale schufen eine starke Bindung zwischen uns.

An einem Sonntag machte ich mich auf, den Drei-Streifen-Berg zu besteigen. Dieser Berg fiel mir jedes Mal auf, wenn ich aus meinem Stubenfenster blickte. Der große Berg hatte an seiner Flanke, kurz vor dem Gipfel, drei helle Streifen, darum gab ich ihm diesen Namen. Die Familie Wellenzon lachte, als ich von meinem Vorhaben erzählte, doch die Mutter sah den Ernst in meinen Augen. Sie packte einen

Rucksack für mich mit zwei Flaschen Zitronenlimonade, drei Vinsch-gauer Fladenbrötchen und einer Kante Speck. „Der Berg ist 3500 Meter hoch", sagte sie. „Da brauchst du viel Essen." Am Morgen verabschiedete ich mich um acht Uhr, nachdem ich mit der Familie in der Küche gemeinsam gefrühstückt hatte, und machte mich auf den Weg. Elise begleitete mich ein Stück auf dem sandigen Weg in Rich-tung Göflan. Sie trug einen Korb voller Eier für den Gasthof, in dem Willy lebte. Bevor wir uns trennten, gab sie mir einen Kuss auf die Wange und sagte: „Arrivederci, mein großer Mann." Sie wies mir noch den Weg, und ich setzte meinen Marsch fort, immer den rot weißen Markierungen des Wanderweges folgend. Hinter der ersten Kurve begann der Aufstieg steil. Der Weg führte auf einen Feldweg mit dem weiß-rot-weißen Wanderwegzeichen, mal auf einen Felsen, mal an einem Baum gemalt. Auf einer Hochalm sah ich ein Schild mit der Aufschrift „2050 Meter" und blickte ins Tal nach Schlanders. Es war ein charmantes Dorf auf etwa 700 Metern Höhe, eingebettet in majestätische Berglandschaften. Der Blick ins Vinschgauer Tal offen-barte eine charakteristische Landschaft, geprägt von Obstplantagen, Korn- und Wiesenfeldern. Malerische Dörfer schmiegten sich neben Wäldern inmitten der Täler. Ich setzte mich auf eine Wiese, um eine Pause zu machen, und genoss ein Brötchen mit Speck, dazu nahm ich einen langen Zug vor der Zitronenlimonade. Die Sonne schien, der Himmel war strahlend blau, und es war ein herrlicher Tag. Ich legte den Rucksack unter meinen Kopf und wollte noch ein wenig ruhen. Die Ruhe und erhabene Schönheit dieser Landschaft, die sanften Geräusche der Natur, das leise Rauschen der Blätter im Wind und das ferne Rufen der Vögel wirkten beruhigend auf mich.

93

Ich vergaß die Zeit, aber sie mich nicht. Inmitten der friedlichen Landschaft und der wohltuenden Stille der Berge schlief ich ein und begann zu träumen. In meinem Traum erschien mir mein Zeitfräulein, das winzige, zierliche Wesen, das seit meiner Geburt unentwegt um mich herumrannte. Es war klein wie eine Elfe, mit flinken Beinen und einem Gesicht voller Hingabe und Eile. Nicht größer als meine Hand. Ob ich wach war oder schlief, in jeder Situation meines jungen Lebens war mein Zeitfräulein da, stets in Bewegung, ohne je eine Pause zu machen. Es lief unermüdlich um mich herum, als wäre es sein Schicksal, mich durch die Zeit zu begleiten und sicherzustellen, dass kein Augenblick verloren ging. Ich beobachtete es in meinem Traum mit einer Mischung aus Faszination und Zuneigung. Ihre Bewegungen waren geschmeidig und elegant, doch die Rastlosigkeit, die es ausstrahlte, war spürbar. Das Zeitfräulein trug ein zartes Kleid, das im Wind wehte, und seine Augen leuchteten wie winzige Sterne, die die unaufhörliche Bewegung und den Fluss der Zeit widerspiegelten. Während ich träumte, wurde mir bewusst, dass es am Tag meines Todes auch für mein Zeitfräulein ein Ende finden würde. Es würde dann, erschöpft und zufrieden, zur Ruhe kommen und neben mir umfallen, nachdem es mich mein ganzes Leben lang begleitet hatte. Dieser Gedanke erfüllte mich mit einer seltsamen Mischung aus Melancholie und Trost. Als ich langsam aus dem Traum erwachte, fühlte ich die Sonne warm auf meinem Gesicht und hörte das leise Flüstern des Windes in den Bäumen. Ich öffnete die Augen und lächelte, dankbar für die unvergesslichen Momente und das geheimnisvolle Wesen, das in meinem Traum zu mir gekommen war. Der Berg und die Natur um mich herum erschienen mir nun noch lebendiger, und ich setzte meinen Weg mit neuer Energie und einer tiefen Verbundenheit fort.

Doch plötzlich wehte ein kühler Wind über die Alm und brachte einen leichten Schneegriesel mit sich. Die sonnige Idylle, in die ich mich eingehüllt hatte, wich einer überraschenden Kälte. Ich rieb mir die Augen und setzte mich auf, während kleine, feine Schneeflocken auf meiner Haut schmolzen. Ein Blick in den Himmel zeigte mir, dass sich graue Wolken über den Gipfeln zusammengezogen hatten, und die warmen Sonnenstrahlen wurden von der aufkommenden Kälte verdrängt. Wie spät es war, wusste ich nicht, aber das Wetter mahnte mich zur Vorsicht. Der plötzliche Wechsel von strahlendem Sonnenschein zu winterlichem Frost machte mir bewusst, dass es an der Zeit war, den Abstieg zu beginnen. Ich packte meinen Rucksack, der mir in dieser Höhe ein Gefühl von Sicherheit und Vertrautheit gab. Die Umgebung, die eben noch in goldenem Licht getaucht war, schien sich in eine schattige, fast mystische Landschaft verwandelt zu haben. Jeder Schritt, den ich nun tat, war begleitet von dem knisternden Geräusch der Schneeflocken, die den Boden bedeckten. Während ich den steilen Pfad hinabstieg, spürte ich den kühlen Wind, der mir ins Gesicht blies und meine Wangen rötete. Der Abstieg war anspruchsvoller als der Aufstieg, da die Wege durch den Schnee glitschig wurden und ich meine Schritte vorsichtig setzen musste. Der Schneegriesel verstärkte die friedliche, aber zugleich auch unbarmherzige Atmosphäre der Berge. Mit jedem Meter, den ich tiefer ins Tal hinabstieg, kehrte die Wärme langsam zurück, und die Schneeflocken wurden seltener. Schließlich erreichte ich die vertrauteren, niedrigeren Höhen, wo das Wetter milder und die Luft wieder wärmer war.

95

Der Abstieg hatte mich erschöpft, aber auch belebt, und ich fühlte mich erfüllt von den intensiven Erlebnissen dieses Tages. Als ich zurück auf den Hof kam, wurde ich von der herzlichen Wärme der Bauernfamilie empfangen. Elise stand in der Tür und winkte mir zu, ihr Lächeln strahlte wie immer Wärme und Vertrautheit aus. Der Tag auf dem Berg, mit all seinen unerwarteten Wendungen, hatte sich in meine Erinnerung eingebrannt und mir gezeigt, wie faszinierend und unberechenbar die Natur sein kann. Pünktlich zur Brotzeit war ich wieder bei den Wellenzons auf dem Bauernhof. Nach dem langen Abstieg verspürte ich einen großen Durst, also ging ich in die Küche. Ohne groß nachzudenken, griff ich nach der ersten Flasche, die ich sah, öffnete den Verschluss und trank gierig. Das kühle, kräftige Getränk lief meine Kehle hinunter und ließ meine Nackenhaare zu Berge stehen. Doch mein Durst war noch nicht gestillt, also trank ich weiter, bis die halbe Flasche leer war. In diesem Moment betrat Frau Wellenzon die Küche. Ihr entsetzter Ruf hallte durch den Raum: „Um Christi Himmels willen, das ist Wein!" Mir wurde bewusst, dass ich nicht Saft, sondern Wein getrunken hatte. Zwar durfte ich zur Brotzeit immer ein kleines Gläschen Rotwein trinken, aber eine halbe Flasche war entschieden zu viel. Es dauerte nicht lange, bis ich die Auswirkungen des Weins spürte. Ein leichter Triesel erfasste mich, und meine Welt begann sich leicht zu drehen. Mit wackeligen Beinen schleppte ich mich auf meine Stube. Gerade noch schaffte ich es, meine Lederhose auszuziehen, bevor ich mich aufs Bett legte. Der Tag hatte seine Spuren hinterlassen, und so schlief ich sofort ein. Die warme Geborgenheit meines Bettes umhüllte mich, und ich schlief bis zum nächsten Morgen durch, tief und traumlos. Die Erlebnisse des Tages, die Anstrengungen und die überraschende Weintrinkerei, schienen wie ein ferner Traum, als ich am nächsten Morgen erfrischt und voller neuer Energie erwachte.

Die Bauern verschwanden regelmäßig zur Brotzeit immer in eine kleine Kammer, die für mich ein geheimnisvoller Ort war. Jedes Mal, wenn sie den Raum verließen, nutzte ich die Gelegenheit und schlich mich hinein, um mich an den dortigen Köstlichkeiten zu bedienen und mein eigenes Festmahl zu genießen. Der Schinkenspeck hing verlockend von der Decke, die würzigen Düfte erfüllten die Kammer und ließen mir das Wasser im Mund zusammenlaufen. Im Regal lagerten erlesene Weine, die schon seit zehn Jahren reiften, ihre tiefrote Farbe funkelte im schummrigen Licht. Aber auch Kirsch- und Apfelsaftflaschen stand nebenan in einem kleinen Regal. Auf dem Tisch stand ein Körbchen mit knusprigem Fladenbrot, welches geradezu darum bettelte, mit dem Schinken und einem Schluck Wein verzehrt zu werden. Ich schnitt mir großzügige Scheiben vom Speck ab, legte sie auf das Brot und nahm ab und zu einen kräftigen Schluck Wein aus einer der Flaschen. Die Mischung aus salzigem Schinken und kräftigem Wein ließ mich den Moment in vollen Zügen genießen. Die Kammer war ein kleines Paradies, verborgen im Herzen des Bauernhofs. Nach meiner heimlichen Festmahlzeit verließ ich die Kammer, etwas benommen vom Wein. Der leichte Schwips machte mich schläfrig, und so spazierte ich oft hinüber zur Scheune. Dort kletterte ich auf den weichen Heuboden, wo das duftende Heu mich einlud, mich hinein zu Kuscheln. Die Scheune war ruhig und friedlich, das Heu warm und einladend. Ich legte mich hinein und ließ die Ereignisse des Tages Revue passieren. Der Duft von Heu und die sanften Geräusche des Hofes im Hintergrund beruhigten mich, und bald schlief ich ein, getröstet von der sanften Schwingung der bäuerlichen Umgebung. Die Scheune wurde zu meinem heimlichen Rückzugsort, wo ich von den Abenteuern träumte und neue Energie für den nächsten Tag sammelte.

Eines schönen Morgen setzte sich Elise wie immer auf die Bettkante und lächelte mich an. „Beeil dich," sagte sie mit einem Augenzwinkern, „heute darf ich dir das Traktor fahren beibringen." Sofort war ich hellwach und sprang aus dem Bett. Ich zog mich rasch an und war schon auf dem Hof, bevor ich richtig wusste, wie mir geschah.

Mein Shirt hing noch halb aus der Alpenlederhose, und ich bemerkte, dass ich zwei verschiedene Socken trug, rot und gelb. Doch das störte mich nicht. Pünktlich stand ich vor einem alten Traktor, der nur für Arbeiten auf dem Gelände des Hofes benutzt wurde. Ich hatte schon oft die älteren Mitarbeiter beobachtet, wie sie den Traktor fuhren, und war begeistert von der Möglichkeit, es nun selbst auszuprobieren. Elise zeigte mir kurz, wie man den Traktor startet, lenkt, schaltet und bremst. Ihre ruhige Art und klare Anweisungen halfen mir, die grundlegenden Handgriffe schnell zu begreifen. Schon bald drehte ich meine ersten Runden um die Scheune. Das Brummen des Motors und das Gefühl, das große Fahrzeug zu steuern, erfüllten mich mit einem tiefen Stolz.

Nachdem ich das Fahren sicher beherrschte, zeigte Elise mir, wie man den Anhänger ankoppelt. Es war eine knifflige Angelegenheit, doch mit ihrer geduldigen Anleitung gelang es mir. Ich drehte ein paar Runden mit dem Anhänger und versuchte schließlich, ihn rückwärts einzuparken. Es dauerte ein Weilchen, aber schließlich beherrschte ich auch diese Herausforderung. Als ich den Traktor abstellte, fühlte ich mich überglücklich. Ich sprang vom Fahrersitz und rannte nach Göflan zu Willy, um ihm die Neuigkeit zu überbringen. „Ich kann Traktor fahren!" rief ich stolz, während ich den sandigen Weg entlanglief. Das Abenteuer und die neue Fähigkeit erfüllten mich mit einem Hochgefühl, und ich konnte es kaum erwarten, meine Erlebnisse mit Willy zu teilen.

Und wenn Willy und ich mal nicht den Bauern halfen, erkundeten wir die Gegend mit unbändiger Neugier und Abenteuerlust. Wir streiften durch dichte Wälder, wo die hohen Bäume ein schützendes Blätterdach bildeten und der Boden von Moos bedeckt war. Die Vögel sangen ihre Melodien, und ab und zu hörten wir das Rascheln eines kleinen Tieres im Unterholz. Unsere Wege führten uns entlang sprudelnder Bäche, deren klares Wasser über die glatten Steine hüpfte und leise Lieder sang. Wir balancierten über umgestürzte Baumstämme, die die Bäche überspannten, und folgten den Wasserläufen bis zum Ufer der Etsch. Hier genossen wir die Ruhe und beobachteten die Natur um uns herum. Einmal hatten wir das Glück, einen majestätischen Steinbock zu sehen. Er stand auf einem Felsvorsprung und blickte stolz über das Tal, seine geschwungenen Hörner und das muskulöse Profil ließen uns ehrfürchtig staunen. Solche Begegnungen machten unsere Streifzüge unvergesslich und erfüllten uns mit einer tiefen Verbundenheit zur Natur. Wir erkundeten auch die leichten Wanderwege, die uns zu idyllischen Almhütten führten. Diese Hütten, mit ihren blumengeschmückten Fensterbänken und dem Duft von frischem Heu, waren wie aus einem Märchenbuch. Die gastfreundlichen Almbauern begrüßten uns freundlich, und wir probierten von unserem auf dem Feld verdienten Geld frische Milch, knuspriges Brot und herzhaften Käse. Jeder Bissen war ein Fest für die Sinne, die Aromen der frischen, natürlichen Zutaten schienen die Essenz der Bergwelt in sich zu tragen. Die Abenteuer, die wir gemeinsam erlebten, schweißten uns noch mehr zusammen und schenkten uns Erinnerungen, die wir für immer bewahren würden. Die Schönheit und Wildheit der Natur, die wir entdeckten, prägten unsere Tage und füllten unsere Herzen mit einer tiefen Zufriedenheit und dem Wissen, ein kleines Stück dieser magischen Welt unser Eigen nennen zu dürfen.

Die sechs Wochen auf dem Bauernhof bei meinen Pflegeeltern waren in jeglicher Hinsicht lehrreich. Zum Ende meiner Abenteuerreise schenkte mir die Bäuerin Frau Wellenzon einen Aufkleber mit der italienischen Fahne drauf, natürlich für meinen braunen Urlaubskoffer.

Die Sommerferien auf dem Bauernhof in Schlanders, im Vinschgau, war eine unvergessliche Zeit voller Entdeckungen und lehrreicher Erfahrungen. Ich stand am letzten Tag mit Elise am Rande eines üppigen Pfirsichhains. Die warmen Sonnenstrahlen tanzten durch das Laubwerk und warfen ein goldenes Muster auf den Boden, während eine sanfte brise den süßen Duft von Elise durch die Luft trug. Ich hatte eine unvergessliche Zeit in dieser idyllischen Region verbracht, sie zeigte mir Trecker fahren, Kuh und Schweinestall ausmisten, Hühner füttern und vieles mehr. Elise brachte mir oft das Frühstück ans Bett. Wir standen nebeneinander auf den Feldern bei der Ernte. Doch nun war die Zeit gekommen, sich zu verabschieden, da unsere Ferien zu Ende waren. Wir umarmten uns fest, während Trä-

100

nen des Abschieds rollten. Die Erinnerungen an diese unbeschwerte Zeit im Vinschgau waren noch frisch in unseren Köpfen, und der Gedanke sich zu trennen, war schmerzlich. „Wir werden uns wiedersehen flüsterte Elise mit zitternder Stimme". „Die Erinnerungen an diesen Sommer werden für immer in unseren Herzen bleiben." Elise kämpfte mit den aufkommenden Emotionen. „Ich vermisse Dich jetzt schon mein Gürkchen. Aber ich weiß, dass unsere Freundschaft stark genug ist, um die Entfernung zu überwinden." Noch wusste ich nicht, was so ein Abschied bedeutete, ich war doch erst acht Jahre alt. Für mich war sie eine große Schwester, eine Freundin. Mit einem Abschiedskuss auf die Wange und einem versprechen, in Kontakt zu bleiben, machte sich Elise zurück zum Bauernhof. Am nächsten Tag, es war Sonntagmorgen, brachte mich Frau Wellenzon zum Bahnhof nach Meran. Elise war an diesem Sonntag nicht da. Die Bäuerin stand dort und winkte unter Tränen mir mit einem weißen Taschentuch nach.

Die Schule begann, und wir Kinder durften wieder erzählen, was wir in den Ferien erlebt hatten. Als ich an der Reihe war, erzählte ich von meiner Pflegefamilie in Italien, insbesondere von meiner neuen großen Freundin Elise. Die Abenteuer, die wir gemeinsam erlebten, und die wunderschöne Landschaft in Silandro fesselten meine Mitschüler. Ich berichtete von den Tagen, an denen wir Pfirsiche ernteten, von den Wanderungen durch die Berge und von den warmen Momenten auf dem Bauernhof. Die Tage in der Schule vergingen wieder mit Deutsch, Rechnen, Sport und Malen. Natürlich auch Religion, in der wir über die verschiedenen Feiertage und Traditionen lernten. Doch in diesem Schuljahr kam ein neues Fach hinzu: Heimatkunde. Dieses

Fach eröffnete uns eine neue Welt voller Entdeckungen und Wissen über unsere eigene Stadt und Umgebung. Ich lernte die Philharmonie kennen, ein imposantes Gebäude, das für seine herausragende Akustik berühmt ist und in dem viele bedeutende Konzerte stattfanden. Die Kongresshalle, auch bekannt als das "schwangere Auster" wegen ihrer ungewöhnlichen Form, beeindruckte mich mit ihrer Architektur und der Vielfalt der Veranstaltungen, die dort stattfanden. Der Funkturm, hoch und majestätisch, war ein weiteres Highlight. Von seiner Spitze aus konnte man einen weiten Blick über die Stadt genießen. Der Grunewald, mit seinen dichten Wäldern und dem Grunewaldturm, bot uns eine grüne Oase und war ein beliebter Ort für Ausflüge und Erholung. Besonders faszinierend war der Verlauf der Mauer um West-Berlin. In Heimatkunde lernten wir, wie die Stadt durch diese Mauer geteilt war und wie sie das Leben der Menschen beeinflusste. Es war ein Thema, das uns alle tief berührte und uns die Bedeutung von Freiheit und Zusammenhalt bewusst machte. Die Schule war nicht mehr nur ein Ort des Lernens, sondern auch ein Ort, an dem ich meine Erlebnisse und die neue Welt, die ich in den Ferien entdeckt hatte, mit meinen Freunden teilen konnte. Die Erinnerungen an meine Zeit in Italien und die Geschichten über Elise und die Wellenzons begleiteten mich durch die Schultage und ließen die Zeit schneller vergehen. So wurde jede Stunde in der Schule zu einer Reise, die mich sowohl in die Ferne als auch zurück in meine Heimat führte.

Nach der Schule trafen wir fünf Freunde uns zu gemeinsamen Spielen auf dem Feld. Steffi, Spargel, Moppel, Willy und ich verbrachten die Nachmittage oft in ausgelassener Freude, jagten uns über die

Wiesen, spielten Verstecken und erfanden spannende Abenteuer. Da ich viel Erfahrungen und Mut in Silandro gesammelt hatte und ja auch schon über acht war, zog es mich wieder zu dem besonderen Ort: dem grauen Bunker. Es war ein verbotener Ort, den die Eltern der umliegenden Siedlungen uns Kindern zum wiederholten Male, ausdrücklich verboten hatten. Sie erzählten uns von den finsteren Zeiten, die dieser Bunker in sich barg, von den düsteren Erinnerungen an den Krieg, die in seinen kalten, grauen Mauern gefangen waren. Doch gerade diese geheimnisvolle Aura übte eine magische Anziehungskraft auf uns aus. Der Bunker thronte am Rande des weiten Feldes, seine weiß-grauen Wände erhoben sich wie ein stummer Wächter über die Landschaft. Halb überwuchert von dichtem Efeu und Gestrüpp, stand er da, das Relikt aus einer längst vergangenen Zeit. Das Sonnenlicht drang nur spärlich durch das dichte Blätterdach der umstehenden wild wuchernden Birken, warf ein geheimnisvolles Schattenspiel auf den Boden und ließ den Bunker noch unheimlicher wirken. An manchen Tagen, wenn der Wind durch die Bäume rauschte und das Gras auf dem Feld sich wie Wellen bewegte, schien es, als würde der Bunker flüstern. Wir konnten uns vorstellen, wie einst Soldaten hier ihre Befehle erhielten und wie sich die Menschen dort vor Bombenangriffen schützten. Wie die Geräusche des Krieges die Luft erfüllten. Diese Vorstellungen ließen uns erschaudern und gleichzeitig nicht los. Der Reiz des Verbotenen, die Geschichten von Gefahren und Geheimnissen, die der Bunker in sich barg, und die Abenteuerlust, die uns Kinder antrieb, zogen uns immer wieder in seine Nähe. Wir sammelten all unseren Mut, um die dichten Ranken des Efeus zur Seite zu schieben und einen Blick auf das verborgene Innere zu werfen. Jeder Schritt näher ließ unser Herz schneller schlagen, doch die Faszination war stärker als die Angst. So stand der graue Bunker da, ein Monument der Vergangenheit, das uns wie ein Magnet anzog, ein Ort, der von Geschichten und Geheimnissen durchdrungen war, und der in unserer Fantasie lebendig wurde.

Sein Eingang war ein düsteres, geheimnisvolles Tor zu einer anderen Welt. Mit klopfendem Herzen und Taschenlampen bewaffnet, machten wir uns auf, das unterirdische Labyrinth weiter zu erkunden. Der kühle, modrige Geruch des Bunkers umfing uns, während wir die steinernen Treppen hinabstiegen. Mit unseren Taschenlampen tasteten wir uns durch die dunklen Gänge, deren Wände Geschichten von längst vergangenen Zeiten erzählten. In jedem Raum entdeckten wir neue Geheimnisse. Es gab Striche an den Wänden, die in regelmäßigen Abständen gezogen waren – möglicherweise Zählungen der Tage, die Kinder und Familien hier während der Luftangriffe auf Berlin verbracht hatten. Kleine Figuren und Zeichnungen schmückten die Wände, einfache Skizzen, die uns Einblicke in das Leben und die Träume der Kinder gaben, die hier Zuflucht gesucht hatten. Wir stellten uns vor, wie es gewesen sein musste, in diesem Bunker zu leben, den ohrenbetäubenden Lärm der Bomben über sich zu hören und dennoch Hoffnung und Kreativität zu bewahren. Diese Zeichnungen waren stille Zeugen von Mut und Ausdauer in einer Zeit der Dunkelheit. Manchmal hörten wir ein leises Echo unserer Schritte oder das ferne Tropfen von Wasser, was die geheimnisvolle Atmosphäre des Bunkers noch verstärkte. Wir erforschten jeden Raum,

104

lauschten den Geschichten, die die Wände erzählten, und spannen unsere eigenen Abenteuer daraus.

Doch eine Tür schien unbezwingbar. Sie war aus massivem Stahl gefertigt und ringsherum mit dicken Nähten zugeschweißt. Die Oberfläche war rau und rostig, die Schweißnähte zeugten von einer Zeit, in der sie fest verschlossen worden war, um etwas dahinter zu verbergen oder zu schützen. Zu Beginn hatten wir uns oft daran versucht, diesen stählernen Koloss zu öffnen. Mit vereinten Kräften drückten wir den eingerosteten Hebel nach unten und rüttelten daran, unsere Hände rutschten dabei immer wieder ab, doch keinen Millimeter bewegte sich dieser unerschütterliche Stahlverschluss. Frustriert und mit schmerzenden Händen ließen wir schließlich von der Tür ab. Der Gedanke, was sich hinter dieser undurchdringlichen Barriere verbergen könnte, ließ uns jedoch nicht los. Unsere Fantasie malte uns die wildesten Bilder: geheime Kammern voller vergessener Artefakte, versteckte Tunnel, die in die tiefsten Geheimnisse des Bunkers führten, oder gar Schätze, die seit Jahrzehnten unentdeckt blieben. Gold, Silber oder Diamanten. Nachdem wir uns von der unbezwingbaren Tür abgewandt hatten, widmeten wir uns den zugänglichen Räumen. Diese waren ebenfalls faszinierend, wenn auch nicht so mysteriös. In den halb verfallenen Räumen fanden wir alte Ausrüstungsgegenstände, verrostete Maschinen und verblasste Propagandaplakate, die von einer anderen Zeit erzählten. Der Staub der Jahre lag schwer auf allem, was sich in diesen Räumen befand, und der modrige Geruch verstärkte die Atmosphäre des Verfalls. Jeder Raum, den wir betraten, erzählte seine eigene Geschichte. Wir durchstöberten verlassene Schränke, fanden vergilbte Dokumente und hin und wieder persönliche Gegenstände, die jemand vor langer Zeit zurückgelassen hatte. Unsere Entdeckungen waren wie Puzzlestücke, die ein Bild der Vergangenheit zusammensetzten, ein Bild, das sowohl faszinierend als auch beängstigend war. Doch trotz all der Entdeckungen und Abenteuer blieb die unbezwingbare Tür stets in unseren Gedanken. Sie war das ultimative Rätsel, der verschlossene Zugang zu einem unbekannten Kapitel der Geschichte des Bunkers. Und auch wenn wir sie nicht öffnen konnten, inspirierte sie unsere Fantasie und trieb uns an, immer wieder zurückzukehren, um die Geheimnisse des grauen Bunkers weiter zu erforschen.

Diese gemeinsamen Nachmittage im Bunker schweißten uns als Freunde noch enger zusammen. Es war nicht nur ein Ort des Spiels, sondern auch ein Ort, der unsere Fantasie beflügelte und uns lehrte, die Vergangenheit zu respektieren. Und so kehrten wir jedes Mal mit einem Gefühl von Ehrfurcht und einem Hauch von Abenteuerlust aus der Dunkelheit zurück ins helle Licht des Nachmittags, bereit für das nächste Abenteuer, das der Tag für uns bereithielt.

In den Herbstferien fuhren wir mit dem blauen Ford 15 M wieder nach Hamburg. Vater, Mutter, Ich, Püppi und Sohni besuchten Oma und Opa. Währenddessen reisten meine älteren Brüder, Manni und Roland, zur gleichen Zeit mit dem Zug zu Onkel Herbert nach Passau.

Jeden Morgen nach dem Frühstück machte die ganze Familie einen Spaziergang am malerischen Elbufer. Die Sonne schien golden durch die Bäume und tauchte die Welt in ein warmes Licht. Die frische Luft und das sanfte Rauschen der Elbe begleiteten uns auf unseren täglichen Ausflügen. Ich durfte stolz den Kinderwagen schieben, in dem mein kleiner Bruder Sohni lag. Er lag auf dem Bauch, die Augen weit aufgerissen vor Neugier, und schaute nach vorne heraus, als ob er jedes Detail der Welt um uns herum in sich aufnehmen wollte. Mit einem Lachen auf den Lippen und voller Energie rannte ich den Wagen vor mir herschiebend, die Elbe hoch und runter. Neben mir hüpfte Püppi, ihre Zöpfe wippten fröhlich im Takt ihrer Schritte. Sohni, der kleine neugierige Pinsel, lachte die ganze Zeit über. Er konnte noch kein Wort sagen, aber sein lautes, fröhliches Lachen hallte über das Ufer und brachte uns alle zum Schmunzeln. "Macht mal Pause, der Kleene kriegt ja keine Luft mehr," rief Mutter schließlich mit einem besorgten Lächeln. Ich hielt an und setzte meinen Bruder vorsichtig neben mich ins weiche Gras. Er hatte einen Schluckauf und schaute mich mit großen, erstaunten Augen an. Als ich ihn nachahmte und ebenfalls schluckaufte, brach er in ein strahlendes, glockenhelles Lachen aus. Püppi setzte sich zu uns und lachte mit, ihre Augen funkelten vor Freude. Unser kleiner Bruder Sohni war wirklich ein lustiger Geselle. Sein Lachen war ansteckend und brachte selbst die grimmigsten Gesichter zum Strahlen. So verbrachten wir unsere Tage am Elbufer, umgeben von der Schönheit der Natur und dem Klang unseres gemeinsamen Lachens und dem leisen Rauschen des Herbstregens.

Mittags gab es meist frischen Fisch, den Vater und Oma morgens vom Markt mitbrachte. Die Küche erfüllte sich mit dem köstlichen Duft, als Oma den Fisch in der Pfanne briet. Püppi aber mochte keinen Fisch. Sobald sie den ersten Bissen nahm, verzog sie das Gesicht und schüttelte energisch den Kopf. Für sie wurde dann schnell ein Spiegelei gebraten, das sie zu den dampfenden Kartoffeln aß. Ihr strahlendes Lächeln, als das Ei vor ihr auf dem Teller lag, war unbezahlbar.

Oft konnten wir nicht spazieren gehen, denn der Herbstregen, bescherte nicht nur nasse, sondern auch kühle Tage. Opa war nicht da, der lag im Krankenhaus, er trank zu viel Wodka und war sehr krank geworden. Die Heimreise war gleichbedeutend mit dem Ferienende. Alle winkten und weinten zum Abschied. Ich war danach nie wieder bei Oma und Opa in Hamburg. Und irgendwann starb auch Opa Fritze Bock an den Folgen seiner Alkoholsucht. Mein Onkel Otthard folgte der Familientradition und fuhr zur See, genau wie sein Vater vor ihm. Mit achtzehn Jahren heuerte er auf seinem ersten Schiff an und begab sich fortan auf große Touren über die Weltmeere. Das Meer rief ihn, und er folgte diesem Ruf mit Begeisterung und Mut. Wenn er mal in Deutschland war, besuchte er uns manchmal in Berlin, in der beschaulichen Postsiedlung. Diese seltenen Besuche waren immer ein großes Ereignis für uns Kinder. Wir versammelten uns um ihn wie kleine Vögel um ein Nest, gespannt darauf, seine Geschichten zu hören. Onkel Otthard hatte immer ein schelmisches Lächeln auf den Lippen und seine Augen funkelten, wenn er von seinen abenteuerlichen Seereisen erzählte. Er sprach von stürmischen Nächten auf dem offenen Meer, wo die Wellen so hoch waren, dass sie das Deck überfluteten und das Schiff ächzte und stöhnte unter der Last des Wassers. Dann erzählte er von fernen, exotischen Häfen, die nach Gewürzen und Salz rochen, und von Märkten, die mit bunten Stoffen, seltenen Früchten und kunstvollen Handwerken gefüllt waren. Jedes Land, das er bereiste, brachte neue Geschichten und unglaubliche Erlebnisse mit sich. Onkel Otthard war der Smutje, der Hilfskoch auf dem Schiff. Er erzählte uns, wie er in der engen Kombüse, während das Schiff auf den Wellen tanzte, köstliche Mahlzeiten für die Mannschaft zubereitete. Die einfachsten Zutaten verwandelte er mit seinen geschickten Händen in schmackhafte Gerichte, die den hungrigen Seeleuten ein Lächeln aufs Gesicht zauberten. Er berichtete von improvisierten Festessen bei ruhigeren Seetagen, wo die Männer an Deck saßen und das Essen genossen, während die Sonne im Meer versank. Seine Geschichten waren wie aus einem Abenteuerbuch. Er erzählte von Begegnungen mit exotischen Tieren, von Schatzsuchen auf verlassenen Inseln und von nächtlichen Wachen unter einem Sternenhimmel, der so klar und nah wirkte, als könnte man die Sterne berühren. Manchmal, wenn er besonders in Fahrt war, zog er eine alte, abgenutzte Seekarte hervor und zeigte uns die Routen, die er genommen hatte, und die Orte, die er besucht hatte. Diese Geschichten inspirierten uns und ließen uns von fernen Ländern und großen Abenteuern träumen. Onkel Otthard war für uns mehr als nur ein Verwandter; er war ein Tor zur großen weiten Welt, ein lebendiger Beweis dafür, dass es dort draußen unzählige Wunder zu entdecken gab.

Das Weihnachtsfest nahte und als Hausaufgabe, weil der Instrumentenunterricht wegen des schlechten Wetters, Fahrrad fahren war zu kalt, nun gänzlich ausfiel, stellte mir meine Mutter, ein Weihnachtslied einzustudieren. Die Größten Schneemänner standen in den weißen Gärten, den verschneiten wilden Wiesen und an Straßenrändern. Ich lernte ein Weihnachtslied, Instrumental mit Gesang. Am Weihnachtsabend präsentierte ich mein Gesamtwerk der Familie. „Es schlafen Bächlein und Seen unterm Eise, es träumt der Wald einen tiefen Traum", ich war stolz mein Werk fehlerlos vorgetragen zu haben und ich bekam vom Weihnachtsmann ein extra Süßigkeiten Körbchen mit der Aufschrift „Für Gürkchen, dem Besten Akkordeonspieler". Onkel Detti war der Weihnachtsmann, das ließ sich nach einer kurzen Überlegung feststellen. Tante Beate war mit ihrem Sohn Martin ohne ihren Mann Detti zu uns gekommen. Doch etwas später, nach der Bescherung, war auch er plötzlich da, mit einem verschwörerischen Lächeln im Gesicht. Die Kinder hatten zunächst große Augen gemacht, als der Weihnachtsmann hereinkam, und es gab viele freudige Rufe und staunende Blicke. Der Weihnachtsmann hatte einen auffälligen roten Mantel, mit einem breiten schwarzen Gürtel und schwarzen Stiefeln. Sein Gesicht war hinter einem dichten, weißen Bart verborgen, der sich über seine Brust ausbreitete, und auf dem Kopf trug er die typische rote Mütze mit weißem Bommel. Ein Kissen brauchte er nicht unters Kostüm zu stecken, Onkel Detti war von hause aus dick. Er sah wirklich aus, wie der echte Weihnachtsmann. Doch nach dem Verteilen der Geschenke und dem schnellen Verschwinden des Weihnachtsmanns fiel mir auf, dass Onkel Detti plötzlich wieder anwesend war, nun aber ohne das auffällige Kostüm und dem falschen Bart.

Tante Beate, die jüngere Schwester von meiner Mutter Christel, kam oft im Jahr zu Besuch. Besonders zu Weihnachten war sie häufig bei uns, da Mutter auch an diesem Tag Geburtstag hatte. Weihnachten bei uns war immer etwas Besonderes. Das Haus war festlich geschmückt, es duftete nach frisch gebackenen Plätzchen und Tannenzweigen, und die Atmosphäre war erfüllt von Freude und Erwartung. Tante Beate und Onkel Detti brachten jedes Mal eine Menge

Freude und leben mit sich. Sie hatten ein ansteckendes Lachen und brachten eine Menge Geschichten aus der Stadt mit, sie lebten in Kreutzberg, mitten in der City und er war Bestatter. Weihnachten bei uns war also nicht nur das Fest der Geschenke, sondern auch ein Fest der Familie und der Liebe. Jeder Besuch von Tante Beate und Onkel Detti machte diese Zeit noch besonderer und unvergesslich.

Das neue Jahr 1969 war eiskalt, und eine dicke Schneedecke legte sich über die ganze Stadt. Teiche, Seen und Gräben waren zugefroren und schimmerten unter dem blassen Winterhimmel wie glitzernde Spiegel. Mit unseren Schneegleitern meisterten wir den Alltag, gleitend und rutschend über die vereisten Wege. Die Tage waren geprägt von rasanten Abfahrten mit dem Schlitten die steile Müllkippe hinunter. Die Luft war erfüllt von unserem Lachen und den Rufen, die von den verschneiten Hängen widerhallten. Wenn die Dämmerung hereinbrach und der Himmel in pastellfarbenes Licht getaucht war, machten sich alle Kinder, erschöpft und durchgefroren, auf den Heimweg. Unsere nassen Handschuhe, Pudelmützen und Wintermäntel wurden dann sorgfältig am knisternden Kohleofen im Wohnzimmer getrocknet. Der Raum füllte sich mit einem wohligen Duft von feuchter Wolle und brennender Kohle, während wir uns die klammen Finger an der Wärmequelle rieben.

Auch der tägliche Weg zur Schule war beschwerlich. Nicht wegen des tiefen Schnees, der unter unseren Füßen knirschte, sondern wegen der vielen Schneeballschlachten, die unterwegs gegen rivalisierende Siedlungen geführt werden mussten. Diese täglichen Gefechte waren voller Strategie und Mut, und manchmal verwandelte sich der Schulweg in ein regelrechtes Schlachtfeld. Doch am Ende erreichten alle Jungs, wenn auch unpünktlich, die Schule, rotgesichtig und lachend. Nach der Schule ging das winterliche Treiben in die nächste Runde. Wieder wurden Schneebälle geformt und geworfen, wieder erklangen die Rufe der Kinder über die verschneiten Straßen. Doch ich nahm an diesen Nachmittagsgefechten nicht teil. Stattdessen brachte ich meine Birgit auf sicherem Wege nach Hause. Hand in Hand gingen wir durch die kalte, klare Luft, unsere Atemwolken vor uns aufsteigend. Birgit, mit ihren leuchtenden Augen und den roten Wangen, war mir wichtiger als jede Schneeballschlacht.

Auch dieser harte Winter fand schließlich sein Ende, und das Frühjahr hielt Einzug in unsere Welt. Die letzten Schneereste schmolzen langsam unter den wärmenden Strahlen der Sonne, und das eisige Grau des Winters wich einem zarten Grün. Überall trieb neues Leben aus dem Boden, und die ersten Blumen kämpften sich tapfer durch die Erde, um ihr buntes Haupt dem Himmel entgegenzustrecken. Krokusse und Schneeglöckchen waren die Vorboten des Frühlings, ihre leuchtenden Farben brachen durch die Monotonie des verblassenden Schnees und verkündeten die Ankunft einer neuen Jahreszeit. Die Luft war erfüllt von einem frischen, erdigen Duft, und die Vögel, die den Winter über in den Süden gezogen waren, kehrten zurück und erfüllten die Tage mit ihrem fröhlichen Gezwitscher. Die Bäume begannen, ihre kahlen Äste mit zarten, grünen Knospen zu schmücken, und auf den Wiesen spross junges Gras. Die Natur erwachte aus ihrem langen Schlaf, und mit ihr kehrten die Lebensgeister auch zu uns Menschen zurück. Die schweren Wintermäntel und Pudelmützen wurden gegen leichtere Jacken und bunte Schals eingetauscht, und die Tage wurden wieder länger und heller. Kinder spielten auf den Straßen, ihre fröhlichen Rufe und das Lachen hallten durch die Siedlungen. Die Erwachsenen begannen, ihre Gärten auf den Frühling vorzubereiten, pflanzten neue Blumen und säuberten die Beete. Überall war ein reges Treiben und eine spürbare Vorfreude auf die kommenden warmen Monate.

Ende März brachte das Schuljahr sein Ende, und mit ihm kamen die Zeugnisse und die lang erwartete Versetzung in die vierte Klasse. An diesem besonderen Tag trennten sich die Wege der Klasse 3a von Fräulein Müller. Die Hälfte der Klasse verließ die Schule und wanderte gemeinsam mit Fräulein Müller zur Grundschule Wutzkyallee ab. Im Volksmund wurde sie einfach die Wutzkyschule genannt, obwohl ihr offizieller Name die Hermann von Helmholtz Schule war. Die restlichen Schüler, zu denen auch ich gehörte, wurden in die Klasse 4a versetzt. Unsere neue Klassenlehrerin war Frau Stechard, eine resolute, aber herzliche Frau, die für ihre strengen, aber fairen Unterrichtsmethoden bekannt war. Sie hatte eine imposante Erscheinung, groß, dünn und blonde kurze Locken, und ihre klare, wohlklingende Stimme füllte das Klassenzimmer mit einer Autorität, die Respekt einflößte. Mit dem Wechsel der Klassen verlor ich meine beiden Lieblingsklassenkameradinnen, Birgit M. und Birgit K. Beide waren zur Wutzkyschule gewechselt, und der Gedanke, fortan allein von der Schule nach Hause zu gehen, erfüllte mich mit einer leisen Melancholie. Die gemeinsamen Heimwege waren für mich stets ein

Highlight des Schultages gewesen, erfüllt von Gelächter und Geheimnissen, die wir miteinander teilten. Mein Zeugnis jedoch war weiterhin ein Grund zur Freude. Abgesehen von Religion, in dem ich nur eine Drei hatte, bestand mein Zeugnis aus lauter Einsen und Zweien. Die Worte der Lehrer, die meine guten Leistungen lobten, brachten ein stolzes Lächeln auf mein Gesicht und ließen die Trennung von meinen Freundinnen ein wenig leichter erscheinen. Warum ich nicht auf die Wutzkyschule durfte, wusste allein nur meine Mutter. Sie hatte diesen Entschluss ohne viele Erklärungen getroffen, und ich vertraute darauf, dass sie das Beste für mich im Sinn hatte. Manchmal blickte ich jedoch sehnsüchtig in Richtung der Wutzkyschule, wo meine Freundinnen nun ihre Tage verbrachten, und fragte mich, wie anders das Leben dort wohl sein mochte.

Jedoch war die Trennung von meinen Freundinnen schnell vergessen, denn die Tage waren wieder gefüllt mit abenteuerlichen Spielen auf dem Feld, an der Mauer, dem Bunker und in der Siedlung. Das weitläufige Gelände war unser Königreich, ein Ort unzähliger Abenteuer und wilder Fantasien. Püppi, meine kleine Schwester, begann zunehmend zu nerven. Immer wollte sie an allem, was ich machte, teilhaben und mitspielen. Doch für die aufregenden Abenteuer im Feld und auf dem Bunker war sie noch viel zu ängstlich. Ihre Furcht vor den Abenteuern führte oft zu Streitigkeiten. So nahm ich sie oft, während sie nörgelte und schmollte, einfach mit, doch mitten im Feld machte sie halt. Püppi hatte eine ausgeprägte Angst vor Spinnen, und diese Angst machte sie bewegungslos. Da stand sie dann, wie angewurzelt, ihre Augen weit aufgerissen vor Angst, und bewegte sich keinen Millimeter. Erst wenn sie wirklich eine Spinne sah, brach

114

sie in lautes Gebrüll aus, das die gesamte Nachbarschaft aufschreck-te.

Das Echo ihres Schreis hallte über die Felder, und bald darauf war klar, dass ich mir wieder einmal Ärger eingehandelt hatte. Mein Vater, mit seiner kräftigen Hand, gab mir regelmäßig eine Ohrfeige, wenn er von diesen Eskapaden erfuhr. Seine Pranke hinterließ rote Male auf meiner Wange, die lange brannten. Auch meine Mutter hielt sich nicht zurück. Mit ihrem Rohrstock, einem schmalen, biegsamen Instrument, das sie bei solchen Gelegenheiten hervorholte, versetzte sie mir schmerzhafte Schläge, die mich zusammenzucken ließen. Trotz der Strafen, die ich regelmäßig erhielt, konnte ich nicht wider-stehen, meine kleine Schwester zu ärgern. Es war eine Mischung aus kindlichem Übermut und dem Bedürfnis nach ungestörter Abenteu-erlust, die mich dazu trieb. Doch jedes Mal, wenn ich Püppi dort stehen sah, ihre kleinen Hände fest zu Fäusten geballt und ihre Lip-pen zitternd vor Angst, fühlte ich einen Hauch von schlechtem Ge-wissen. Trotz allem, bekam ich nach den Maulschellen, oder dem Rohrstock, Stubenarrest von meiner Mutter. Wenn ich dann allein auf meinem Zimmer war – meistens, weil ich Stubenarrest hatte –, suchte ich nach Wegen, mir die Zeit zu vertreiben. In diesen Momenten holte ich oft meine Quartettkarten hervor. Es war egal, ob es Auto-, Bahn- oder Schiffsquartet: war; ich liebte sie alle gleichermaßen. Ich teilte die Karten immer für drei imaginäre Mitspieler aus. Jeder be-kam einen ordentlichen Stapel, und ich machte mich bereit, das Spiel zu beginnen.

Mit einem schelmischen Grinsen hob ich die erste Karte meines Geg-ners ab, natürlich hatte ich genau die richtige Karte, um zu gewinnen.

Runde für Runde behielt ich die Oberhand, als wäre ich ein Meister der Strategie. Aber was sollte ich auch machen? Schließlich war ich allein, und wer würde sich schon freiwillig gegen mich stellen? Wenn mir das Quartett zu langweilig wurde, zog ich meine Cowboy- und Indianerfiguren aus der Spielzeugkiste hervor. Mit lautem Getöse ließ ich meine Cowboys auf die Indianer losstürmen. Die Figuren hüpften über den Boden, versteckten sich hinter kleinen Stofftieren, die als Felsen dienten und eröffneten ein wildes Schussgefecht. Doch hier war das Ergebnis immer das Gleiche: Die Indianer gewannen. Ihre List und Wildheit waren unbezwingbar, und so konnte ich nur zusehen, wie sie triumphierten. Abends, wenn die Welt draußen ruhiger wurde, griff ich oft zu einem anderen Spiel, Canasta. Ein Spiel, das eigentlich für vier Personen gedacht war, spielte ich allein, indem ich wieder drei fiktive Mitspieler um mich herum versammelte. Die Karten glitten über den Teppichboden im Kinderzimmer, und ich stellte mir vor, wie jeder meiner Mitspieler seine Züge durchdachte. Es war ein Kampf der Köpfe, der mich manchmal so lange fesselte, bis meine Augen schwer wurden. Schließlich übermannte mich die Müdigkeit, und ich rollte mich auf dem Teppich zusammen, mitten im Kinderzimmer, um einzuschlafen. Ich wurde dann von einer meiner älteren Brüder geweckt, da wir gemeinsam ein Zimmer hatten. Müde ging ich die Treppen hinunter, putzte mir die Zähne und ging ohne Abendbrot und ohne eine gute Nacht zu wünschen ins Bett.

Vater buddelte während des gesamten Frühlings einen Graben, einen Meter breit, einen Meter tief und vier Meter lang, hinter dem prächtigen Kirschbaum im Garten. Mit geschickten Händen schweißte er Eisenträger zusammen und bestellte dicke Glasscheiben, die das

Werk vollenden sollten. Püppi, unsere neugierige kleine Schwester, konnte dem Zauber des Glases nicht widerstehen. Trotz der wiederholten Ermahnungen unseres Vaters sprang sie immer wieder auf die glänzenden, verlockenden Glasscheiben. Eines Tages geschah das Unvermeidliche. Püppi rutschte auf dem glatten Glas aus, ihr kleiner Körper verlor das Gleichgewicht und sie stürzte. Ein markerschütternder Schrei durchbrach die Stille des Nachmittags. In einem schrecklichen Moment der Panik sah ich, wie ihre Unterarme auf dem Glas aufschlugen und tiefe, klaffende Schnitte hinterließen, gefährlich nahe an den Pulsadern.

Mit pochendem Herzen rannte ich ins Haus, griff nach Handtüchern und rief so laut ich konnte nach Mutter und Vater. Ihre Schritte näherten sich dem Ereignis auf dem Hof, und als sie die Szene erblickten, erstarrten sie vor Schock. Das Blut war überall. Vater, überwältigt von Angst und Wut, drehte sich zu mir um und brüllte. Seine Stimme war ein Sturm, seine Hand ein Blitz, der mich traf und zu Boden warf. Ich landete hart auf dem Rasen, Tränen brannten in meinen Augen, doch der Schmerz meiner Schwester war größer. In der nächsten Sekunde schien alles zu rasen. Blaulicht flackerte, Sirenen heulten, und die Feuerwehr war zur Stelle. Püppi wurde schnell auf eine Trage gelegt und ins Krankenhaus transportiert. Die Stunden, die folgten, waren wie in Trance. Als Mutter zurückkehrte, die Augen rot vom Weinen, spürte ich auch Ihren Zorn. „Was hast Du wieder gemacht?" Brüllte sie in all ihrer Wut hinaus. Der Rohrstock fiel auf meinen Rücken, und ich biss die Zähne zusammen, während die Striemen auf meiner Haut brannten.

Püppi verdankt mir ihr Leben. Ohne zu zögern sprang ich auf um meine kleine Schwester zu retten, doch anstatt Dank für meine schnelle Reaktion zu bekommen, traf mich die kalte Realität. Das Gefühle der Ungerechtigkeit in meinem Herzen waren schlimmer als die Schläge für Nichts, die ich einstecken musste. Die Striemen auf meinem Rücken erzählten die Geschichte eines Bruders, der versuchte zu helfen, aber dafür bestraft wurde. Jene Narben, unsichtbar und doch tief, trage ich bis heute in mir.

Dieser Tag, geprägt von Blut und Tränen, schrieb sich tief in mein Gedächtnis, unauslöschlich wie die Narben auf Püppis Armen.

Später, als der Schock über Püppis Unfall ein wenig nachgelassen hatte, brach ein Streit zwischen Mutter und Vater aus. Mutter warf Vater wütende Blicke zu, ihre Stimme zitterte vor unterdrücktem Zorn, als sie ihm Vorwürfe machte. "Wie konntest du die Glasscheiben nur so liegen lassen? Ich habe dir doch gesagt, sie woanders zu stapeln!" Vater, der sonst selten ein Wort zu viel sprach, schaute beschämt zu Boden. Seine Schultern sanken unter dem Gewicht der Schuld und der Vorwürfe. "Ich wollte das Gewächshaus so schnell wie möglich fertigbekommen," murmelte er, doch seine Worte klangen hohl in der gespannten Luft.

Getrieben von einer Mischung aus Reue und Entschlossenheit, machte er sich sofort an die Arbeit. Jede Bewegung war präzise, fast mechanisch, als ob er durch das Bauen seine Schuld abarbeiten könnte. Mit geschickten Händen befestigte er die dicken Glasscheiben in dem Stahlgerüst, dass er zuvor geschweißt hatte. Die Sonnenstrahlen brachen sich in den glatten Flächen und warfen funkelnde Reflexionen auf den Boden. Während Mutter noch einmal an meinen Armen

118

zottelte und mich anbrüllte:" Du hast besser auf Deine kleine Schwester achtzugeben!" Wollte sie nur ihre Schuldgefühle auf mich herunterdrücken. Ich, der gerade 8 Jahre war, hat nun aufzupassen oder was, dachte ich. Egal. Stück für Stück nahm das Projekt Gestalt an. Hinter dem alten, prächtigen Kirschbaum, dessen Äste sich wie schützende Arme über das Werk legten, entstand ein kleines Paradies. Das halb in die Erde eingelassene Gewächshaus fügte sich harmonisch in den Garten ein, als ob es schon immer dort gewesen wäre. Die dicken Glasscheiben ließen das Licht herein, hielten aber die Wärme im Inneren, sodass die Pflanzen, die dort bald gedeihen würden, ideale Bedingungen fanden. Während Vater die nächsten Tage fleißig arbeitete, beobachtete Mutter ihn aus der Ferne, ihre Wut allmählich abklingend. Sie wusste, dass er nur das Beste für die Familie wollte, auch wenn seine Eile manchmal zu Unfällen führte. Als das Gewächshaus schließlich fertig war, stand Vater auf und wischte sich den Schweiß von der Stirn. Ein kurzer Blick zu Mutter zeigte, dass sie seinen Einsatz anerkannt hatte, auch wenn der Schmerz über Püppis Verletzung noch lange nachwirken würde. Das neue Gewächshaus stand nun als stiller Zeuge im Garten, ein Symbol für die Mühen, die Träume und die Fehler, die jeder von uns macht. Und obwohl die Narben auf Püppis Armen blieben, wuchs in dem kleinen, gläsernen Bauwerk neues Leben, das uns immer an die Wichtigkeit von Sorgfalt und Zusammenhalt erinnerte.

Die Sommerferien 69 standen an.

Vater beschloss, dass es an der Zeit war, unser altes Auto zu ersetzen. Der blaue Ford 15M, der uns treue Dienste geleistet hatte, sollte weichen. Mit einem Hauch von Wehmut, aber auch mit einem Funkeln

119

in den Augen, verkaufte er den treuen Wagen. Die Erinnerungen an unzählige Ausflüge und Fahrten, die wir mit dem Ford 15M erlebt hatten, schienen noch in der Luft zu hängen, als er das Auto an seinen neuen Besitzer übergab. Doch die Wehmut wich schnell der Aufregung, als Vater mit unserem neuen Familienauto vorfuhr. Es war ein beeindruckender, grüner Ford 17M. Das Automobil war größer und geräumiger als unser alter Wagen, mit einem kraftvolleren Motor, der deutlich mehr PS hatte. Schon auf den ersten Blick vermittelte der Ford 17M ein Gefühl von Stärke und Komfort, als wäre er dafür gemacht, uns auf neuen Abenteuern zu begleiten. Das Kennzeichen des neuen Wagens war B-E 7423, eine Kombination, die sich sofort in mein Gedächtnis einbrannte. Jedes Mal, wenn ich den Wagen sah, konnte ich die Zahlen und Buchstaben in meinem Kopf formen, ein kleines Detail, das für mich von großer Bedeutung war. Es war, als würde dieses Kennzeichen die Identität unseres neuen Autos in sich tragen, ein Symbol für den frischen Wind, der durch unser Familienleben wehte. Der Ford 17M wurde schnell zu einem vertrauten Anblick in unserer Einfahrt. Mit seiner eleganten, grünen Lackierung und dem glänzenden Chrom spiegelte er die Sonnenstrahlen wider und schien stets bereit zu sein, uns in ferne Welten zu tragen. Vater war stolz auf seine Wahl.

Die erste Fahrt in unserem neuen grünen Ford 17M war ein unvergessliches Erlebnis, das sich tief in mein Gedächtnis einprägte. Vater hatte entschieden, dass unser erstes großes Abenteuer mit dem neuen Auto nach Südtirol führen würde, zu der Familie Wellenzon auf den Huterhof in Schlanders. Die Vorfreude lag in der Luft, als wir das Auto beluden und uns auf die lange Reise vorbereiteten. Mit an Bord waren meine beiden Brüder Manni und Roland, die genauso aufgeregt waren wie ich. Mutter musste zuhause bleiben, da sie einen dicken Bauch hatte, sie war schwanger, Püppi und Sohni blieben auch bei ihr und Tante Beate wohnte in den Ferien bei uns um Mutter mit Sohni und Püppi zu unterstützen.

Es war ein warmer Morgen halb sechs, die Sonne strahlte vom Himmel, als wir losfuhren. Der kraftvolle Motor des Ford 17M brummte angenehm, und wir genossen den Komfort und die Geräumigkeit des neuen Wagens. Die Sitze waren weich und einladend, und die Aussicht durch die großen Fenster war atemberaubend. Die Straße erstreckte sich vor uns wie ein endloses Band, und wir fuhren durch bunte Landschaften, vorbei an grünen Wiesen, dichten Wäldern und klaren Flüssen. Die Fahrt war erfüllt von Lachen und fröhlichen Gesprächen, während wir uns auf die kommenden Wochen freuten. Für mich war diese Reise besonders bedeutsam, denn sie führte mich zurück zu den Wellenzons, die im letzten Jahr für über sechs Wochen meine Pflegeeltern gewesen waren. Die Erinnerungen an meine Zeit bei ihnen waren warm und herzlich. Familie Wellenzon hatte mich mit offenen Armen aufgenommen, und ich hatte in Schlanders ein zweites Zuhause gefunden. Ich konnte es kaum erwarten, die Bauernfamilie mit ihren vielen Erntehelfern wiederzusehen und ihnen von den Veränderungen in meinem Leben zu erzählen. Als wir schließlich spät am Abend in Schlanders ankamen, wurden wir von Familie Wellenzon mit großer Freude empfangen. Der Anblick ihrer vertrauten Gesichter und die herzliche Umarmung von Frau Wellenzon ließen mein Herz höherschlagen.

121

Ich freute mich besonders auf das Wiedersehen mit Elise. Im letzten Jahr war sie wie eine große Schwester zu mir gewesen. Ihre freundliche Art und ihr strahlendes Lächeln hatten mir oft das Gefühl gegeben, wirklich Teil der Wellenzon-Familie zu sein. Elise hatte mich durch die Tage geführt, mir die schönsten Plätze in Schlanders gezeigt. Der Gedanke, sie wiederzusehen, war einer der Lichtblicke gewesen, die mich die ganze Reise über begleitet hatten. Doch als ich Frau Wellenzon danach fragte, trübte sich ihre Miene leicht. Mit sanfter Stimme erklärte sie mir: „Elise ist für ein Jahr als Austauschschülerin auf eine Ranch nach Amerika gegangen." Diese Worte trafen mich unerwartet hart. Eine Welle der Enttäuschung und Traurigkeit überrollte mich. Elise, die mir so viel bedeutet hatte, war nun auf einem anderen Kontinent, tausende Kilometer entfernt. Ich konnte es kaum glauben. In den folgenden Tagen in Schlanders fehlte Elise spürbar. Ihre Abwesenheit hinterließ eine Lücke, die niemand füllen konnte. Die vertrauten Orte und Aktivitäten, die ich mit ihr geteilt hatte, fühlten sich anders an ohne ihr Lachen und ihre fröhliche Art. Obwohl Manni, Roland und die Kinder in diesen kleinen Ort ihr Bestes taten, mich abzulenken, spürte ich doch immer wieder den Stich der Wehmut. Frau Wellenzon bemerkte meine Traurigkeit und versuchte, mich zu trösten. „Elise wird so viel erleben und lernen in Amerika. Und wenn sie zurückkommt, hat sie sicher viele spannende Geschichten zu erzählen." Ich nickte und versuchte, mich an dem Gedanken festzuhalten. Doch es war schwer, die Sehnsucht nach meiner „großen Schwester" zu verdrängen. Aber ich hatte eine neue Aufgabe, ich wollte Manni und Roland alles zeigen, was mir Elise beigebracht hatte und so waren die nächsten drei Wochen voller

Abenteuer und Entdeckungen. Wir erkundeten die atemberaubende Natur Südtirols, wanderten durch die Berge und spazierten an der Etsch.

Auch das Baden im neuen Schwimmbad war ein unvergessliches Erlebnis. Mit meinen beiden Brüdern und den Kindern von Silandro verbrachte ich mehrere fröhliche Nachmittage, die von Lachen und lebendiger Energie erfüllt waren. Wir sprangen mutig vom 3 Meter Sprungbrett, tauchten und schwammen um die Wette.

Zwischen den Schwimmeinheiten gönnten wir uns kurze Pausen, in denen wir uns auf den warmen Liegewiesen ausruhten und die Sonne genossen. Die Kinder von Silandro brachten eine unbändige Begeisterung mit, die die Stimmung noch ausgelassener machte. Und wenn sich ein Tag dem Er de neigte, waren wir zwar erschöpft, aber glücklich – voller Vorfreude auf das nächste Abenteuer im Schwimmbad.

Manni, Roland und ich genossen jede Minute und lernten die Gegend, die ich so liebte, noch besser kennen. Die Familie Wellenzon behandelte uns wie ihre eigenen Kinder, und die Tage vergingen wie im Flug. Noch ein Ereignis prägte sich tief in mein Gedächtnis ein, eine Erinnerung, die sowohl schmerzhaft als auch lehrreich war. Wir, das waren Manni, Roland und ich, hatten eine besondere Vorliebe für das Springen von der obersten Kante der Scheune ins weiche Heu. Es war ein wilder Spaß, der uns ein Gefühl von Freiheit und Glück schenkte. Wir sprangen oft und immer höher, unsere Schreie und das Lachen hallten durch den Hof. Eines Tages jedoch endete mein mutiger Flug abrupt und schmerzhaft. Statt sanft im Heu zu landen, krachte ich auf eine unglücklich platzierte Kante. Ein scharfer

Schmerz durchzuckte meinen Körper, als ich mir einen Dreizack in den Po rammte. Ich schrie vor Schmerz und Überraschung, und meine Geschwister, die den Unfall miterlebten, hielten zunächst inne, bevor sie in nervöses Gelächter ausbrachen. Zum Glück stellte sich heraus, dass nichts gebrochen war, aber die nächsten Tage waren eine echte Tortur. Das Laufen fiel mir schwer, jeder Schritt war eine Qual. Doch das Schlimmste war der Gang zur Toilette, meine komplette rechte Po Hälfte war blau-rosarot-lila-fast schwarz, setzt dich da mal hin. Der Schmerz beim Drücken war unerträglich, und ich musste mich jedes Mal überwinden, wenn ich auf das Klo musste. Meine Wehklagen hallten durch den Hof, und während ich auf dem Klo litt, hörte ich draußen das Lachen von Vater, Manni und Roland und der gesamten Bauernschaft. Sie konnten sich kaum halten vor Lachen, und obwohl ich ihren Humor verstehen konnte, fühlte ich mich doch ein wenig verraten. Diese Tage lehrten mich eine wertvolle Lektion über Vorsicht und die manchmal schmerzhafte Seite des Abenteuers. Doch trotz des Schmerzes und der Unannehmlichkeiten blieb in mir auch ein Gefühl von Stolz. Stolz darauf, dass ich mich nicht von der Angst hatte besiegen lassen und weiterhin bereit war, neue Dinge auszuprobieren – wenn auch mit ein wenig mehr Vorsicht. Sie ist ein Teil meiner Geschichte, eine Mischung aus Schmerz und Lachen, aus Freundschaft und den Unwägbarkeiten des Lebens.

Der Abschied von den Wellenzons fiel mir besonders schwer. Schon beim Gedanken daran, dass wir bald zurückfahren würden, schnürte sich mein Herz zusammen. Die Wellenzons waren mehr als nur Gastgeber gewesen; sie waren zu einer zweiten Familie für mich geworden. Diese freundlichen, herzlichen und netten Bauern hatten mich aufgenommen und mir das Gefühl gegeben, wirklich zuhause zu sein. Unser letzter Tag in Schlanders war erfüllt von bittersüßen Momenten. Frau Wellenzon hatte ein Festmahl zubereitet, das wie ein letzter Akt der Fürsorge und Liebe war. Wir saßen alle zusammen am langen Holztisch, umgeben von fröhlichen Gesprächen und Lachen, doch über allem hing der Schatten des bevorstehenden Abschieds. Ich versuchte, mir jede Einzelheit einzuprägen – den Duft des frischen Heus, das Krähen der Hähne im Hintergrund und die strahlenden Gesichter der Wellenzons. Am nächsten Morgen, als der Moment des Aufbruchs schließlich kam, konnte ich die Tränen kaum zurückhalten. Wir standen alle vor dem grünen Ford 17M, der bereit war, uns zurück nach Berlin zu bringen. Die Koffer waren gepackt, und die Motorhaube glänzte in der warmen Morgensonne. Jeder von uns hatte seine eigene Art. Abschied zu nehmen. Manni und Roland umarmten die Kinder des Dorfes, die zum Abschied kamen, fest, und auch ich drückte sie lange und innig. Frau Wellenzon nahm mich in die Arme, ihr sanftes Lächeln konnte die Traurigkeit in ihren Augen nicht verbergen.

"Pass gut auf dich auf, mein Junge," sagte sie mit einer Stimme, die von Emotionen erstickt war. "Du bist hier immer willkommen."

Diese Worte trafen mich tief, und ich versprach ihr, bald wiederzukommen, obwohl wir beide wussten, dass es ungewiss war, wann oder ob ich jemals zurückkehren würde. Herr Wellenzon klopfte mir freundschaftlich auf die Schulter, seine raue Hand vermittelte Trost und Stärke. Schließlich stiegen wir in den Ford 17M, und als der Motor ansprang, überkam mich eine Welle der Melancholie. Das Auto rollte langsam den Hof hinunter, und ich drehte mich noch einmal um, um einen letzten Blick auf das Haus und die Menschen zu werfen, die mir so ans Herz gewachsen waren. Die Wellenzons standen zusammen, winkten und lächelten uns nach, während wir uns entfernten. Die Fahrt nach Berlin war stiller als die Hinfahrt. Die Landschaft zog an uns vorbei, doch meine Gedanken blieben bei den Wellenzons. Der grüne Ford brachte uns Kilometer um Kilometer näher an die Heimat, doch ein Teil von mir blieb zurück in Schlanders. Auf der Heimfahrt nach Berlin dachte ich oft an Elise. Das Wissen, dass sie so weit weg war, machte den Abschied noch schwerer. Doch zugleich fühlte ich auch Stolz und Freude für sie. Elise würde großartige Erfahrungen in Amerika machen, und diese Gedanken gaben mir etwas Trost.

Zurück in Berlin setzte ich mich an meinen Schreibtisch und schrieb Elise einen langen Brief. Ich erzählte ihr von unserem Besuch bei den Wellenzons, von den lustigen Momenten und den neuen Erinnerungen. Ich ließ sie wissen, wie sehr sie mir gefehlt hatte und wie sehr ich mich darauf freute, sie wiederzusehen und all ihre Geschichten zu hören. Die Zeit würde vergehen, und irgendwann würde Elise zurückkommen. Bis dahin würde ich die Erinnerungen an unsere gemeinsame Zeit in Schlanders wie einen Schatz hüten und mich auf den Tag freuen, an dem wir wieder beisammen sein würden.

Von Elise habe ich nie eine Antwort erhalten und auch war ich nie wieder bei diesen wunderbaren Menschen, auf dem Huterhof bei der Familie Wellenzon.

Zurück in Berlin fühlte sich alles anders an. Der Trubel der Stadt konnte die leisen, friedlichen Momente auf dem Bauernhof nicht ersetzen. Doch trotz der Traurigkeit war ich dankbar. Dankbar für die Zeit, die ich bei den Wellenzons verbracht hatte, und für die Erinnerungen, die mich ein Leben lang begleiten würden.

Die Schule hatte wieder begonnen, und wir wurden in den Fächern Deutsch (schriftlich und mündlich), Rechnen, Leibesübungen, Heimatkunde, Malen, Basteln, Sport und Religion unterrichtet. An meine neue Klassenlehrerin, Frau Stechard, hatte ich mich inzwischen auch schon gewöhnt. Doch meine Konzentration in der Schule ließ nach. Besonders das Lesen fiel mir plötzlich wieder schwer. Eines Tages, während einer Deutschstunde, sollte ich erneut vorlesen. Frau Stechard stand hinter mir, und ich brachte keinen Ton heraus. Sie beugte sich vor, um mir die Textstelle zu zeigen, und ich zuckte völlig erschrocken zusammen. Sie schaute mich an und sagte beruhigend: „Es ist alles in Ordnung, Thomas. Schau mal, hier sind wir im Text." Dabei lächelte sie warmherzig.

Natürlich wusste niemand in der Schule, dass ich zuhause in ständiger Angst lebte. Wenn ich dort vorlesen musste und dabei einen Fehler machte, bestrafte mich meine Mutter sofort mit einem "Katzenkopf", einem schmerzhaften Schlag auf den Hinterkopf. Diese Bestrafung jagte mir jedes Mal einen Schrecken ein und ließ mich zusammenzucken. Dieses ständige Zittern vor der nächsten Strafe machte es mir immer schwerer, mich auf das Lesen zu konzentrieren, und die Angst, etwas falsch zu machen, begleitete mich ständig, auch in der Schule. Niemand ahnte, dass meine Nervosität beim Vorlesen in der Klasse nicht nur auf die allgemeine Nervosität zurückzuführen war, die viele Schüler kennen. Es war die Angst vor dem Schmerz und der Schande, die ich zu Hause erlebte. Diese verborgene Angst

127

lähmte mich und ließ mich vor der Textstelle erstarren, während Frau Stechard mir mitfühlend zur Seite stand.

So kam es schließlich dazu, dass ich auf meinem Herbstzeugnis die ersten beiden Vieren meines Lebens hatte, eine in Deutsch und eine in Deutsch mündlich. Diese Noten brannten sich in mein Gedächtnis ein wie eine Schande, die ich kaum ertragen konnte. Die Angst vor dem Moment, wenn ich das Zeugnis zu Hause präsentieren musste, überwältigte mich. Auf dem gesamten Heimweg versuchte ich, mich abzulenken. Ich wollte die drohende Strafe und die Enttäuschung in den Augen meiner Mutter verdrängen. Um meine Gedanken abzulenken, dachte ich an Elise. Was machte sie wohl gerade? Vielleicht zählt sie ja gerade Kühe auf der Weide in Amerika, oder sie spielte mit ihren neuen Freunden auf der Ranch. Ihre fröhliche Art und ihr warmes Lächeln halfen mir, die düsteren Gedanken für einen Moment zu vertreiben. Ich stellte mir vor, wie sie mir aufmunternd zulächelte und sagte, dass alles gut werden würde. Doch je näher ich meinem Zuhause kam, desto schwerer wurde mein Herz. Die Furcht vor der bevorstehenden Auseinandersetzung ließ sich nicht länger verdrängen. Ich wusste, dass meine Mutter meine schlechten Noten als persönliches Versagen sehen würde. Mit zitternden Händen und einem flauen Gefühl im Magen öffnete ich schließlich die Haustür, bereit, mich meinem Schicksal zu stellen.

Meine Mutter sah still und mit durchdringendem Blick auf mein Zeugnis. Ihre Augen wanderten über die Noten, und ich konnte spüren, wie die Spannung in der Luft zunahm. Nach einer gefühlten Ewigkeit rief sie schließlich meinen älteren Bruder Roland herbei.

„Schau dir das an, Roland," sagte sie und hielt ihm das Zeugnis hin.

„So sieht ein Zeugnis aus: zwei Vierer, ein Dreier und der Rest Einsen und Zweien. Keine einzige Fünf." Ihre Stimme klang ungewohnt mild, fast so, als wollte sie mich loben. Ich konnte kaum glauben, was ich hörte. Statt der erwarteten Strafe oder dem Vorwurf klang ihre Bemerkung fast wie ein indirektes Lob. Vielleicht war es auch nur der Kontrast zu meinen eigenen Befürchtungen, aber ich spürte einen Hauch von Erleichterung. In diesem Moment fiel eine Last von meinen Schultern. Die Angst und der Druck, den ich den ganzen Tag über gespürt hatte, lösten sich ein wenig. Vielleicht war es der Hauch von Anerkennung in der Stimme meiner Mutter, aber ich fühlte, dass es doch nicht so schlimm war, wie ich befürchtet hatte. Diese unerwartete Wendung gab mir neuen Mut und ein wenig Zuversicht für die kommenden Herausforderungen. Doch meine Mutter bemerkte noch: "Aber die beiden Vierer müssen weg." Ich nickte verständlich.

In den Herbstferien war bei uns zu Hause einiges los. Meine Geschwister bekamen nach und nach die Windpocken, und es war wie ein Dominoeffekt, bei dem einer nach dem anderen krank wurde. Ich jedoch blieb verschont, und das bedeutete, dass ich nicht in der Nähe der Kranken bleiben durfte, um mich nicht anzustecken. So musste ich für die Dauer dieser „Epidemie" in unserer Familie zu meiner Tante Beate ziehen.

Tante Beate lebte in einer großen Altbauwohnung in Kreuzberg, die in meiner Erinnerung riesig wirkte. Es gab einen langen, schmalen Flur, von dem rechts vier Zimmer abgingen, ebenso wie die Toilette. Am Ende des Flures lag die geräumige Küche, die fast so groß war wie die anderen Zimmer zusammen. Ich bekam das Gästezimmer für mich allein – ein Zimmer mit einem Ehebett, das für mich damals unglaublich luxuriös war.

Tante Beate hatte einen kleinen Sohn, Martin, der erst vier oder fünf Jahre alt war. Ich, mit meinen stolzen neun Jahren, fühlte mich natürlich schon richtig erwachsen im Vergleich zu ihm. Beate war unglaublich liebevoll, hatte aber auch ihre Pflichten. Eine ihrer Aufgaben war es, die Treppenhäuser in einem Durchgang zwischen der Bergmannstraße und der Gneisenaustraße zu reinigen. Für diese Arbeit nahm sie mich und Martin manchmal mit, was ein ganz eigenes Abenteuer bedeutete.

„Onkel Detti und die Särge"

Während Tante Beate ihrer Arbeit nachging, mussten wir oft zu ihrem Mann ins Büro und in die Ausstellungsräume. Mein Onkel Detti war Bestatter, und ich muss zugeben, dass es eine ganz besondere Erfahrung war, dort Zeit zu verbringen. Die Räume waren voll mit Särgen in allen möglichen Größen und Ausführungen – von schlichten Modellen bis zu prunkvoll geschmückten Exemplaren mit Samtauskleidung.

Eines Tages kam ich auf die Idee, mich in einen der Särge zu legen, die besonders weich gepolstert und bequem wirkten. Ich zog den Deckel zu und lag dort in völliger Dunkelheit. Es fühlte sich unheimlich, aber auch irgendwie spannend an. Währenddessen zeigte Onkel Detti seinen Kunden gerade die verschiedenen Modelle. Plötzlich hob er genau den Deckel des Sarges, in dem ich lag. Die Kunden erschraken fürchterlich, als sie mich da sahen, still und regungslos wie ein echtes totes Kind.

Doch Onkel Detti, der immer für einen Spaß zu haben war, ließ sich nichts anmerken. Stattdessen griff er mir plötzlich an den Bauch und begann mich zu kitzeln. Ich konnte nicht anders, als laut loszulachen und mich zu winden. Die anfängliche Schockstarre der Kunden wich schnell einem erleichterten Lachen, und schließlich amüsierten sich alle über den unerwarteten Scherz. Das Beste daran? Onkel Detti verkaufte genau diesen Sarg. Seine Kunden waren so beeindruckt von seiner lockeren Art, dass sie ihn gleich kauften.

Abenteuer auf den Dächern

Wenn ich nicht gerade bei Onkel Detti war, erkundete ich die Gegend auf eigene Faust. In Kreuzberg gab es so viel zu entdecken, und eines meiner liebsten Abenteuer war es, auf die Dächer der Häuser zu klettern. Von einem der Treppenhäuser aus konnte ich das Dach betreten und über die weiteren Dächer spazieren. Der Ausblick von dort oben war atemberaubend. Ich sah die historische Kirche am Südstern, den Park Hasenheide, den großen Friedhof an der Bergmannstraße und konnte bis zum Mehringdamm und dem Kreuzberg blicken, der stolz in die Höhe ragte.

Es war, als hätte ich die ganze Stadt zu meinen Füßen, und ich fühlte mich frei und mutig, während ich über die Dächer lief. Es war ein Gefühl, das ich auf dem Land in Rudow, wo wir wohnten, nie hatte.

„Zurück ins dörfliche Leben"

Nach sechs Tagen bei Tante Beate war die „Flucht" vorbei, und ich musste zurück nach Hause. Meine Geschwister waren inzwischen auf dem Weg der Besserung, und die Gefahr einer Ansteckung war vorüber. Trotzdem fühlte ich mich ein wenig enttäuscht, wieder ins dörfliche Leben in Rudow zurückzukehren. Die Abenteuer in der

Stadt, die große Wohnung meiner Tante, die Zeit mit Martin und die unvergesslichen Erlebnisse bei Onkel Detti hatten diese Woche zu einer ganz besonderen gemacht.

Eines jedoch blieb mir in Erinnerung: Die Kinder von Onkel Hansi, der direkt zur Bergmannstraße hinaus wohnte, durften nicht mit mir spielen. Wahrscheinlich hatte ihre Mutter Angst vor einer Ansteckung, obwohl ich selbst gar nicht krank war. Aber das störte mich nicht weiter – schließlich hatte ich meine eigene aufregende Zeit.

Die Rückkehr nach Rudow brachte mich wieder zurück in meinen Alltag, doch die Erinnerungen an diese eine Woche in Kreuzberg blieben lebendig – eine Woche voller Abenteuer, Lachen und ein wenig Gruseln.

Wenn wir keine Lust hatten, im Garten oder auf dem Feld zu spielen, zog es uns ins Jugendheim am Zwickauer Damm. Das Jugendheim war nur fünf Minuten von unserem Zuhause entfernt und bot uns eine willkommene Abwechslung. Dort trafen wir nicht nur Jungen aus unserer Siedlung, sondern auch Mädchen und Jungen aus den umliegenden Wohngebieten. Es war ein belebter Treffpunkt, an dem stets reges Treiben herrschte. Besonders gerne schaukelten wir dort.

Die Schaukel, auf der wir uns vergnügten, entsprach natürlich nicht den heutigen Sicherheitsvorschriften, es war eine andere Zeit, vor mehr als fünfundvierzig Jahren. Das Holzbrett, auf dem ich saß, war aus massivem Holz gefertigt und vermittelte ein Gefühl von Stabilität und Robustheit. Anders als die heutigen Schaukeln, war unser Sitzbrett nicht an zwei Seilen oder Ketten befestigt. Nein, am oberen Gelenk des Gerüstes waren zwei solide Eisenstangen angebracht, die das untere Holzbrett hielten, auf dem ich saß. Diese Konstruktion mag heutzutage abenteuerlich erscheinen, doch für uns Kinder war sie das Tor zu grenzenlosem Schaukelspaß und unbeschwertem Lachen. Jede Schaukelbewegung fühlte sich wie ein kleiner Flug an, ein Moment der Schwerelosigkeit, der uns den Alltag vergessen ließ. Oft sprangen wir von der Schaukel ab, um zu sehen, wer am weitesten fliegen konnte, das machte einen gewaltigen Spaß.

Neben mir stand meine drei Jahre jüngere Schwester Püppi. Mit großen Augen und einem sehnsüchtigen Blick schaute sie mir beim Schaukeln zu. Ständig lief sie um mich herum und nervte mit ihrer quengelnden Stimme, dass sie auch einmal schaukeln wolle. Ihre ständige Bettelei begann mich zu ärgern, doch ich ignorierte sie zunächst und schaukelte weiter. Schließlich reichte es mir, und ich sprang abrupt von der Schaukel. Doch Püppi, mit ihren kleinen, ungeschickten Händen, konnte das massive Schaukelgerät natürlich nicht zum Stillstand bringen. Sie jammerte immer noch herum, während die Schaukel weiter hin und her schwang. Genervt griff ich nach den Eisenstangen, um die Schaukel festzuhalten. Püppi stand mir gegenüber, ihre Hände ausgestreckt, und flehte: „Ich will auch schaukeln und wenn du mich nicht lässt, petze ich das dem Papa!" Das war zu viel für mich, blöde Petze dachte ich. Meine Geduld war am Ende, und die Wut kochte in mir hoch. Ohne weiter nachzudenken, ließ ich meinen Frust an der Schaukel aus. Ich schubste das massive Holzbrett mit aller Kraft zu ihr hinüber. In diesem Moment geschah alles wie in Zeitlupe. Das Holzbrett krachte mit einem dumpfen Laut gegen ihren kleinen Schädel. Püppi taumelte, ihre Augen weiteten sich vor Schreck und Schmerz. Sekunden später brach sie zusammen und fiel regungslos zu Boden. Ich rannte panisch zu Püppi und drehte sie vorsichtig um. Ihr Gesicht war über und über mit Blut bedeckt, und der Anblick jagte mir einen kalten Schauer über den Rücken. In diesem Moment glaubte ich, Püppi müsste jetzt sterben. Mein Herz raste, und Tränen stiegen mir in die Augen, als ich verzweifelt um Hilfe schrie. Innerhalb weniger Minuten kam eine Jugendheimaufsicht herbeigeeilt. Mit ruhigen, geübten Bewegungen verband sie Püppis Kopf, während meine Schwester immer noch bewusstlos am Boden lag. Die Zeit schien stillzustehen, bis endlich die Feuerwehr eintraf. Sie transportierten Püppi weg, und ich blieb wie erstarrt zurück. Meine Gedanken kreisten nur um eine einzige schreckliche Vorstellung: „Mein Vater wird mich totschlagen. Immerhin war es seine kleine Püppi, seine ein und alles." Die Angst vor der bevorstehenden Strafe nagte an mir und ließ mich zittern.

Mein Vater hatte mich nicht totgeschlagen, aber sein Zorn war unbändig. Er brüllte mich wie ein wütender Teufel an, seine Stimme dröhnte in meinen Ohren. Immer wieder rüttelte er kräftig an meinem Arm, und ich konnte den Hass und die Verzweiflung in seinen Augen sehen. Schließlich kam seine Stahlarbeiterpranke zum Einsatz, und er verpasste mir eine kräftige Maulschelle, die mich fast von den Füßen riss. Doch das war noch nicht das Ende meiner Strafe. Meine Mutter griff zum Rohrstock und versetzte mir mehrere Hiebe auf den Rücken und Allerwertesten. Im Vergleich zu dem Schlag ins Gesicht spürte ich kaum noch den Schmerz am Rücken. Mein Kopf pochte und hämmerte, das Blut rauschte in meinen Ohren, und ich fühlte mich benommen. Ein Testbild flimmerte vor meinen Augen, begleitet von einem hohen, durchdringenden Piepen im Ohr.

134

Zum Glück haben alle es überlebt, und Püppi hat sich vollständig erholt. Heute sind ihre Kinder bereits über dreißig Jahre alt. Doch diese schicksalhafte Geschichte aus unserer Kindheit ist nie ganz in Vergessenheit geraten. In den vielen vergangenen Jahren kam sie immer wieder auf den Tisch, sei es bei Familienfeiern, Geburtstagen oder einfach nur bei geselligen Zusammenkünften. Immer wieder musste ich sie beantworten, die unvermeidliche Frage: „Woher hat Püppi die Narbe in den Augenbrauen?" Die Geschichte wurde zum festen Bestandteil unserer Familientradition, eine Art mündlich über- liefertes Kapitel aus unserer Vergangenheit. Anfangs erzählte ich sie mit Scham und Schuldgefühlen, doch mit der Zeit wurde sie zu einer Anekdote, die ich mit einem Lächeln im Gesicht zum Besten gab.

Nach dem Vorfall im Jugendheim erhielt ich striktes Jugendheimver- bot und musste fortan an einer kirchlichen Jugendschar teilnehmen. Diese Gruppe traf sich in einem Haus nahe der Fleischerstraße, ein Fußweg von zwanzig Minuten für mich. Zu meinem und seinem Unmut musste mein älterer Bruder Roland mich immer begleiten, damit ich unterwegs keinen Unfug anstellte. Roland hatte absolut keine Lust auf diese Jugendschar und machte dies bei jeder Gelegen- heit deutlich. So kam es, dass er mich hinbrachte, dann zu seinem Kumpel Bernd spielen ging und ich anschließend, nach der Gruppe, bei Bernd abholte. Unsere Eltern haben das nie erfahren, wir haben bei dichtgehalten. Von Roland in der Jugendschar abgeliefert, sangen wir alte deutsche Volkslieder, die mir fremd aber melodisch und interessant erschienen. Ich sang mit voller Stimme wie zum Beispiel: „Im Frühtau zu Berge wir ziehen fallera", „Hoch auf dem gelben Wagen", „Bruder Jakob" und „Wir lagen vor Madagaskar und hatten die Pest an Bord" waren nur einige der Lieder, die wir immer wieder sangen. Damit jeder den richtigen Text sang, erhielt jedes Kind eine „Mundorgel" – ein kleines, lila Liederbuch. Zu allem Überfluss musste ich die Gesänge der Kindergruppe mit einem Akkordeon begleiten, das mir in der Jugendschar zur Verfügung gestellt wurde. So gut es ging, versuchte ich, den richtigen Ton zu treffen und mitzuhalten. Neben den Gesangsstunden spielten wir auch traditionelle Spiele wie „Es geht ein Zipfelmütz' in unserm Kreis herum wiedebum" und „Laurenzia". Zweimal in der Woche, mittwochs und freitags, war diese kirchliche Erziehung für mich fest eingeplant. An den anderen Tagen war ich ebenso stark eingebunden: Dienstag und Donnerstag war Fußballtraining, Sonntag war das Fußballspiel beim TSV Rudow. Der Mittwoch und Freitag gehörten der Jugendschar, und für Akkordeonunterricht blieb keine Zeit mehr – die Lust daran hatte ich ohnehin verloren. Mein Alltag war rundum ausgefüllt, und für meine Freunde in der Siedlung hatte ich nur noch wenig Zeit. Die Tage vergingen wie im Flug, und ich fühlte mich oft hin- und hergerissen zwischen meinen vielen Verpflichtungen. Trotzdem meisterte ich jede Herausforderung und lernte, mit der strengen Disziplin und den vielfältigen Aktivitäten zurechtzukommen.

Mutter hatte einen runden, dicken Bauch und brachte im September 1969, den 17zehten, das nächste Kind zur Welt, unsere kleine Mausi. Nun waren wir sechs Kinder, eine große, fröhliche Rasselbande. Der Winter zog durch die Gegend und Vater baute wieder den größten Schneemann auf der Erde, eine Tradition, die wir jedes Jahr mit Begeisterung fortsetzten. Jedes Kind fertigte seinen eigenen Schneemann an, und natürlich standen bei uns im Garten, die größten

Schneemänner im ganzen Universum, zumindest in unserer Vorstellung. Drinnen knisterten der Koks und die Kohlen im Ofen, und die wohlige Wärme durchzog das ganze Haus. Es war Adventszeit, und wie jedes Jahr wurden Adventskränze gebunden. Meine Mutter kannte Herrn Reiche, den Inhaber einer Gärtnerei in Rudow, der tausende Adventskränze benötigte. Vater schnitt die Tanne und band den Rohling, während meine Mutter den dicken, grünen Adventskranz vervollständigte. Winter für Winter schafften meine Eltern bis zu 3000 Kränze – ein lohnender Nebenverdienst, aber auch eine Menge Arbeit. Alle mussten im Haushalt mit anpacken. Während ich, der kleinen Mausi mit ihren gerade mal drei Monaten die Flasche gab, bereitete Manfred, als ältestes Kind, oft das Abendbrot zu. Roland und Püppi waren für das anschließende Aufräumen und Abwaschen zuständig. Sohni, der gerade erst drei Jahre alt war, saß auf seinem kleinen Nachttopf und schaute uns bei der Küchenarbeit zu, während er ein kleines „Käckerli" machte. Es war ein geschäftiges Treiben im Haus, doch die Atmosphäre war in dieser Zeit, von Zusammenhalt und gemeinsamer Freude geprägt. Die Arbeit an den Adventskränzen hatte etwas Beruhigendes und Verbindendes. Die Tannenzweige verströmten ihren frischen Duft, und das Bandeln der Kränze glich schon fast einer Erholung von den vielen Dingen des Alltags. Als Günter Reiche mit seinem großen LKW ankam, um die Kränze aufzuladen, war die Aufregung groß. Der LKW rumpelte rückwärts in die Einfahrt, und man hörte schon von Weitem das Knirschen der Reifen auf dem gefrorenen Boden. Mutter begrüßte Herrn Reiche herzlich und bot ihm noch einen Kaffee an, um sich in der warmen Küche ein wenig aufzuwärmen. Während die beiden in der behaglichen Stube saßen und sich unterhielten, machten sich Manni, Roland und ich an die Arbeit. Die vielen tausend Kränze waren in Zehner-Bündeln gestapelt und warteten darauf, in den Transporter der Gärtnerei geladen zu werden. Es war eine anstrengende, aber auch befriedigende Aufgabe. Die kühle Winterluft prickelte auf unseren Wangen, und unsere Atemzüge bildeten kleine Wölkchen. Jeder von uns hatte seine Aufgabe: Manni und Roland hoben die schweren Bündel an, und ich ordnete sie sorgfältig im LKW, sodass möglichst viele Kränze hineinpassen würden. Währenddessen drang der Duft von frisch gebrühtem Kaffee aus der Küche zu uns, vermischt mit dem harzigen Aroma der Tannenzweige. Herr Reiche und Mutter lachten über eine Anekdote, und es war ein schöner Moment der Gemeinschaft und des Zusammenhalts. Nachdem wir alle Kränze verladen hatten, trat Herr Reiche zu uns und bedankte sich herzlich für unsere Hilfe. Er zog aus seiner Tasche einen zwanzig Mark Schein und überreichte ihn uns. "Das habt ihr euch redlich verdient", sagte er lächelnd. Wir strahlten über das ganze Gesicht. Zwanzig Mark, ein Pfund, waren eine Menge Geld für uns, und wir teilten den Schein gerecht unter uns dreien auf. Jeder von uns hatte nun ein kleines Vermögen in der Tasche, und wir schmiedeten sofort Pläne, was wir uns davon kaufen würden. Die Freude über den Lohn und das gemeinsame Arbeiten lenkten mich oft von den Prügelstrafen ab und ließen sie fast vergessen. Diese Momente des Zusammenhalts und der Belohnung gaben mir ein Gefühl der Normalität und des Glücks, das mich durch einige schwierigen Zeiten trug. Nachdem Herr Reiche sich verabschiedet hatte und der LKW langsam die Einfahrt hinunterfuhr, kehrten wir in

138

die warme Küche zurück. Mutter strahlte vor Stolz und schloss uns in die Arme. Die Arbeit war getan, und weitere erfolgreiche Tage lagen hinter uns. In der Küche war es warm und gemütlich, und während draußen die Dämmerung hereinbrach, genossen wir drinnen die wohlverdiente Ruhe und Zufriedenheit nach einem langen, erfüllten Tag.

Weihnachten 1969, Mittwoch.

An diesem besonderen Abend kamen Onkel Hansi mit Frau und Tante Hanne mit Mann, zu Besuch. Sie brachten all ihre Kinder mit, und unsere Hütte war bis zum Bersten voll. Onkel Hansi, der ältere Bruder meiner Mutter Christel, hatte drei Töchter: Monika, Manuela und Marina Wittkamp. Tante Hanne, die mit Onkel Jo verheiratet war, kam als nächstes nach Christel in der Geschwisterreihe und brachte ihre Söhne Rainer, Jürgen, Bernd und den kleinen Pflanzi mit. Die Jungs spielten den ganzen Tag draußen im Garten, auf den Feldern und im Schnee. Ich hingegen verbrachte die Zeit mit den Mädchen oben in der warmen Stube. Am Abend, nach der Bescherung, bei der jeder wundervolle kleine Geschenke erhielt, und einem herzhaften Abendbrot, herrschte ein buntes Durcheinander. Die gesamte Verwandtschaft übernachtete bei uns, und in jedem Bett lagen zwei bis drei Kinder. Es war ein totales Kuddelmuddel. Wir tobten, machten Kissen schlachten und als unsere Eltern uns schließlich zur Ruhe ermahnten, erzählten wir uns flüsternd gruselige Geistergeschichten. So lange, bis auch das letzte Kind endlich eingeschlafen war. Dann kehrte Ruhe im Haus ein. Am ersten Weihnachtsfeiertag hatten die Eltern in der Veranda, der Küche und dem Wohnzimmer das Frühstück vorbereitet. Es war ein prächtiges Festmahl, das auf uns wartete. Große Teller waren beladen mit frischen Stullen, dick bestrichen mit Marmelade, Schmalz, Wurst und Käse. In der Mitte des Tisches standen mehrere Kannen, gefüllt mit dampfendem Kakao für uns Kinder. Nur bei den Eltern im Wohnzimmer stand der duftende Kaffee, dessen Aroma sich im ganzen Haus verteilte. Nach dem ausgiebigen Frühstück zogen wir unsere dicken Winterklamotten an. Draußen im Garten spielten wir Verstecken, während die Kälte uns rote Nasen und Wangen beschwerte. Über Nacht war fast ein halber Meter Schnee gefallen, und die Welt war in eine glitzernde Winterlandschaft verwandelt. An jeder Ecke bauten wir Schneemänner, dick eingepackt mit Mützen und Schals, die wir aus alten Kisten im Keller hervorgekramt hatten. Wir zählten am Ende des Morgens elf Schneemänner, die stolz im Garten standen. „Eine Schneemann-Fußballmannschaft!", rief ich und wir lachten ausgelassen. Die Sonne schien durch die kahlen Äste der Bäume und tauchte die Schneemänner in ein sanftes Licht. Ihre knopfäugigen Gesichter schauten uns fröhlich an und es fühlte sich an, als ob der Garten von einer stillen, magischen Lebendigkeit erfüllt war. In der Ferne hörte man das leise Klingen der Kirchenglocken, die zur Weihnachtsmesse riefen. Doch wir blieben im Garten, verloren in unserer winterlichen Wunderwelt, und genossen das Zusammensein und die Unbeschwertheit dieses besonderen Tages.

Durchgefroren wurden wir zum Mittag gerufen. Es war spät geworden und die Dämmerung senkte sich bereits über die winterliche Landschaft. Doch als wir das Haus betraten, umfing uns ein wohliger Duft von Gänsebraten und Rotkohl. Der Geruch war verlockend und ließ uns das frische Knistern des Schnees und die kalte Winterluft sofort vergessen. Die Eltern hatten eine lange Tafel im Wohnzimmer aufgebaut, und obwohl die Tische unterschiedliche Höhen und Durchmesser hatten, saßen wir alle zusammen am gemeinsamen Weihnachtsessen, das am ersten Weihnachtstag stattfand. Der Tisch war festlich gedeckt mit Kerzen, die ein warmes Licht spendeten, und das Geschirr funkelte im Kerzenschein. Die Gänse waren perfekt gebraten, golden und knusprig, und der Rotkohl dampfte verführerisch in einer großen Schüssel. Dazu gab es Klöße, die meine Mutter mit viel Liebe zubereitet hatte. Wir nahmen Platz, jeder fand seinen Sitz an der improvisierten, aber liebevoll gedeckten Tafel. Die Gespräche waren lebhaft und fröhlich, wir Kinder erzählten aufgeregt von unseren Schneemännern und den Abenteuern im Garten. Das Essen schmeckte köstlich, und die Wärme und Geborgenheit, die von unserer Familie ausging, erfüllte den Raum. Nach dem festlichen Mahl war es Zeit, sich voneinander zu verabschieden. Onkel Hansi fuhr mit seiner Frau sowie seinen Töchtern Monika, Manuela und Marina in seinem schwarzen Mercedes Taxi 190 Diesel zurück nach Kreuzberg in die Bergmannstraße. Die große Karre tuckerte leise die Einfahrt hinunter, und wir winkten ihnen nach, bis die Rücklichter im Dämmerlicht verschwanden. Onkel Jo machte sich mit Tante Hanne und den Jungs Reiner, Bernd, Jürgen und dem kleinen Pflanzi in seiner alten „Badewanne", dem Ford 17 M, auf den Weg zurück in die Weserstraße nach Neukölln. Das Auto, das seinen Spitznamen wegen seiner charakteristischen Form trug, sprang mit einem vertrauten Röhren an und rollte gemächlich die Straße entlang. Auch ihnen winkten wir, bis sie außer Sicht waren.

Ruhe kehrte ein in unserem Heim, als die letzten Gäste gegangen waren und die Hektik des Tages allmählich abebbte. Die Lichter des Weihnachtsbaums warfen ein warmes, sanftes Leuchten in den Raum, und wir Kinder setzten uns zusammen, um uns unsere Weihnachtsgeschenke noch einmal genauer anzusehen. Jeder von uns hielt seine neuen Schätze in den Händen, bestaunte sie und tauschte begeistert Eindrücke und Pläne aus. Auf dem Tisch lag eine Schale mit Walnüssen, Haselnüssen und Mandeln. Wir knackten die Nüsse mit dem alten Nussknacker, der jedes Jahr zu Weihnachten hervorgeholt wurde, und genossen den nussigen Geschmack, während wir Schokolade naschten. Die süßen Stücke schmolzen auf der Zunge und hinterließen ein wohliges Gefühl der Zufriedenheit. Die Wärme des Kachelofens und die beruhigende Stille, die nun im Haus herrschte, machten uns alle schläfrig. Es war spät geworden, und die Anstrengungen des Tages forderten ihren Tribut. Wir zogen uns in unsere Zimmer zurück, schlüpften in unsere warmen Betten und kuschelten uns unter die Decken. Die Müdigkeit überwältigte uns schnell, und kaum hatten unsere Köpfe die Kissen berührt, fielen wir in einen tiefen, erholsamen Schlaf. Die Träume dieser Nacht waren erfüllt von den Erlebnissen des Tages: dem Schneemannbau, dem festlichen Weihnachtsessen und den strahlenden Gesichtern unserer großen Familie. Es war ein Tag voller Freude und diese kostbaren Erinnerungen begleiteten mich in die Nacht.

Am zweiten Weihnachtstag durfte ich ins Mars Kino gehen, um mir "Rudolf Rotnase, das Rentier" anzusehen. Die Vorfreude war groß, doch meine kleine Schwester Püppi wollte unbedingt mitkommen. Sie heulte und quengelte so lange, bis Mutter schließlich beschloss, dass Püppi mitdurfte. Ich wollte sie nicht mitnehmen, weil sie immer an die Hand wollte und ich mich um sie kümmern musste. Doch ich hatte verloren, und so machte ich mich mit meiner kleinen Schwester im Schlepptau auf den Weg. Es waren fast zwei Kilometer Fußweg bis zum Lichtspielhaus, und der Weg dorthin war eine kleine Reise für uns. Am Siedlungsausgang betraten wir den sich unendlich lang erstreckenden und verschneiten Bitterfelder Weg. Der Schnee knirschte unter unseren Füßen, und die Kälte biss in unsere Wangen, doch die Aufregung hielt uns warm. Wir liefen durch die Winterlandschaft, die im hellen Tageslicht glitzerte, und Püppi stellte nervend Fragen, über den Film, den wir gleich sehen werden. Pünktlich im Kino angekommen, tobten wir mit den anderen Kindern und warfen Schneebälle, während wir auf den Einlass warteten. Die Atmosphäre war voller Freude und Spannung. Püppi drückte ihre Nase an die Schaukästen und betrachtete die bunten Bilder von Rudolf Rotnase und die Vorschau auf den nächsten Film, "Aschenputtel". Ihre Augen leuchteten vor Aufregung. Als die Tür endlich aufging, stürmten wir Kinder hinein. Die Wärme des Kinos schlug uns entgegen, und der Duft von Popcorn und Süßigkeiten erfüllte die Luft. An der Kinokasse kaufte ich zwei Karten und vier Prickel Pit. Mutter hatte uns zwei Mark fürs Kino mitgegeben. Die Karten kosteten 1,90 Mark, und ein Päckchen Prickel Pit fünf Pfennig. Prickel Pit war ein Riegel, in dem kleine gelbe rechteckige Brausebonbons drin waren, die nach Zitrone schmeckten. Ich gab Püppi zwei Riegel, und wir setzten uns in die harten nicht gepolsterten Kinosessel. Die Lichter dimmten sich, und der Vorhang öffnete sich langsam. Der Weihnachtsfilm "Rudolf Rotnase" begann, und wir tauchten in eine fantas-

143

tische Welt ein. Die Abenteuer des kleinen Rentiers mit der leuchtend roten Nase faszinierten uns, und Püppi saß mit großen Augen und offenem Mund neben mir.

Der Film neigte sich seinem Ende zu, die letzten spannenden Szenen verblassten auf der Leinwand. Mit großen Augen und aufgewühlten Herzen saßen die Kinder im abgedunkelten Saal. Als die letzten Worte verklungen und der Abspann über die Leinwand flimmerte, brach plötzlich die Stille. Wie ein Schwarm bunter Vögel, die plötzlich aufgescheucht wurden, stoben die Kinder in alle Richtungen auseinander. Es war ein lebhaftes Durcheinander aus Lachen, Gesprächen und aufgeregtem Gewusel, während sich der Saal langsam leerte und sich der Vorhang an der Leinwand schloss.

Auf dem Rückweg nach Hause begann es leicht zu schneien, und sie beeilten sich, ins warme, traute Heim zu gelangen. Die kalte Winterluft schnitt in unsere Wangen, als wir durch die verschneiten Straßen liefen. Püppi wurde oft gefragt, ob ich mich anständig benommen hatte. Geschickt erzählte Püppi dann eine kleine Geschichte, in der ich angeblich nicht gut genug auf meine kleine Schwester aufgepasst hatte und vergessen hatte, Hand in Hand mit ihr bis zum Mars Kino hin und wieder zurückzugehen.

Diese kleinen Lügen und Intrigen von Püppi führten regelmäßig dazu, dass ich eine kräftige Ohrfeige von Vater bekam und wieder einmal einen pfeifenden Ton im Ohr hatte. Schnell musste ich nach oben in mein Zimmer gehen, während die strengen Worte meines Vaters noch in meinen Ohren nachhallten.

Mit den Jahren gingen wir Kinder oft ins Marskino, sahen Filme wie Godzilla, U 2000, Frankenstein und auch Märchenfilme. Später gingen die Großen dann ins Panorama Britz. Das Kino war größer und moderner. Ich war einmal im Panorama Britz, nämlich an dem Tag, als Onkel Tobias vom Radiosender RIAS (Rundfunk im amerikanischen Sektor) da war. Jeder, der mutig war, durfte auf die Bühne, ein Gedicht oder ein Lied vortragen. Ich ballte die Fäuste in meinen Hosentaschen, packte allen Mut zusammen und meldete mich. Ich durfte auf die Bühne und sang: „Es schlafen Bächlein und Seen unterm Eise, es träumt der Wald einen tiefen Traum, ...". Das Publikum applaudierte, und ich erhielt für meinen Vortrag zwei Tafeln Vollmilch-Nuss-Schokolade der Marke Karina.

Zum Ende des Jahres 1969 kauften sich alle Knaller, auch ich. Denn mit Bunkerführungen, dem Sammeln von Pfandflaschen und Kupfer sowie Alteisen und Adventskranz-Tätigkeiten hatte ich mir ein kleines Vermögen angehäuft: 41,50 DM bar! Ich kaufte mir mehrere Zehnerpackungen rote Pfennigschwärmer, einige Achterpackungen Chinakracher und eine Sechserpackung Raketen. Immerhin brach ein neues Jahrzehnt an, die 70er standen vor der Tür. Mit der neu entstandenen Gropiusstadt in etwa zwei Kilometer Entfernung knallten mehr als 50.000 Menschen. Es war ein spektakuläres Schauspiel, die unzähligen bunten Raketen in allen Farben des Regenbogens am Nachthimmel aufsteigen zu sehen und das laute, donnernde Rumsen der Böller zu hören. Der Himmel war ein Meer aus Licht und Farben, während die Feuerwerkskörper in schillernden Explosionen aufbrachen. Ihre knallenden Geräusche hallten in der kühlen Nachtluft wider, die erfüllt war von einer Mischung aus festlicher Aufregung und dem beißenden Geruch verbrannten Schwarzpulvers.

Im Winter des neuen Jahres 1970, zeigte mir mein Vater überraschenderweise seine gute Seite, das morgendliche Ritual des Heizens unseres Kachelofens im Wohnzimmer. Es war an einem Sonntag, ich stand schon früh auf und sah, wie Vater im Wohnzimmer die Fenster zum Lüften öffnete. Es war kalt, und unser Kachelofen war ausgebrannt. Das Erste, was zu tun war, war das Wohnzimmer zu lüften. Anschließend öffnete Vater die untere Klappe des Ofens, wo sich das Rost befand. Rechts war ein silberner Rüttelhebel, mit dem man das Rost rütteln konnte, damit die Restasche in den Aschkasten fiel. Wenn draußen auf der Straße Schnee lag, wurde die Asche dort verstreut und mit einem Borstenbesen weiter verteilt.

Mit dem leeren Aschkasten in der Hand ging ich in den Schuppen, um Kleinholz zu hacken. Ich legte das gehackte Holz in den Aschkasten, zusammen mit zwei bis drei mittleren Holzscheiten und zwei großen. Mein Vater wich nicht von meiner Seite und überwachte jeden meiner Schritte. Zurück im Wohnzimmer, begannen wir mit dem Anheizen des Ofens. Wir knüllten vier Zeitungsseiten zusammen und legten sie auf das Rost. Dann ordnete ich das Kleinholz so um das Papier herum an, dass es wie ein Indianerzelt aussah. Darüber legten wir die mittleren Holzscheite und dann die Großen. Dies funktionierte nicht von der unteren Klappe aus, sondern musste vorsichtig von der oberen Ofentür auf das Tipi gelegt werden. Nun kam der aufregendste Teil, das Entzünden des Feuers. Mein Vater überreichte mir eine Schachtel Streichhölzer, Welthölzer. Ich rieb das erste Streichholz an der Schachtel, doch es brach ab. Vater lachte leise, und ich spürte eine Mischung aus Aufregung und Entschlossenheit. Auch das zweite Streichholz brach, aber das Dritte entzündete sich endlich. Stolz hielt ich das brennende Streichholz und zündete das Papier unter dem Holz an. Die Flammen flackerten auf und das Feuer begann zu brennen.

Nun musste ich abermals in den Schuppen, um eine Kiepe Koks zu holen. Diese Kiepe hatte mein Vater selbst aus Eisen zusammengeschweißt. Schon im Leeren Zustand, war sie verdammt schwer. Vater riet mir, die Kiepe nur halbvoll zu machen und lieber zweimal zu laufen. Ich beherzigte seinen Rat, nahm die Schippe und begann, Koks in die Kiepe zu füllen. Mit der halbvollen Kiepe machte ich mich auf den Weg zurück ins Wohnzimmer. Dort musste ich zunächst überprüfen, ob alle Holzscheite gut brannten. Das Feuer loderte kräftig, also kippte ich vorsichtig den ersten Schwung Koks in den Ofen. Dann ging ich zurück in den Schuppen, füllte die Kiepe erneut halbvoll und brachte die zweite Ladung Koks ins Wohnzimmer, um den Ofen komplett zu füllen. Nun schloss ich die Ofentüren und öffnete die Lüftungsschlitze unten am Rost, damit alles schön durchbrennen und durchglühen konnte. Die Fenster im Wohnzimmer wurden dann wieder geschlossen, um die Kälte draußen zu halten und die Wärme im Raum zu bewahren. Später überprüften wir gemeinsam, ob eine untere Schicht des Kokses bereits durchgeglüht war. Das rotglühende Koks zeigte, dass das Feuer gut angegangen war. Zufrieden schloss ich die Lüftungsschlitze komplett, um die Hitze zu regulieren und das Feuer zu drosseln. Das Ritual des Heizens war nun beendet. Die Wärme des Kachelofens breitete sich behaglich im ganzen Raum aus und zog schließlich durch das ganze Haus. Ich fühlte mich stolz und zufrieden, dieses wichtige Ritual gemeinsam mit meinem Vater vollzogen zu haben. Die Wärme, die wir zusammen geschaffen hatten, schuf ein behagliches zuhause. Es gab Frühstück, Bäcker Nitsche kam gerade um die Ecke und hielt bei uns auf dem Platz. Ich war neun Jahre alt und auf dem weg zu Bäcker Nitsches Wagen, war ich stolz auf mich, dass ich jetzt heizen konnte. Ich kaufte die üblichen Schrippen und Schnecken.

Im März 1970 standen die Schulzeugnisse an, und mit ihnen die Entscheidung über die Versetzung in die Klasse 5. Mutter hatte eine Idee, nein, einen festen Wunsch. Ich, der ehemalige Einser-Schüler, sollte auf eine Lateinschule gehen. Mutter sah in mir einen zukünftigen Arzt, obwohl ich seit der Mondlandung davon träumte, Astronaut zu werden. Mit dem Zeugnis in der Hand, schmiedete sie Pläne für meine Zukunft. Sie war überzeugt, dass Latein der Schlüssel zu einem erfolgreichen Medizinstudium war. Unbeirrt von meinen eigenen Wünschen und Träumen, entschied sie, dass ich ab Montag, dem 13. April, die Silbersteinschule besuchen und dort, statt wie fast alle Kinder auf anderen Schulen Englisch, Latein lernen sollte. Ihre Vorstellung war klar und unverrückbar: Gürkchen, so nannte sie mich liebevoll, sollte Arzt werden, basta. Sie argumentierte, dass ein solider Bildungshintergrund in Latein mir Türen öffnen würde, von denen ich jetzt noch nicht einmal träumen konnte. Sie malte mir eine

Zukunft aus, in der ich ein angesehener Mediziner war, der Menschen half und Anerkennung fand. Obwohl ich innerlich protestierte und meine Gedanken immer wieder zu den Sternen schweiften, wo ich als Astronaut ferne Galaxien erkunden wollte, blieb Mutter fest in ihrem Entschluss. Sie sah in mir das Potenzial und die Fähigkeiten, die nötig waren, um ein erfolgreicher Arzt zu werden, und sie war entschlossen, diesen Weg für mich zu ebnen.

Morgens war der Schulweg bereits eine Herausforderung. Mit meinen 9 Jahren machte ich mich auf den Weg: Zuerst ging ich die 1,8 Kilometer zum U-Bahnhof Zwickauer Damm zu Fuß. Von dort fuhr ich mit der U-Bahn bis zum Bahnhof Neukölln, um schließlich noch einmal einen halben Kilometer zu Fuß zur Silberstein-Grundschule zu gehen. Der gesamte Schulweg dauerte nun bis zu einer Stunde, eine erhebliche Steigerung im Vergleich zu den vorherigen 10-15 Minuten. Angekommen in der neuen Schule, fand ich mich in der Klasse 5L wieder. Mein Klassenlehrer war Herr Wels, ein freundlicher Mann mit einer Vorliebe für strukturierte Unterrichtsstunden. Mein Lateinlehrer, Herr Rienitz, war hingegen eine imposante Erscheinung, die den Respekt der Schüler mit seiner strengen, aber dennoch fairen Art schnell gewann. Latein erwies sich als herausfordernd. Die Deklinationen und Konjugationen waren wie ein Rätsel, das es zu lösen galt. Doch trotz der Mühe, die mir das Fach bereitete, strengte ich mich an, Mutter stolz zu machen. Jeden Tag lernte ich fleißig Vokabeln und Grammatik, wobei ich oft an die Worte meiner Mutter dachte: "Gürkchen, du wirst ein erfolgreicher Arzt, basta."

Das Fach, das mir jedoch am meisten Spaß machte, war Schwimmen. Einmal in der Woche ging es ins Schwimmbad, und diese Stunden waren für mich das Highlight der Schulwoche. Wir gingen zu Fuß ins Stadtbad Neukölln, was bereits ein kleines Abenteuer für sich war. Das altehrwürdige Stadtbad mit seinen hohen Decken und der nostalgischen Architektur hatte seinen eigenen, ganz besonderen Charme. Mein Schwimmlehrer dort war Herr Dohrow. Er war ein älterer Herr, dessen Augen stets vor Energie und Freude funkelten, wenn er uns im Wasser anleitete. Erstaunlicherweise war Herr Dohrow bereits der Schwimmlehrer meiner Mutter gewesen. Diese Verbindung zur Vergangenheit verlieh den Schwimmstunden eine besondere Bedeutung. Es war fast so, als ob ich durch das Schwimmen eine Brücke zur Jugend meiner Mutter schlug. Herr Dohrow hatte ein beeindruckendes Wissen und eine unendliche Geduld. Er konnte die Techniken des Brust- und Rückenschwimmens sowie des Kraulens mit einer Präzision erklären, die selbst die ungeschicktesten Bewegungen in elegante Züge verwandelte. Er war streng, aber gerecht, und sein Lob war immer ehrlich und ermutigend. Das Schwimmbad selbst war ein Ort der Freiheit. Im Wasser fühlte ich mich schwerelos und befreit von den alltäglichen Sorgen und dem Druck, der auf mir lastete. Jeder Sprung ins Becken war wie ein kleiner Flug, und das Schwimmen vermittelte mir ein Gefühl von Schwerelosigkeit und grenzenloser Freiheit. Es war der Moment, in dem ich die Träume von fernen Galaxien und Raumfahrten wieder aufleben ließ.

Was an dieser Schule noch gut war, war die Tatsache, dass ich fortan samstags nicht mehr zur Schule musste. Das gab mir zusätzliche Zeit für meine Leidenschaft: Fußball beim TSV Rudow. Endlich konnte ich an den Wochenenden voller Begeisterung auf dem Platz stehen und dem Ball nachjagen, ohne den Gedanken an Schulaufgaben und

Hausaufgaben im Hinterkopf. Allerdings brauchte es eine lange Eingewöhnungszeit, bis ich mich an das frühe Aufstehen gewöhnte. Die Umstellung vom gemächlichen Tempo der Grundschule zur rigiden Struktur der Lateinschule war eine Herausforderung. Jeden Morgen war es ein Kampf gegen die Müdigkeit, während ich mich aus dem warmen Bett schälte und mich auf den Weg zur U-Bahn machte. Der Geruch der Berliner U-Bahn war eine Mischung aus verschiedenen Eindrücken, die je nach Tageszeit und Wetter variieren konnten. Grundsätzlich hatte die Berliner U-Bahn einen leicht metallischen, erdigen und leicht muffigen Grundgeruch, der aus den alten Tunnelwänden und der jahrzehntelangen Nutzung resultierte. Zur Nachmittagszeit, wenn sich die vielen Menschen durch die Waggons drängten, roch es neben Metall und Moder, nach Schweiß und Parfum. In den Raucherabteilen roch es ausschließlich nach Qualm. Der war so dick, man hätte ihn zerschneiden können.

Zusammengefasst war der Geruch ein komplexes Zusammenspiel aus Alt und Neu, aus Menschen und Untergrund. Der Geruch ist heute noch in meiner Nase, immer wenn ich heute U-Bahn fahre, erinnert es mich an die Zeit der Lateinschule in der Silbersteinstraße. Mit der Zeit jedoch gewöhnte ich mich an den Geruch und den neuen Rhythmus. Die Morgenroutine mit dem frühen Aufstehen wurde zur Gewohnheit, und ich begann, die ruhigen Stunden des Morgens zu schätzen, in denen ich mich mental auf den bevorstehenden Schultag vorbereiten konnte. Die Wochenenden waren nun eine willkommene Abwechslung zum schulischen Alltag. Beim Fußballspielen mit meinen Fußballkameraden konnte ich den Kopf freibekommen und neue Energie tanken. Jeder Kick des Balls auf den alten Schlacke Platz in der Stubenrauchstraße war ein Ausdruck meiner Leidenschaft für den Sport und ein Moment der Freiheit, weit weg von den strengen Regeln und Anforderungen der Schule. Inmitten der Herausforderungen und der Anpassung an das neue Umfeld fand ich Trost und Motivation im Fußball. Es war mein Ausgleich, mein Ventil und meine Belohnung nach einer Woche harter Arbeit und neuen Erfahrungen. Doch das Auswendiglernen der Lateinvokabeln wurde von Mal zu Mal eine enorme Belastung. Die vielen fremden Wörter und die komplexen grammatischen Regeln verlangten mir viel ab. Jede Woche neue Vokabeln zu lernen und sie korrekt anzuwenden, war eine echte Herausforderung. Ich saß oft stundenlang über meinen Lateinbüchern, versuchte die Wörter zu verinnerlichen und auch während der kurzen U-Bahn Fahrt von Zwickauer Damm bis Neukölln, schlug ich meine Lateinbuch auf und las immer wieder die Lektionen. In der sechsten Klasse, eine Stufe über mir, fand ich einen Freund namens Xaver. Er war ein lebensfroher Schulfreund, der es sich zur Aufgabe machte, mir in der Hofpause Lateinvokabeln und Grammatik auf spielerische Weise näherzubringen. Während die anderen Kinder tobten, stand Xaver plötzlich vor mir, schüttelte seine Haare und rief laut: „Kikeriki!"

Verwirrt sah ich ihn an. „Was war das?" fragte er mit einem verschmitzten Grinsen. Ich zuckte mit den Schultern. „Gallus, der Hahn," erklärte er triumphierend. „Kikeriki!" wiederholte er und zeigte mit dem Finger in die Luft. Ich begann zu lachen und sagte zögerlich: „Gallus, der Hahn." Zufrieden nickte Xaver. „Siehst du, geht doch!"

152

Währenddessen öffnete ein Lehrer das Fenster, um frische Luft hereinzulassen. Xaver deutete sofort darauf und rief: „Fenestra!" Ich blickte auf das Fenster und sprach: „Fenestra, das Fenster."

„Prima!" lobte er mich mit einem breiten Grinsen. Und so übten wir spielerisch weiter: ein Wort nach dem anderen, eingebettet in spontane Situationen auf dem Schulhof. Das Lernen fühlte sich plötzlich leicht an, beinahe wie ein Spiel.

Doch Latein war für mich wie ein massiver Stein, kalt und unbeweglich, den ich verzweifelt mit bloßen Händen aufzubrechen versuchte. Jeder Versuch, die harten Strukturen der Grammatik zu durchdringen, fühlte sich an wie das Schlagen auf Granit. Die Vokabeln lagen schwer auf meiner Zunge, widerspenstig und rau wie Kiesel, die sich einfach nicht in flüssige Sprache formen wollten.

Es war, als ob ich ständig auf Widerstand stieß, die Deklinationen, die Konjugationen, die starren Regeln. Sie standen wie unüberwindbare Barrieren zwischen mir und dem Verständnis. Und obwohl ich mich anstrengte, rutschten die Worte durch meine Finger wie Sand, der keine Form finden wollte.

Eine kleine Anekdote.

An einem lauen Spätnachmittag in unserer Siedlung herrschte eine ganz eigene, fast schon gemütliche Betriebsamkeit. Die Nachbarn kehrten von der Arbeit heim, schoben ihre Fahrräder über die schmalen Wege, während aus den offenen Fenstern der Häuser der Duft von Abendessen strömte. Ich selbst war an diesem Tag wieder einmal auf einer ganz bestimmten Mission unterwegs. Mutter oder Vater hatten beschlossen, dass der Zigarettenvorrat mal wieder aufgefüllt werden musste. Und so drückten sie mir zwei Mark in die Hand.

„Hier, hol uns 'ne Schachtel Stuyvesant oder meinetwegen Ernte 23 aus dem Vereinscasino. Und beeil dich", sagte mein Vater, wobei er in seiner ruhigen Art trotzdem immer leicht verschmitzt wirkte. Ich spürte, wie sich eine leichte Aufregung in mir breit machte, denn in meinem Kopf formte sich bereits der Gedanke an das Erdbeereis, das „Berry", dass es dort gab und dass ich mir so sehnlich wünschte. Doch leider kostete das Berry 25 Pfennige, und wenn ich die Zigaretten für 1,80 DM kaufte, blieben mir nur 20 Pfennige übrig. Fünf Pfennige fehlten also. Ich wollte dieses Eis aber unbedingt haben und hatte längst einen kleinen Trick auf Lager.

Dieser Trick war eine Erfindung aus purer Not, wenn man es so nennen wollte, aber in meinem damaligen Jungenkopf war es ein großes Abenteuer. Beim Sommerfest auf dem Gelände des Vereinscasinos hatte ich eines Tages bemerkt, dass es einen Hinterausgang gab, der häufig nur angelehnt war. Von draußen konnte man sogar direkt auf die gestapelten Getränkekästen blicken, die sich im Dämmerlicht der schmalen Lagerkammer türmten. Ich sah Kästen voller Florida Boy- oder Fürstenbrunn-Limonade Pfandflaschen, doch das meiste waren Bierkästen, voller leerer Bierflaschen, auf denen es 20 Pfennig Pfand gab. Daraus entstand mein schlauer Plan. Ich würde einfach ein paar Bierflaschen stibitzen, damit ich das Pfandgeld bekommen konnte. Und so schlich ich, sobald ich am Vereinsheim ankam, um das Haus herum. Mein Herz klopfte bis zum Hals, weil ich jederzeit fürchtete, jemand könnte mich erwischen. Die Hintertür war, wie so oft, nur angelehnt. Vorsichtig hob ich zwei Kästen vom Stapel herunter, griff mir rasch zwei Bierflaschen und stellte die Kästen wieder sorgfältig zurück, sodass von außen nichts fehlte. Das klirrende Geräusch der Flaschen war mir jedes Mal ein Schreck in den Gliedern, aber niemand schien etwas zu bemerken. Mit zitternden Händen, aber ziemlich stolz, trat ich durch den Haupteingang in den verräucherten Schankraum. Dicke Rauchschwaden zogen durch den Raum, und die Stimmen der Siedler klangen laut und ausgelassen. Ich hörte Gelächter, das leise Klappern von Skatkarten und das wohlige Zischen, wenn eine Flasche Bier geöffnet wurde. Ein paar Nachbarn erkannten mich sofort. „Na, Gürkchen! Holste wieder Zigaretten und Bier für Papa und Willy?" Ich bekam ein feuerrotes Gesicht. Mir war es immer unangenehm, wenn alle so laut sprachen und lachten, als wüssten sie genau, was ich vorhatte. Aber in Wirklichkeit ahnte niemand, was ich wirklich trieb. Ich ließ die Schultern etwas hängen, trat an den Tresen und murmelte: „Eine Schachtel Stuyvesant und ein Berry, bitte." Dabei schob ich die beiden Flaschen und die zwei Mark zu Frau Lehmann hinüber, die hinter dem Tresen stand. Frau Lehmann war eine rüstige Dame mittleren Alters mit grauen Locken und einem freundlichen Gesicht. Sie nahm die Flaschen entgegen, musterte sie kurz, ohne auch nur mit der Wimper zu zucken, und tippte etwas in ihre Registrierkasse. Die Flaschen waren mein Schlüssel zu zusätzlichen Pfennigen. Dass ich sie offiziell „abgab", reichte, um an das Pfandgeld zu kommen. Es erschien wie ein harmloser Tauschhandel. Die leeren Bierflaschen gegen ein paar Münzen mehr. Frau Lehmann lächelte nachsichtig und gab mir schließlich Zigaretten, das Eis und mein Wechselgeld.

„Hier, Gürkchen. Bitte sehr. Macht 1,80 Mark für die Zigaretten, 25 Pfennige für das Berry, das ergibt 2,05 Mark. Aber du hast die beiden

155

Flaschen zurückgebracht. Also bekommst du insgesamt 35 Pfennige zurück.

Sie zwinkerte mir zu, als hätte sie längst gemerkt, dass ich den Bogen für mich ganz geschickt spannte. Ob sie meine kleine Mogelei erahnte, wusste ich nicht. Ich wusste nur, dass sie ganz bestimmt nichts sagte.

„Grüß deine Mutter von mir", rief sie mir noch hinterher, als ich hinauslief. Es war ein wahres Glücksgefühl, mit dem Eis in der einen Hand und den Zigaretten für meine Eltern in der anderen fröhlich nach Hause zu springen. Ich fühlte mich unschlagbar clever, auch wenn mir im gleichen Moment bewusst war, dass mein Diebstahl durchaus ernste Konsequenzen haben konnte, sollte er jemals auffliegen. Trotzdem glaubte ich in meiner kindlichen Unbekümmertheit, ein kleines unsichtbares Abkommen mit dem Vereinscasino getroffen zu haben. Sie stellten die Flaschen in Kisten herum, ich sorgte dafür, dass sie „wieder an den Tresen gelangten", mit etwas Zeitverzögerung.

Mit der Zeit wurde diese Marotte sogar zu einer Art Reflex. Sobald ich irgendwo herumstehende Bierflaschen sah, seien es nun fremde Gärten, leichte Gartenhäuschen oder Stapel mit Getränkekisten, überkam mich die Versuchung, mich anzuschleichen und die Pfandflaschen mitzunehmen. Für mich bedeutete das immer ein kleines Plus an Taschengeld, oder eben ein Berry, wenn ich gerade Lust darauf hatte. Manchmal auch eine Tüte Brausebonbons vom Kiosk, wenn das Rückgeld reichte. In meinem kindlichen Kopf war das alles halb so wild. Die Erwachsenen warfen ja auch oft Flaschen achtlos in Ecken, dachte ich. Da waren Flaschen, die scheinbar niemand brauch-

156

te. Also nahm ich sie an mich, schlich damit zum nächsten Laden oder in unser Vereinscasino, und löste sie ein. So sehr ich heute die Schultern über diese Geschichte zucke und schmunzeln muss, war es doch ein kleines Abenteuer, das meinem Alltag Farbe verlieh. Das Vereinscasino hatte seinen ganz eigenen Charme, den Geruch von kaltem Rauch, von feuchten Bierdeckeln, die leise Quietschen, wenn jemand die Tür öffnete oder wieder schloss. Für mich als Kind war es eine Mischung aus Faszination und Verbot, aus Aufregung und Spiel. Und jedes Mal, wenn Frau Lehmann mir am Tresen mein Eis überreichte und das Pfand verrechnete, huschte mir ein winziges, beinahe triumphierendes Lächeln übers Gesicht. So spielte ich meine Rolle als „Gürkchen" perfekt, ahnte aber nicht, dass die Geschichte sich vielleicht schon wie ein Lauffeuer in der Nachbarschaft verbreitete, und jeder heimlich lächelte, wenn ich mit meiner Beute den Heimweg antrat. Heute, wenn ich daran zurückdenke, sehe ich diesen späten Nachmittag vor mir, die Dämmerung, die sich über die Siedlung legt, das friedliche Gesumme der Nachbarn, das Zischen von Bierflaschen, das Klirren von Gläsern und der Rauch, der aus dem Vereinsheim strömte. Und mittendrin ich, ein kleiner Junge, der sich an einem Berry-Eis erfreut und heimlich ein paar Flaschen stibitzt, weil ihm für seine kindlichen Wünsche das Geld in der Tasche fehlte. Es war eine Zeit, in der man sich mit zwei Mark so unheimlich reich fühlte, auch wenn eigentlich immer irgendwo ein paar Pfennige fehlten.

Da kamen die Sommerferien gerade recht. Endlich eine Pause von den täglichen Lateinstunden und dem Druck der Schule. Die Aussicht auf sonnige Tage, entspannte Stunden und die Möglichkeit, andere Dinge zu tun als Vokabeln zu pauken, war wie eine Befreiung.

Und Mutter hatte einen Urlaub auf einem Bauernhof in Bjergby nähe Randers, Dänemark, geplant. Im Sommer 1970 machten wir, die inzwischen achtköpfige Familie, dann den unvergesslichen Urlaub mit unserem grünen Ford 17 M.

Alle waren voller Vorfreude. Die gesamte Familie war am Packen. Ulf packte ein kleines Kinderköfferchen mit allen Autos, die er hatte. Püppi ebenfalls, nur dass dort kleine Püppchen mit allen Kleidern, die sie für die Püppchen hatte, drinnen waren. Ich wusste bereits, wie Koffer packen geht, denn immerhin war ich schon allein mit meinem Koffer in Sandkrug, Bamberg, bei Oma in Hamburg und bei der Familie Wellenzon in Schlanders. Roland, Manni, Vater, Mutter, alle hatten Ihre Koffer gepackt und erstaunlicherweise, passte alles in den grünen Ford 17m.

Morgens um 4 Uhr wurden alle geweckt. „Um fünf ist Abfahrt", sagte Vater mit entschlossener Stimme. Es lag eine lange Fahrt vor uns, über 700 Kilometer bis nach Bjergby in Dänemark. Vater hatte für diese Reise keine Mühen gescheut. Er ließ das Auto im vorderen Bereich von Werner, einem Bekannten von Tante Beate, umbauen. Werner war Polsterer und hatte seine Arbeit hervorragend gemacht. Die Gangschaltung war am Lenkrad montiert, sodass er zwischen den beiden Vordersitzen eine gepolsterte Überbrückung einbauen konnte. Dadurch entstand ein zusätzlicher Sitzplatz, perfekt für ein kleines Kind. Natürlich durfte dort nur eine Person sitzen – unser Familienliebling, Püppi. Sie saß stolz und glücklich zwischen Mutter und Vater, wie eine Prinzessin aus unserem kleinen Dorf Rudow. Das

Auto war bis zum Rand mit Koffern, Decken, Kissen und Proviant beladen. Während wir Kinder auf den Rücksitzen voller Vorfreude hin und her rutschten, lag unsere kleine Mausi, noch nicht einmal ein Jahr alt, sicher auf der Heckscheibenablage. Pünktlich um fünf Uhr ging die Fahrt los. Wir vier Jungs drängten uns hinten zusammen, jeder voller Erwartungen auf das bevorstehende Abenteuer. Die Straßen waren noch still und leer, und so machten wir uns auf den Weg, bereit für die Reise unseres Lebens. Acht Personen in einem Auto.

Die Fahrt verlief abenteuerlich. Zuerst passierten wir die Grenze zur DDR, den Grenzkontrollpunkt Staaken, an der Heerstraße. Alle mussten mucksmäuschenstill sein, kein Quietsch und kein Piep. Am ersten Posten gab Vater die Papiere ab. Es war ein kleines graues Wachhäuschen, von dem eine etwa 20x20 cm große quadratische Bahn zur überdachten großen Abfertigungsstelle führte. Ich fragte, was das für eine Bahn sei. Mutter erwiderte, dass dort die Pässe ins nächste Kontrollhaus transportiert würden. Manni, immer zu einem Scherz aufgelegt, meinte, da seien kleine Hamster drin, die die Ausweise hinüber schleppen. Ich musste lachen. Mutter schaute böse nach hinten und unterstrich mit barschem Ton: „Ruhe!" Vater fuhr vor und blieb an einer dicken weißen Linie stehen. Ich hatte immer noch die schleppenden Hamster im Kopf. Plötzlich sah ich eine winkende Hand aus dem zweiten, größeren Abfertigungshäuschen. Manni winkte zurück und zog dabei eine Grimasse. Ich sah das und musste mir das Lachen unterdrücken. Vater fuhr weiter, und Mutter schaute wieder böse nach hinten und machte mit ihrer Hand eine ausholende Bewegung: „Gleich knallt's." Roland, der kurz eingenickt

159

war, hob den Kopf und fragte verschlafen: „Wo knallt's?" Im gleichen Augenblick stand rechts von Mutters offenem Fenster ein weiterer Abfertigungsposten und sagte auf sächsisch: „Gänsefleisch mohl de Koffarom uffmache." Manni konnte sich nicht zurückhalten und wiederholte laut: „Gänsefleisch!"

Ich hatte plötzlich das Gesamtbild im Kopf, eine erschöpfte Hamsterschar, die Ausweise schleppte, den winkenden Mann und eine gerupfte Gans auf dem Tisch, aus der hinten heraus ein Feuerwerk knallte. Ich konnte mich nicht mehr halten und brüllte ein lautes, wieherndes Lachen heraus, dabei klopfte ich mir auf die Oberschenkel. Mutter fuhr mir mit einer schallenden Backpfeife in die Parade, und Vater wurde gebeten, rechts heranzufahren. „Bitte alle aussteigen", sagte ein zweiter Wachposten, während ein dritter Bewaffneter hinzukam. Wir standen an diesem frühen Sonntagmorgen alle neben dem Auto und mussten zusehen, wie die Grenzposten unseren grünen Ford auseinandernahmen. Alle Koffer wurden geöffnet, und sie durchwühlten unsere Kleidung. Die hintere Sitzbank wurde entfernt. Einer der Posten stieg ins Auto und durchleuchtete das gesamte Fahrzeug. Im Kofferraum musste das Reserverad ausgebaut werden, sämtliche Verkleidungen wurden abgenommen und alles gründlich durchleuchtet. Die Minuten zogen sich endlos hin, und wir standen nervös daneben. Ich konnte die Blicke meiner Brüder spüren, die zwischen Ärger und Belustigung schwankten. Mutter war starr vor Wut, während Vater versuchte, ruhig und kooperativ zu bleiben. Nach einer Stunde war die Durchfahrt endlich genehmigt. Wir packten alles wieder ein, was die Grenzposten aus dem Auto herausgerissen hatten. Zwei Stunden lang fuhren wir stumm durch die DDR, jeder von uns in Gedanken versunken. Ich konnte die Spannung in der Luft spüren, die durch mein unpassendes Lachen verursacht worden war. Manni war ungewöhnlich still, wahrscheinlich um keinen weiteren Ärger zu provozieren. Die Landschaft zog monoton an uns vorbei. Endlich ließen die Anspannung und die Aufregung der Grenzkontrolle nach, und langsam kehrte etwas Ruhe in das Auto zurück. Der Wagen rumpelte über die von Schlaglöchern übersäte Landstraße. Seit dem Krieg schien sie nicht saniert worden zu sein. Jeder Stoß ließ uns in den Sitzen hüpfen, während wir schweigend und erschöpft weiterfuhren. Schließlich erreichten wir Büchen, den Grenzausgang der DDR. Nach einer weiteren, diesmal reibungslos verlaufenen Grenzkontrolle waren wir endlich wieder im Westen. Auf dem ersten Parkplatz machte Vater halt. Die Erleichterung, die uns alle durchströmte, währte nur kurz. Draußen zog Mutter mich unsanft am Arm und brüllte: „Was war an Ruhe nicht zu verstehen?" Ihre Augen funkelten vor Zorn, und bevor ich mich versah, hagelte es Ohrfeigen. Ich hob meine Arme zum Schutz, aber es half wenig – Mutters Schläge hatten Durchschlagskraft. Tränen schossen mir in die Augen, und ich heulte los. Dabei war es doch Manni gewesen, der die Witze gemacht hatte. Während ich schluchzte, sah ich, wie Manni sich klein machte, wohlwissend, dass sein Scherz die ganze Misere ausgelöst hatte. Vater stand stumm daneben, offensichtlich erleichtert, dass der Ärger sich nicht auf ihn übertrug. Die anderen Geschwister schauten betreten zu Boden, niemand wagte es, ein Wort zu sagen. Nachdem sich die Wut meiner Mutter gelegt hatte, kramte sie in einer der Taschen nach einem Taschentuch und wischte mir die Tränen aus dem Gesicht. „Jetzt beruhige dich wieder", sagte sie mit

161

einem seufzenden Unterton. Die Stimmung war gedrückt, und die Lust auf das Abenteuer war vorübergehend verflogen. Doch die Vorfreude auf unser Ziel, Bjergby in Dänemark, begann sich allmählich wieder in uns breit zu machen.

Doch Vater musste auch grinsen, wegen "Gänsefleisch", mischte sich aber nicht in die Bestrafung durch seine Frau ein. Püppi saß weiterhin wie eine Prinzessin auf ihrem Thron auf der Mittelkonsole, aus Angst, diesen Logenplatz zu verlieren. Doch zu früh gefreut – Püppi musste nach hinten, und Roland durfte den Thron besteigen. Alle stiegen ins Auto, und die Fahrt ging weiter. Manni grinste, Roland auch. „Jetzt haste wohl keinen Grund mehr zu lachen," brummelte Mutter. Doch ich schmunzelte wieder leicht. Die gesamte Weiterfahrt war fröhlich, auch wenn meine Ohren noch glühten. Ich war eben der Kasper der Familie, mit einer ausschweifenden Fantasie. Ich überlegte, wie die Hamster in der quadratischen Leitung wohl wieder zurückkommen würden, ob sie jetzt mit den Hamstern, die die Pässe trugen, zusammenstießen.

Die Landschaft zog ruhig an uns vorbei, während wir die ersten Kilometer im Westen hinter uns brachten. Die Sonne begann bereits höher zu steigen, und langsam kehrte etwas Normalität in unsere kleine Reisewelt zurück. Wir sausten über Autobahnen, machten viele Zwischenstopps, für Picknick- und Toilettenpausen. Einmal konnte Püppi ihr Pipi nicht halten und pullerte ins Auto. Manni kommentierte trocken: „Na schön, jetzt sitzen wir im Urinbomber." Ich unterdrückte das Lachen, sonst hätte es bestimmt wieder geknallt. Die Pausen waren eine willkommene Abwechslung. Während Vater den Motor des Autos kontrollierte, versorgte uns Mutter mit

162

Proviant, es gab selbstgemachten Kartoffelsalat und selbstgebratene Bouletten. Wir spielten noch auf den Rastplätzen. Wir liefen umher, spielten Fangen und genossen die kurze Freiheit, bevor es wieder weiterging. Die Fahrt verlief trotz der anfänglichen Aufregung zunehmend harmonischer. Die Landschaften wechselten, und die Monotonie der DDR wurde von den malerischen Bildern des Westens abgelöst. Wir passierten Felder, Wälder und kleine Dörfer, und je weiter wir nach Norden kamen, desto mehr spürten wir die frische Brise der Nord- und Ostsee. Unser Ziel, Bjergby in Dänemark, rückte immer näher. Die Vorfreude wuchs mit jedem Kilometer, und selbst die Missgeschicke und die kleinen Streitereien konnten unsere Stimmung nicht mehr trüben. Die Reise war noch lang, aber wir waren bereit, jedes Abenteuer gemeinsam zu bestehen. So fuhren wir weiter, eingehüllt in die wärmende Sonne und begleitet vom Lachen und den Geschichten, die diese Reise zu einem unvergesslichen Erlebnis machten.

In Dänemark befuhren wir wieder Landstraßen und bewunderten kleine Dörfer sowie die malerische weite Landschaft. Nach einer zehnstündigen Fahrt erreichten wir schließlich unseren Zielort – einen idyllischen Hühnerhof nähe Bjergby. Der vierseitige Bauernhof lag abgelegen inmitten grüner Felder und kleiner Wäldchen. Wir wurden herzlich von den Besitzern begrüßt, die uns gemütliche Zimmer zur Verfügung stellten. Nachdem alle die Zimmer bezogen hatten, Ich war mit Bruder Sohni zusammen, Manni und Roland in einem Zimmer, sowie die Eltern mit Püppi und Mausi im größten Zimmer. Wir wurden alle von den Bauern zum Abendessen gerufen. Es gab den typisch dänischen, langsam im Ofen gegarten, Schweinebraten mit Schwarte (Fläskesteg) dazu Gemüse und Kartoffeln. Anschließend ging es ins Bett. Am nächsten Morgen durften alle die Lust hatten, auf dem Bauernhof mit anpacken. Manni und Roland konnten den Schweinestall ausmisten. Sohni und ich fütterten die vier getigerten Katzen und sammelten Eier von den vielen Hühnern. Eigentlich war das kein Bauernhof, sondern eher ein Hühnerhof. Wie der Bauer erzählte, hatten sie über 100 freilaufende Hühner und nur drei Schweine. Von den gesammelten Eiern machte uns Muttern morgens eine reichhaltige Omelette mit den wildesten Kräutern, die im und um den Bauernhof herum wuchsen. Die Gegend um Bjergby war weit und flach, hier konnte man weit in die Ebenen hineinsehen.

Ich lieh mir oft ein Fahrrad aus, ein uralter, verrosteter Drahtesel, der seine besten Tage längst hinter sich hatte. Trotzdem hatte dieses Fahrrad einen besonderen Charme, der mich immer wieder dazu brachte, es zu benutzen. Fast jeden Tag radelte ich allein durch die flachen Ebenen, fernab vom Trubel der Familie. Der Wind wehte mir durch die Haare, und ich spürte eine Freiheit, die ich sonst nirgendwo fand. Die Vögel sangen ihre Lieder, und das Summen der Insekten begleitete mich auf meiner Fahrt. Die Sonne strahlte warm vom Himmel und tauchte die Felder in ein goldenes Licht, das sie wie ein endloses Meer aus strahlenden Farben erscheinen ließen. Wenn ich keine Lust mehr hatte, in die Pedalen zu treten, suchte ich mir einen gemütlichen Platz im hohen Gras eines Feldes. Dort legte ich mich hin, schaute in den Himmel und ließ meine Gedanken treiben. Oftmals schlief ich ein und träumte von Oma und Elise. Die Zeit schien stillzustehen, und ich fühlte mich vollkommen eins mit der Natur. Diese Ausflüge waren meine persönlichen Fluchten aus dem Alltag,

Augenblicke der Ruhe und des Friedens, die ich tief in meinem Herzen bewahrte.

Es waren rundherum ruhige Ferien, die uns eine willkommene Pause vom Alltag boten. Manchmal jedoch stänkerte meine kleine Schwester, Püppi. Sie konnte unheimlich nerven, indem sie alles, was ich tat, auch machen wollte. Sie folgte mir auf Schritt und Tritt wie ein kleiner Schatten, der einfach nicht weichen wollte. Eines Tages fragte ich den Bauern, was "Eule" auf Dänisch heißt. Er erklärte mir, dass es "Ugle" heißt und "Nachteule" entsprechend "Natugle". Mit einem schelmischen Grinsen auf den Lippen nannte ich Püppi in den nächsten Tagen immer wieder "Natugle". Das irritierte sie völlig, denn sie wusste nicht, was es bedeutete, und so schloss sie sich noch enger an Roland an, der sich köstlich über ihren Unmut amüsierte. Aber trotzdem hatten die beiden eine Art Symbiose in diesen Ferien entwickelt, Keiner konnte mehr ohne den Anderen. Abends, wenn Sohni und ich im Zimmer waren, ging oft noch ein kleines "Pfurzkonzert" los. Die Verdauung trieb Gase durch unsere Gedärme, und wir lachten uns in den Schlaf. Die kindliche Freude über solche Kleinigkeiten war ein Highlight unserer Abende. Eines Nachts musste Sohni dringend auf die Toilette. Da es sehr dunkel war, weckte er mich auf und bat mich, das Licht anzumachen. Zwischen dem Bett und der Wand war gerade genug Platz für einen Arm, und ich ertastete den Stecker der Nachttischlampe. Als ich den Stecker in die Steckdose steckte, spürte ich plötzlich einen heftigen Ruck. Es blitzte vor meinen Augen und ein scharfer Schmerz durchfuhr meinen rechten Arm. Ein Stromstoß jagte durch meinen Körper. Ich hatte vergessen, dass ein Stück des Kabels nicht isoliert war. Inzwischen hatte Sohni allein im Dunkeln den Weg zur Toilette gefunden. Ich hörte seine tapsenden Schritte im Flur, während ich noch versuchte, mich von dem Schreck zu erholen. Schließlich lachten wir beide über meinen Knall im Körper und schliefen wieder ein, bereit für den nächsten Tag unserer unbeschwerten Ferien.

Wir alle halfen gerne bei den täglichen Aufgaben auf dem Hof. Dabei ging es nicht nur darum, den Schweinestall auszumisten oder Eier zu sammeln, sondern auch um die tägliche Fütterung der Tiere. Es war eine besondere Freude, die Hühner zu füttern und die Schweine auf die Wiese zu schicken. Das Bewässern des Blumen- und Gemüsebeetes war eine weitere Aufgabe, die wir mit Hingabe erledigten. Es war ein kleines Paradies aus bunten Blüten und prallen, saftigen Gemüsepflanzen. Abends versammelten wir uns oft um ein knisterndes Lagerfeuer. Die Flammen tanzten in der Dunkelheit, und wir grillten Würstchen über der offenen Flamme. In die späte Glut legten wir Kartoffeln, die langsam gar wurden und später eine köstliche Delikatesse darstellten. Die Nächte auf dem Hof waren ruhig und friedlich. Der einzige Laut war das sanfte Rauschen der Blätter im Wind und das gelegentliche Zirpen einer Grille. Die Sterne funkelten wie Diamanten am klaren Nachthimmel, und wir verbrachten oft Stunden damit, sie zu beobachten und über das Universum zu staunen. Diese Nächte vermittelten mir ein Gefühl der Unendlichkeit und ich träumte davon, als Astronaut, dieses Universum zu erobern.

Unsere Eltern nutzten die Zeit, um sich zu entspannen und die Ruhe und Gelassenheit des dänischen Landlebens zu genießen. Sie nahmen die Kleinen, Mausi, Sohni und Püppi mit, machten Spaziergänge durch die Felder und Sie machten Ausflüge zu nahegelegenen Dörfern und Städten, besuchten historische Sehenswürdigkeiten und genossen die frische Luft der dänischen Landschaft. Vier Wochen verbrachten wir auf dem malerischen Hühnerhof und hatten unvergessliche Erlebnisse und schweren Herzens brachen wir auf zur Rückkehr nach Deutschland. Unser grüner Ford fuhr uns sicher nach Hause, aber die Erinnerungen an unseren Urlaub mit allen Mitgliedern der Familie auf dem Hühnerhof in Dänemark blieb mir immer in Erinnerung. Vielleicht weil es der Einzige war, bei dem wir alle acht teilnahmen. Meine Eltern strahlten eine entspannte Gelassenheit aus, die sich auf uns Kinder übertrug. Ohne die Anwendung handgreiflicher Erziehungsmethoden mir gegenüber, schufen sie eine Atmosphäre des Vertrauens und der Freiheit.

Die Sommerferien gingen zu Ende und Schule stand wieder auf dem Programm. Lateinvokabeln pauken. Mein ganzes Leben schien sich nur noch um diese schwer erlernbaren Vokabeln zu drehen. Mutter wollte mit aller Macht, dass ich Arzt werde. Jeden Tag fragte sie Lateinvokabeln ab. Und bevor ich nicht alle auswendig konnte, durfte ich auch nicht zum Fußballtraining beim TSV Rudow. Ich hatte keinen Kontakt mehr zu meinen Freunden in der Siedlung, maximal konnte ich noch Autoquartett mit Nachbarsjungen Willy am Zaun spielen, bis auch das verboten wurde. Willy sei ein schlechter Umgang für mich.

(So nebenbei, der schlechte Umgang Willy, ist heute Zahnarzt)

Und da ich weiterhin schlechte Klassenarbeiten schrieb, wurde auch der Fußball ganz gesperrt. Ich bekam Ende Oktober mein Halbjahreszeugnis. Es war voller Dreien und zwei Vierer in Deutsch und Rechtschreibung sowie Latein eine Fünf. Ich konnte die Vokabeln pauken, wie ich wollte, es blieb nicht viel davon in meinem Hirn. Auch die Hilfe von Xaver war der Mühe vergebens. An das frühe Aufstehen, halb sieben morgens, gewöhnte ich mich auch nicht. In der Schule war ich oft zu müde, um dem Unterricht zu folgen.

Für die darauffolgenden Herbstferien gab es Stubenarrest. Das war die härteste Strafe, die meine Mutter verhängen konnte. Keine Freiheit, keine Freunde, nur Lernen. Manchmal stand meine Bande – Spargel, Steffi, Moppel und Willy – vor der Gartentür und klingelte hoffnungsvoll. Meine Mutter öffnete dann weit das Wohnzimmerfenster und schrie hinaus: „Thomas muss lernen!"

Es war demütigend. Ich durfte maximal im Garten spielen, aber nicht aufs Feld gehen, wo meine Freunde Abenteuer erlebten und das Leben genossen. Ich konnte ihre Stimmen hören, ihr Lachen, die Gespräche über das neueste Autoquartett, das Fußballspiel oder die Streiche, die sie planten. Ich sprach mit niemandem mehr und zog mich immer weiter zurück. Meine Isolation war komplett. Auch die Fragen meiner Eltern beantwortete ich nur noch einsilbig oder gar nicht. Die ständige Überwachung und die erdrückende Strenge meiner Mutter führten dazu, dass ich mich emotional abschottete und nur noch funktionierte. Ich war wie ein Gefangener in meinem eigenen Zuhause, gefangen in einer Welt aus Vokabeln und Schulbüchern, ohne die Chance, das Leben eines normalen Jungen zu führen.

Irgendwann beantwortete ich die Fragen meiner Eltern nicht mehr. Hängenden Kopfs wandelte ich durchs Haus. Meine Mutter schimpfte mit mir und drohte damit, mich in ein Heim abzugeben. „Na und", sagte ich trotzig, „dann bin ich euch endlich los." Ihre Augen funkelten vor Wut. „Ich werde dir dein 'Na und' schon austreiben", fauchte sie und stürmte ins Schlafzimmer. Sekunden später kam sie mit dem gefürchteten Rohrstock zurück. Doch bevor sie ihn einsetzen konnte, rannte ich hinaus und versteckte mich im Garten. Das Herz hämmerte in meiner Brust, während ich in unter einer Konifere kauerte. „Du wirst schon noch dein blaues Wunder erleben!", rief sie von der Verandatür aus. Für mich bedeuteten blaue Wunder immer Schläge mit den darauffolgenden blauen Flecken. Doch dieses Mal zögerte meine Mutter nicht lange und meldete mich in einem Kinderheim an, einige Kilometer entfernt. „Zur Probe", sagte sie, aber ich wusste, dass es mehr als das war. Schon am ersten Freitag nach der Schule brachte sie mich ins Heim. Mutter gab mich dort ab, siegessicher und stolz. Ohne sich noch einmal nach mir umzudrehen, ging sie den langen Weg durch den Garten hinaus auf die Straße. Ihr Rücken blieb aufrecht, ihr Schritt fest. Für sie war dies der Höhepunkt ihrer Disziplinarmaßnahmen. Für mich fühlte es sich an wie Verrat. Im Heim angekommen, wurde ich in ein Einzelzimmer geführt. Es war klein, aber sauber. Die Wände waren kahl, das Bett schmucklos. Kein Ort, an dem man sich wohlfühlen konnte. Die Einsamkeit dieses Raums schien meine Isolation nur noch zu verstärken. In dieser Probewoche würde ich völlig auf mich allein gestellt sein, fern von allem Vertrauten, nur mit meinen Gedanken und der erdrückenden Stille um mich herum. Doch alles kam anders. Ich lebte mich schnell ein und spielte noch am gleichen Tag mit einigen Jungs Fußball. Sofort wurde ich anerkannt, denn ich war ein freundlicher und hilfsbereiter Mannschaftskamerad. Es tat gut, wieder Teil einer Gruppe zu sein, zu lachen und zu spielen, ohne ständigen Druck und Kontrolle. Noch am Freitag vor dem Abendbrot machte ich freiwillig meine Schulhausaufgaben. Ich lernte Vokabeln, löste Rechenaufgaben und als ich im Bett lag, las ich noch freiwillig einige Seiten aus „Pippi Langstrumpf". Die Abenteuer der starken, frechen Pippi gaben mir ein Gefühl von Freiheit und Unabhängigkeit, dass ich so sehr vermisste. Nach dem Frühstück am nächsten Morgen ging ich mit einer Gruppe von Jungen und Mädchen, unter Aufsicht einer Pflegerin, am Landwehrkanal spazieren. Die frische Luft und die lockere Atmosphäre taten mir gut. Zurück im Heim gab es ein leckeres Mittagessen und anschließend eine Stunde Mittagsruhe. Ich nutzte die Zeit, um ein paar Lateinvokabeln zu lernen. Doch ein hagerer Junge mit kurz geschorenen blonden Haaren stand in der Tür und fragte mich mit freudestrahlenden blauen Augen, ob ich Lust hätte, mitzukommen und mit den anderen zu spielen. Seine freundliche Art und sein breites Lächeln machten es mir leicht, Ja zu sagen. Mit einer großen Horde Mädchen und Jungen spielten wir auf dem weitläufigen Grundstück des Heims, das mit unzähligen Büschen und Bäumen übersät war. Es war ein wahres Paradies für Kinder, ein Ort, an dem die Fantasie frei herumlaufen konnte. Wir spielten Verstecken, und das Gelände bot dafür die perfekte Kulisse. Jeder Busch, jeder Baum war ein potenzielles Versteck, und die Kinder rannten lachend und rufend durch die Gegend. Ich fühlte mich wie in einer anderen Welt. Hier gab es keine strengen Regeln, keine ständigen Anforderungen, keine Prügel. Die anderen Kinder nahmen mich sofort in ihre Gemeinschaft auf, und ich genoss jede Minute. Wir kletterten auf Bäume, duckten uns hinter dichtes Gebüsch und schlichen uns an die Suchenden heran, immer auf der Suche nach dem besten Versteck. Als die Dämmerung hereinbrach, rief eine der Pflegerinnen zum

Abendbrot. Widerwillig ließen wir unser Spiel zurück und gingen ins Haus, doch die Stimmung war ausgelassen und fröhlich. Beim Abendessen saß ich mit meinen neuen Freunden am Tisch, und wir tauschten Geschichten aus. Jeder schien etwas Spannendes zu erzählen zu haben, und das Lachen erfüllte den Raum.

Diese ersten Stunden im Heim zeigten mir, dass es auch außerhalb meines gewohnten Umfelds Freude und Gemeinschaft gab. Ich fühlte mich überraschend wohl und akzeptiert, und die Angst, die mich bei meiner Ankunft noch begleitet hatte, schwand allmählich. Das Abenteuer im Heim war anders, als ich es mir vorgestellt hatte – es war ein kleiner Lichtblick.

Am Sonntagmorgen, nach dem Frühstück, saßen wir in einem großen Raum. Jeder saß an einem Tisch wie in der Schule und musste seine Hausaufgaben vorzeigen. Es herrschte eine konzentrierte Atmosphäre. Wenn noch Fehler in den Aufgaben waren, wurden sie von den Betreuern und der Privatlehrerin korrigiert. Eine Privatlehrerin trat vor die Klasse und begann, Englischvokabeln abzufragen. Es ging reihum, und jeder musste eine Vokabel übersetzen. Als ich an der Reihe war, blieb es still. Die Lehrerin wiederholte die Frage: „Was ist das englische Wort für Kochen?" Ich starrte auf meinen Tisch und sagte nichts. Einer der anderen Kinder rief rein: „Cooking!" Die Lehrerin schaute mich fragend an. „Hast du die Vokabeln nicht gelernt?", fragte sie. „Ich kann kein Englisch", erwiderte ich leise. „Ich habe Latein in der Schule." Die Lehrerin hob erstaunt die Augenbrauen. „Latein?", fragte sie. „Kannst du uns etwas auf Latein sagen?" Ich zögerte kurz, dann erinnerte ich mich an einen Satz aus dem Unterricht: „Puella fenestram spectat." „Und was heißt das?",

171

fragte sie mit einem freundlichen Lächeln. Stolz hob ich den Kopf und sagte: „Das Mädchen schaut aus dem Fenster." Die Lehrerin lächelte breit und fing an zu klatschen. Die ganze Klasse stimmte ein, und der Raum füllte sich mit Applaus. Es fühlte sich an, als hätte ich ein Fußballspiel gewonnen. Ein warmes Gefühl breitete sich in mir aus, und ich bekam Gänsehaut. Zum ersten Mal seit langer Zeit fühlte ich mich anerkannt und wertgeschätzt. Es war ein kleiner Sieg, aber für mich bedeutete es die Welt.

Diese Erinnerungen treiben mir heute noch Tränen in die Augen.

Es war vor dem Mittag noch ein wenig Zeit im Garten zu spielen, doch alle sammelten sich um mich und ich musste mehr von der unbekannten lateinischen Sprache erzählen. Die Sonne stand hoch am Himmel und warf warme Strahlen auf die blühenden Beete, während wir auf der grünen Wiese saßen. Die anderen Kinder, die sonst so wild tobten, lauschten nun gespannt meinen Worten. Ihre Augen waren groß vor Neugier und Faszination. Ich erzählte ihnen von alten römischen Geschichten, von tapferen Kriegern und weisen Philosophen. Ihre Begeisterung wuchs mit jedem Wort, und für einen Moment vergaß ich meine Umgebung und verlor mich in der Welt der Antike. Nach dem Mittagessen, das aus duftendem Eintopf und frischem Brot bestand, spürte ich, wie die Müdigkeit über mich hereinbrach. Die Wärme des Essens und die Anstrengung des Erzählens hatten ihre Spuren hinterlassen. Müde und erschöpft ging ich auf mein Zimmer, das schlicht, aber gemütlich eingerichtet war. Die weichen Kissen auf dem Bett und die leichten Vorhänge, die sanft im Sommerwind wehten, luden mich zum Ausruhen ein. Kaum hatte ich mich hingelegt, umfing mich der wohlige Schlaf. Plötzlich stand

172

meine Mutter in der Zimmertür. Ihre Anwesenheit war wie ein unerwarteter Sturm in der friedlichen Stille des Raumes. Sie weckte mich mit einer sanften Berührung an der Schulter und hatte Tränen in den Augen. „Komm, wir gehen wieder nach Hause", sagte sie mit bebender Stimme. Ich war überrascht, ihre strenge Fassade war plötzlich gefallen. Ihre sonst so kühle und distanzierte Art war einem Ausdruck tiefer Rührung gewichen. Vielleicht hatte die kurze Trennung ihr die Augen geöffnet und sie erkannte nun, wie sehr sie mich vermisste. Ohne ein Wort zu sagen, packte ich meine wenigen Sachen. Der Abschied fiel mir schwer, doch gleichzeitig fühlte ich eine ungewohnte Freude in mir aufsteigen. Die Pflegerin, die mir in der kurzen Zeit ans Herz gewachsen war, gab mir einen freundlichen Klaps auf die Schulter und wünschte mir alles Gute. „Pass gut auf dich auf, mein Junge", sagte sie mit einem warmen Lächeln. Die anderen Kinder im Heim, die zu meinen Freunden geworden waren, winkten mir zum Abschied. Ihre Gesichter waren traurig, doch sie lächelten tapfer. Mit einem letzten Blick auf das Heim, das mir für kurze Zeit ein Zuhause gewesen war, folgte ich meiner Mutter. Die Herbstsonne begann langsam zu sinken und tauchte die Welt in ein goldenes Licht. Ein neues Kapitel meines Lebens begann, und obwohl ich nicht wusste, was die Zukunft bringen würde, fühlte ich mich bereit, ihr entgegenzutreten.

Auf dem Weg nach Hause sprachen meine Mutter und ich kaum ein Wort. Doch es lag etwas in der Luft, eine neue Art von Verständnis. Zuhause angekommen, durfte ich endlich wieder zum Fußballtraining gehen, und meine Mutter fragte mich ab jetzt nur noch sanft nach den Vokabeln. Es war, als ob ein unsichtbares Band zwischen

173

uns neu geknüpft worden war. Die Zeit im Heim hatte mir gezeigt, dass ich stark und unabhängig sein konnte, und meiner Mutter, dass Strenge und Liebe in einem besseren Gleichgewicht stehen müssen. Sonntags konnte ich wieder beim TSV Rudow 1888 in den Knaben bei den Punktspielen mitwirken. Der Schotterplatz war mein Reich, und die Geräusche des Spiels – das Klackern der Stollenschuhe auf dem Boden, das rhythmische Klatschen der jubelnden Zuschauer, das Pfeifen des Schiedsrichters – erfüllten mich mit einer tiefen Freude.

Mein Trainer Kolekewizc, ein ernster Mann mit einem Herz aus Gold, hatte eine überraschende Entscheidung getroffen: Er machte mich vom Torwart zum Stürmer. Anfangs war ich unsicher, doch Kolekewizc, mit seinen scharfsinnigen Augen und seinem unerschütterlichen Glauben an mich, gab mir den nötigen Mut. „Du hast das Zeug dazu, Tore zu schießen, nicht nur zu verhindern," sagte er oft mit einem ermutigenden Lächeln. Auch meine vier Freunde, Spargel, Willy, Moppel und Steffi, traf ich ab und an mal, um auf dem Feld und auf dem Bunker zu spielen. Wir verbrachten endlose Stunden auf dem großen, grasbewachsenen Feld hinter der Postsiedlung, wo wir unsere eigenen kleinen Abenteuer erlebten. Spargel, der seinen Spitznamen wegen seiner Größe und Schlankheit trug, war stets der Schnellste unter uns. Willy, mit seinen frechen Sommersprossen und der mittlerweile unvermeidlichen Baseballkappe, machte alles ohne Murren mit. Moppel, der etwas pummelig, aber unglaublich stark war, konnte den Ball weiter schießen als jeder andere. Und Steffi, war unser Stratege, er hatte stets neue Ideen, sei es eine Höhle auf dem Feld oder ein Baumhaus zu bauen. Unsere gemeinsame Zeit war immer von fröhlichem Lachen und unbeschwerter Freiheit erfüllt.

174

Doch der alte Bunker, der im Schatten der größer werdenden Bäume lag, war immer ein Magnet für unsere Fantasie. Obwohl wir nicht mehr hineingingen, weil der Eingang zugemauert war, dachten wir oft an die zugeschweisste Tür im Inneren, die wir nicht bezwingen konnten. Wenn wir in unserer Höhle saßen, kreisten unsere Gespräche oft um das geheimnisvolle Innere hinter dieser Tür. Wir malten uns die wildesten Geschichten aus: Ein geheimer Schatz, der dort verborgen lag; ein alter Spion, der dort hauste und auf seine Chance wartete, zu entkommen; oder ein geheimes Labor, in dem Experimente durchgeführt wurden, die die Welt verändern könnten. Ein Geheimgang rüber in den Osten. Jeder von uns trug etwas zu diesen Geschichten bei, und in unseren Köpfen wurden sie lebendig. Eines Tages, als wir uns wieder einmal um den Bunker versammelt hatten, begann Willy, der ein Talent für dramatische Erzählungen hatte, eine besonders spannende Geschichte zu spinnen. „Stellt euch vor", begann er mit leuchtenden Augen, „hinter dieser Tür ist ein geheimer Raum mit alten, vergessenen Erfindungen. Wenn wir sie finden, könnten wir damit die Welt retten!" Wir hörten ihm gebannt zu, während er immer tiefer in die Details seiner Geschichte eintauchte. Wir merkten nicht, dass es ein wenig nieselte und dann ein kurzer Wolkenbruch, wir rannten alle zu unsrem zuhause. Ich sah noch im Garten ankommend, wie ein kleiner weißer Schmetterling unter einem Blatt vor dem Regen Schutz suchte. Und selbst wenn wir nach Stunden des Spielens nach Hause zurückkehrten, begleitet von der untergehenden Sonne oder einem Regenschauer, hallten die Geschichten noch in unseren Köpfen wider. Die Tage vergingen, und das Leben ging seinen gewohnten Gang, doch der Bunker blieb ein

Symbol unserer kindlichen Neugier und unseres unerschütterlichen Entdeckergeistes. Eines Tages werde ich die Tür einreißen, noch wusste ich nicht wie.

Im November bekam meine Mutter wieder den Auftrag von Günter Reiche, Weihnachtskränze zu binden. Das gleiche Ritual wie im vergangenen Jahr begann. Mutter setzte sich an den großen Holztisch in unserer Veranda und begann, die Tannenzweige sorgfältig zu arrangieren. Vater half ihr dabei, sobald er von der Arbeit heimkam. Der Duft von frischem Grün erfüllte das ganze Haus und brachte eine festliche Atmosphäre mit sich. Währenddessen lief im Hintergrund leise Weihnachtsmusik, die Mutter leise mitsummte. Zusätzlich band sie einen riesigen Kranz für Mannis Schule, der später in der Aula aufgehängt werden sollte. Wir halfen eifrig mit, wo wir konnten, und verdienten uns wieder ein wenig Taschengeld dazu. Die Winterzeit begann, und es wurde merklich kälter. Die ersten Schneeflocken fielen vom Himmel und bedeckten die Landschaft mit einer zarten weißen Decke. Zu Weihnachten kamen diesmal Tante Beate mit Onkel Detti und ihrem Sohn Martin zu Besuch. Martin war drei Jahre jünger als ich, hager und mit einem Kurzhaarschnitt, der an den klassischen Meckischnitt erinnerte. Obwohl er kleiner war, war er äußerst clever und hatte immer spannende Ideen. Wir beschlossen, bis zur Bescherung eine gewaltige Festung aus Schnee zu bauen. Die Idee kam spontan, doch sobald der Entschluss gefasst war, rannten wir voller Eifer hinaus auf das weite Feld. Der Schnee lag hoch, schwer und feucht genug, um ihn perfekt Formen zu können. Mit roten Wangen und dampfendem Atem begannen wir, ihn zusammen-zuschaufeln, rollten große Kugeln und türmten sie zu einer massiven Mauer auf. Unsere Hände wurden trotz der warmen Handschuhe allmählich klamm, doch die Begeisterung ließ uns die Kälte vergessen.

Nach und nach nahm unsere Festung Gestalt an: eine stolze, stabile Schneeburg mit Wällen, einer geschützten Ecke und einem halb geschlossenen Dach, das wir mit einer alten Plane verstärkten. Schneeflocken tanzten um uns herum, während wir unser kleines Winterquartier weiter perfektionierten. Als schließlich der Wind stärker wurde und dichte Flocken vom Himmel fielen, krochen wir in unsere schützende Festung und lauschten dem Heulen des Sturms. Hier drinnen fühlte ich mich sicher, eingepackt in meine dicken Winterkleider, während draußen der eisige Winter tobte. Als der Abend kam, war es endlich soweit – die Bescherung! Drinnen duftete es nach Tannennadeln und festlichen Speisen, Kerzen warfen flackernde Schatten an die Wände. Nach den vielen Geschenken und dem traditionellen Abendessen – Wiener Würstchen mit Kartoffelsalat – bat ich darum, noch einmal zu unserer Schneefestung hinauszugehen. Martin durfte mitkommen, und zu unserer Überraschung schloss sich Onkel Detti uns an. Dick eingemummelt stapften wir durch den knirschenden Schnee, und Onkel Detti baute vor dem Eingang unserer Burg einen gewaltigen Schneemann, der wie ein stiller Wächter über unser Werk wachte. Die Nacht war sternenklar, und der Mond warf sein fahles Licht auf die weiße Winterlandschaft. Es war ein Moment, der sich tief in meine Erinnerung brannte.

Zur Nacht durfte Martin in meinem Hochbett schlafen, während ich in mein altes Kinderzimmer verfrachtet wurde. Dort lag ich im Bett von Püppi, direkt neben dem Kinderbett von Olaf. Püppi wiederum hatte ihren Schlafplatz auf der Besucherritze des Ehebetts unserer Eltern gefunden. Es war ein typisches Durcheinander in unserem Haus zur Weihnachtszeit – ein heilloses, aber wunderschönes Chaos voller Wärme und Geborgenheit.

Der nächste Morgen begann mit wilden Schneeballschlachten auf der Straße. Die Siedler-Mädels und -Jungs schlossen sich an, und bald flogen die Schneekugeln kreuz und quer durch die kalte Winterluft. Die Gesichter waren rot vor Kälte und Lachen, während der Schnee auf unseren Mützen und Jacken schmolz. Nach dem ausgelassenen Toben kehrten wir ins Haus zurück, wo der Festbraten wartete – eine herrlich duftende Weihnachtsgans mit Klößen und Rotkohl. Wir saßen beisammen, aßen und erzählten, während draußen erneut dicke Schneeflocken vom Himmel segelten.

Am späten Nachmittag brachten meine Eltern, Tante Beate, Onkel Detti und Martin mit dem Auto zurück in die Bergmannstraße. Die Straßen waren noch verschneit, und die Lichterketten in den Fenstern funkelten wie kleine Sterne. Eine Woche später verabschiedeten wir das alte Jahr mit lautem Knallen und bunten Raketen, die den dunklen Himmel über der Stadt für einen kurzen Moment in ein leuchtendes Feuerwerk verwandelten. Es war der perfekte Abschluss einer schönen Weihnachtszeit.

Im Januar 1971 gingen die Winterferien zu Ende, und der tägliche Schulgang begann wieder. Die Tage waren kurz und dunkel, und der eisige Wind pfiff um die Ecken der Häuser. Die ersten Wochen des neuen Jahres waren immer besonders anstrengend, und als es wieder darum ging, die ersten Lateinvokabeln zu pauken, hatte ich in einer kalten Januarnacht brechende Bauchschmerzen. Die Schmerzen wurden so stark, dass meine Eltern schließlich einen Notarzt riefen. Der Notarzt kam schnell und nach einer kurzen Untersuchung wurde sofort entschieden, mich ins Krankenhaus Neukölln zu bringen. In der Notaufnahme wurde ich untersucht und die Diagnose stand fest, Blinddarmdurchbruch. Ich wurde noch in derselben Nacht Notoperiert. Der Eingriff verlief erfolgreich, doch die Heilung zog sich über eine lange Zeit hin. Die Wunden schmerzten, und ich fühlte mich schwach und müde. Die Krankenschwestern waren freundlich und umsorgten mich liebevoll, doch das Krankenhaus war ein fremder und unheimlicher Ort für mich. Insgesamt fehlte ich über vier Wochen von der Schule und konnte den Stoff, insbesondere die vielen hundert Lateinvokabeln, nicht nachholen. Als ich endlich aus dem Krankenhaus entlassen wurde, war ich immer noch schwach und hatte Mühe, mich wieder in den Schulalltag einzufinden. Meine Eltern und die Lehrer insbesondere, der Schulleiter Herr Wels und der Lateinlehrer Herr Rienitz, entschieden, dass es das Beste wäre, die Schule zu wechseln. Mitten im Schuljahr durfte ich auf die Wutzkyschule in der Gropiusstadt wechseln, in die Klasse von Fräulein Müller. Die Wutzkyschule war größer als die Lateinschule, sie hatte mehr Klassen- räume und es waren mehrere Gebäudeteile. Vor der Schule standen drei Steinplastiken, die über 3 Meter hoch waren und hinten raus ein großer Schulhof, mit einer eigenen Sporthalle. Und es war schön meine damalige Lehrerin Fräulein Müller wieder zu haben. Hier traf ich auf viele alte Schulkameraden, die mich die ersten drei Schuljahre begleitet hatten. Es war ein schönes Gefühl, bekannte Gesichter zu sehen und sich nicht ganz so fremd zu fühlen. Meine neuen Mitschüler halfen mir, den verpassten Stoff nachzuholen, und langsam fand ich wieder in den Schulalltag zurück. Insbesondere meine damalige Schulfreundin Birgit M, half mir das verpasste Englisch einzustudieren. In gewisser Weise fühlte es sich an, als hätte sich mein Körper gegen die strenge Lateinschule gewehrt. Die Wutzkyschule war weniger stressig, und ich konnte mich besser auf die anderen Fächer konzentrieren. Nach und nach wurde ich wieder kräftiger, und die Erinnerungen an die schmerzvolle Januarnacht verblassten allmählich. Das Frühjahr brachte schließlich die ersten warmen Sonnenstrahlen, und mit ihnen kam auch meine Kraft und Lebensfreude zurück. Die Zeit im Krankenhaus und die Veränderung der Schule waren schwer, aber sie brachten auch neue Freundschaften und Erfahrungen mit sich. Es war eine Zeit des Wachstums und der Anpassung, die mich stärker und widerstandsfähiger machte.

Im Frühjahr wurde ich in die 6. Klasse versetzt. Meine Noten lagen im Bereich zwischen Eins und Drei. Vor den Sommerferien verreiste meine Klasse ins Schullandheim Wannsee, doch ich durfte nicht mitfahren. Erstens, weil ich auf der Lateinschule versagte – wie unfair! Zweitens, weil ich viel Englisch nachholen musste und daher für zwei Wochen in die Parallelklasse ging. Anfangs fand ich es blöd, doch vor mir saß ein Mädchen mit schwarzem Haar, Sabrina Rabe. Sie sollte meine neue Schulfreundin werden. Heimlich schob ich ihr immer wieder Briefe zu, darunter auch einen mit der Frage: "Willst du meine Freundin sein?" Ich zeichnete zwei Kästchen zum Ankreuzen: eines für "Ja" und eines für "Nein". Die Frage blieb unbeantwortet. Trotzdem begleitete ich sie nach der Schule nach Hause, in den Theodor-Loos-Weg 26, 8. Etage. Zum Geburtstag am 18. Juni bekam ich ein lila Bonanza-Rad mit Dreigangschaltung, der Hit zu dieser Zeit. Nach der Schule brachte ich Sabrina immer nach Hause. Wir beide fanden Platz auf meinem Bananensattel und hatten riesigen Spaß. Der Weg zu ihr war zwar kurz, doch wir genossen jede Fahrt. Einmal stürzten wir und landeten im Gras, woraufhin wir nur lachten. Sabrina wurde zu einer liebenswerten, lustigen Schulfreundin. Nachdem ich sie zuhause abgesetzt hatte, fuhr ich vergnügt nach Hause, aß mit meiner Familie zu Mittag, erledigte meine Hausaufgaben und fuhr dann wieder zu Sabrina. Außer dienstags und donnerstags, denn da ging ich zum Fußballtraining, und sonntags hatte ich Punktspiele.

Es folgten die Sommerferien 1971. Ich war 11 Jahre und meine Schwester Püppi 8 Jahre. Wir wurden nach Buchenberg im Allgäu in ein Kindererholungsheim verschickt.

Vater und Mutter sowie Sohni und Mausi fuhren mit dem Auto nach Rabac, Jugoslawien. Dort ließen sie sich es in einer großen Hotelanlage, direkt an der Adria gelegen, gut gehen. Manni und Roland reisten mit der Bahn nach Passau zu Onkel Herbert, unseren Großonkel. Onkel Herbert ist der Bruder von meiner Oma väterlicher Seite. Die stammen von der Familie Gronostay ab und kamen zum großen Teil aus Ostpreußen, Lodz. Nur meine Oma nicht, die Mutter von meinem Vater wurde 1901 in Berlin geboren.

Die Kindergruppe mit Püppi und mir fuhr vom Bahnhof Zoo mit einer alten stählernen Dampflok ab. Natürlich mit dem abschiedsri-

181

tual, Kofferpacken, schnaufender Stahlriese, Zurückbleiben, Abfahrt-signal mit Trillerpfeife, lautes Hupen der Lok, weißes Taschentuch von Muttern und heulen der vielen kleinen Kinder, die zum ersten Mal allein, ohne Eltern auf Reisen gingen. Püppi weinte nicht Mutter nach, sie saß da und grinste mich an. In Kempten stiegen wir um in einen Bus und fuhren noch fast 20 km in unser Ferienheim Buchen-berg. Es war spät abends, es gab Stullchen und Kakao zum Abend-brot und dann ab ins Bett. Schon am nächsten Tag wurde es lustig. Keine Lust auf Paprikaschoten. Im Speisesaal waren wegen der Hitze die Fenster weit geöffnet. Ich spannte eine Paprikaschote auf meinen Löffel und schoss sie im hohen Bogen aus dem Fenster. Draußen blieb die rote Schote auf der Spitze des Jägerzaunes hängen. Die Kinder im Raum grölten. Die Pfleger wussten nicht warum. Keiner der Kinder verpetzte mich. Nicht einmal meine Schwester Püppi, die sich als Deutschlands Großpetze einen Namen machte.

Schon in den ersten Tagen, an einem Nachmittag, nach dem Essen verteilten die Pflegerinnen Postkarten an uns, an jeden, der schreiben konnte. Es war eine kleine Pflichtübung, sich zu melden und den Eltern zuhause Bescheid zu geben, dass es uns gut ging und wir alles hatten, was wir brauchten. Andere Kommunikationsmittel gab es damals nicht. Wir hatten im Heim zwar die Möglichkeit zu telefonie-ren, doch diese Möglichkeit diente nur für den Notfall.

Ich   kritzelte   schnell   ein   paar   Zeilen: „Hallo Papa und Mama, uns geht es hier gut. Letzte Nacht hat es so laut gedonnert und geblitzt, dass die fette Püppi fast aus dem Bett gefallen ist."

Mehr schrieb ich nicht. Eine Postkarte in vier Wochen musste reichen. Viele der anderen Kinder schrieben gar nichts, manche wussten nicht, was sie schreiben sollten, oder konnten es schlichtweg nicht. In diesen Fällen griffen die Pflegerinnen ein. Sie setzten sich zu den Kindern, ließen sie kleine Bilder malen, bunte Blumen, ein Haus oder einen Baum und ergänzten selbst ein paar freundliche Grüße auf der Rückseite. „Liebe Eltern, Ihr Kind hat so viel Spaß und genießt die Zeit sehr!" Ob das immer stimmte, war eine andere Frage, aber die Postkarten wurden trotzdem mit einem Lächeln auf den Lippen abgegeben.

Ich vergab hier auch meinen ersten Kuss aus „Liebe" an ein Mädchen. Sie hieß Charlotte Kreitzer und kam aus der Gegend um Wiesbaden. Immer wenn wir uns küssten, versteckten wir uns im Schrank oder heimlich auf der Toilette, draußen im Garten hinter Büschen, im Schuppen oder bei Spaziergängen, einsam hinter einem Baum. Und wenn es zum Moorbaden ging, liefen wir immer nebeneinander und hielten Händchen. Sie war so süß, mit ihren schwarzen Löckchen und haselnussbraunen Augen. Im Moorbad rannten alle Kinder wild herum und bewarfen sich mit Schlamm. Ich schmierte Charlotte am ganzen Körper ein, bis keine weiße Stelle mehr zu sehen war. Das Moor Bad war immer ein Erlebnis. Wir sprangen in den tiefen Schlamm, der angenehm warm war. Anschließend badeten wir im angrenzenden See, um den Matsch vom Körper zu reinigen.

Vier Wochen waren wir im Kinderheim vom Roten Kreuz in Buchenberg und wie der Abschied kam flossen bei uns die Tränen der Trennung, es war ein schwerer Schmerz in der Brust. Charlotte und Thomas, mit vielen kleinen Herzen, schrieb ich am letzten Tag mit roter Kreide auf die Betonstraße vor dem Haus. Der Bus holte sie ab. Ich drückte sie, bevor Charlotte einstieg. Er fuhr los, ich winkte noch und die erste Leere in meinem Leben, war es schon verlorene Liebe? Die gemeinsame Zeit blieb unvergessen, wir haben uns nie wieder gesehen.

Doch die Schule folgte und Sabrina hat mich über den Verlust von Charlotte hinweggetröstet, denn ja, sie wollte jetzt mit mir gehen. In der Pause kam sie auf mich zu. Sie schaute mit ihren hübschen blauen Augen und sagte: „Ja, ich will deine Freundin sein." Es wurde ein schöner Sommer, sie wohnte gegenüber der Schule, wie schon erwähnt, im Theodor-Loos-Weg 26, in der achten Etage. Und immer, wenn nach den Hausaufgaben Zeit war, holte ich sie ab. Wir spielten gemeinsam Tischtennis, gingen Eis essen, fuhren mit dem Fahrrad ins Wäldchen, stiegen auf den Hochstand und schauten über die Mauer in den Osten. Manchmal fuhren wir auf unseren Fahrrädern ins Schwimmbad Mariendorf. Wir plantschten im Wasser und lagen wie verliebte Teens in der Sonne. Wir teilten uns Pommes und Cola. Sabrina war eine Herrlichkeit. Ihre dunkelbraunen fast schwarzen Haare leuchteten in der Sonne. Wenn sie mich mit Ihren blauen Augen ansah, dachte ich im Ozean ertrinken zu müssen. Ich lenkte mich ab und fragte sie, ob ich ihre weiche weiße Haut einkremen darf, damit sie vor einen Sonnenbrand geschützt wird. Ich hatte ein warmes sensibles Herz, Mädchen hatten mich schon immer fasziniert.

Wir fünf Freunde trafen uns auch noch, zwar seltener, jedoch immer noch zu einem gemeinsamen Bunkerabenteuer. Die Jahre hatten uns verändert, doch die Faszination für den geheimnisvollen Ort hinten im Feld war geblieben. Der Bunker war unser geheimer Zufluchtsort,

184

ein Relikt aus längst vergangenen Zeiten, das wir längst zu unserer eigenen kleinen Welt erklärt hatten. Am Ende eines dunklen, schmalen Ganges war eine zugeschweißte Stahltür, die uns seit einiger Zeit wie ein unlösbares Rätsel herausforderte. Mit der Zeit hatten wir unsere Methoden verfeinert. Mit Hammer und Meißel, die wir uns aus den Werkstätten unserer Väter mitnahmen, versuchten wir beharrlich, die Nähte der Tür zu zerstören. Die Werkzeuge, schwer und roh, waren in unseren Händen zu Instrumenten eines alten, archaischen Rituals geworden. Wir arbeiteten in Schichten, unser Atem kondensierte in der kühlen Luft des Bunkers, und der Klang von Metall auf Metall hallte wie eine verbotene Melodie durch die Gänge. Heute war es endlich so weit. Nach unzähligen Stunden und unzähligen Versuchen hatten wir allen Rost und alle Nähte zerstört. Die Stahltür, die uns so lange den Zutritt verweigert hatte, gab nach. Mit einem Brecheisen aus unserem Schuppen konnten wir endlich den letzten Raum im Bunker öffnen. Ein Ruck, ein leises Knirschen, und die Tür schwang schwerfällig auf. Doch die Mühe schien umsonst. Wir leuchteten mit unseren Taschenlampen in den dunklen Raum hinein und sahen nichts als verrottete Holzregale und verfaulte, feuchte Bretter. Der Raum, auf den wir so lange hingearbeitet hatten, schien uns enttäuschen zu wollen. Doch Spargel, stets der Ungeduldigste von uns, trat die auseinanderfallenden Hölzer zusammen. Ein trockener Klang, Holz auf Holz, und dann – ein Glitzern, ein Leuchten im Schein der Taschenlampen. Etwas Helles kam zum Vorschein. Wir hielten den Atem an, als wir nähertraten. Zwischen den modrigen Brettern und dem Schutt lag ein Totenschädel. Er war bleich und makellos, als hätte er die Jahre in dieser feuchten Umgebung unbe-

185

schadet überstanden. Die Augenhöhlen starrten uns leer und doch eindringlich an, und für einen Moment schien die Zeit stillzustehen. Die Luft war kalt und feucht, durchdrungen von einem modrigen Geruch, der von den nassen Wänden und dem verfallenen Holz ausging. Ein unheimliches Schweigen lag über dem Ort, so dicht und schwer, dass man fast das Gefühl hatte, es greifen zu können. Jeder Schritt ließ den Boden unter unseren Füßen knarren und knirschen, als ob er die jahrzehntelangen Geheimnisse preisgeben wollte, die tief in diesen Wänden verborgen waren. Die Geräusche hallten in der Stille wider, und jeder von uns spürte die Last der Vergangenheit, die auf uns zu drücken schien. Mit unseren Taschenlampen leuchteten wir uns gegenseitig ins Gesicht. Die Strahlen des Lichts tanzten über die feuchten Wände und enthüllten Spinnweben, die wie silberne Schleier in den Ecken hingen. Unsere Gesichter waren bleich und angespannt, die Augen geweitet vor einer Mischung aus Neugier und Furcht. Die Entdeckung des Totenschädels hatte uns alle tief erschüttert. Wir beschlossen, den Raum vorerst zu verlassen. Die schweren, eisernen Scharniere der Stahltür quietschten laut, als wir sie wieder in ihre Position schoben und verschlossen. Der Klang hallte durch den Bunker und ließ uns erschaudern. Wir stiegen die schmalen, feuchten Stufen hinauf, unsere Schritte waren schwer und gedämpft, als ob wir ein dunkles Geheimnis mit uns trügen. Oben angekommen, standen wir wieder im kalten Herbstregen. Die Tropfen prasselten auf uns herab, und der Wind ließ die kahlen Äste der Bäume um uns herum knarren. Jeder von uns war in Gedanken versunken, das Bild des Totenschädels fest in unser Gedächtnis eingebrannt. Wir wussten, dass das, was wir entdeckt hatten, mehr war als nur ein verfallener Raum. Es war ein Echo der Vergangenheit, das uns verfolgt hatte. Schließlich brach Spargel das Schweigen. Seine Stimme zitterte leicht, als er uns daran erinnerte, dass wir nichts über den Schädel verraten durften. Mit ernster Miene und feierlichem Ton mussten alle schwören, das Geheimnis für sich zu behalten. Einer nach dem anderen legten wir unser Versprechen ab, während der Regen weiter auf uns herniederging und die Dunkelheit des Feldes uns umschloss. Dann ging jeder seinen Weg, durchweicht und mit schweren Herzen, in dem Wissen, dass dieser Tag uns für immer verändert hatte.

Doch noch am selben Abend, sah ich oben von meinem ehemaligen Kinderzimmer, wie Der Bunker hell beleuchtet und weiträumig abgesperrt wurde. Amerikanische Soldaten, der Zoll, blaue Berliner Polizeiautos, viele wichtige Menschen standen um den Bunker herum und am Eingang standen zwei Soldaten und auch immer wieder gingen amerikanische Soldaten in den Bunker. Wie ich später erfuhr, hatte Moppel seine Fresse nicht halten können und erzählte seiner Oma von dem Schädelfund im Bunker. Oma Gronwald ging gleich zum Polizeihauptmeister Schirmeister und die Dinge nahmen ihren Lauf. Als die Nachricht am gleichen Abend auch meine Mutter erreichte, war es um mich geschehen. Ich wurde nichtsahnend in die Küche gerufen und noch bevor ich etwas sagen konnte, landet die Stahlpranke von meinem Vater in meinem Gesicht. Meine Eltern hatten ihre aggressive Art mir gegenüber und die heftige Züchtigung nicht abgelegt. Ich knallte mit dem Kopf gegen den hölzernen Küchentisch und landete auf den Boden. Meine Mutter schlug dann

187

wahllos mit dem Rohrstock auf mich ein, dabei traf sie meine Beine, meinen Rücken und landete auch einen Treffer im Gesicht.

Zum Glück waren Herbstferien, den am nächsten Morgen sah ich aus, als hätte mich Wellenzons Traktor überfahren. Stubenarrest war angesagt. Ich durfte nicht mal zum Essen runter, Manni hatte mir eine Woche lang die Mahlzeiten aufs Zimmer gebracht. Wenn ich auf die Toilette musste, stand ich oben am Treppenabsatz und fragte, ob ich auf Toilette durfte. Abends meist dann auch noch zum Zähneputzen runter in die Badestube. Was mich dabei immer noch mehr ärgerte war, das Püppi immer hämisch grinste. Die blöde Petze, obwohl sie diesmal nichts dafürkonnte.

Und immer, wenn ich Stubenarrest hatte – aus welchem Grund auch immer – stand ich oben in der ersten Etage am Fenster unseres Kinderzimmers und blickte hinaus in die Siedlung. Die Siedler waren stets emsig in ihren Gärten beschäftigt. Es wurde Rasen gemäht, Unkraut gejätet, Obst gepflückt oder Gemüse geerntet. Manchmal sah ich jemanden mit einer Schubkarre vorbeigehen, die bis obenhin mit Kartoffeln, Möhren oder Äpfeln beladen war. Oft tauschten sie ihre Ernte mit den Nachbarn – ein bisschen von dem, was jeder hatte. Währenddessen bekamen wir von allen zuhause immer etwas zu essen. Vaddern war daraufhin meistens dann irgendwo zugange, eine Schweißnaht zu reparieren. Mal am Auto, mal am Garagentor oder auch an einem Zaunpfeiler. Sein Schweißgerät stand niemals still, und der Duft von geschmolzenem Metall hing oft in der Luft, eine seltsame Mischung aus Arbeit und Behaglichkeit.

Nach den Herbstferien begann der Schulalltag wieder – doch etwas hatte sich geändert. Ich bekam ein ausdrückliches Bunkerverbot. Ich durfte zwar noch aufs Feld hinaus, aber in der Mitte war Schluss. Kein Herumklettern mehr auf dem Bunker, keine Entdeckungstouren in die Dunkelheit hinein. Es fühlte sich an, als würde man mir ein Stück meiner Freiheit nehmen. Der hohe und stabile Zaun, den die Amerikaner um den Bunker errichtet hatten, machte es endgültig. Dieser Teil meines Lebens, diese kleinen Abenteuer, die uns in der Vergangenheit so viele Geschichten geliefert hatten, waren vorbei.

Aber merkwürdigerweise störte mich das nicht so sehr, wie ich erwartet hatte. Ich hatte jetzt andere Dinge im Kopf. Statt nach der Schule ziellos herumzustromern, machte ich mich sofort an meine Hausaufgaben. Ich wollte sie so schnell wie möglich hinter mich bringen, denn es gab etwas Wichtigeres, Sabrina. Die Fahrten zu ihr, auf meinem lila Bonanza Rad, wurden zum Höhepunkt meiner Tage. Während die anderen Jungs noch auf dem Bolzplatz spielten oder sich irgendwo herumtrieben, trat ich in die Pedale, den Wind im Gesicht, den Gedanken nur bei ihr. Sabrina war anders. Sie verstand mich, irgendwie. Ihre Art, mich anzulächeln, wenn ich von meinen verrückten Ideen erzählte, gab mir das Gefühl, dass ich bei ihr genau richtig war. Es war wie eine kleine Flucht aus der Realität, die mich gleichzeitig dazu brachte, mich mehr anzustrengen – nicht nur für die Schule, sondern für alles, was vor mir lag.

Winter 1971, in der Nähe von Sabrinas Wohnung, inmitten der Gropiusstadt erhob sich ein kleiner Rodelberg. Gemeinsam zogen Sabrina und ich unsere Schlitten dorthin und rodelten unaufhörlich, mal gemeinsam auf einem Schlitten, mal allein. Jeder Sturz in den Schnee war ein Vergnügen. Gegenseitig klopften wir uns den Schnee ab. Wenn es spät am Abend wieder nachhause ging, gab es einen Abschiedskuss.

Es war der Tag vor Nikolaus und die Luft war voller Aufregung und Erwartung. In unserem kleinen Siedlerhäuschen herrschte reges Treiben, denn alle Kinder mussten ihre Stiefelchen blitzblank putzen und nach draußen vor die Tür stellen. Das war die einzige Möglichkeit, dem Nikolaus die Gelegenheit zu geben, Geschenke oder, im schlimmsten Fall, eine Rute hineinzustecken. Ich, elf Jahre alt, saß mit meiner Schwester Püppi, die acht Jahre alt war, und meinem Bruder Sohni, der fünf Jahre zählte, in der Veranda des Hauses. Eifrig wienerten wir unsere Schuhe, während wir lachten und Geschichten erzählten. Mausi, unsere jüngste Schwester, saß in der Wohnstube und spielte verträumt mit ihren Puppen. Unsere älteren Brüder, Roland und Manni, waren verreist und verbrachten die Tage bei Onkel Herbert in Passau. Während wir unsere Stiefel polierten, sagte ich plötzlich, dass es den Nikolaus gar nicht gäbe. "Es ist doch nur ein Märchen," behauptete ich. "Mama und Papa legen die Geschenke und Süßigkeiten in die Stiefel!" Püppi schaute mich mit großen Augen an und widersprach energisch. "Natürlich gibt es den Nikolaus! Und Knecht Ruprecht dazu. Du wirst schon sehen!" Sohni zuckte nur mit den Schultern. Für ihn war die Hauptsache, dass es etwas Leckeres zu essen geben würde – am liebsten Vollmilch-Nuss-Schokolade und gezuckerte Gummibärchen. Als wir endlich fertig waren, stellten wir unsere glänzenden Schuhe schön aufgereiht nebeneinander unter das Fenster der Veranda. Vater kam herein, betrachtete unsere Arbeit und fragte jeden von uns, ob die Stiefel fleißig geputzt waren. Stolz nickten wir alle zufrieden. Doch Püppi konnte es sich nicht verkneifen und petzte noch schnell, dass ich nicht an den Nikolaus glaubte und daher eine Rute von Knecht Ruprecht verdient hätte! Wütend rief ich, "alte Petze!" und stürmte mit Sohni hinauf ins Jungenzimmer. Bald darauf kehrte Ruhe im Haus ein. Nebenan im Mädchenzimmer hörte man noch Püppi Flüstern, Mausi verstand nichts, sie war ja erst zwei Jahre alt. Die wohlige Wärme des Ofens im Wohnzimmer stieg nach oben in die Kinderzimmer und erfüllte die Räume mit gemütlicher Behaglichkeit. Manchmal hörten wir das leise Nachrutschen des Kokses, wenn eine untere Schicht verglüht war. Es war ein beruhigendes Geräusch, das uns daran erinnerte, dass das Haus in Sicherheit und Geborgenheit gehüllt war. Plötzlich musste Sohni furzen. Ich konnte mir ein Lachen nicht verkneifen und auch ich ließ einen fahren. Gemeinsam lachten wir so lange, bis Sohni schließlich einschlief. Er durfte bei mir im Zimmer schlafen, da ja die Betten von Manni und Roland leer waren. In dieser Nacht träumte ich von funkelnden Sternen, geheimnisvollen Geschenken und dem Zauber des Nikolaus, der vielleicht doch mehr war als nur ein Märchen.

Ich wurde in der Nacht wach und konnte wegen der vielen Gedanken nicht einschlafen. Meine Gedanken wanderten zu Nikolaus, Weihnachtsmann und Osterhasen. Ja, wo ist denn überhaupt der Osterhase im Winter? Hat der etwa ein kleines, gemütliches Häuschen, wo er Eier bemalt? Oder ist das alles nur Quatsch mit Soße? Ich dachte weiter, wo sind die Schmetterlinge im Winter, wo sind die Frösche? Wo verstecken sich der Fuchs, das Rehkitz und die vielen Kaninchen? Meine Neugier wuchs, und so schlich ich mich aus dem Bett und ging die Treppen hinunter. Leise streifte ich mir meinen Wintermantel über den Schlafanzug, schlüpfte in die frisch gewienerten Stiefel und band mir meinen roten Schal um. Ich setzte meinen bunten Lieblingspudelhut auf und zog meine Hände in die warmen Fäustlinge, bevor ich die Türklinke vorsichtig, leise nach unten drückte und hinaus in die Winternacht trat. Ich stapfte durch den tiefen Schnee bis zum Gartenende, das durch einen Zaun mit dem großen Feld getrennt war. Ich öffnete auch dieses Tor und stand nun auf dem Feld. Plötzlich, zwischen den Tannen, hörte ich Geräusche und sah ein Licht. Zwei Rentiere zogen einen dunkelblauen Schlitten, der an den Rändern goldfarben angemalt war. Im Schlitten saßen zwei Männer, rechts und links jeweils eine Laterne. Ich erschrak, doch erkannte ich bald den Nikolaus und Knecht Ruprecht. Sie winkten mich zu sich heran. Knecht Ruprecht öffnete eine kleine Tür, und ich stieg voller Neugier in den Schlitten. Ich setzte mich zwischen den beiden bärtigen Männern. Sie deckten uns mit einer blauen Decke zu, auf der viele goldene Sterne funkelten. Fast lautlos fuhren wir los, immer tiefer in den weißen, von Schnee bedeckten Wald hinein. Die Bäche schliefen unter dem Eis, und der Wald träumte seinen Traum. Mit offenem Mund bestaunte ich die herrliche Stille des weißen Waldes. Schneeflocken tanzten um meine Nase und legten sich sanft auf meine Wimpern. Plötzlich wurde der Schlitten langsamer und hielt vor einer kleinen, hellen Lichtung. Der Nikolaus zeigte wortlos auf eine große grüne Wiese. Dann sprach er: „Siehst du, Gürkchen, da sind all die Tiere versammelt, die du im Winter vermisst. Schau dort drüben, da sitzt der Fuchs im Gras. Und darüber, ein Schmetterling fliegt durch die Lüfte. Hinten, sieh doch, eine Hummel tanzt von Blüte zu Blüte!" Ich beobachtete das bunte Treiben und entdeckte sogar den Osterhasen. Er hoppelte fröhlich zwischen den Tieren umher und bemalte bunte Eier. Ich rieb mir die Augen, als wäre das Sandmännchen da gewesen, und konnte kaum glauben, was ich sah. Der Wald erwachte zum Leben, und ich fühlte mich, als wäre ich in einem Märchen. Die Tiere, die ich im Winter so vermisst hatte, waren alle da, fröhlich und lebendig. Der Nikolaus und Knecht Ruprecht lächelten, und ich wusste, dass dies ein ganz besonderer Moment war, den ich nie vergessen würde.

Sohni zupfte an meiner Schlafdecke: „Komm los, aufstehen! Mama und Papa sind schon wach. Mausi und Püppi sind schon unten!" Er zog mich am Arm aus dem Bett und holte mir meine Pantöffelchen, die er mir liebevoll anzog. „Komm, wir gehen schnell runter und schauen, was uns der Nikolaus in die Schuhe gesteckt hat," sagte Sohni aufgeregt. Ich streckte mich, zog einen warmen, blauen Pullover mit gelben Elchen an und ging mit meinem kleinen Bruder die Treppe hinunter. In der Küche saßen bereits Püppi und Mausi. Püppi strahlte über beide Bäckchen und umarmte ihren prall gefüllten Stiefel. Mausis Mund und Hände waren bereits schokoladenverschmiert. Vater und Mutter saßen am Frühstückstisch und tranken ihren Kaffee, als wäre nichts Besonderes passiert. Sohni rannte sofort in die Veranda zu seinen Schuhen, stolperte und landete fast in seinem Schokoladennikolaus. Strahlend stand er auf und hielt seinen mit Naschwerk gefüllten Stiefel wie eine Siegestrophäe nach oben.

„Der Nikolaus war da, der Nikolaus war da!" schrie er begeistert.

Vater schaute mich an und ich erinnerte mich plötzlich an die Angst, eine Rute bekommen zu haben. Püppi hatte ja gepetzt, dass ich nicht an den Nikolaus glaubte. Doch Vater nickte mir beruhigend zu und machte mir Mut. So ging auch ich in die Veranda, um nach meinen geputzten braunen Stiefeln zu sehen. Als erstes fiel mir mein Wintermantel auf, der über einen Stuhl hing und an den Ärmeln nass war. An der Mütze und den Handschuhen klebte noch Schnee. Neben meinen Stiefeln war eine kleine Pfütze.

Im Stiefel entdeckte ich obenauf einen Zettel:

„Liebes Gürkchen, ich habe mir mal deinen roten Schal ausgeliehen, ich hatte plötzlich starke Halsschmerzen bekommen. Wenn ich den Weihnachtsmann treffe, dann übergebe ich ihm deinen Schal. Dann bringt er ihn sicher zu dir an Weihnachten zurück, Grüße vom Nikolaus"

Ich schaute erstaunt und blickte kurz zu meinen Eltern. Mutter rief: „Na, war der Nikolaus da?" Ich nickte begeistert und freute mich natürlich, dass der Stiefel voll mit Schokoplätzchen war. Ganz unten im Stiefel fand ich noch ein buntes Osterei aus Marzipan! Ich strahlte vor Freude und konnte kaum glauben, was ich in der Nacht erlebt hatte. Während wir alle gemeinsam am Frühstückstisch saßen, erzählte ich von meinem nächtlichen Abenteuer. Vater und Mutter lächelten und hörten gespannt zu, während Sohni immer wieder in seinen Stiefel schaute und noch mehr Süßigkeiten entdeckte. Es war ein bezauberter Morgen, und ich wusste, dass ich diese Nikolausnacht niemals vergessen würde.

Die Winterferien brachen an, und die komplette Familie verreiste über die Weihnachtsfeiertage und zum Jahreswechsel in ein malerisches Feriendorf nach Grafenau. Alle acht Personen wurden in dem grünen Ford in den Urlaub transportiert. Der Schnee fiel fast unaufhaltsam, als wir am frühen Sonntagmorgen des 20. Dezember, um 03:00 Uhr, ins Auto verfrachtet wurden. Mutter, Vater und Püppi saßen vorne, während Manni, Roland, Sohni und ich hinten Platz nahmen. Mausi wechselte zwischen den Schößen der Geschwister hin und her und schlief schließlich hinten unter der Heckscheibe auf der Ablage.

Das Feriendorf in Grafenau, wie Vater uns erzählte, war ursprünglich für die Familienerholung von West-Berliner Familien errichtet worden und lag über 600 Kilometer von Berlin entfernt. Es war ein Ort voller Nostalgie und winterlicher Magie. Als wir nach der langen Fahrt endlich ankamen, lag eine dicke Schneedecke über der gesamten Anlage, die an einem kleinen Hügel gelegen war. Die vielen kleinen, flachen Häuschen schimmerten im Licht der Straßenlaternen, und aus den Schornsteinen stieg gemütlicher Rauch auf.

Nachdem wir das Auto entladen hatten, wurden die Zimmer verteilt. Manni und Roland teilten sich ein Zimmer, Sohni und ich bekamen ein eigenes, während Püppi und Mausi bei Vater und Mutter schliefen. Das Ferienhaus, in dem wir untergebracht waren, war gemütlich eingerichtet. Holzwände und Decken verliehen dem Raum eine warme Atmosphäre. Im Wohnzimmer knisterte ein Kaminfeuer, das die Kälte des Winters vergessen ließ. Wir fühlten uns sofort heimisch. Nachdem wir uns eingerichtet hatten, gingen wir müde auf unsere Zimmer und schliefen bald ein. Am nächsten Tag erkundeten wir die Umgebung. Der Schnee knirschte unter unseren Stiefeln, und die frische Winterluft roch nach Tannenzweigen und Abenteuer. Die Hügel rund um das Feriendorf waren perfekt für Schlittenfahrten, und es dauerte nicht lange, bis wir alle unsere Schlitten auspackten und den Hang hinunterrasten. Lachen und fröhliche Rufe erfüllten die klare Winterluft.

Am Abend versammelten sich einige Familien im Gemeinschaftshaus des Feriendorfs, wo ein festliches Abendessen vorbereitet wurde. Lange Tische waren gedeckt mit köstlichen Speisen, und ein großer Weihnachtsbaum in der Mitte des Raumes verbreitete einen wunderbaren Duft nach frischen Tannennadeln. Während die Erwachsenen gemütlich beisammen saßen und Geschichten erzählten, spielten wir Kinder ausgelassen miteinander.

Nach einem langen, erfüllten Tag fielen wir erschöpft, aber glücklich, in unsere Betten. Die Nächte waren ruhig und friedlich, und der Gedanke, dass wir noch viele Tage in diesem Winterwunderland verbringen würden, ließ uns mit einem Lächeln einschlafen. Die Tage vergingen wie im Flug. Wir bauten Schneemänner, machten Schneeballschlachten und unternahmen lange Spaziergänge durch die verschneiten Wälder. Jeder Tag brachte neue Abenteuer und unvergessliche Momente.

Manni, 15 Jahre alt und mitten in der Pubertät, verliebte sich auf den ersten Blick in ein gleichaltriges Mädchen. Sie war groß, blond und hatte etwas Geheimnisvolles an sich, das ihn magisch anzog. Ihr Name war Christiane, und sie wohnte in der Hagelberger Straße in Berlin Kreuzberg. Vater konnte es nicht lassen, Manni aufzuziehen: „Die sieht aus wie Schneewittchen, keen Arsch und keen Tittchen," sagte er lachend, während Manni rot anlief und Christiane nur ein schelmisches Lächeln zeigte.

Wir machten einen Ausflug in die Glasbläserei nach Spiegelau, natürlich ohne Manni. Er blieb mit Christiane in unserem Ferienhaus und hatte die Aufgabe, Mausi zu betreuen. Ich konnte mir gut vorstellen, wie die beiden Verliebten die Zeit genossen, während wir in der

196

klirrenden Kälte des Winters einen der traditionsreichsten Handwerksbetriebe besuchten. Die Fahrt nach Spiegelau war schon ein Erlebnis für sich. Die Landschaft war wie aus einem Wintermärchen. Schneebedeckte Felder und Wälder zogen an uns vorbei, während wir im warmen Auto gemütlich saßen. Die Straßen waren weiß gepudert und die Bäume hingen schwer unter der Last des Schnees. Es war eine dieser Fahrten, bei denen die Zeit stillzustehen schien und die Welt außerhalb unseres Autos nur eine wunderschöne Kulisse war. Angekommen in Spiegelau, wurden wir von dem warmen Licht und der Hitze der Glasöfen empfangen. Der Kontrast zur eisigen Kälte draußen war überwältigend. Die Glasbläser werkelten mit unglaublicher Präzision und Geschicklichkeit. Sie nahmen eine zähe, glühende Flüssigkeit aus den Öfen und verwandelten sie durch Drehen, Blasen und Formen in faszinierende Kunstwerke. Die Hitze, das Licht und die Bewegungen der Glasbläser hatten etwas Hypnotisierendes, und ich konnte meinen Blick kaum von ihnen abwenden. Ich war so beeindruckt, dass ich beschloss, mir von meinem Taschengeld ein kleines Glas zu kaufen. Es war nicht größer als ein Schnapsglas und hatte eine grünliche Verfärbung, die es besonders machte. Es war ein Andenken, das mich immer an diesen besonderen Ausflug erinnern würde. Ich ließ mir das Wort "Gürkchen" eingravieren, ein Spitzname, den mir vor langer Zeit meine Familie gegeben hatte. Während wir die Glasbläserei erkundeten, wurden wir durch die verschiedenen Werkstätten geführt. Wir sahen, wie Gläser, Vasen und andere Kunstwerke entstanden. Jeder Schritt des Prozesses war faszinierend, und es war erstaunlich zu sehen, wie viel Handarbeit und Können in jedem einzelnen Stück steckte. Meine Geschwister und ich tauschten begeisterte Blicke aus, und sogar unsere Eltern schienen von der Kunstfertigkeit der Glasbläser beeindruckt. Nach dem Besuch in der Glasbläserei kehrten wir mit vielen neuen Eindrücken und einigen Glasandenken im Gepäck zurück ins Ferienhaus. Wir wurden von einem gemütlichen Feuer im Kamin empfangen, das Manni und Christiane für uns angezündet hatten. Die beiden saßen auf dem Sofa, Mausi friedlich schlafend auf Christianes Schoß, sie wirkte so vertraut und glücklich, als wäre sie schon immer ein Teil unserer Familie gewesen.

Am Weihnachtstag bereitete Vater ein großes Geburtstagsfrühstücksbüfett. Alle saßen an einem langen rechteckigen Tisch. Manni überreichte Mutter ein Strauß Geburtstagsblumen und sprang auf, als er Christiane vor dem Fenster sah. Roland und ich schenkten Mutter jeweils eine Vase aus der Glasbläserei Spiegelau. Wir hatten zusammengelegt und Roland kaufte in einem unbeobachteten Moment Mutters Geburtstagsgeschenk. Nach dem Frühstück brachen wir Kinder auf und bauten Schneemänner, befuhren mit Schlitten und Schneegleitern die kleinen Hügel in der umliegenden Gegend.

Ich rodelte mit Sohni auf dem Schlitten den steilsten Abhang hinunter und immer, wenn wir umstürzten und mit dem Gesicht vornweg, im Schnee landeten, lachte sich Sohni kaputt und schrie: „Nochmal!"

Zum Zeitpunkt der Bescherung kamen wir Kinder heim, das Feriendorf lag friedlich eingebettet im Schnee. Wir hatten keinen Weihnachtsbaum, da es verboten war, einen im Ferienhaus aufzustellen. Aber wir hatten ja im großen Festsaal einen bunt geschmückten.

Der Höhepunkt unseres Aufenthalts war der Silvesterabend. Wir beschlossen, das neue Jahr mit einem großen Feuerwerk zu begrüßen. Nachdem wir ein festliches Abendessen genossen hatten, zogen wir uns warm an und machten uns auf den Weg zu einem kleinen Hügel in der Nähe des Feriendorfs. Die klare, kalte Luft und der funkelnde Sternenhimmel schufen eine zauberhafte Atmosphäre. Wir entzündeten das Feuerwerk, und bunte Lichter erhellten den Nachthimmel. Die Kinder jubelten, und wir alle lachten und feierten zusammen.

Wir begrüßten das neue Jahr 1972 mit Jubel und Freude. Diese Winterferien in Grafenau waren mehr als nur ein Urlaub, sie waren ein märchenhaftes Erlebnis, das tief in meinem Innersten verankert wurde. Die Liebe zwischen Manni und Christiane, die Abenteuer in der Glaswerkstatt und die Freude über die kleinen Dinge des Lebens – all das machte diesen Urlaub unvergesslich. Als wir schließlich unsere Sachen packten und uns auf den Heimweg machten, wussten wir, dass wir nicht nur in die winterliche Landschaft zurückkehren, sondern auch zu den Erinnerungen und Geschichten, die wir in Grafenau geschaffen hatten. Manni verabschiedete sich von seiner Liebsten. Die er jedoch in Berlin wieder traf.

Es war ein kalter, verschneiter Februartag im Jahr 1972. Die Schule war vorbei, und ich traf mich mit meinen Kumpels Spargel, Moppel, Willy und Steffi. Dick eingepackt in unsere Winterjacken und Wollmützen stapften wir durch den Schnee zu dem Betonklotz aus der längst vergangenen Zeit, dem alten angeschossenen Bunker auf dem

Feld. Und obwohl ich längst ein Verbot hatte, den Bunker zu betreten, ignorierte ich die Worte meiner Eltern, um ihn wieder zu betreten. Die großen Jungs hatten längst den Zaun, den vor einiger Zeit die amerikanischen Soldaten um den Bunker zogen, niedergerissen. Und auch die zugemauerte Eingangstür war wieder offen. Das war das Ritual der Eltern und der großen Jungs. Irgendein Vater mauerte den Eingang zu, irgendein Großer Riss die Mauersteine wieder ein. Als wir den Bunker betraten, umfing uns sofort eine klirrende Kälte und eine düstere Dunkelheit. Im Schein der mitgebrachten Taschenlampen stiegen wir die Treppe hinab. Der Beton war feucht und die Luft roch muffig. Wir hatten alte, staubige Decken mitgebracht und legten sie auf die Matratzen, die wir in einer Ecke des Bunkers gefunden hatten. Unsere Atemwolken standen wie kleine Nebelwölkchen in der kalten Luft. Wir zündeten mitgebrachte Wachskerzen an, um die Batterien der Taschenlampen zu schonen. Wir stellten uns vor, wie es wäre, wenn plötzlich der Fliegeralarm heulen würde. Der schrille, durchdringende Ton hallte in unseren Köpfen wider, und wir schlossen die Augen, als ob wir ihn tatsächlich hören könnten. Dann malten wir uns aus, wie hunderte Bomben auf den Bunker abgeworfen wurden, genauso wie es uns unsere Eltern immer erzählt hatten. Wir hörten das Dröhnen der Flugzeuge über uns und das unaufhörliche Donnern der Explosionen in der Ferne. Unsere Fantasie verwandelte das kalte, graue Gemäuer in ein Schlachtfeld. Eine schaurige Angst durchfuhr unsere Körper. Wir kuschelten uns enger in die Decken, doch die Kälte drang unerbittlich durch den Stoff. Es war, als ob der Bunker selbst die Kälte in sich aufgenommen und bewahrt hatte, um sie nun an uns weiterzugeben. Unsere Finger

200

wurden taub, und unsere Zehen fühlten sich an, als würden sie abfrieren. Trotz unserer lebhaften Vorstellungskraft und dem Adrenalinschub, den sie uns bescherte, wurde es einfach nicht wärmer. Wir unterhielten uns über den schauderhaften Fund, den Totenschädel und die Reste des Knochengerüstes. Eine seltsame Mischung aus Faszination und Schaudern ging durch die Runde. „Mein Vater und meine Mutter hatten mich total durchgejackt," sagte ich schließlich und ließ die Worte absichtlich locker klingen, als wäre es nichts Besonderes. „Kloppe vom Kopf bis zu den Fußsohlen." Dabei grinste ich. Es war ein verzogenes Grinsen, eines, das irgendwie dazugehören musste, um nicht zu zeigen, dass da mehr war – mehr als nur die Narben, die man nicht sah. Willy, der etwas abseits saß und nervös an einem Zipfel der mitgebrachten Decke spielte, nickte stumm. „Ich wurde von meinem Vater mit dem Rohrstock verhauen," murmelte er schließlich und starrte auf den Boden. Keiner von uns sagte etwas, aber alle wussten, wie sich das anfühlte. Es war, als würden wir uns in einem unausgesprochenen Bund befinden – wir alle hatten unsere Geschichten, unsere Kämpfe. Steffi und Spargel, die dicht nebeneinandersaßen, tauschten einen schnellen Blick aus. Ihre Eltern wussten bis heute nichts davon, dass auch sie die schwere Tür im Bunker öffneten hinter der der Totenschädel lag. Und dann war da noch Moppel, der mit einem Seufzen die Stille durchbrach. „Mein Vater hält mir ständig Vorträge über Krieg und Frieden," sagte er, während er sich mit den Fingern durch sein zerzaustes Haar fuhr. „Immer diese Reden darüber, was er erlebt hat und was das alles bedeutet." Er klang müde, als hätte er diese Worte schon viel zu oft gehört. Es war ein besonderes Ereignis, so etwas zu finden, etwas, das uns für einen Moment von unseren eigenen Lasten ablenkte und uns zusammenführte, als wären wir die Entdecker einer längst vergessenen Geschichte. Doch schließlich konnten wir die Kälte nicht länger ertragen. Zitternd und mit steifen Gliedern verließen wir den kalten Betonklotz und stapften wieder hinaus in den verschneiten Tag. Der Bunker verblieb hinter uns, ein stiller Zeuge einer vergangenen Ära, und wir waren froh, dem eisigen Griff seiner Mauern entkommen zu sein. Wir hatten das Gefühl, dass es draußen wärmer war als drinnen im Bunker. Die kalte, frische Winterluft, die uns draußen empfing, fühlte sich beinahe angenehm an im Vergleich zu der eisigen Feuchtigkeit im Inneren des Bunkers. Unsere Gesichter begannen zu kribbeln, als wir durch den Schnee stapften, unsere Nasen und Wangen rot von der Kälte, aber die Bewegung half, uns aufzuwärmen. Nicht weit vom Bunker entfernt fanden wir eine geeignete Stelle auf dem verschneiten Feld und beschlossen, uns ein Iglu zu bauen. Eifrig machten wir uns ans Werk, schaufelten Schnee zusammen und formten große Blöcke, die wir zu einer stabilen, runden Struktur aufschichteten. Es war anstrengend, aber der Spaß und die Aufregung ließen uns die Kälte vergessen. Nachdem wir das Iglu fertiggestellt hatten, schleppten wir die alten Decken hinein und breiteten sie auf dem verschneiten Boden aus. Die dicke Schneedecke isolierte uns gut von der Kälte des Bodens, und das Iglu bot Schutz vor dem eisigen Wind. Wir zündeten eine kleine Kerze an, die wir in der Mitte des Iglus platzierten. Ihr flackerndes Licht tauchte den Innenraum in ein warmes, goldenes Leuchten und verstärkte das Gefühl von Abenteuer. Wir fühlten uns wie echte Abenteurer, wie mutige Entdecker, die sich

202

ihren eigenen Unterschlupf in der Wildnis gebaut hatten. Spargel erzählte von seinen Plänen, eines Tages in den hohen Norden zu reisen und die Polarlichter zu sehen. Moppel schwärmte von Geschichten über mutige Forscher, die durch Schnee und Eis gewandert waren. Willy und Steffi teilten ihre eigenen Träume und Ideen, während wir uns eng in die Decken kuschelten und die Wärme der kleinen Kerze genossen. Die Zeit verging wie im Flug, und es wurde langsam dunkel. Schließlich hörten wir, wie unsere Mütter uns aus der Ferne zum Abendessen riefen. Einer nach dem anderen verabschiedeten wir uns, krochen aus dem gemütlichen Iglu heraus und machten uns auf den Heimweg. Während wir durch den tiefen Schnee stapften, freuten wir uns auf das warme Essen und das behagliche Zuhause, das uns erwartete. Das Iglu blieb zurück, ein kleines Monument unserer gemeinsamen Abenteuerlust und unserer kindlichen Fantasie. Wir hatten uns einen kurzen Moment lang wie echte Helden gefühlt, und das war ein Gefühl, das uns so schnell keiner nehmen konnte. Der Iglu, inzwischen durch den Neuschnee perfekt rund geformt, wurde in den nächsten Tagen unser bevorzugter Treffpunkt nach der Schule. In den Bunker gingen wir nicht mehr. Jeden Nachmittag trafen wir uns jetzt im Iglu, und jedes Mal fühlte es sich an wie der Beginn eines neuen Abenteuers. Die dicken Schneewände des Iglus hatten sich durch den zusätzlichen Schnee verfestigt und isolierten uns noch besser gegen die Kälte. Drinnen war es überraschend warm und gemütlich, und der kleine Raum fühlte sich fast wie ein zweites Zuhause an. Wir hatten einige zusätzliche Kerzen mitgebracht, die den Innenraum in ein sanftes, flackerndes Licht tauchten und eine behagliche Atmosphäre schufen. Wir verbrachten

Stunden damit, uns Geschichten zu erzählen, Pläne zu schmieden und Spiele zu spielen. Spargel hatte einen kleinen batteriebetriebenen Kassettenrekorder mitgebracht, und wir hörten uns gespannt die neue Musik der 70ziger an. Die Tage vergingen wie im Flug, und jeder Besuch im Iglu war ein Highlight. Wir begannen, Schattenfiguren an die Schneewände zu werfen. Die Schatten tanzten und bewegten sich, und wir kreierten kleine Theatervorstellungen, die uns alle zum Lachen brachten. Steffi hatte ein altes Kartenspiel dabei, und wir verbrachten viele Nachmittage damit, Kartenhäuser zu bauen und einfache Spiele wie Mau-Mau und Schwimmen zu spielen. Willy, der immer etwas erfinderisch war, hatte eine kleine Sammlung von selbst geschnitzten Holzfiguren, die wir als Spielfiguren für unsere eigenen, erfundenen Spiele verwendeten. Jeder von uns brachte etwas Einzigartiges ein, und zusammen erschufen wir eine kleine Welt voller Fantasie und Freundschaft. Manchmal brachte Moppel heißen Tee in Thermoskannen mit, den seine Oma ihm mitgab, und genossen die wohlige Wärme, die sich in uns ausbreitete, wenn wir die heißen Tassen in unseren kalten Händen hielten. Das Iglu wurde zu einem Ort, an dem wir nicht nur der winterlichen Kälte, sondern auch dem Alltag entfliehen konnten. Die Tage im Iglu waren magisch. Sie boten uns nicht nur Schutz vor der Kälte, sondern auch einen Raum, in dem unsere Freundschaft wuchs und blühte. Jeder Nachmittag im Iglu war ein kleines Abenteuer, das unsere Fantasie beflügelte und uns eng zusammenschweißte. Es war eine Zeit, die wir alle in unseren Herzen bewahren würden, als Erinnerung an eine unbeschwerte Kindheit und die Freude am gemeinsamen Entdecken und Träumen.

Und wenn ich mich in dieser kalten Jahreszeit nicht mit meinen Kumpels traf, spaziert ich mit meinem Schlitten zu Sabrina.

Auch im Februar und März stiegen die Temperaturen kaum über null Grad.

Ab Ende März waren Schulferien und die Versetzung in die 7. Klasse stand an. In der Schule hatte ich es geschafft, mir doch noch ein gutes Zeugnis zu sichern – das verdankte ich in großem Maße Sabrina, die mir in den letzten Monaten geduldig und unermüdlich Nachhilfe in Englisch gegeben hatte. Dank ihr hatte ich die Klassenarbeiten besser bestanden, als ich es jemals allein geschafft hätte. Über die Osterfeiertage, die ich eigentlich in Ruhe und Freude verbringen wollte, kam dann jedoch die Nachricht, die mein Leben erneut auf den Kopf stellen sollte: Ich sollte wieder die Schule wechseln. Meine Mutter hatte diese Entscheidung ohne mein Wissen und ohne mein Einverständnis getroffen. Ich wehrte mich heftig dagegen, doch es half nichts. Meine Mutter blieb unnachgiebig. So kam ich schließlich auf die Walter-Gropius-Gesamtschule. Es war ein harter Schlag. Wieder einmal riss mich meine Mutter von meinen Freunden und Schulkameraden weg. Einige von ihnen kannte ich seit meiner Einschulung im Jahr 1966. Die Gedanken an Birgit M., Birgit K., Ilona T., Stefan R., Mario D., Olaf T., Olaf S., Frank D. und Bettina R. schmerzten besonders, denn ich wusste, dass ich sie wahrscheinlich nie wiedersehen würde. Diese Namen trugen Erinnerungen an gemeinsame Erlebnisse in der Schule, an Lachen und Streit, an die sorglose Zeit in der Grundschule. Ich teilte die Neuigkeiten schweren Herzens mit Sabrina. Denn ab jetzt hatte ich jeden Tag bis 16.00 Uhr Schulunterricht. Auch sie hatte Veränderungen vor sich. Sabrina würde nach den

Ferien das Albert-Einstein-Gymnasium in der Parchimer Allee in Neukölln Britz besuchen. Unsere Wege würden sich trennen, und der Gedanke daran machte mich traurig. Sabrina, die mir so viel geholfen hatte, würde nun auch nicht mehr in meiner Nähe sein. Es war, als ob ich ein Stück meiner Unterstützung und Sicherheit verlor. Mit gemischten Gefühlen stand ich also vor einem neuen Kapitel meines Lebens. Auf der Walter-Gropius-Gesamtschule erwarteten mich unbekannte Gesichter, neue Lehrer und neue Herausforderungen. Ich fühlte mich verloren, verärgert und traurig, doch irgendwo in mir regte sich auch eine kleine Hoffnung, vielleicht würde ich hier doch noch Freunde finden und vielleicht würde auch diese Schule mir die Möglichkeit bieten, mich weiterzuentwickeln. Aber im Moment überwog der Schmerz des Abschieds und die Unsicherheit vor dem, was kommen würde.

An meinem ersten Schultag brachte mich meine Mutter bis direkt in meine neue Klasse. Es fühlte sich an, als würde ich in eine neue Welt eintreten. Die Schule war groß und fremd, und mein Herz klopfte schneller vor Aufregung und Nervosität. Wir gingen durch lange Korridore, vorbei an unzähligen Türen und neugierigen Blicken anderer Schüler. Als wir vor meiner neuen Klasse, der 7/4, ankamen, klopfte meine Mutter höflich an die Tür. Ein Lehrer öffnete und stellte sich mit einem freundlichen Lächeln vor: „Guten Tag, mein Name ist Horst Hüske." Meine Mutter erwiderte: „Guten Morgen, mein Name ist Frau Gohlke und das ist mein Sohn Thomas." „Okay, danke schön," sagte Herr Hüske. Er legte seinen Arm über meine Schulter, verabschiedete sich von meiner Mutter, begleitete sie aus dem Klassenraum und schloss die Tür hinter sich. Plötzlich stand ich allein vorne am Lehrerpult, vor der Tafel, und fühlte mich wie Blödi, als alle Augen auf mich gerichtet waren. Herr Hüske lächelte ermutigend und stellte mich meinen neuen Schulkameraden vor. „Das ist Thomas Gohlke, euer neuer Mitschüler." Ich sah mich um und bemerkte, wie die neugierigen Blicke der anderen Schüler auf mir ruhten. „Thomas, du kannst dich hier zwischen Torsten und Robin setzen," sagte Herr Hüske und deutete auf zwei freie Plätze hinten auf der linken Seite, direkt am Fenster. Torsten und Robin lächelten mir freundlich zu, als ich mich neben ihnen niederlies. Der erste Schultag war kurz und bestand hauptsächlich daraus, dass wir uns gegenseitig vorstellten. Jeder sagte seinen Namen und die vorhergehende Schule. Es stellte sich heraus, dass alle anderen Schüler seit der Gründung der Schule im Jahr 1968 dort waren. Ich war also der „Neue".

Die Stunden vergingen schnell, und schon bald war es Zeit für den Schulschluss heute um 12:00 Uhr. Die Walter-Gropius-Gesamtschule war eine Ganztagsschule, die erste Gesamtschule Deutschlands, und der Tagesablauf war für mich ungewohnt. Nach Schulschluss machte ich mich auf den Weg in den Theodor-Loos-Weg zu Sabrina. Ich klingelte an der Klingelanlage, doch ich hörte nur ihre Mutter in der Gegensprechanlage, Sabrina mache gerade Schularbeiten und hätte keine Zeit. Ich solle später noch einmal klingeln.

Später ging nicht, denn ich musste selbst nach Hause, um meine Schulaufgaben zu erledigen, die ich bereits in einer Arbeitsstunde vorbereitet hatte. Es war zwar der erste Schultag in der Mittelstufe, aber wir sollten eine Art Lebenslauf schreiben, über die Schule, unsere Eltern, den Wohnort, unsere Hobbys und darüber, was wir später einmal werden wollen. Außerdem stand noch Fußballtraining an. So kam es, dass ich in den folgenden Tagen, nachdem Sabrinas Mutter mich mehrfach an der Klingelanlage abgewiesen hatte, nicht mehr bei ihr vorbeiging. Mit unserem beiderseitigen Schulwechsel begann unsere lange Freundschaft allmählich zu bröckeln und schließlich zu verblassen.

Oft saß ich in Gedanken an Sabrina nach der Schule zuhause im Garten und schaute meinen Geschwistern beim Spielen zu. Die frische Luft und die friedliche Atmosphäre halfen mir, den Stress und die Sorgen des Schultages zu vergessen. Mausi, meine jüngste Schwester, war eine begeisterte Sammlerin von allem, was krabbelte. Mit einem großen Einwegglas, das sie mit Sand füllte, durchstreifte sie den Garten auf der Suche nach Käfern, Spinnen, Ohrenkneifern, Ameisen, Regenwürmern und vielen anderen kleinen Lebewesen. Fasziniert beobachtete ich sie dabei, wie sie sich über jeden neuen Fund freute und ihn vorsichtig in ihr Glas setzte, als wäre es ein Schatz. Olaf, mein kleiner Bruder, konnte stundenlang Bienen und Hummeln beim Nektarsammeln zuschauen. Er folgte ihnen mit seinen großen, neugierigen Augen, während sie von Blüte zu Blüte flogen. Besonders amüsierte es ihn, wenn eine Hummel in eine Blüte flog und sich diese dann unter dem Gewicht der Hummel nach unten bewegte. Jedes Mal machte Olaf ein lustiges Geräusch dazu und lachte herzlich, sein Lachen klang wie das fröhliche Zwitschern der Vögel im Frühling. Roland, mein zwei Jahre älterer Bruder, war meistens damit beschäftigt, irgendetwas zu bauen – sei es Vogelhäuschen aus alten Hölzern oder Käfigfallen für Tiere auf dem Feld, die er nach dem Beobachten wieder freiließ. Manni hingegen trieb sich lieber mit seinen halbstarken Kumpels in der Gegend herum. Püppi, meine jüngere Schwester,

208

zog sich oft in ihr Zimmer zurück, wo sie stundenlang mit ihren Petra-Puppen spielte, in ihre eigene kleine Welt vertieft. Während ich so das Treiben um mich herum beobachtete, fielen mir die Schmetterlinge auf, die sanft durch den Garten und übers Feld flatterten. Gelbe Zitronenfalter mit ihren leuchtenden Flügeln, das große Ochsenauge, dessen braune Flügel mit Augenflecken verziert waren, der prächtige Admiral mit seinen kontrastreichen roten und schwarzen Mustern, der elegante gelbe Segelfalter, das bunte Tagpfauenauge mit seinen auffälligen Augenflecken, der schlichte Weißling und der zierliche Bläuling – sie alle zogen mich magisch an. Ich hatte ein Naturbuch, das ich oft zur Hand nahm, um die Namen der verschiedenen Falter auswendig zu lernen. Die Seiten waren bunt bebildert und jede Art war genau beschrieben. Es faszinierte mich, wie vielfältig und bunt die Welt der Schmetterlinge war. Jedes Mal, wenn ich einen neuen Schmetterling sah, schlug ich schnell mein Buch auf, um seinen Namen und seine Besonderheiten zu erfahren. Der Garten und das anschließende Feld waren meine Rückzugsorte, meine kleinen Paradiese, in dem ich die Sorgen des Alltags vergessen konnte. Hier fühlte ich mich frei und geborgen, umgeben von der Schönheit und Ruhe der Natur. Die kleinen Abenteuer meiner Geschwister und die bunten Schmetterlinge brachten Farbe und Freude in meine Gedanken und ließen mich die Herausforderungen der vorüberziehenden Tage für eine Weile vergessen.

In der neuen Schule war alles anders. Die Tage waren länger, und ich musste mich an den neuen Rhythmus gewöhnen. Herr Hüske war ein liebenswürdiger und gerechter Lehrer. Er hatte immer ein offenes Ohr für seine Schüler und bemühte sich, mich in die Klasse zu integ-

209

rieren. Torsten und Robin wurden schnell zu meinen ersten Schulfreunden, wie auch anders, ich saß zwischen beiden. Sie zeigten mir die Schule, halfen mir, mich zurechtzufinden, und nahmen mich in ihre Pausenspiele auf. Wir spielten Tischfußball, in unserem Zentralraum stand ein Kicker. Robin war ein hagerer, schwarzhaariger Typ mit einem leicht exotischen Aussehen, das an die Inuit erinnerte. Seine schmalen Augen und hohen Wangenknochen verliehen ihm ein besonderes Gesicht, das in der Klasse sofort auffiel. Als er sich vorstellte, sagte er unter anderem, dass seine Familie aus Kanada stamme, was sein Aussehen und seine etwas zurückhaltende Art erklärten. Robin hatte eine ruhige und gelassene Ausstrahlung. Seine Stimme war tief und melodisch, fast beruhigend, wenn er sprach. Er wohnte im Theodor-Loos-Weg, nicht weit von Sabrinas Haus entfernt, was eine gewisse Vertrautheit für mich schuf. Torsten hingegen hatte eine normale, mittelgroße Statur. Mit seinem blonden Haar und der Brille sah er sehr ordentlich und gepflegt aus. Er hatte ein freundliches Gesicht mit blauen Augen, die hinter den Gläsern seiner Brille funkelten. Torsten strahlte eine natürliche Autorität und Intelligenz aus, die sich in seiner klaren und selbstbewussten Art zu sprechen zeigte. Er wohnte im Käthe-Dorsch-Ring, und ich stellte mir vor, dass sein Zuhause ebenso ordentlich und gepflegt war wie er selbst. Torsten und Robin waren ein ungleiches Paar, aber sie ergänzten sich gut. Während Torsten offen und kommunikativ war, bevorzugte Robin eine ruhigere und nachdenklichere Art des Umgangs. Trotz ihrer Unterschiede verstanden sie sich gut und waren oft zusammen anzutreffen. Robin konnte stundenlang zuhören, während Torsten erzählte, und umgekehrt brachte Robins stille Präsenz eine gewisse

Ruhe in Torstens manchmal überdrehte Energie. Als ich mich zwischen die beiden setzte, bemerkte ich schnell, wie unterschiedlich ihre Persönlichkeiten waren. Robin erklärte Dinge mit einer Klarheit und Ruhe, die ich sehr schätzte. Torsten hingegen war immer bereit für ein schnelles Gespräch oder eine lebhafte Diskussion. Sein Hauptthema war Fußball. Er konnte stundenlang über die letzten Spiele, die besten Taktiken und seine Lieblingsspieler sprechen. Seine Augen leuchteten förmlich, wenn er von einem spannenden Match erzählte oder über die Chancen seines Lieblingsvereins debattierte. Und eins hatten beide gemeinsam, sie waren Fußballer, genau wie ich. Robin spielte als Libero, wie Franz Beckenbauer, dessen Geschicklichkeit auf dem Feld beeindruckte. Torsten hingegen war ein offensiver Mittelfeldspieler, der mit seiner Übersicht und dem Drang zum Tor glänzte. Oft trafen wir uns nach der Schule auf dem Bolzplatz am Rodelberg, um zusammen zu trainieren und unsere Fähigkeiten zu verbessern. Diese gemeinsame Leidenschaft für den Fußball schweißte uns zusammen und half mir, mich schneller in der neuen Schule einzuleben.

Eines Tages, als wir am Rodelberg Fußball spielten, es war schon Ende Mai, stand plötzlich Sabrina am Zaun und schaute stumm zu. Die warme Frühlingssonne schien auf den grauen Betonplatz und ein leichter Wind wehte. Ich bemerkte sie sofort und brach das Spielen mit meinen Kameraden abrupt ab, als unsere Blicke sich trafen. Sabrina wirkte traurig und enttäuscht, und es dauerte nicht lange, bis sie den Grund dafür erklärte. „Ich bin traurig darüber, dass du lieber mit den Jungs nach einem Ball trittst, statt mit mir ein Eis zu essen."
Ich fühlte mich schuldig und versuchte, ihr die Situation zu erklären:

„Ich habe in den letzten Wochen oft bei euch geklingelt, doch deine Mutter sagte immer, dass du Hausarbeiten machen musst, noch nicht von der Schule zurück bist oder mit einer Freundin im Kino bist. „Du hättest mal am Wochenende klingeln können, so wie heute," sagte sie etwas verlegen. Sabrina seufzte. Und ich antwortete: „Ich habe es irgendwann aufgegeben." Dann sah sie mir direkt in die Augen und fragte: „Willst du wieder mit mir gehen?" Es war, als ob die Zeit für einen Moment stillstand. Ohne zu zögern, antwortete ich: „Ja." Im Hintergrund riefen die Fußballer, ob ich noch weiterspielen wolle. Ich rief zurück: „Nein," und verbrachte den Samstagnachmittag mit Sabrina. Wir gingen ein Eis essen, setzten uns auf eine Bank im Rudower Wäldchen und unterhielten uns stundenlang. Sie erzählte mir von ihrer neuen Schule, dem Albert-Einstein-Gymnasium, und den neuen Freunden, die sie dort gefunden hatte. Ich erzählte ihr von meiner Zeit an der Walter-Gropius-Gesamtschule, meinen neuen Freunden Torsten und Robin und den Herausforderungen, die ich meistern musste. Wir beschlossen, uns nun regelmäßig am Samstagnachmittag zu treffen, da unter der Woche wenig Zeit war. Sonntags hatte ich Spiele beim TSV Rudow, sodass der Samstag der beste Tag für uns war. Die nächsten vier Samstage verbrachten wir zusammen, erkundeten die Stadt, schauten uns einen Film im Panorama Britz an, oder spazieren einfach nur durch das grenznahe Wäldchen. Es war, als hätten wir nie aufgehört, befreundet zu sein. Dann stand meine zweiwöchige Klassenreise nach Kronach an. Bevor ich abreiste, versprachen wir uns, nach meiner Rückkehr dort weiterzumachen, wo wir aufgehört hatten.

212

Schon am nächsten Montag traf sich die Klasse auf dem Lehrerparkplatz der WGS, wo wir von einem Reisebus abgeholt wurden. Die Fahrt ins Frankenland zur Festung Rosenberg in Kronach begann um 10 Uhr. Ich saß auf einem Doppelsitz vor der letzten Fünfer-Rückbank im Bus. Wir sangen einige unanständige Lieder: „Da ist ein Loch im Friedhofszaun, hellahellaio, da sind die Toten abgehauen, hellahellaio." „Da oben auf dem Berg, da steht ein Karton, da machen die Lehrer aus Scheiße Bonbon." „Eine Seefahrt, die ist lustig, eine Seefahrt, die ist schön, da kann man hübsche Mädchen im Bikini laufen sehen."

Lauthals sangen wir die erste Zeit viele Lieder, ehe wir erschöpft einschliefen. Am Nachmittag stiegen wir auf einem Parkplatz vor einer großen Burg aus. Sie stand da mit ihren imposanten Mauern auf einem Berg in Kronach. Wir gingen in diese Burg, denn im Inneren war eine Jugendherberge für Klassenreisen. Ich kam in ein Achtbettzimmer mit Torsten, Robin, Jochen Safferthal, Klaus Reichelt, Michal Poro, Michael Pfeffer und Michael Pfeiffer. Die mitgereisten Aufseher, unsere Schultutoren Horst Hüske und Klaus Ohlen, sowie für die Mädchen die Sportlehrerin Frau Friesicke, gaben uns Zeit zum Auspacken und Einräumen unserer Plünnen. Anschließend trafen wir uns im Saal, um die Reise kurz zu besprechen und das Abendbrot einzunehmen. Nach dem Abendessen hatten die Jungs nur Augen für die mitgereisten Mädchen aus unserer Klasse. Ich dachte an Sabrina und wollte so schnell wie möglich wieder nach Hause.

Sie neckten insbesondere Sabine, Birgit, Carola und Petra. Die vier saßen auch in der Klasse in einer Reihe nebeneinander, was ihre Verbundenheit noch verstärkte. Die Jungs riefen ihnen alberne Sprü-

213

che zu und versuchten, sie aus der Reserve zu locken. Sabine, mit ihrem frechen Grinsen, warf schlagfertige Bemerkungen zurück, während Birgit versuchte, ernst zu bleiben, aber oft in ein Lachen ausbrach. Carola funkelte die Jungs manchmal wütend an, konnte sich aber auch nicht lange zurückhalten, und Petra, die eigentlich immer ruhig und zurückhaltend war, ließ sich anstecken und kicherte mit. Es knisterte spürbar in der Luft, eine Mischung aus kindlichem Übermut und den ersten Anzeichen von jugendlicher Verliebtheit. Die Jungs verstärkten ihre Bemühungen, die Aufmerksamkeit der Mädchen zu gewinnen, indem sie noch lauter und einfallsreicher wurden. Sabine und Birgit schienen es besonders zu genießen, die Jungs zu necken, indem sie ihnen immer wieder scherzhaft Konter gaben. Carola und Petra, obwohl sie etwas zurückhaltender waren, konnten sich dem spielerischen Hin und Her ebenfalls nicht entziehen. Während die Tutoren versuchten, ein Auge auf die aufgeregte Gruppe zu haben, merkten sie, dass dies ein Teil der Erfahrung war – das Ausloten von Grenzen und das Entdecken neuer Gefühle. In diesem Moment auf der Burg in Kronach, weit weg vom Alltag, war alles möglich und die kleinen Neckereien waren ein Teil dessen, was diese Klassenreise ausmachte.

Esther Rohde, ein erstaunlich hübsches Mädchen, trug eine modische blaue Jeanshose und eine passende Jeansjacke über ihrem weißen T-Shirt. Ihre langen blonden Haare bedeckten ihren halben Rücken, und ihr blasses Gesicht strahlte mit einem freundlichen Lächeln. Niemand traute sich, sie anzusprechen. Doch sie bemerkte, dass ich mich nicht an den Neckereien der anderen beteiligte. Mit einem Lächeln kam sie zu mir und fragte, ob wir die Burg erkunden wollen.

Überrascht, aber erfreut, stimmte ich zu. Wir gingen durch das runde Haupttor hinaus, als Tutor Horst uns noch hinterherrief: „Um neun zurück und um zehn Bettruhe!" Esther drehte sich um und nickte ihm zu. Es war sieben Uhr abends, und die Sonne neigte sich langsam dem Horizont entgegen, tauchte die alte Festung in ein warmes, goldenes Licht. Wir spazierten einmal um die Burg, wobei ich ihr von Sabrina erzählte und wie sehr ich sie vermisste. Esther hörte aufmerksam zu und umarmte mich zum Trost. Ihre Umarmung fühlte sich überraschend vertraut an, und ich spürte die kleinen, runden Brüste, die sanft gegen meine Brust drückten. Für einen Moment vergaß ich meine Sehnsucht nach Sabrina und verlor mich in Esther verträumten blauen Augen. „Es sind doch nur zwei Wochen," sagte sie sanft, ihre Stimme beruhigend und voller Verständnis. Wir setzten unseren Spaziergang fort, während wir über alles Mögliche sprachen – unsere Hobbys, Träume und Pläne für die Zukunft. Mit jedem Schritt fühlte ich mich leichter und freier, als ob die Zeit stehen geblieben wäre und wir die einzigen Menschen auf der Welt wären.

Als die Dämmerung hereinbrach und die Schatten länger wurden, kehrten wir zur Burg zurück. Esthers Gesellschaft hatte mir mehr Trost gespendet, als ich je erwartet hätte. Sie gab mir ein Kuss auf die Wange und wünschte mir eine gute Nacht. Im Zimmer herrschte noch ein wenig Aufruhr, ehe das Licht ausgemacht wurde und die erste Nacht meiner ersten Klassenreise hereinbrach. Jochen erzählte einer seiner unzähligen Witze, was ein weiteres Lachen und Kissenwerfen auslösten. Michael Poro und Klaus versuchten, sich gegenseitig zu übertrumpfen, wer die lautesten Geräusche machen konnte, während Tosten und Robin lauthals über die neuesten Fußballergebnisse diskutierten. Michael Pfeffer hingegen blätterte in einer mitgebrachten Zeitschrift und versuchte, dem Chaos um ihn herum zu entkommen. Die Matratzen quietschten unter den sprunghaften Bewegungen, und die Geräusche von raschelnden Schlafsäcken und Kichern erfüllten den Raum. Irgendwann wurde es ruhiger, und die letzten Gespräche verwandelten sich in geflüsterte Geheimnisse. Ich lag in meinem Bett und lauschte den gedämpften Stimmen meiner Zimmergenossen, die sich allmählich in den Schlaf murmelten. Meine Gedanken wanderten zurück zu Esthers Umarmung. Das warme Gefühl ihrer Arme um mich, die zarte Berührung ihrer kleinen, runden Brüste gegen meine – all das spielte sich immer wieder in meinem Kopf ab. Es war, als ob die Zeit nicht voranschreiten wolle und diese Momente sich in mein Gedächtnis eingeprägt hatten.

Als schließlich das Licht ausgemacht wurde, umhüllte uns die Dunkelheit, und die Aufregung des Tages wich einer angenehmen Müdigkeit. Die Geräusche der Nacht – das gelegentliche Rascheln, das leise Atmen der Schlafenden und das entfernte Rufen einer Eule – begleiteten mich in den Schlaf. Ich erinnerte mich noch an ihren Gute-Nacht-Kuss. Es war nur ein flüchtiger, sanfter Kuss auf die Wange, aber er bedeutete mir so viel mehr. Ihre weichen Lippen hinterließen ein Kribbeln auf meiner Haut, das noch lange nachhallte. Ich spürte, wie mein Herz schneller schlug, und ein warmes, wohliges Gefühl breitete sich in mir aus. Mit dem Gefühl von Esthers Umarmung und Kuss schlief ich schließlich ein.

Am ersten Tag nach der Anreise sammelten wir uns alle und ein Burgführer zeigte uns die Burg. Wir waren im Inneren der Burg untergebracht – die Jungs im Nordflügel und die Mädchen im Westflü-

216

gel. Auf unserem Hof war ein 45 Meter tiefer Brunnen, und damit keiner hineinfallen konnte, war inzwischen ein Gitter oben aufgeschweißt. Inmitten des Innenhofes stand der Bergfried. Wie uns der Burgführer erklärte, ist der Bergfried der Hauptturm der Burganlage; unser Turm ist quadratisch und über 30 Meter hoch. Wir traten aus der inneren Kernburg hinaus und befanden uns im mittleren Wallgraben. Wie wir erfuhren, besteht die Feste Rosenberg aus drei Festungsringen. Ich fand das alles interessant und bombastisch groß, ich hatte vorher noch nie so etwas Kolossales gesehen. Esther kam und nahm meine Hand: „Komm, wir gehen mal zu dem kleinen Wachhäuschen da." Sie hatte wieder ihre Bluejeans an, mit einem grauen Shirt und einer grauen, knielangen Strickjacke darüber. Sie zog mich in ein kleines, viereckiges Häuschen, in dem gerade mal zwei Personen Platz hatten. Der Ausblick von dort über die Mauern hinaus ermöglichte uns, ganz Kronach zu sehen. Der Himmel war an diesem Tag strahlend blau, und die Sonne stand hoch am Himmel. Esther und ich genossen den Anblick, wie die Sonnenstrahlen die Dächer der Stadt erhellten. Der Burgführer erzählte uns später, dass dieses Wachhäuschen einst als Aussichtspunkt für die Wachen diente, die von hier aus die Umgebung auf Feinde hin beobachten konnten.

Das Wachhäuschen schien neben der Burg zu schweben, denn nach unten waren es 25 Meter, wie der Burgführer erklärte. Dieses Wachhäuschen gehörte zur Bastion Kunigunde. Esther und ich lachten und gingen Hand in Hand den mittleren Wallgraben weiter. Der Burgführer und die gesamte Klasse folgten uns, als wenn wir jetzt das sagen hier auf der Burg hatten. Wir gingen zur großen Wallbrücke, die den inneren und mittleren Wall verbindet. Sie stand auf drei über fünf

Meter hohen Steinsäulen und war komplett aus dunkelbraunem Holz gebaut. Während der Burgführer die Bedeutung dieser Brücke erklärte, gingen Esther und ich weiter. Wir entfernten uns unabsichtlich von der Gruppe und erreichten eine Wiese. Die Sonne schien warm auf uns herab, und wir legten uns daraufhin ins Gras, um die Sonnenstrahlen zu genießen. Die Blätter der Bäume raschelten leise im Wind, ein angenehmer Duft von Blumen lag in der Luft und die Vögel zwitscherten fröhlich über uns. Es war ein Moment der Ruhe und des Friedens, fernab vom Trubel der Burg und der restlichen Gruppe.

„Schau mal, wie schön die Aussicht ist," sagte Esther und zeigte auf die alten Mauern der Burg „Es ist, als ob wir in der Zeit zurückkreisten."

„Stell dir vor, wie es gewesen sein muss, hier im Mittelalter zu leben," sagte Esther verträumt und legte ihren Kopf auf meine Brust. „Man könnte sich fühlen wie ein echter Ritter oder eine Burgdame."

Ich nickte und versuchte mir vorzustellen, wie die Burg in vergangenen Zeiten gewesen sein musste. Das Klirren von Schwertern, das Hufgetrappel von Pferden und die Stimmen der Wachen, die durch die Burg hallten. Esther schaute mich an und lächelte, ihre Augen funkelten vor Aufregung. Plötzlich bemerkten wir, dass die Gruppe einen anderen Weg genommen hatte und nun aus unserem Sichtfeld verschwunden war. Es war, als hätte die große Burg sie verschlungen. Für einen Moment fühlten wir uns völlig allein in dieser historischen Umgebung, nur umgeben von den alten Mauern und der Natur.

Die Burg hatte noch viele Geheimnisse, die darauf warteten, in den nächsten Tagen von uns entdeckt zu werden. Besonders faszinierend waren die vielen Katakomben und Tunnelwege unter der Burg. Es war ein großes Labyrinth, in dem jeder Weg mit jedem verbunden war. Am nächsten Morgen, nach einem kräftigen Frühstück in der großen, rustikalen Halle, versammelten wir uns erneut. Der Burgführer erzählte uns von den unterirdischen Gängen, die einst als Fluchtwege und geheime Verbindungswege zwischen den verschiedenen Teilen der Burg genutzt wurden. Neugierig und aufgeregt folgten wir ihm zu einem versteckten Eingang im hinteren Teil der Burg, hinter einer schweren Holztür, die in den Stein eingelassen war. Als die Tür geöffnet wurde, empfing uns kühle, feuchte Luft. Eine schmale Treppe führte hinab in die Dunkelheit. Der Burgführer entzündete eine Fackel und forderte uns auf, ihm zu folgen. Die Treppe schien endlos, und das Echo unserer Schritte hallte in den engen Wänden wider. Schließlich erreichten wir eine große Kammer, von der mehrere Tunnel abzweigten. Die Wände waren rau und feucht, und das Licht der Fackel warf gespenstische Schatten. „Dies ist das Herz des Labyrinths," erklärte der Burgführer. „Von hier aus führen Tunnel in alle Richtungen. Einige führen zu anderen Teilen der Burg, andere weit hinaus in die umliegenden Wälder. Man sagt, dass die alten Ritter diese Gänge nutzten, um unbemerkt die Burg zu verlassen oder Verstärkung zu rufen." Esther und ich tauschten einen aufgeregten Blick aus. Das Abenteuer, das uns hier unten erwartete, war aufregend und ein wenig unheimlich zugleich. Der Burgführer führte die Klasse durch einige der Haupttunnel und zeigte uns verborgene Kammern und alte, längst vergessene Lagerräume. Wir sahen Nischen in den Wänden, in denen Fackeln und Waffen gelagert wurden, und sogar das untere Ende des alten Brunnens, der weiter tief in die Erde reichte und oben im Hof mit einem Gitter zugeschweißt war. „Dieser Brunnen hier," sagte der Burgführer und deutete auf das dunkle, klaffende Loch was unter uns im Boden mit Wasser gefüllt war, „versorgte die Burg mit Wasser, insbesondere, wenn sie belagert wurde. Die Tunnel sind so konstruiert, dass sie Frischluft und Wasser in die Burg leiten konnten, selbst wenn alle anderen Zugänge blockiert waren."

In den nächsten Tagen erkundeten wir immer wieder die Katakomben und Tunnel. Jeder von uns fand neue, aufregende Ecken, in denen wir versteckte Schätze der Vergangenheit entdeckten – alte Folterwerkzeuge, zerbrochene Keramikscherben und sogar einige verstaubte Bücher, die von längst vergangenen Zeiten erzählten. Es war, als ob die Burg selbst uns ihre Geschichten zuflüsterte, wenn wir still genug waren, um zuzuhören. Eines Nachmittags, als wir uns wieder einmal in das unterirdische Labyrinth wagten, fanden Esther und ich einen besonders schmalen und dunklen Gang. Er war so eng, dass wir uns seitwärts hindurchzwängen mussten. Am Ende des Ganges entdeckten wir eine kleine, verborgene Kammer, die wir noch nie zuvor gesehen hatten. In der Mitte der Kammer stand eine alte Truhe, die mit Eisenbändern verstärkt war. Wir öffneten die Truhe vorsichtig, und der Deckel knarrte leise in den Angeln. Ein muffiger Geruch stieg uns entgegen, als wir hineinsahen. Drinnen lagen alte, vermoderte Kleidungsstücke, die den Burgbewohnern gehören mussten. Es waren prachtvolle Gewänder, die einst in leuchtenden Farben erstrahlt hatten, nun jedoch verblasst, zerschlissen und in hundert kleine Stücke zerfallen waren. Es war eine unglaubliche Entdeckung, die uns noch tiefer in die Geschichte der Burg eintauchen ließ. Diese geheimnisvollen Tunnel und die verborgenen Schätze, die sie enthielten, machten unsere Tage auf der Burg zu einem anmutigen Abenteuer.

Die Klasse und unsere drei Tutoren (Aufpasser) machten auch einen Ausflug zur Bierbrauerei in Kulmbach. Es war ein bewölkter Tag, nicht so warm wie sonst, und wir alle freuten uns darauf, etwas Neues zu entdecken. Die Brauerei war beeindruckend groß, und der Duft von Malz und Hopfen lag in der Luft. Obwohl wir alle zwischen 12 und 14 Jahre alt waren, durften wir an Bierproben teilnehmen – eine ungewöhnliches, aber spannendes Ereignis. Die Braumeister führten uns durch die verschiedenen Stationen des Brauprozesses, erklärten uns die Kunst des Bierbrauens und ließen uns die verschiedenen Biersorten probieren. Jeder von uns erhielt einen Sechserträger Kulmbacher 0,3-Liter-Bier als Geschenk. Stolz trugen wir unsere Biergeschenke durch die Brauerei, während wir die reiche Geschichte des Bierbrauens in Kulmbach kennenlernten.

Als der Ausflug zu Ende ging, hatte fast jeder von den mitgenommenen Biergeschenken getrunken. Wir waren alle ein wenig benommen, und auf dem Rückweg torkelte ich durch die Gegend, die Welt drehte sich leicht um mich. Der Bus, der uns zurück zur Burg bringen sollte, stand bereits bereit. Wir stiegen ein, lachend und scherzend, obwohl einige von uns – einschließlich mir – merklich wackelig auf den Beinen waren. Die 23 Kilometer lange Rückfahrt zur Burg verging in einem verschwommenen Rausch. Angekommen am Parkplatz der Festung, mussten sich einige Mitschüler übergeben. So auch

Esther. Ich sah, wie sie blass wurde und sich schwankend an eine Mauer lehnte. Ohne zu zögern ging ich zu ihr und hielt ihre langen blonden Haare nach hinten, damit sie sich nicht darauf erbrach. Sie war dankbar, auch wenn sie sich elend fühlte. „Danke," murmelte sie schwach, nachdem es ihr etwas besser ging. Ich nickte und lächelte sie an, während ich ihr half, sich wieder aufzurichten. Gemeinsam gingen wir langsam den steilen Weg hinauf in die Burg. Der frische Wind half uns, ein wenig klarer im Kopf zu werden, und die Kühle der Abendluft fühlte sich angenehm an. Als wir die Burg erreichten, waren die meisten von uns erschöpft. Die Tutoren halfen denen, die sich am schlechtesten fühlten, in ihre Zimmer. Ich brachte Esther zu ihrem Flügel der Burg und wartete, bis Frau Friesecke kam und sie sicher ins Zimmer brachte, bevor ich mich selbst in mein Zimmer begab. Der Abend war noch jung, aber der Großteil von uns war so berauscht, dass wir ohne Abendbrot und ohne Zähne zu putzen in voller Montur im Bett einschliefen. Wir ließen uns einfach auf die Betten fallen, die Kleidung von der Bierbrauerei-Tour noch an, die Reste der Bierflaschen achtlos neben den Betten abgestellt. Meine Augenlider wurden schwer, und bevor ich es bemerkte, war ich tief und fest eingeschlafen. Die steinernen Wände der Burg schienen zu atmen und die alten Geschichten, die wir entdeckt hatten, flossen in meine Träume ein. Ritter, Damen und geheimnisvolle Tunnel – sie alle wurden Teil meines nächtlichen Abenteuers. In dieser Nacht, in den uralten Mauern der Festung, träumte ich von mutigen Rittern und eleganten Burgfräulein, von Abenteuern in dunklen Katakomben und geheimen Schätzen. Die Burg wurde lebendig in meinen Träumen, ein Ort voller Zauber und Geschichte. Und während der

Mond über der Festung stand, schliefen wir alle tief und fest, entkräftet von den Ereignissen des Tages. Die Erschöpfung und der leichte Rausch ließen uns bis zu nächsten Morgen schlafen.

So vergingen die zwei Wochen meiner ersten Klassenfahrt, und dank der Ablenkung durch Esther, die mir die Leichtigkeit des Lebens zeigte, hatte ich Sabrina fast vergessen. Esther war immer an meiner Seite, und gemeinsam erlebten wir eine wundervolle Zeit. Wir erkundeten nicht nur die historischen Mauern der Festung Rosenberg, sondern auch die umliegende Natur, kleine Dörfer und Wälder, die unsere Tage mit Abenteuer und Entdeckungen füllten. Eines Nachts, nach einem besonders aufregenden Tag in den unterirdischen Gängen der Burg, traf ich mich heimlich mit Esther und wir setzten uns auf der alten Steinmauer, die den äußeren Burggraben umgab. Die Sterne funkelten hell am Himmel, und der Vollmond tauchte die Burg in ein silbriges Licht. Esther erzählte mir von ihren Träumen und Plänen für die Zukunft, und ich fühlte mich ihr näher als je zuvor. Ihre Leichtigkeit und Freude am Leben steckten mich an und ließen die Sorgen und Gedanken an Sabrina ein wenig verblassen. Wir lachten viel, tanzten manchmal sogar spontan zu der Musik, die jemand aus einem der Zimmer spielte, und genossen einfach die Freiheit und Unbeschwertheit, die diese Klassenfahrt uns bot. Esther zeigte mir, wie man das Leben in vollen Zügen genießen kann, ohne sich ständig Sorgen um die Zukunft oder die Vergangenheit zu machen. Ihre positive Einstellung war ansteckend und half mir, für einen Moment alles zu vergessen. Wenn ich in ihrer Gegenwart war, fühlte sich die Welt leichter an, als ob all die dunklen Wolken, die sonst über meinem Kopf schwebten, plötzlich verschwanden.

Die ständigen Prügel durch meine Eltern, die mich mit jedem Schlag demütigten und mein Selbstwertgefühl zerstörten, waren für einen Augenblick nicht mehr präsent. Die Lügen und Intrigen meiner Schwester Püppi, die immer wieder versuchte, mich schlecht aussehen zu lassen und mich mit ihren Bosheiten tief verletzte, verloren ihre Macht über mich. Selbst die grausamen Spielchen von Manni und Roland, die mich wiederholt festhielten und unter schallendem Gelächter meinen Pippimann anfassten, schienen in Esthers strahlender Gegenwart an Bedeutung zu verlieren. Esther war wie ein Lichtstrahl in meiner dunklen Welt. Es muss nicht immer etwas brennen, damit es leuchtet. Ich begann zu verstehen, dass ich mich nicht länger als Opfer dieser Umstände sehen musste. Ihre Stärke und ihr Optimismus gaben mir den Mut, mich in Zukunft gegen all das Unrecht zu wehren, das mir angetan wurde. Ich nahm mir fest vor, mich gegen die Misshandlungen zu verteidigen und meine Würde zurückzufordern. Esthers Einfluss zeigte mir, dass das Leben trotz allem lebenswert war und dass ich die Kraft in mir finden konnte, um mich zu behaupten und meinen eigenen Weg zu gehen.

Doch irgendwann neigte sich unsere Zeit auf der Feste Rosenberg dem Ende zu. Der letzte Abend war gekommen, und die Tutoren organisierten ein großes Abschiedsfeuer im äußeren Wallgraben der Burg. Wir saßen alle zusammen um das prasselnde Feuer, erzählten Geschichten und sangen Lieder. Es war ein bittersüßer Moment, denn obwohl wir uns auf unser Zuhause freuten, wussten wir, dass wir diese zauberhafte Zeit in der Burg vermissen würden. Einige Schüler weinten sogar. Am Sonntagmorgen packten wir unsere Sachen und nahmen Abschied von der Feste Rosenberg und ihren un-

224

entdeckten Geheimnissen. Der Bus stand bereit, und wir verluden unsere Koffer und Erinnerungen. Die Burg schien uns leise Lebewohl zu sagen, als wir uns auf den Weg machten. Während der Fahrt nach Berlin saß ich neben Esther und wir sprachen über all die Abenteuer, die wir erlebt hatten. Die Landschaft zog an uns vorbei, und mit jedem Kilometer, den wir zurücklegten, kam mir das Leben in Berlin ein Stück näher. Als wir schließlich in Berlin ankamen, war ich verändert. Die Zeit auf der Feste Rosenberg hatte mir nicht nur unvergessliche Erlebnisse beschert, sondern auch eine neue Freundin, die mir zeigte, wie man das Leben genießen kann. Ich war dankbar für diese Klassenfahrt und wusste, dass ich die Erinnerungen und die Lehren, die ich daraus gezogen hatte, für immer bei mir tragen werde, ich fühlte mich ein Stück reifer.

Die Sommerferien begannen, und ich fühlte eine Aufregung in der Luft, die mir Hoffnung auf unbeschwerte Tage gab. Ich entschied mich, mit dem Fahrrad zu meiner Freundin Sabrina zu fahren. Mit jedem Tritt in die Pedale spürte ich die warme Sommerbrise in meinem Gesicht und das Kribbeln der Vorfreude. Endlich erreichte ich das Hochhaus in dem Sabrinas wohnte und klingelte. Ich wartete gespannt, doch keiner kam an die Gegensprechanlage. "Vielleicht sind sie gerade unterwegs," brubbelte ich vor mir und beschloss, es später noch einmal zu versuchen. Am Nachmittag fuhr ich erneut zu ihrem Haus, doch wieder blieb die Gegensprechanlage stumm. Kein vertrautes "Hallo" von Sabrina, keine freundliche Begrüßung oder schroffe Absage ihrer Mutter. Die Tage verstrichen, und jedes Mal, wenn ich an ihrem Haus klingelte, blieb es still. Eine ganze Woche lang meldete sich niemand, und ich begann mir Sorgen zu machen.

Bald darauf fuhr unsere Familie für drei Wochen in den Urlaub nach Elzach. Die Koffer waren gepackt, und obwohl ich mich auf den Tapetenwechsel freute, lastete das Gefühl der Ungewissheit über Sabrina schwer auf meinem Herzen. "Wahrscheinlich ist sie mit ihrer Familie auch in die Ferien gefahren," versuchte ich mich zu beruhigen. "Wir haben nur vergessen, uns vorher abzusprechen."

Unser Familienurlaub nach Elzach in den Schwarzwald, war wieder ein kleines Erlebnis. Wie immer verbrachten wir viel Zeit damit, die Umgebung zu erkunden und ausgedehnte Wanderungen zu unternehmen.

Doch schon in der dritten Nacht änderte sich alles. Es war spät, das Haus war still, nur das leise Summen der Sommernacht drang durch die geöffneten Fenster. Ich wurde wach, weil ich auf die Toilette musste. Halb verschlafen tappte ich durch den Flur, als ich plötzlich Geräusche aus der Küche hörte. Neugierig spähte ich durch den Türspalt und sah Manni, meinen 17-jährigen Bruder, in seinen weißen Unterhosen vor Mutter stehen. Sie schimpfte lautlos, ihre Gesten wild und aufgebracht. Manni stand da, den Kopf gesenkt, während Mutter ihn weiterhin anfuhr. Mutter schlug mir vor der Nase die Tür zu. Es war ein Bild, das ich nicht verstand, aber mir aber sofort Unbehagen bereitete. Ich war zu jung, um die Bedeutung dieser Szene zu erfassen, doch etwas daran stimmte mich seltsam traurig. Als ich mich von der geschlossenen Tür abwandte, bemerkte ich, dass Vaters Schritte hastig den Flur entlangkamen. Er schritt schnell an mir vorbei und verschwand in Püppis Zimmer. Püppi, unsere neunjährige Schwester, saß auf ihrem Bett, nur im Unterhemd, ohne Unterhose. Der Anblick war verstörend, ein Moment der Verwirrung und des

226

Unverständnisses. Vater schloss die Tür hektisch hinter sich, und dann war es plötzlich still im Haus. Nur das leise Flüstern von Vaters Stimme drang durch die Wände, doch ich konnte nicht verstehen, was er sagte. Die Szene verfolgte mich, während ich auf der Toilette stand und versuchte, die Bilder aus meinem Kopf zu verdrängen. Doch sie wollten nicht weichen, sie brannten sich in mein Gedächtnis ein. Als ich zurück ins Bett schlich, hörte ich, wie Mutter leise aber bestimmend mit Manni diskutierte schloss. Die Atmosphäre im Haus hatte sich verändert, sie war nun schwer und bedrückend.

Als ich früh am Morgen in die Küche trat, empfing mich ein Anblick, der mich innehalten ließ. Mutter stand am Küchentisch, ihr Haar zerzaust und ihr Blick leer, als ob sie die ganze Nacht kein Auge zugetan hätte. Ihre Bewegungen waren mechanisch, fast geisterhaft, als sie das Brot und die Wurst schnitt. Das Geräusch des Messers auf dem Holzbrett schien in der Stille des Hauses besonders laut. Sie sagte kein Wort, nicht einmal als ich nähertrat und versuchte, ihren Blick aufzufangen. Erst als sie meine Anwesenheit bemerkte, hob sie langsam den Kopf. Ihre Augen, rot und geschwollen, sprachen von Tränen, die heimlich vergossen worden waren, von Sorgen, die sie allein trug. "Kannst du den Sohni nehmen und mit ihm runter zur Elz gehen?" fragte sie leise, ihre Stimme brüchig und schwach, als ob jede Silbe ihr schwerfiel. "Ein wenig den Fluss entlangwandern." Die Müdigkeit und die Trauer in ihrem Gesicht ließen mich ver- stummen. Ich wollte so viele Fragen stellen, doch ich wusste, dass es jetzt nicht der richtige Moment war. "Ja, das mach ich," antwortete ich nur, ohne zu zögern.

Ich drehte mich um, ging ins Zimmer, wo Sohni noch tief und fest schlief. Vorsichtig weckte ich ihn, während ich im Augenwinkel sah, wie Mutter unseren Wanderrucksack packte. Ihre Hände zitterten leicht, doch sie arbeitete schnell und effizient. Noch bevor ich mit Sohni zur Tür trat, drückte sie mir den Rucksack in die Hand. "Ihr könnt den ganzen Tag an dem Wasser spielen," sagte sie, ohne mir in die Augen zu sehen. "Mittag fällt aus."

Ihre Worte klangen seltsam endgültig, fast wie ein Abschied. Ohne weiter zu fragen, nahm ich Sohni bei der Hand, und wir verließen das Haus. Ich spürte, dass dies kein gewöhnlicher Tag werden würde.

Während unserer Flusswanderung musste Manni die Familie verlassen. Später erfuhr ich die Wahrheit, eine Erkenntnis, die wie ein kalter Schlag in mein Herz fuhr. Manni hatte sich an unserer kleinen Schwester Püppi unsittlich vergangen. Die Vorstellung war unfassbar, wie eine Szene aus einem Albtraum, der nicht in die Realität gehören sollte. Aber er war real, und die Tatsache, dass Mutter ihn nach Freiburg brachte und in einen Zug setzte, um ihn erst einmal aus unserem Leben zu entfernen, bestätigte das Unerträgliche. Sie tat es still und entschlossen, als wollte sie das Geschehene so schnell wie möglich begraben, damit es nicht noch mehr Schaden anrichten konnte.

Mutter brachte ihn zum Bahnhof und weg war er.

Abends saßen Vater und Mutter zusammen, Mutter war sehr geknickt, Vater, der Fels in der Brandung beschwichtigte. Es traf ihn auch hart, obwohl Manni ja nur sein Stiefsohn war, doch es ging ja auch um seine Püppi.

228

Meine Eltern setzten den Urlaub mit uns fort und es kam wieder ein wenig Freude auf. Wir Kinder waren auch total unbefangen und wussten nicht was so ein Übergriff bedeuten kann.

Einer der Höhepunkte war unser Ausflug zu den Triberger Wasserfällen. Diese mächtigen Wasserfälle donnerten durch die Schluchten und schufen eine beeindruckende Kulisse aus tosendem Wasser und üppigem Grün. Am Eingang kauften wir Tüten mit Erdnüssen, die speziell zum Füttern der Eichhörnchen gedacht waren. Diese kleinen rotbraunen Plüsch-Hüpfer waren erstaunlich zutraulich. Es war für uns alle eine unvergessliche Begegnung, als sie die Erdnüsse direkt aus unseren Händen nahmen und sich dabei mit ihren winzigen, sanften Krallen an unseren Fingern festhielten. Das Kitzeln ihrer Krallen und das Vertrauen, das sie uns entgegenbrachten, zauberte mir ein Lächeln ins Gesicht. Ich dachte sofort an Esther, als wäre sie unsichtbar stehend hinter mir, ein freies glückliches Lächeln überkam mich beim Anblick dieser kleinen frechen rotbraunen Kuschelbiester.

Eine Autostunde von Elzach entfernt wohnten meine Tanten Ellen und Doris, die Schwestern meiner Mutter. Tante Doris lebte in einer geräumigen Wohnung in Todtmoos, während Tante Ellen einen kleinen Bauernhof in Herrischried betrieb. Für uns Kinder war der Bauernhof ein wahres Paradies. Die weiten Felder, die Ställe und die Tiere boten unzählige Möglichkeiten zum Spielen und Entdecken. Eines Abends durfte ich mithelfen, die wenigen Kühe, es waren sieben an der Zahl, von der Weide in den Stall zu treiben. Es war eine aufregende Aufgabe, die Kühe durch die saftigen Wiesen zu lotsen, während die Sonne langsam hinter den Hügeln verschwand. Besonders amüsant fanden wir, dass die Familie den Nachnamen Sand-

229

mann trug, genau wie der Sandmann im Fernsehen. Dieser Zufall sorgte für viele Lacher und verlieh unserem Aufenthalt eine besondere Note. Ich durfte eine Nacht auf dem Bauernhof bei Tante Ellen schlafen. Und schon am nächsten Morgen sammelte ich Eier von den Hühnern. Nach dem Frühstück trieb ich mit Onkel Oskar wieder die Kühe auf die Weide. Anschließend die Ställe ausmisten. Zum Mittag kamen auch schon wieder meine Eltern mit meinen Geschwistern Roland, Püppi, Sohni und Mausi. Meinem kleinen Bruder Sohni zeigte ich den Hühnerstall und die Hühner, die bereits frei herumlaufend um den Hof herum im Gras pickten. Den Kuhstall und die Kühe auf der Weide, er lauschte verträumt am Ohr spielend zu. Das war eine Marotte, er spielte sich am Ohrläppchen und träumte vor sich her, niemand konnte auch nur annähernd seine Gedanken dabei erahnen. Am späten Nachmittag kam der Moment unserer Abreise von Tante Ellens Bauernhof. Meine Tante Ellen und Onkel Oscar standen am Wegesrand und winkten uns nach. Sie blieben dort stehen, den ganzen Weg vom Bauernhof bis hoch zur Bundesstraße, und sogar noch darüber hinaus, bis wir mit dem Auto schließlich im Wald verschwanden. Dieser liebevolle Abschied prägte sich tief in mein Gedächtnis ein. Auf dem Rückweg zu unserem Feriendorf in Elzach, machten wir noch einmal Halt in Todtmoos bei Tante Doris, um uns auch von ihr zu verabschieden. Beide Male flossen bei meiner Mutter Tränen. Der Abschied fiel ihr schwer, und auch ich spürte den Kloß im Hals. Die Zeit in Elzach und bei unseren Verwandten hatte wunderschöne Erinnerungen geschaffen, die mich noch lange begleiten würden. Während der langen Fahrt zurück nach Hause sah ich immer wieder die Bilder der letzten Tage vor meinem inneren Auge und fühlte eine Mischung aus Wehmut und Dankbarkeit.

Wir sprachen jedoch nie wieder über diesen Urlaub wie über die anderen, fröhlichen Sommer, die wir gemeinsam erlebt hatten. Etwas war zerbrochen, ein Riss in der Fassade unserer Familie, der nie wieder gekittet werden konnte. Von da an lastete eine unausgesprochene Spannung auf uns allen, ein Schweigen, das lauter war als Worte. Diese Erinnerung blieb lange Zeit in meinem Kopf gefangen, ein düsterer Schatten, der den Glanz unserer Kindheit überschattete. Der Sommerurlaub in Elzach, der so unbeschwert begonnen hatte, wurde zu einem Wendepunkt, einer Zeit, nach der nichts mehr so war, wie es einmal gewesen war. Manni wurde fortan nie mehr erwähnt, als wäre er eine Figur aus einem vergessenen Kapitel. Doch die Wahrheit war, dass seine Abwesenheit genauso spürbar war wie seine Anwesenheit – ein ständiges Mahnmal für das, was geschehen war und was nie wieder gut gemacht werden konnte.

Die Sommerferien vergingen schneller, als ich erwartet hatte, und bald darauf begann der Schulalltag wieder. Mit einem gemischten Gefühl aus Nervosität und Vorfreude betrat ich das Schulgelände. Überall sah ich vertraute Gesichter, hörte das Lachen und das Summen der Stimmen. Torsten und Robin überredeten mich gleich am ersten Schultag, den Fußballverein zu wechseln. Ich wechselte vom TSV Rudow nach DJK Schwarz-Weiß Neukölln, da auch meine Klassenkameraden Torsten und Robin dort spielten. Das neue Training war intensiver und spannender. Dienstag und Donnerstag Training, und Sonntag die Spiele. Der Wechsel bedeutete, dass ich keine Zeit mehr für meinen Akkordeon-unterricht und die Christliche Jugendgruppe hatte. Fußball wurde mein neuer Lebensmittelpunkt. Torsten überredete mich zudem, samstags von acht bis zehn in unserer Schulsporthalle unter der Leitung von Herrn Jastrow Fußball zu spielen. Herr Jastrow war ein strenger, aber fairer Trainer, der viel Wert auf Disziplin und Teamgeist legte. Diese zusätzlichen Trainingseinheiten halfen mir, meine Fähigkeiten zu verbessern und stärker in die Mannschaft hineinzuwachsen. Nach dem Training am Samstag fuhr ich oft zu Sabrina. An meinem ersten Versuch nach dem Training klingelte ich an ihrer Haustür. Ihre Mutter brummelte durch die Gegensprechanlage, dass Sabrina für die Schule lernen müsse und nicht herunterkommen könne. Enttäuscht fuhr ich nach Hause. Eine Woche später versuchte ich es erneut, aber Sabrinas Mutter sagte, sie sei nicht da. Der darauffolgende Samstag brachte auch keinen Erfolg – diesmal reagierte niemand auf mein Klingeln. Ich gab nicht auf und versuchte es an mehreren Tagen während der Woche, aber immer ohne Erfolg. Schließlich erkannte ich, dass ich Sabrina nicht mehr erreichen würde. Schweren Herzens beschloss ich, aufzugeben. Dennoch konnte ich Sabrina nie ganz vergessen, und sie blieb in meinen Gedanken präsent, wie ein schöner, unerreichbarer Traum. „Ciao Sabrina Raabe, ein schönes Leben Dir," dachte ich oft. Die Erinnerung an sie verblasste nie ganz. Eine kleine Ewigkeit später, als ich wieder an Sabrina dachte, kam mir plötzlich eine Frage in den Sinn. Warum hatte ich nie etwas von Sabrinas Vater gehört? In all der Zeit hatte er sich nie gezeigt oder von sich hören lassen. Diese Erkenntnis brachte neue Fragen mit sich, aber auch eine endgültige Akzeptanz, dass Sabrina nun ein Teil meiner Vergangenheit war. Meine Zeit bei DJK Schwarz-Weiß Neukölln half mir, neue

Freunde zu finden und meine Leidenschaft für den Fußball weiterzuentwickeln. Torsten und Robin wurden enge Vertraute. Die intensive
Zeit im Verein und der Ganztagsschule lenkten mich ab und füllten
die Lücke, die der Abstand zu Sabrina hinterlassen hatte. Der Gedanke an Sabrina blieb jedoch wie ein leiser Hintergrundton in meinem
Leben. Manchmal, wenn ich an einem Herbstabend alleine auf dem
Fußballfeld stand und den Wind durch die Bäume rauschen hörte,
fühlte ich eine leise Betrübnis. Ich hoffte, dass Sabrina ein glückliches
Leben führte, wo auch immer sie sich befand, und dankte insgeheim
dafür, dass sie ein Teil meines Lebens gewesen ist, auch wenn es nur
kurz war.

Manchmal fragte meine Klassenkameradin und enge Vertraute Esther nach Sabrina. Sie bemerkte meine nachdenklichen Blicke und das
gelegentliche Schweigen, das mich überkam, wenn jemand den Namen Sabrina erwähnte. Eines Nachmittags saßen wir zusammen auf
dem Schulhof, die Herbstsonne warf warme, goldene Strahlen auf
uns herab, und Esther sah mich mit ihren klaren, neugierigen Augen
an. „Was ist eigentlich mit Sabrina passiert?" fragte sie sanft, ohne
jede Spur von Neugierde oder Drängen, sondern mit echtem Mitge-
fühl. Ich seufzte tief und erzählte ihr meine Geschichte, wie ich nach
den Sommerferien immer wieder zu Sabrina gefahren war und sie
nie wieder gesehen hatte. Während ich sprach, spürte ich, wie sich
eine alte Traurigkeit in meinem Herzen regte, aber auch eine Art
Befreiung, die Geschichte mit jemandem zu teilen. Esther hörte aufmerksam zu, ohne mich zu unterbrechen. Als ich geendet hatte, legte
sie sanft eine Hand auf meine Schulter und drückte mich herzlich.
„Das muss schwer für dich gewesen sein," sagte sie mitfühlend.

233

„Aber es ist gut, dass du darüber sprichst." Wir saßen eine Weile schweigend da, und ich spürte eine tiefe Verbindung zu Esther, die über die Worte hinausging. Ihre Anwesenheit und ihr Verständnis halfen mir, den Schmerz der Vergangenheit zu akzeptieren und loszulassen. „Weißt du," begann Esther schließlich, „Menschen kommen und gehen in unserem Leben, aber die Erinnerungen, die sie hinterlassen, bleiben immer bei uns. Sabrina war eine wichtige Erfahrung für dich, und das wird sie immer sein, auch wenn Sabrina nicht mehr in deinem Leben ist." Ich fragte mich manchmal, woher Esther alle diese Weisheiten nahm. Ich nickte und fühlte eine seltsame Mischung aus Traurigkeit und Frieden in mir aufsteigen. Esther hatte recht. Die Erinnerungen an Sabrina, die schönen Momente und die unvergesslichen Augenblicke, würden immer ein Teil von mir bleiben. Und vielleicht, dachte ich, war das auch gut so. Unsere Gespräche halfen mir, die Vergangenheit zu verarbeiten und gleichzeitig die Gegenwart zu schätzen. Ich erkannte, wie wichtig es war, Freunde wie Esther zu haben, die nicht nur da waren, um die schönen Zeiten zu teilen, sondern auch, um den Schmerz und die Verluste zu tragen. In den folgenden Wochen und Monaten sprach ich immer wieder mit Esther über Sabrina und andere Dinge, die mich bewegten. Diese Gespräche vertieften unsere Freundschaft und gaben mir die Kraft, weiterzumachen und mich auf die positiven Aspekte meines Lebens zu konzentrieren. Und jedes Mal, wenn ich an Sabrina dachte, fühlte ich weniger Schmerz und mehr Dankbarkeit für die Zeit, die wir zusammen hatten.

Im Herbst 1972 traten neue Einreiseregelungen für die DDR in Kraft. Mein Vater, der in Köpenick geboren wurde und dort auch einen

234

großen Teil seines Lebens verbracht hatte, war von diesen Veränderungen besonders betroffen. Kurz vor dem Mauerbau war er nach West-Berlin gegangen und hatte dadurch viele seiner Verwandten im anderen Teil Deutschlands zurückgelassen. Diese neuen Regelungen bedeuteten für ihn und viele andere, dass der Kontakt zu ihren Liebsten einfacher wurde.

Meine Mutter wurde zwar 1935 in Berlin-Buchholz geboren, doch damals war die Welt noch in Ordnung. Ihr Vater, mein Großvater, zog in den späten 1930er Jahren nach Berlin-Rudow, das nach dem Mauerbau zum Westen gehörte. Der Vater meines Vaters hingegen, mein anderer Großvater, entschied sich, nach Großziethen zu ziehen, einem kleinen Ort, der später zur DDR gehören sollte. So wuchs ein Teil meiner Familie – die väterliche Seite – in der DDR auf.

Aber wie haben sich meine Eltern eigentlich kennengelernt? Großziethen liegt direkt neben Rudow, und bevor die Mauer alles trennte, war die Grenze zwischen Ost und West noch unsichtbar. Die jungen Leute aus beiden Orten trafen sich in den Sommermonaten gerne in den Kiesgruben von Großziethen, um zu baden und die Sonne zu genießen. Es war an einem dieser unbeschwerten Tage, als sich meine Eltern das erste Mal begegneten. Die beiden verliebten sich schnell ineinander. Da meine Mutter in Rudow lebte, entschied sich mein Vater, in den Westteil Berlins zu ziehen. Sie heirateten im Jahr 1958 und gründeten eine Familie. In demselben Jahr wurde mein Bruder Roland geboren, und die junge Familie ließ sich in Berlin-Tempelhof nieder. Doch nur wenige Jahre später, ein Jahr nach meiner Geburt,1961, wurde die Mauer gebaut. Von einem Tag auf den anderen wurde die Stadt durch eine unüberwindbare Barriere geteilt, und die

Verbindung zu Verwandten und Freunden im anderen Teil der Stadt wurde fast unmöglich. Die Mauer war nicht nur aus Beton und Stacheldraht, sondern auch ein Symbol der Trennung, das das Leben meiner Familie für immer veränderte. Obwohl sie nun im Westen lebten, blieben die Wurzeln und die Erinnerungen an die andere Seite des Landes tief in ihren Herzen verwurzelt.

Bis 1972 war es für uns unmöglich, die Familie auf der anderen Seite der Mauer zu besuchen. Doch dann wurde Geschichte geschrieben, als neue Einreiseregeln in Kraft traten. An einem sonnigen Herbsttag beschlossen wir, zu meinem Onkel Bernd nach Großziethen zu reisen. Mein Vater besorgte sich ein Visum für einen Tag – ein wertvolles Dokument, das es uns erlaubte, endlich wieder die Grenze zu überschreiten. Als wir nach Großziethen kamen, waren die Wiedersehensfreude und die Emotionen überwältigend. Es gab herzliche Umarmungen, Tränen und Lachen – das erste Mal seit vielen Jahren, dass sich die Familie wieder in die Arme schließen konnte. Das Haus von Onkel Bernd und Tante Karin stand direkt hinter der DDR-Mauer, das erste Gebäude in Großziethen. Unser Haus in Rudow, nur wenige Kilometer entfernt, lag ebenfalls in unmittelbarer Nähe zur Mauer, auf der westlichen Seite.

Wenn man im Westen an der Mauer entlang spazierte, brauchte man nur drei Kilometer, um theoretisch vor dem Haus von Onkel Bernd zu stehen. Doch zwischen uns lag die brutale Realität, eine Mauer aus Beton, Stacheldraht und Grenzschutzanlagen, die Menschen und Familien voneinander trennte. Luftlinie betrug die Entfernung zwischen unseren Häusern nur etwa 1,5 Kilometer – eine Distanz, die ohne die Mauer in wenigen Minuten zu überwinden gewesen wäre.

Doch diese paar Kilometer fühlten sich wie Welten an. Die Mauer und die Grenzanlagen trennten meinen Vater auf die grausamste Weise von seiner Familie. Die Vorstellung, dass sie so nah und doch so unerreichbar waren, war schwer zu ertragen. Selbst wenn wir im Westen standen und direkt in Richtung Großziethen schauten, konnten wir das Haus von Onkel Bernd und Tante Karin sehen – als wären sie nur einen Steinwurf entfernt. Doch dieser Steinwurf war eine unüberwindbare Barriere aus Stacheldraht, Panzersperren, Schutzgräben, Wachtürmen und Selbstschussanlagen. Eine Trennung, die das Leben in Ost und West für immer prägte. Die Alliierten, die die Nachkriegsordnung bestimmten, nahmen keine Rücksicht auf die menschlichen Schicksale, die diese Grenze für immer trennte. Für meinen Vater und viele andere war die Mauer nicht nur eine politische Grenze, sondern ein tiefes, schmerzhaftes Symbol der Zerrissenheit.

Wie eben auch mein Opa väterlicherseits. Seine Geschichte ist eng verwoben mit der bewegten Vergangenheit unserer Familie, die seit mehreren hundert Jahren im Kreis Friedeberg Neumark, damals Teil von Preußen, beheimatet war. Unsere Familie besaß dort große Ländereien, die von Generation zu Generation weitergegeben wurden. Stolz erzählten die Älteren immer wieder von den weiten Feldern und Wäldern, die unsere Vorfahren bewirtschafteten. In der Nähe von Neukarbe bei Friedeberg gab es sogar das Kaufhaus Gohlke, das unsere Familie gegründet und mit viel Fleiß und Engagement aufgebaut hatte. Es war ein Symbol unseres Wohlstands und unserer Verwurzelung in dieser Region. Doch mit dem Ende des Zweiten Weltkriegs veränderte sich alles. Die Alliierten veränderten die Landkarte

Europas radikal, und Preußen verschwand als eigenständiger Staat. Die Russen marschierten in unsere Heimat ein und zwangen meine Familie, alles zurückzulassen – die Ländereien, das Kaufhaus, ja, sogar ihre Heimatstadt selbst. Mein Opa musste, wie so viele andere, fliehen und sich in einem neuen, fremden Land ein neues Leben aufbauen. Das, was unsere Familie über Jahrhunderte hinweg geschaffen hatte, war nun verloren. Die Träume von einer Rückkehr oder der Wiedererlangung der Ländereien und des Kaufhauses wurden mit den Jahren immer mehr zur Illusion, denn die Gebiete waren nun unerreichbar und die Grundstücke, die inzwischen Millionen wert sind, lagen in einer anderen Welt. Wenn wir bei Onkel Bernd und Tante Karin zusammensaßen, wurden diese Erinnerungen oft wach. Die Erwachsenen, darunter mein Vater und mein Opa, diskutierten häufig darüber, wie ungerecht es war, dass die Heimat, die unsere Familie über Generationen gepflegt hatte, nun für immer verloren war. Sie sprachen über die großen Ländereien und das Kaufhaus Gohlke, das einst das Zentrum des Lebens in Neukarbe gewesen war. Die Bitterkeit über das verlorene Erbe und die Unmöglichkeit, es jemals wiederzuerlangen, schwang in ihren Worten mit. Diese Gespräche, die oft bei einem Glas Schnaps oder einer Tasse Kaffee stattfanden, waren voller Nostalgie, aber auch voller Schmerz. Es war ein ungeschriebenes Kapitel unserer Familiengeschichte, das sich tief in das Gedächtnis aller eingebrannt hatte. Obwohl ich als Kind oft nur am Rande zuhörte, spürte ich den Verlust, den die Erwachsenen so stark empfanden. Die Gespräche bei Onkel Bernd und Tante Karin erinnerten uns alle daran, dass die Wunden des Krieges und der Teilung weit über die Mauer hinausgingen. Sie hatten unsere Familie tief geprägt und ihr Schicksal für immer verändert.

Ich spielte oft mit meinem zwei Jahre jüngeren Cousin Thorsten auf dem Feld vor dem Grenzstreifen, einem Ort, der für uns beide eine Mischung aus Abenteuer und Spannung bedeutete. Dieses Feld, so nah an der Mauer und doch fern genug, um uns als Spielplatz zu dienen, wurde zu unserer kleinen Welt. Wir hatten dort unsere eigenen Spiele und Rituale, bei denen wir versuchten, die Aufmerksamkeit der Wachsoldaten auf uns zu lenken, die auf dem 100 Meter entfernten Turm ihren Dienst taten.

Manchmal riefen wir laut über das Feld oder warfen Pfennigschwärmer, kleine Knaller, die ich aus dem Westen einschmuggelte, hoch in die Luft, um die Aufmerksamkeit der Grenzer zu erregen. Wenn wir Glück hatten und der Suchscheinwerfer des Turms plötzlich auf uns gerichtet wurde, versteckten wir uns schnell im tiefen Gras, kichernd und voller Aufregung. Diese Momente, in denen das Licht über uns hinwegschwenkte und wir uns wie unsichtbare Agenten fühlten, machten uns riesigen Spaß. Für uns Kinder war das ein aufregendes Spiel, obwohl wir die volle Bedeutung und die Gefahren der Situation noch nicht ganz verstanden. Doch der erste Tag in der DDR ging viel zu schnell vorbei. Nach einem gemeinsamen Abendbrot, bei dem die Erwachsenen noch lange erzählten und Erinnerungen austauschten, kam der Moment des Abschieds. Es war schwer, sich von den Verwandten zu trennen, besonders weil man wusste, dass solche Besuche selten waren und die Mauer uns bald wieder voneinander trennen würde.

Während die Erwachsenen sich verabschiedeten, umarmten sie sich lange und fest, die Tränen in den Augen kaum zurückhaltend. Die Stimmung war schwer und melancholisch, der Schmerz der Trennung für alle spürbar. Mein Vater drückte seinen Bruder Onkel Bernd fest an sich, und ich konnte sehen, wie ihm Tränen über die Wangen liefen, als er sich von seinem Bruder verabschiedete.

Doch wir Kinder, Cousin Thorsten und ich, grinsten schelmisch und konnten unsere Abenteuerlust kaum zügeln. Für uns war es ein Tag voller aufregender Spiele und neuer Entdeckungen gewesen. Wir verstanden noch nicht ganz, warum die Erwachsenen so traurig waren, während wir uns schon auf das nächste Wiedersehen freuten. Wir hofften insgeheim, dass es bald wieder so einen Tag geben würde, an dem wir zusammenspielen und uns den Grenzern ein wenig nähern könnten, ohne zu ahnen, wie kostbar und selten diese Momente wirklich waren.

Hinter unserem Garten in Berlin, auf dem Feld, trat ein neues Ereignis in Erscheinung, das für uns einen einschneidenden Moment darstellte. Wir hatten dieses Stück Land immer als unseren Rückzugsort gesehen – unberührt, wild, ein Ort, der sich anfühlte, als gehöre er uns, auch wenn er offiziell niemandem oder der Stadt gehörte. Doch das änderte sich, als auf einer Hälfte des Feldes, jener Seite, die dem Bunker am nächsten lag, plötzlich ein Hundetrainingsplatz entstand.

Zuerst sahen wir nur die Maschinen. Ein Bagger rollte heran und begann, das unebene Terrain zu ebnen. Die wilden Sträucher und das kniehohe Gras wurden gnadenlos gerodet. Wir beobachteten mit gemischten Gefühlen, wie der Sandhügel, der einst die Reste einer alten Straße oder vielleicht eines Eisenbahndamms war (wir waren

240

uns nie ganz sicher), langsam aufgeschüttet wurde. Mit einem Traktor wurde das gesamte Areal umgegraben, planiert und schließlich Rasen gesät. Ein Absperrband wurde um das Gelände gezogen, um Eindringlinge – also uns – davon abzuhalten, die frisch gesäten Rasensamen zu stören. Vor dem Bunker, der seit jeher unser geheimer Treffpunkt war, wurde eine Hecke gepflanzt. Das fühlte sich fast wie ein endgültiger Abschied an, als würde man uns noch weiter von unserem alten Spielfeld wegdrängen. Und als dann auch noch ein kleines hölzernes Vereinshaus errichtet wurde, war uns klar, die wilden Tage des Feldes waren vorbei. Der Hundeverein machte sich schnell breit. Sie bauten Hindernisse und Verstecke für die Hunde und ihre Trainer. Was einst ein verwildertes Stoppelfeld war, verwandelte sich in einen akkuraten, saftig grünen Rasen – perfekt für die Hunde, aber auch perfekt für uns, dachten wir. Doch wir durften anfangs nicht auf den Platz. Die neuen Herrscher des Feldes – die Hundetrainer – waren streng. Kein Fußball, kein Toben. Der Rasen sollte perfekt bleiben. Aber wir ließen uns nicht so leicht vertreiben. Der neue Wall, den sie aufgeschüttet hatten, und das Gestrüpp, das sie um das Gelände pflanzten, boten uns das perfekte Versteck. Von dort aus konnten wir das Training der Hunde beobachten, unbeobachtet und in sicherer Entfernung. Natürlich konnten wir es nicht lassen, ab und zu mit einem lauten Pfiff oder einem Kieselsteinwurf zu stören. Die Hunde reagierten, und das brachte uns ein paar hitzige Worte von den Trainern ein. Doch irgendwann verstanden wir, dass wir mehr erreichen konnten, wenn wir uns einigten. Ein Kompromiss wurde geschlossen. Solange wir das Training der Hunde in Ruhe ließen, durften wir den Platz nutzen – aber nur, wenn gerade kein

241

Hundetraining stattfand. Es war eine Abmachung, mit der wir leben konnten. Wir hatten auch zwei Tore, die wir immer wieder auf- und abbauen mussten, damit der Platz nicht beschädigt wurde. Aber es war unser Fußballplatz, und das war alles, was zählte. Das letzte Stück wilde Feld, das sich von den Gartenzäunen der angrenzenden Siedler bis zum aufgeschütteten Damm erstreckte, veränderte sich allmählich. Die Siedler, die in den nahegelegenen Häusern wohnten, begannen, das Land für den Anbau von Gemüse zu nutzen. Kleine Parzellen tauchten auf, in denen Karotten, Kartoffeln und Zucchini sprießten. Es sah aus, als hätten die Menschen die Natur in geordnete Bahnen gelenkt. Alles wuchs in akkurat abgesteckten Beeten, und man sah die Siedler oft frühmorgens oder abends mit Hacken und Gießkannen bewaffnet, um sich um ihre Ernte zu kümmern. Doch es gab eine Ausnahme. Vaddern. Während alle anderen fleißig Gemüse pflanzten, beharrte er auf seinem eigenen Stück Wildnis. Vaddern hatte schon immer seinen eigenen Kopf, und dort, wo die anderen Beete angelegt hatten, ließ er weiterhin seine Tannenschonung wachsen. Die schlanken, dichten Tannenbäume standen stolz und grün da, als wollten sie sich gegen die gezähmte Umgebung auflehnen. Der Geruch von frischen Nadeln hing in der Luft, und es war, als würde dieses kleine Stück Land trotzig seine Wildheit bewahren, während rundherum alles zivilisierter wurde. Wir beobachteten oft von unserem Platz aus, wie Vaddern durch seine Tannenschonung streifte, die Bäume pflegte und das Gras zurückdrängte. Es war sein Reich, und es gab niemanden, der ihn von seiner Arbeit abhalten konnte.

Im Oktober, an einem Sonntag, war die Luft bereits kühl, und die Bäume hatten ihre Blätter in ein prächtiges Farbenmeer aus Gelb,

242

Orange und Rot verwandelt. Die Tage wurden kürzer, und das Jahresende rückte langsam näher. Trotzdem hielt uns das nicht davon ab, Pläne zu schmieden. Mit einigen Fußballern aus dem Verein hatten wir uns verabredet, um zum Oktoberfest unterm Funkturm zu fahren. Es war ein aufregender Gedanke, nicht nur wegen des Festes an sich, sondern weil wir diesmal ohne Eltern oder Aufpasser unterwegs waren. Neben meinen Klassenkameraden Torsten und Robin, die immer für ein Abenteuer zu haben waren, sollten noch ein paar andere aus unserer Clique mitkommen. Der Treffpunkt war für Sonntag um 13 Uhr festgelegt, und ich wusste, dass ich um 20 Uhr wieder zu Hause sein musste. Damals bekam ich 7 DM Taschengeld im Monat – nicht gerade viel, aber ich hatte fleißig Flaschen gesammelt und Altmetall verkauft, wodurch ich stolze 25 DM extra zusammenbekommen hatte. Das sollte für einen Tag voller Spaß und Vergnügen reichen.

Als wir am Festgelände ankamen, schien die ganze Welt in den Farben und Klängen des Oktoberfestes zu versinken. Überall um uns herum dröhnten die Fahrgeschäfte, lachten die Menschen, und der Duft von gebrannten Mandeln und Bratwürsten lag in der Luft. Ich erinnerte mich daran, wie ich als Kind mit meinen Eltern und Geschwistern hier gewesen war. Doch damals hatte ich mich an strenge Regeln halten müssen: „Nicht zu weit weg, achte mal auf Püppi und Sohni!" Mutter hatte mir immer wieder eingeschärft, dass ich auf meine jüngeren Geschwister aufpassen musste, während Roland und Manni, meine älteren Brüder, scheinbar alle Freiheiten der Welt hatten.

Die kleine Mausi musste oft zuhause bleiben, dafür wurden Tante Beate und Onkel Detti von Muttern als Kindermädchen verpflichtet. Roland und Manni durften mit Vater an der Schießbude stehen und auf Zielscheiben schießen. Sie durften allein in die Achterbahn steigen, mit Mutter Riesenrad fahren, stolz winkten sie uns zu. Ich hingegen hatte nur einen kandierten Apfel bekommen, eine Bratwurst und zwei kleine Geschwister, die an meinen Händen zogen und jammerten, wenn ihnen etwas nicht gefiel. An solchen Tagen fühlte ich mich weniger wie ein Besucher des Oktoberfestes und mehr wie ein Betreuer für kleine Kinder.

Doch heute war alles anders. Heute war ich mit Freunden unterwegs, und ich konnte mein Geld nach Belieben ausgeben. Kein Püppi, kein Sohni – nur ich, meine Kumpels und das grenzenlose Vergnügen. Wir stürzten uns auf die Fahrgeschäfte, eins nach dem anderen. Der tanzende Vulkan, die Achterbahn, die Geisterbahn, das Kettenkarussell – es war ein Rausch aus Adrenalin und Spaß. Besonders das Riesenrad hatte es mir angetan. Als wir in der Dämmerung hinaufstiegen und die Welt unter uns kleiner wurde, erfasste mich ein Gefühl von Freiheit. Von ganz oben konnte man das bunte Treiben der Oktoberfestbesucher beobachten, die Lichter funkelten wie Sterne und der Lärm verschmolz zu einem fernen, beruhigenden Summen.

Die Zeit verging wie im Flug, und ehe wir uns versahen, war es bereits sieben Uhr abends. Torsten und ich beschlossen, uns von der Truppe zu verabschieden und machten uns auf den Weg nach Hause. Wir stiegen am U-Bahnhof Wuzkyallee aus, und nachdem wir uns voneinander verabschiedet hatten, ging jeder seines Weges. Doch ich konnte es mir nicht verkneifen, noch einen kleinen Umweg zu nehmen. Der Weg über den Theodor-Loos-Weg führte direkt an dem Hochhaus vorbei, in dem Sabrina wohnte.

Es war fast acht Uhr, als ich vor dem Gebäude stand und nach oben zur achten Etage blickte. Vor mir das Klingelschild, ich fand wie immer schnell den Namen „Rabe". Mein Herz klopfte schneller, als ich es ansah, doch ich wusste nicht, was ich tun sollte. Sollte ich klingeln? Ihr einfach sagen, dass ich an sie gedacht hatte? Stattdessen starrte ich nur das Schild an, verloren in meinen Gedanken. Nach einer Weile wandte ich mich ab und ging grübelnd nach Hause, den Kopf voll von den Eindrücken des Tages und den Gedanken an Sabrina.

Der Abendhimmel war inzwischen dunkel geworden, und ich spürte die Kälte, die von den Schatten der Nacht kam. In meinem Kopf wirbelten die bunten Bilder des Oktoberfestes. Jetzt war es Zeit, nach Hause zu gehen, wo Mutter sicher schon auf mich wartete – mit vielen Fragen, die ich nur halb beantworten würde, weil meine Gedanken immer wieder zu dem kleinen Schild mit dem Namen „Rabe" zurückkehrten.

Am nächsten Morgen in der Schule war die Luft erfüllt von der üblichen Mischung aus Müdigkeit und Neugier, die den Montagmorgen immer begleitete. Doch an diesem Tag lag noch etwas anderes in der Luft – eine spürbare Aufregung. Kaum hatten wir den Zentralraum betreten, begannen Torsten und ich eifrig zu erzählen. Wir konnten es kaum erwarten, unseren Mitschülern von unserem aufregenden Ausflug zum Oktoberfest zu berichten.

„Ihr glaubt nicht, was wir alles erlebt haben!" begann Torsten, während wir uns durch die Menge der Schüler drängten, die sich wie

245

jeden Morgen in der Mitte des Raumes versammelten. Die anderen ließen sich nicht lange bitten und bildeten sofort einen Kreis um uns. Jeder wollte hören, wie es gewesen war – der Trubel, die Fahrgeschäfte, die Lichter, die unzähligen Stände, die lauten Geräusche und die ausgelassene Stimmung.

Natürlich waren unsere vier Superheldinnen – Sabine, Birgit, Petra und Carola – schon längst da. Sie standen wie immer beieinander, eine unzertrennliche Gruppe, die in der Schule beinahe legendär war. Die vier hatten immer einen Kommentar parat, egal worum es ging, und es schien, als könnte nichts sie aus der Ruhe bringen. Als wir ihnen von unserem Abend auf dem Oktoberfest erzählten, lächelten sie wissend, als hätten sie genau damit gerechnet.

„Und, seid ihr auch auf das Riesenrad gegangen?" fragte Esther, die auch in der Runde stand, mit einem funkelnden Blick in den Augen. „Das ist doch der beste Ort, um sich alles von oben anzusehen."

„Klar, das Riesenrad war genial!" antwortete ich, während ich versuchte, die Bilder von der funkelnden Stadt und den leuchtenden Lichtern vor meinem inneren Auge wieder aufleben zu lassen. „Von da oben hat man das ganze Fest gesehen, es war einfach unglaublich."

Birgit, die immer für einen kleinen Seitenhieb gut war, grinste und meinte: „Ich wette, ihr habt euch dabei in die Hosen gemacht!" Alle lachten, auch wenn wir uns natürlich nicht die Blöße gaben, zuzugeben, dass uns das Herz tatsächlich ein wenig schneller geschlagen hatte, als die Gondel in die Höhe stieg.

Carola, die oft die Wortführerin der Gruppe war, lehnte sich an die Wand und meinte dann mit einem gespielt skeptischen Blick: „Na,

246

und was habt ihr sonst noch gemacht? Euch nur an Fahrgeschäften vergnügt oder habt ihr auch etwas Anständiges gegessen?"

„Natürlich! Bratwürste, kandierte Äpfel, und was sonst noch dazugehört!" antwortete Torsten, stolz auf seine Erinnerung an die vielen Leckereien, die wir uns gegönnt hatten.

Petra, die ruhigste der vier, schaute uns mit einem leichten Lächeln an. „Klingt nach einem richtig tollen Abend," sagte sie, und in ihrem Ton lag eine leise Anerkennung. „Vielleicht kommen wir nächstes Jahr auch mit."

Die Idee ließ uns für einen Moment innehalten. Mit den Mädchen zum Oktoberfest? Das wäre ein ganz anderes Erlebnis. Wir tauschten einen schnellen Blick, bevor ich mit einem leichten Grinsen sagte: „Na, das wäre doch mal was, nächstes Jahr machen wir das zusammen."

In diesem Moment klingelte es zur ersten Stunde, und das Gespräch wurde abrupt unterbrochen. Doch die Erinnerung an den Abend auf dem Oktoberfest blieb lebendig, nicht nur in unseren Köpfen, sondern auch in den neugierigen Fragen und lachenden Gesichtern unserer Mitschüler. Es war einer dieser Tage, an denen man sich nicht nur auf den Unterricht konzentrierte, sondern auch die aufregenden Geschichten, die man zu erzählen hatte, immer wieder im Kopf durchging. Und die Idee, nächstes Jahr vielleicht mit den vier Superheldinnen das Oktoberfest unsicher zu machen, ließ uns den Rest des Tages nicht los.

Ich sah meinen Bruder Manni; er wohnte seit dem Vorfall im Urlaub bei der Familie Kremkau in Rudow, ganz in der Nähe von uns. Der Sohn der Kremkaus, Ralf, ging mit Manni in eine Klasse. Bei uns in der Schule kreuzten sich die Wege mit meinem Bruder Manni öfter als man vielleicht denken würde.

Obwohl wir in unterschiedlichen Jahrgangsstufen waren, teilten wir denselben Zentralraum. Dieser Raum war das Herzstück., ein großer, offener Bereich, von dem aus die fünf Klassenräume der jeweiligen Jahrgangsstufe abgingen. Hier trafen sich alle Schüler unserer Stufe, um sich während der Pausen oder vor und nach dem Unterricht aufzuhalten.

Unsere Schule war eine Gesamtschule, und das bedeutete, dass jede Klasse in zwei Hälften aufgeteilt war, von denen jede ihren eigenen Tutor hatte. Ich war in Klasse 7/4, und mein Tutor war Herr Hüske, ein Mann, der uns oft mit seinem trockenen Humor und seiner Strenge in Atem hielt. Die andere Klassenhälfte wurde von Herr Ohlen betreut.

Manni hingegen war bereits in der Einführungsphase zum Abitur, ein paar Jahre älter als ich und schon mitten im Ernst des Lebens, wie es schien. Die Abi Schüler hatten keinen eigenen Zentralraum mehr, so hielten sie sich bei uns auf. So kam es häufiger vor, dass er und seine Freunde sich während ihrer Pausen bei uns aufhielten. Es war eine merkwürdige Mischung aus Nähe und Distanz, die unsere Begegnungen prägte. Manchmal war es nur ein kurzer Blick, ein Nicken oder ein knappes "Hey", wenn sich unsere Wege kreuzten.

Die Mittelstufe der Schule hatte insgesamt vier Zentralräume, jeweils einen für die siebte, achte, neunte und zehnte Klasse. Jeder dieser Räume war ein kleines Universum für sich, in dem das Leben der Schüler pulsierte. Roland, mein anderer Bruder, war in der achten Klasse und somit in einem der Zentralräume im Gebäude gegenüber untergebracht. Auch ihn sah ich gelegentlich, wenn ich über den Schulhof lief oder durch die Gänge streifte. Doch während ich bei Manni immer eine gewisse Vertrautheit spürte, war es bei Roland anders.

Mit Manni verband mich etwas, das nie ausgesprochen wurde. Etwas, das wie ein Schatten über unseren kurzen Begegnungen lag. Der Vorfall in Elzach, den wir beide nur zu gut in Erinnerung hatten, war ein Tabu-Thema geworden. Es war ein Ereignis, das wir beide nie wieder angesprochen hatten. Jeder Versuch, es zu thematisieren, war wie eine Berührung an einer offenen Wunde, die man lieber unberührt ließ, in der Hoffnung, dass sie irgendwann von selbst heilen würde.

So gingen wir weiterhin unserer Wege, immer darauf bedacht, die Oberfläche nicht zu durchbrechen, um nicht das zu enthüllen, was darunter lag. Die Zeit verstrich, die Jahre vergingen, dieses unausgesprochene Thema Elzach hing wie ein unsichtbarer Schleier über allen die davon betroffen waren. Irgendwann geriet es in Vergessenheit.

Der kalte Winter brach unerbittlich heran, und mit ihm kamen die frostigen Winde und die ersten Schneeflocken, die bald die Landschaft in ein weißes Wunderland verwandelten. Die Tage wurden kürzer, die Nächte länger, und in der Luft lag der verheißungsvolle Duft von Kälte und Abenteuer. In den Ferien stand für uns wieder eine große Reise an, und die Vorfreude war greifbar. Vergessen alles was war.

Wir packten unsere sieben Sachen – dicke Winterjacken, Handschuhe, Schals und Mützen, zusammen mit den unverzichtbaren Wintersportgeräten – und machten uns mit dem Auto auf den Weg nach Sattelbogen. Das Feriendorf lag eingebettet im Naturpark Bayerischer Wald, umgeben von endlosen Wäldern und verschneiten Hügeln, die nur darauf warteten, von uns erkundet zu werden.

Unser Ferienhaus war eines der gemütlichen, zweistöckigen Häuschen, die mit ihrem weißen Anstrich und der dunkelbraunen Holzverschalung an den Oberseiten perfekt in die winterliche Landschaft passten. Das braune Satteldach hielt den Schnee davon ab, sich zu stark anzusammeln, und unterstrich die rustikale, einladende Atmosphäre des Ortes. Schon bei der Ankunft fühlte es sich an wie ein Zuhause fernab der gewohnten Welt.

Im Erdgeschoss befanden sich die Aufenthaltsräume – das Wohnzimmer mit seinem knisternden Ofen, die kleine Küche, die bei unserer Ankunft schon nach frisch gebackenem Brot duftete, und der Flur, der ins Badezimmer mit Dusche und separatem WC führte. Das Wohnzimmer war der Raum, in dem wir uns abends nach den Abenteuern des Tages sammelten, wo wir Gesellschaftsspiele spielten oder einfach nur zusammensaßen und heiße Schokolade und Tee tranken, während draußen der Schnee leise gegen die Fenster rieselte.

Oben im ersten Stock gab es einen Flur, der zu den Schlafräumen führte. Unsere Eltern hatten ein gemütliches Schlafzimmer für sich allein, während die drei Kinderzimmer aufgeteilt waren: Roland, mein älterer Bruder, hatte ein Zimmer für sich, während Püppi und Mausi sich das Zweite teilten. Sohni und ich schliefen zusammen im dritten Zimmer. Die Räume waren klein, aber wohlig, mit warmen Decken und Holzbetten, die im sanften Schein der Nachttischlampen leuchteten.

Vor dem Haus lag eine kleine Terrasse, die schnell zu unserer Basis für sämtliche Ausflüge wurde. Hier stellten wir unsere Wintersportgeräte ab – Rodelschlitten, Schneegleiter, Skier – alles war bereit, um die winterliche Umgebung zu erobern. Die Häuser standen an einem Hang, mit leichtem Gefälle und wir hatten das Glück, eines der oberen Häuser an der Anhöhe zu bewohnen. Das bedeutete, dass wir jeden Morgen, direkt nachdem wir die Haustür geöffnet hatten, mit unseren Schlitten den Hügel hinunterrodeln konnten. Das Gefühl, den frischen Schnee unter den Kufen zu spüren und den Wind im Gesicht zu haben, war unbeschreiblich.

Die Erhebung führte hinunter zu einem kleinen, verschneiten Feld, das sich wie eine weiße Decke ausbreitete. Dahinter lagen die zugefrorenen Teiche, die für uns Kinder das Herzstück des Feriendorfes waren. Auf dem Eis tummelten sich unzählige Kinder – einige liefen elegant Schlittschuh, drehten Pirouetten und versuchten sich an kunstvollen Sprüngen, während andere eher unbeholfen über das Eis rutschten und dabei jede Menge Spaß hatten. Die Luft war erfüllt von Lachen, dem Geräusch der Kufen auf dem Eis und dem gelegentlichen Plumpsen eines Kindes, das das Gleichgewicht verloren hatte.

Von unserer Terrasse aus startete ich oft meine stundenlangen Ausflüge. Mit Schneegleitern an den Füßen erkundete ich die Umgebung – die verschneiten Wälder, die stillen Pfade, die im Winter wie verzaubert wirkten. Es war eine Zeit der Freiheit, der grenzenlosen Entdeckungen und des tiefen Eintauchens in die winterliche Natur. Es war auch eine Zeit, in der ich häufig allein auf Tour ging. Die Tage in Sattelbogen waren wundervoll. Jeden Tag gab es etwas Neues zu erleben, sei es eine besonders rasante Rodelabfahrt, ein gemeinsames

251

Spiel auf dem Eis oder einfach nur das Staunen über die Schönheit der verschneiten Landschaft. Der Winter, der uns sonst oft als kalt und unnahbar erschien, war hier in Sattelbogen zu einem vertrauten Freund geworden, der uns mit offenen Armen empfing.

Es war ein jener stillen Abende in Sattelbogen, an dem der Winter seine volle Pracht entfaltet hatte. Draußen fiel der Schnee in dichten Flocken, die in der Dunkelheit wie winzige, funkelnde Sterne aussahen, die sanft zur Erde schwebten. Die Welt vor unserem Fenster war in eine dicke, weiße Decke gehüllt, und alles schien wie in Watte gepackt.

Wir Kinder standen alle vor dem großen Wohnzimmerfenster, die Nasen fast an das Glas gedrückt, und beobachteten fasziniert, wie der Schnee fiel. Der Raum hinter uns war warm und gemütlich, im Ofen knisterte leise das Holz.

Plötzlich drehte sich Vater, der bis dahin ruhig auf dem Sofa gesessen hatte, zu uns um. Ein schelmisches Lächeln spielte um seine Lippen, und ohne Vorwarnung begann er zu reimen:

„Dunkel wars der Mond schien helle, Schnee bedeckt die grüne Flur. Als ein Auto Blitzeschnelle, langsam um die Ecke fuhr. Drinnen saßen stehend Leute, schweigend im Gespräch vertieft. Als ein totgeschossener Hase Überm Sandberg Schlittschuh lief. Und auf einer grünen Bank, die rot angestrichen war, saß ein blondgelockter Jüngling, mit kohlrabenschwarzem Haar. In der Hand ne Butterstulle, die mit Schmalz beschmiert war."

Für einen Moment war es still im Raum, als wir Kinder die Worte auf uns wirken ließen. Die älteren von uns – Roland und ich – begannen zu kichern. Die Gegensätze in Vaters Reimen waren so absurd, dass wir uns ein Lachen nicht verkneifen konnten. Der Gedanke an einen „totgeschossenen Hasen", der „Schlittschuh lief", war so grotesk, dass es einfach komisch war. Roland, der immer schnell verstand, worauf so etwas hinauslief, lachte laut auf und ich folgte, während ich versuchte, mir das Bild des Hasen auf Schlittschuhen vorzustellen.

Die kleineren Kinder, jedoch, standen etwas ratlos da. Püppi und Mausi sahen uns mit großen Augen an, offenbar nicht sicher, ob sie lachen sollten oder nicht. Für sie ergaben die Worte keinen Sinn – warum sollte ein Wagen „Blitzesschnelle langsam" fahren oder ein Jüngling „blondgelockt" und „kohlrabenschwarz" sein?

Sohni, der gerade alt genug war, um zu wissen, dass etwas nicht stimmte, aber noch zu jung, um den Humor zu verstehen, sah Vater verwirrt an. Seine Stirn legte sich in Falten, während er angestrengt nachdachte. Schließlich platzte er heraus: „Ein toter Hase kann gar nicht Schlittschuh laufen!" Seine Stimme war ernst, als ob er uns alle darauf hinweisen wollte, dass hier ein grober Fehler gemacht wurde.

Vater lachte herzlich, und selbst wir mussten schmunzeln über Sohni's kindliche Ernsthaftigkeit. „Das stimmt, Sohni," sagte Vater. „Aber das ist das Schöne an solchen Reimen – sie machen überhaupt keinen Sinn. Manchmal darf man auch ein bisschen Unsinn erzählen, nur um die Leute zum Lachen zu bringen."

Sohni verzog das Gesicht, als er darüber nachdachte, doch dann schien er zu verstehen, dass es okay war, wenn nicht immer alles Sinn ergab. Er grinste schließlich, wenn auch ein wenig zögerlich, pinselte wieder an seinem Ohr und das Eis war gebrochen. Wir setzten uns alle hin, während der Schnee draußen weiter fiel, und das

Zimmer erfüllte sich mit einem wohligen Gefühl von Wärme und Gemeinschaft. Es war einer dieser Momente, die man nie vergisst – eine Mischung aus kindlicher Unschuld und dem beginnenden Verständnis für die kleinen Absurditäten des Lebens.

Die Worte des Gedichts schwebten noch eine Weile in der Luft, und es dauerte nicht lange, bis ich versuchte, eigene Reime zu erfinden, die genauso wenig Sinn ergaben. Bald schon war das ganze Zimmer erfüllt von Gelächter, während wir uns immer wildere und verrücktere Szenen ausdachten. Der Winterabend, der mit so viel Ruhe begonnen hatte, endete in einem ausgelassenen Durcheinander aus Lachen und Unsinn – genau das, was wir an einem verschneiten Abend in Sattelbogen brauchten. Mutter brachte das Abendessen. Stullen belegt mit Käse, Wurst und Schmalz. Anschließend zähne Putzen und ab ins Bett. Sohni versuchte in der Dunkelheit unseres Zimmers den Reim zu wiederholen, schlief mit der Zeit jedoch immer leiser und abgehackter sprechend ein, ehe auch ich einschlief.

Heiligabend rückte unaufhaltsam näher, und in den Stuben machte sich eine leise, aber spürbare Aufregung breit. Überall raschelte es, wenn Geschenkpapier ausgerollt und in sorgfältige Falten gelegt wurde. Das warme Licht der Kerzen flackerte sanft auf den glänzenden Bändern, die liebevoll um die Pakete gebunden wurden. In der Luft lag der Duft von frischem Tannengrün und Plätzchen, die gerade aus dem Ofen kamen.

Und wie in jedem Jahr war die Vorfreude besonders groß, denn neben den Weihnachtsvorbereitungen gab es wie immer noch einen weiteren Anlass zum Feiern, Mutters Geburtstag. Jeder von uns hatte ein Geschenk für sie ausgesucht, das nun geheimnisvoll verpackt

254

werden musste. Während wir uns leise durch das Haus schlichen, um die Überraschung nicht zu verraten, erfüllte uns die Freude, ihr an diesem besonderen Tag eine doppelte Freude bereiten zu können.

Am Heiligen Abend, nachdem das letzte Krümelchen des Frühstücks verspeist war, kam Vater mit einem schelmischen Grinsen ins Zimmer. „So, ihr Rabauken, raus mit euch! Der Weihnachtsmann kann seine Arbeit nicht erledigen, wenn ihr hier herumlungert!" Mutter nickte zustimmend, während sie Mausi auf den Arm nahm. Sie war mit ihren drei Jahren noch zu klein, um mit uns loszuziehen, und blieb deshalb bei den Eltern, während wir, die großen Kinder, in die verschneite Winterwelt hinausgeschickt wurden.

Sohni war einen Monat vor seinem Siebten Geburtstag und noch voller kindlicher Unschuld und Begeisterung. Püppi, die mit ihren neun Jahren schon etwas ernster war, schien die Aufregung förmlich in der Luft zu spüren. Ich, zwölf Jahre alt, fühlte mich in der Mitte, zwischen den Kleineren, die noch von der Magie des Weihnachtsmanns träumten, und Roland, meinem vierzehnjährigen Bruder, der mit einem Fuß schon in der Welt der Erwachsenen stand, aber trotzdem nicht auf das Abenteuer verzichten wollte.

Ich zog meine braune Cordjacke an, die mich warmhielt, während ich meine weinrote Pudelmütze tief in die Stirn zog. Der Schal blieb diesmal im Schrank, denn mein brauner Rollkragenpullover reichte aus, um meinen Hals zu schützen. Alles an mir war braun – von der Jacke über die gefütterten Lederstiefel bis hin zu den Fünf-Finger-Handschuhen. Wir sahen aus wie eine kleine Armee, bereit, die verschneiten Hügel zu erobern.

Gemeinsam zogen wir los, durch den tiefen Schnee, der unter unseren Füßen knirschte. Der Himmel war grau, und es schneite unaufhörlich, die Flocken fielen in großen, dichten Schwaden. Wir bestiegen einen kleinen Hügel, und auf der anderen Seite ließen wir uns den Hang hinunterrollen, bis wir lachend im Schnee landeten. Die Kälte war uns egal, denn die Freude über das Spiel wärmte uns von innen.

Im Wald fanden wir eine Lichtung, die perfekt für unser nächstes Abenteuer war. Dort begannen wir, einen riesigen Schneemann zu bauen, der bald über uns thronte wie ein stummer Wächter der verschneiten Landschaft. Nachdem unser Schneemann stolz und groß dastand, starteten wir eine wilde Schneeballschlacht. Schneebälle flogen in alle Richtungen, und unsere Rufe hallten durch den stillen Wald, bis wir erschöpft ins Weiß sanken. Schließlich spielten wir Verstecken zwischen den hohen, verschneiten Bäumen, wobei das Knirschen unserer Schritte im Schnee das einzige verräterische Geräusch war.

Doch wie alle schönen Dinge, musste auch dieser Nachmittag ein Ende finden. Roland, der Älteste, schaute auf seine Uhr und rief uns zusammen: „Es wird Zeit, nach Hause zu gehen. Es ist schon vierzehn Uhr!" Wir folgten ihm, durch den immer dichter werdenden Schneefall, doch bald merkten wir, dass etwas nicht stimmte. Der Wald, der uns eben noch so vertraut war, schien plötzlich fremd und undurchdringlich. Als wir auf unseren Schneemann trafen, den wir schon eine Stunde zuvor gebaut hatten, wussten wir, dass wir uns verlaufen hatten.

Sohni, müde vom vielen Laufen, konnte nicht mehr weiter. Roland und ich trugen ihn abwechselnd auf unseren Schultern, doch die Erschöpfung nagte an uns allen. Die Zeit verging, und wir liefen weiter im Kreis, bis wir erneut an unserem Schneemann vorbeikamen. Es war mittlerweile sechzehn Uhr, und die Dunkelheit legte sich langsam über den Wald. Püppi, die tapfer versucht hatte, nicht zu weinen, konnte ihre Tränen schließlich nicht mehr zurückhalten. Die Angst kroch in uns alle hinein, und die Kälte wurde schneidend. Roland und ich gerieten in einen hitzigen Streit darüber, welcher Weg der richtige sei. Doch die Wahrheit war, dass keiner von uns eine Ahnung hatte. Püppi schluchzte leise vor sich hin, und Sohni war zu müde, um noch irgendetwas zu sagen. Inmitten der Dunkelheit und der Verzweiflung kam mir eine verrückte Idee. „Lasst das Schicksal entscheiden", schlug ich vor. „Ich werfe einen Handschuh in die Luft, und in die Richtung, in die der Zeigefinger zeigt, gehen wir."

Alle stimmten zu, auch wenn wir wussten, wie absurd es klang. Ich nahm meinen Handschuh ab und warf ihn so hoch, wie ich konnte. Doch anstatt auf den Boden zu fallen, blieb der Handschuh an einem vertrockneten Ast hängen, der Zeigefinger zeigte geradewegs zu Boden. Wir standen wie angewurzelt da, schauten uns an und wussten nicht, ob wir lachen oder weinen sollten.

In diesem Moment, als die Verzweiflung uns fast überwältigte, beschloss ich, den Clown zu spielen, um die Stimmung zu heben. Ich krempelte meine Pudelmütze hoch, tanzte im Kreis und zog Grimassen. Für einen kurzen Augenblick vergaßen Püppi und Sohni ihre Angst und lachten leise mit, doch Roland blieb ernst. Das Lachen verklang schnell, als plötzlich unser Vater aus dem dunklen Wald trat.

Er hatte sich auf die Suche nach uns gemacht, nachdem wir längst hätten zurück sein sollen. Ohne ein Wort gab er mir eine leichte Schelle hinten an den Kopf – nicht aus Wut, sondern aus Sorge und Erleichterung. „Das ist nicht die Zeit für Scherze", sagte er ernst, aber auch mit einem Hauch von Erleichterung in der Stimme. Ich verstand ihn, auch wenn ich nur versucht hatte, die Angst meiner Geschwister zu vertreiben.

Vater führte uns sicher zurück nach Hause, und der Weg, der uns so endlos erschienen war, dauerte mit ihm an der Spitze keine zwanzig Minuten. Als wir endlich wieder das warme Licht der Lichterketten an unserem Ferienhaus sahen, war es, als fielen die letzten Reste unserer Angst von uns ab. Trotz der Erschöpfung und der Erlebnisse des Tages spürten wir eine tiefe Dankbarkeit – für unsere Familie, für das Zusammensein und für den schützenden Arm unseres Vaters, der uns sicher nach Hause geführt hatte. Ich sagte noch zu Roland: „Siehste, der Handschuh deutete darauf hin, dass wir an dem Platz bleiben sollten."

Eine Woche später, an Silvester, feierten wir den Jahreswechsel in Sattelbogen mit ausgelassenen Knallen. Die letzte Nacht des Jahres verabschiedeten wir mit funkelnden Raketen und bunten Böllern, die den Himmel über dem verschneiten Feriendorf erhellten. Wir jagten das alte Jahr zum Teufel.

1973

Der Winterurlaub neigte sich dem Ende zu, und es war an der Zeit, sich von der Idylle des Bayerischen Waldes zu verabschieden. Wir packten unsere 107 Sachen, die uns in der Ferienzeit begleitet hatten, und verstauten sie sorgfältig im grünen Ford 17M, unserem treuen Familienwagen. Während die Droschke langsam durch die verschneiten Straßen rollte, verabschiedeten wir uns mit einem letzten Blick auf die glitzernde Winterlandschaft und machten uns auf den Heimweg nach Berlin.

Der Winterurlaub war vorbei, und der Alltag kehrte zurück. Während die letzten Spuren des Schnees vor den Häusern schmolzen, packte ich meine Schulsachen für den ersten Tag nach den Ferien. Der Gedanke, die mir vertrauten Gesichter meiner Mitschüler und Lehrer wiederzusehen, erfüllte mich mit einer seltsamen Mischung aus Vorfreude und Routine. Die vertrauten Geräusche des Schulhofs, das Kichern in den Gängen und das Murmeln während des Unterrichts – all das wartete auf mich. Ein Hauch von Neugier lag in der Luft. Was hatten die anderen in den Ferien erlebt, und was würde uns in den kommenden Wochen erwarten? Mit einem letzten Blick aus dem Fenster, wo die kahlen Bäume in der kalten Morgenluft zitterten, zog ich meine Jacke an und machte mich zu Fuß auf der Weg zur Schule. Die alte Leier konnte beginnen.

259

Im Frühjahr 1973 wurde unser geliebtes Feld hinter dem Garten unwiderruflich verändert. Mit dröhnenden Motoren rückten die Bagger an und rissen das vertraute Dickicht nieder. Unser Land, einst ein Schauplatz unzähliger Abenteuer, wurde zu einem riesigen Wall zusammengeschoben, der sich bedrohlich an unseren Gartenzaun lehnte. Es fühlte sich an, als würde die Natur selbst zurückweichen vor dem, was kommen sollte.

Bald erfuhren wir, dass auf den freien Feldern rund um unsere Siedlung eine neue Häuserreihe entstehen sollte. Die Nachricht traf uns wie ein Donnerschlag. Dieses Feld war unser Spielplatz gewesen, ein Reich ohne Grenzen, das wir mit unseren Fantasien gefüllt hatten. Hier hatten wir Höhlen im Gestrüpp gebaut, Verstecken gespielt und die Zeit vergessen.

Doch Stück für Stück verschwand unser Paradies.

Zuerst fielen die vielen Birken, die sich nahe dem Grenzstreifen nach dem Mauerbau, wie von selbst hier angesiedelt hatten. Ihr silbrigweißes Rindenspiel war ein vertrauter Anblick, und ihre Wipfel ragten stolz in den Himmel, als ob sie Wache über unser Feld hielten. Mit jedem Hieb der Motorsägen erzitterte die Erde, und die schlanken Bäume, die schon eine beachtliche Höhe erreicht hatten, stürzten einer nach dem anderen zu Boden. Das Knirschen des Holzes war wie ein Klageruf, der sich durch die klare Frühlingsluft zog.

Danach wandten sich die Bagger den Büschen und hohen Gräsern zu, die uns einst so viele Versteckmöglichkeiten geboten hatten. Die grünen Dickichte, in denen wir uns mit klopfendem Herzen vor den anderen versteckt hatten, wurden in einem brutalen Akt der Zerstörung niedergewalzt. Wo einst Schmetterlinge flatterten und Vögel zwitscherten, blieben nur kahle Flächen aus braunem, zertrampeltem Boden zurück.

Die Geräusche der Maschinen waren unerbittlich, und der süße Duft des zermahlenen Grüns, der in der Luft lag, fühlte sich wie ein Abschied an. Jeder Haufen entwurzelter Büsche und zertrümmerter Äste war ein weiterer Verlust, ein weiterer Teil unseres Reichs, das uns für immer entrissen wurde. Dieses Feld, das uns gehört hatte – den Kindern, den Träumern – wurde Stück für Stück seiner Magie beraubt, bis nichts mehr übrig war als eine leere Fläche, bereit für die neuen Häuser, die kommen sollten.

Schließlich blieb nur noch der Wall aus Sand und Geröll, ein trostloser Hügel, der unsere Aussicht auf das was dahinter geschah versperrte.

Unser hinteres Gartentor, einst das Tor zu einem grenzenlosen Abenteuerland, führte nun ins Nichts. Das wilde Feld, das uns unzählige Geschichten geschenkt hatte, wurde begraben unter den Plänen der Stadt. Die Freiheit, die wir dort gespürt hatten, wurde gegen das Versprechen von Ordnung und Wohnraum eingetauscht. Und wir, die Kinder, die das Feld einst zum Leben erweckt hatten, blieben mit der Leere zurück, die kein Ersatz jemals füllen konnte. Das Ende einer Abenteuerwelt.

Zu Ostern stand die Versetzung in die 8. Klasse an. Es war ein Meilenstein, der von den Erwachsenen mit bedeutungsschwerem Stolz betrachtet wurde, doch für mich fühlte es sich eher wie das nächste Kapitel eines endlosen Buches an. Längst war ich kein Einser-Schüler mehr, und das spiegelte sich auch in meinem Zeugnis wider. Mit einem Durchschnitt von 3,0 bewegte ich mich im Mittelfeld – unauffällig, weder besonders gut noch alarmierend schlecht.

Was ich bisher nicht erwähnt habe. Auch hier hatte meine Mutter eine Entscheidung für mich getroffen, die mir wie ein Stein im Schuh blieb. Ohne mich zu fragen, meldete sie mich zum Lateinunterricht an. Die Sprache der alten Römer, von so vielen als Grundlage für Bildung und Kultur gepriesen, war für mich nichts weiter als eine Last.

Das ständige Deklinieren von Substantiven, das Trockenüben grammatischer Konstruktionen und das endlose Pauken von Vokabeln – es war, als würde man meine junge Seele in Ketten legen. Während meine Gedanken nach Abenteuern und Freiheiten strebten, zog mich dieses Fach immer wieder zurück in eine graue Welt aus Tabellen, Regeln und endlosem Auswendiglernen.

Ich saß oft vor meinen Heften, die lateinischen Worte vor mir, und fühlte eine tiefe Abneigung. Nicht, weil ich nicht lernen wollte, sondern weil alles daran so trocken, so leblos war. Es fehlte die Lebendigkeit, die ich in anderen Dingen fand, in Sport, in der Natur oder in den Momenten, die ich mit Freunden verbrachte. Latein war wie ein dunkler Schatten, der sich über meine Schulzeit legte – ein Pflichtfach, das ich widerwillig ertrug, ohne je einen wirklichen Zugang dazu zu finden.

Noch in den Osterferien machten wir uns auf den Weg nach Neuenhagen, um Tante Helga, die ältere Schwester meines Vaters, zu besuchen. Es war ein besonderes Treffen, nicht nur wegen der Einreise in die DDR, sondern auch weil Onkel Achim, ein weiterer Bruder meines Vaters, mit seiner Frau Tante Elfriede, aus Manschnow anreiste.

Er brachte seinen Sohn Thomas mit, den zweiten Thomas, der großen Familie.

Das alte Haus, ein charmantes Relikt aus den Zwanzigerjahren, trug noch immer die Geschichte unserer Familie in seinen Mauern. Opa Paul hatte es nach der Flucht aus Preußen erworben, und nun war es das Zuhause von Tante Helga, ihrem Mann und meiner Cousine Netti. Das Grundstück war weitläufig und wirkte fast wie ein kleiner Park. Hohe Eichen und schlanke Tannen rahmten den Garten ein, doch seltsam war es schon. Obwohl die Adresse „Unter den Ulmen" lautete, fand sich keine einzige Ulme auf dem Grundstück.

Als wir Kinder mit Netti durch die Gegend streiften, klärte sich dieses Rätsel auf. Rechts und links der sandigen Straße, die vor dem Haus entlangführte, standen vereinzelt üppige, grüne Ulmen, die der Straße wohl einst ihren Namen gegeben hatten. Wir liefen durch das Viertel, lachten und erzählten uns Geschichten, während die Zeit wie im Flug verging.

Der Nachmittag verging mit Osterfreuden, bei denen Vater selbstgebastelte Ostereier verteilte. Jedes Ei war ein kleines Kunstwerk, und dazu gab es weitere kostbare Geschenke, die in der Familie weitergereicht wurden. Die Stimmung war heiter, doch wie immer lag ein Hauch von Abschied in der Luft.

Bevor wir gingen, versammelten wir uns im Garten für ein Familienfoto. Es war ein besonderer Moment, den wir festhalten wollten. Vater, Tante Helga, Tante Elfriede, Onkel Achim, Netti, Thomas und Thomas, Püppi, Mausi und ich – alle standen wir zusammen. Sohni, mein kleiner Bruder, hatte im Garten ein paar Blümchen gepflückt und hielt sie stolz in die Kamera, sein Gesicht von einem schelmischen Grinsen erhellt.

Doch die Uhr tickte unaufhaltsam, und es wurde Zeit, aufzubrechen. Die Abschiede waren tränenreich, wie immer. Unser Visum war auf einen einzigen Tag begrenzt, und wir mussten spätestens um Mitternacht die Grenze in den Westen passieren. Während wir uns auf den Heimweg machten, blickte ich ein letztes Mal zurück auf das alte Haus und die Erinnerungen, die wir an diesem Tag geschaffen hatten – ein kostbarer Moment in einer schnelllebigen Welt.

Nach unserem letzten Besuch bei Tante Helga änderte sich die Familienroutine spürbar. Statt in das etwas entferntere Neuenhagen zu reisen, zog es uns nun häufiger zu Onkel Bernd nach Großziethen. Es war einfach praktischer: Großziethen lag nur zwanzig Minuten von unserem Wohnort entfernt, direkt hinter der damaligen Grenze im sogenannten "Ostsektor." Diese Nähe machte Besuche nicht nur zeitsparender, sondern auch stressfreier – zumindest im Vergleich zur Reise zu Tante Helga.

Die Einreise in die DDR war stets eine zeitlich begrenzte Angelegenheit, bei der man sorgfältig planen musste. Schon die Fahrtzeit von etwa zwei Stunden zu Tante Helga war ein spürbarer Faktor, der uns abschreckte, denn mit den Grenzkontrollen wurde die Reise oft noch länger. Die Laune der Grenzer war unberechenbar. Mal verlief alles reibungslos, mal zogen sich die Kontrollen quälend in die Länge. Es war keine Seltenheit, dass wir eine Stunde oder mehr an der Grenze verbrachten, während unser Fahrzeug auf Schmuggelware durchkämmt wurde.

Die Grenzer suchten vor allem nach begehrten Gütern aus dem Westen, die im Osten schwer oder gar nicht erhältlich waren: Strumpfhosen, Kaffee, Schokolade und viele andere Kleinigkeiten, die bei uns alltäglich schienen, dort aber Luxus waren. Offiziell durfte man solche Dinge in Maßen mitbringen, aber was "Maß" bedeutete, lag ganz im Ermessen der Kontrolleure. War es ihnen zu viel, wurde die Ware ohne große Diskussion beschlagnahmt. Einen Beleg gab es natürlich nicht – man durfte die Fahrt einfach fortsetzen, um eine Lektion reicher.

Großziethen hingegen war ein kurzer Abstecher, der uns diese Unannehmlichkeiten zumindest in erträglichem Rahmen hielt. Onkel Bernd freute sich immer über unseren Besuch, und so fuhren wir bestimmt zwei Mal im Jahr zu ihm. Sein Haus war groß, gemütlich, und die Treffen waren von einer entspannten Herzlichkeit geprägt. Der nahe gelegene Garten, die Gespräche bei Kaffee und Kuchen und das Gefühl, trotz der politischen Barrieren Familie zu bleiben, machten diese Besuche zu etwas Besonderem.

Auch wenn wir Tante Helga nicht mehr sahen, wurden die Besuche bei Onkel Bernd ein fester Bestandteil unserer Familienrituale. Vielleicht lag es nicht nur an der Nähe, sondern auch daran, dass der Alltag uns manchmal lehrte, pragmatische Entscheidungen zu treffen – selbst, wenn es bedeutete, auf einen weiteren Weg und liebgewonnene Orte zu verzichten.

Die Zeit in Berlin begann sich merklich zu wandeln. Auf den Straßen wurde es bunter, lebendiger – fast so, als hätte die Stadt beschlossen, aus ihrem grauen Mantel herauszutreten. Plötzlich fuhren überall farbenfrohe BVG-Busse durch die Stadt, die sich von den bisher eher

265

schlichten Modellen deutlich abhoben. Besonders die neuen Zebra-Doppeldecker zogen die Aufmerksamkeit auf sich. Mit ihren schwarz-weiß gestreiften Designs wirkten sie wie lebendige Kunstwerke, die das monotone Stadtbild aufpeppten.

Doch nicht nur auf den Straßen tat sich etwas. Unter der Erde wurde in einem atemberaubenden Tempo am Ausbau des U-Bahn-Netzes gearbeitet. Gefühlt an jeder Ecke der Stadt standen riesige Baumaschinen, darunter besonders die gewaltigen Dampframmen. Mit ohrenbetäubendem Lärm hämmerten sie Stahlträger in den Boden, um die Tunnel zu stabilisieren. Der Lärm war allgegenwärtig – ein tiefes, durchdringendes Dröhnen, das sich mit den alltäglichen Geräuschen der Stadt vermischte und fast schon zum Soundtrack dieses Wandels wurde.

Für mich persönlich gab es jedoch noch etwas anderes, das diese Zeit prägte – und das war mindestens genauso verstörend wie die Geräuschkulisse der Dampframmen: *Der Junge mit der Mundharmonika* von Bernd Clüver. Der Song war plötzlich überall. Er wurde in der *Hitparade* vorgestellt und entwickelte sich schnell zu einem dieser Ohrwürmer, die man einfach nicht mehr loswird, egal wie sehr man es versucht.

Besonders schlimm wurde es während des Lateinunterrichts, der ohnehin schon eine Qual war. In den langweiligen Stunden, während ich versuchte, die trockenen Deklinationen und Grammatikregeln zu verstehen, schlich sich dieser Wurm immer wieder in meinen Kopf. Die Melodie drehte ihre Kreise, während ich versuchte, mich zu konzentrieren – ein Kampf, den ich meistens verlor. Es war, als ob Bernd

Clüver sich mit dem Lateinlehrer verbündet hätte, um meine Geduld auf die Probe zu stellen.

Berlin veränderte sich, keine Frage. Es war eine Stadt im Aufbruch, voller Lärm, Farbe und neuer Eindrücke. Doch in meinem Kopf blieb oft nur ein nerviger Refrain hängen, der mich durch den Alltag begleitete, warum sich gerade dieser Song festsetzte fand ich nie heraus. Ein unerwünschter Begleiter in einer aufregenden, aber auch anstrengenden Zeit.

An der Mauer malten Roland und ich ein Fußballtor auf, um zu üben. Vor allen Dingen übten wir flach zu schießen. Denn wenn wir in die Höhe schossen, die Mauer ist bestimmt drei Meter groß gewesen, war die Pille weg. Jedoch nicht für immer, denn nach vielleicht vier bis sechs Tagen schossen die Grenzer den Ball wieder zurück.

Eines Tages stellte sich mir mal ein großes persönliches Problem. Ich glaub es war kurz nach meinem dreizehnten Geburtstag, im Juni 1973. Meine Eltern schenkten mir die neuesten Fußballschuhe die es auf dem Markt gab und die sicher auch sehr teuer waren. Da ich mittlerweile im Verein erfolgreich kickte, brauchte ich gute Schuhe. Ich probierte die Töppen am nächsten Tag aus und trainierte mit meinem zwei Jahre älteren Bruder Roland, hinten bei uns auf dem Feld.

Doch erst schnell zu meiner Geburtstagfeier. Da ich Montag Geburtstag hatte, verschoben wir die Feier auf Samstag. Ich durfte die Klassenkameraden meine Tutcrengruppe samt Tutor Herrn Hüske einladen.

Der Tag meiner Geburtstagsfeier begann früh. Schon am Morgen strahlte die Sonne vom Himmel, und ein sanfter, warmer Wind ließ die Blätter der Obstbäume in unserem Garten flüstern. Unsere Blumenbeete waren in voller Blüte, und der Garten sah aus wie eine Oase der Farben. Vater war bereits seit dem frühen Vormittag damit beschäftigt, den riesigen gusseisernen Grill, den er selbst zusammengeschweißt hatte, im Garten zu positionieren. Mutter hatte einige Tische in Garten zusammengeschoben und mit einer festlichen, weißblauen Tischdecke gedeckt, auf der sich die weißen Porzellanteller im Sonnenlicht spiegelten.

Neben den Tellern und Besteckreihen standen auf den Tischen zwei große, gläserne Karaffen, die das Sonnenlicht funkelnd einfingen. Eine von ihnen war randvoll mit selbstgemachter Limonade, deren blassgelbe Flüssigkeit mit kleinen Zitronenscheiben und frischen Minzblättern verziert war. Die Limonade glitzerte verlockend, und die Minze schickte einen belebenden Duft in die warme Luft, der sich mit dem Aroma der Zitronen zu einer erfrischenden Mischung verband.

Die zweite Karaffe war mit einer tiefroten Erdbeerbowle gefüllt, die förmlich nach Sommer schmeckte. Große, saftige Erdbeeren, die erst vor wenigen Stunden im Garten gepflückt worden waren, schwammen in der Bowle und schimmerten wie rubinrote Edelsteine. Zwischen den Erdbeeren tanzten kleine Bläschen, die von der spritzigen Limonade stammten, die Mutter hinzugefügt hatte. Der Duft der frischen Erdbeeren vermischte sich mit einem Hauch von Minze und einem leichten Zitrusduft, sodass die Bowle nicht nur ein Genuss für die Augen war, sondern auch die Sinne verführte.

Ich kam in die Nähe der Karaffen, und wurde von dem süßen, fruchtigen Aroma angelockt und konnte kaum widerstehen, mir ein Glas zur Probe einzuschenken. Das Plätschern der Flüssigkeit, wenn ich die Karaffe geneigt hatte, klang wie ein Versprechen auf pure Erfrischung, und der erste Schluck bestätigte das: Die Limonade war kühl und erfrischend, während die Erdbeerbowle mit ihrer feinen Süße und den frischen Früchten einen Hauch von Luxus in diesen sonnigen Nachmittag brachte.

Gegen 16 Uhr trudelten die ersten Gäste ein. Meine Klassenkameraden, die ich eingeladen hatte, kamen in kleinen Gruppen, lachten und waren voller Vorfreude. Es war eine bunte Mischung, und man hörte überall fröhliche Stimmen, während sie den Garten erkundeten. Einige Jungen begannen sofort einen improvisierten Fußballplatz auf der Wiese einzurichten, während andere sich den Bäumen näherten und bald wie Eichhörnchen in den Ästen herumkletterten.

Dann kamen sie, die vier Superheldinnen. Schon von Weitem sah ich Carola und Petra, die sich untergehakt dem Garten näherten, gefolgt von Birgit und statt Sabine, Esther. Sie wirkten wie ein eingespieltes Team, ihre Präsenz war so stark, dass sie fast die ganze Atmosphäre des Gartens veränderten. Carola, mit ihrer dunkelhaarigen Mähne, die im Sonnenlicht glänzte, führte die Gruppe an. Neben ihr strahlte Petra, fast genauso groß, mit ihrem blonden Haar, das im Wind wehte. Birgit, die Brünette, lächelte breit, während Esther, direkt auf meinen Vater zusteuerte, der am Grill stand.

Die vier gingen schnurstracks zu ihm, und es dauerte nicht lange, bis sie in ein lebhaftes Gespräch vertieft waren. Vater, der sonst oft eher zurückhaltend war, schien sichtlich erfreut über die Gesellschaft der vier Mädchen. Seine Augen leuchteten, als er ihnen die ersten Bratwürste auf Brötchen servierte. Carola nahm als Erste eine Wurst,

269

schmierte mit einer eleganten Bewegung Senf darauf und biss vorsichtig hinein. Ihr Gesicht zeigte erst eine leichte Überraschung, dann ein zufriedenes Lächeln – die Bratwürste waren offensichtlich ein voller Erfolg.

Als Torsten, der das bemerkte, laut verkündete, dass die Bratwürste fertig seien, setzte sich eine lange Schlange von hungrigen Gästen vor dem Grill in Bewegung. Die Luft war erfüllt von dem köstlichen Geruch von gegrilltem Fleisch, und das Brutzeln der Würste vermischte sich mit dem Lachen und Rufen der Jugendlichen. Selbst die Vögel in den Bäumen schienen einen Moment innezuhalten, um diesen verlockenden Duft aufzunehmen.

Esther nahm Mausi, meine kleine Schwester, auf den Arm und ging mit Ihr zu den zusammengestellten Gartentischen. Esther sprach mit Mausi in einem sanften, beruhigenden Ton, der ihrer Art entsprach. Sie teilte ihre Wurst mit Mausi und lächelte, als meine kleine Schwester zufrieden in das Brötchen biss. Es war ein Anblick, der mich tief berührte. Esther hätte eine wunderbare große Schwester abgegeben, dachte ich mir, während ich sie beobachtete.

Als schließlich alle gesättigt waren, begannen sich kleine Gruppen zu bilden. Die Gespräche wurden intensiver, und besonders Interessierten diskutierten über die Mauer, die man von unserem Garten aus sehen konnte. Es war ein Thema, das immer wieder aufkam und das für uns alle irgendwie beängstigend und faszinierend zugleich war. Vater hatte vorsichtshalber ein Kettenschloss an unsere hintere Gartentür angebracht, denn er wollte nicht, dass einer meiner Klassenkameraden aus Neugierde in Richtung der Mauer abdriftete.

Zwischendurch servierte Mutter ihre berühmten Kuchen. Den Käsekuchen mit goldgelber Kruste sowie meine absolute Lieblingskäsesahnetorte, die so leicht und luftig war, dass sie auf der Zunge zerging. Jeder nahm sich ein Stück, und bald hörte man nur noch das Klirren der Löffel auf den Tellern und das leise, zufriedene Murren der Gäste, die die Süßspeisen genossen.

Gegen 19 Uhr begannen die ersten Gäste, sich zu verabschieden. Auch die vier Supermädchen machten sich bereit zu gehen. Doch bevor sie den Garten verließen, kam jede von ihnen noch einmal zu meinem Vater, küsste ihn leicht auf die Wange und bedankte sich für die köstlichen Bratwürste. Es war eine rührende Szene, und ich konnte sehen, wie stolz und zugleich verlegen Vater auf diese Geste reagierte. Esther verabschiedete sich von Mausi, nahm sie noch einmal in die Arme und redete mit ihr, bevor sie mich ebenfalls mit einem Kuss auf die Wange verabschiedete. Es war ein Moment, den ich nicht so schnell vergessen würde.

Ich begleitete die vier Mädchen noch bis zur Gartentür hinaus auf die Straße. Sie liefen nebeneinander, wie eine Einheit, und strahlten eine Selbstsicherheit aus, die es so aussehen ließ, als gehöre ihnen nicht nur die Straße, sondern die ganze Siedlung. Ich blieb noch einen Moment stehen und schaute ihnen nach, bis sie schließlich um die Ecke bogen und verschwanden.

Bis halb acht war der Garten wieder leer. Die die ersten Grillen begannen ihr abendliches Konzert. Ich begann, das Besteck und Geschirr zusammenzusammeln und brachte es in die Küche. Vater, der seinen Grill säuberte, schaute zufrieden drein. Mutter half mir beim Abtrocknen, und wir sprachen über die Feier, über meine Freunde und natürlich über die vier Superheldinnen. Es war ein wunderbarer Geburtstag gewesen, einer, an den ich mich immer erinnern würde.

Es war ein sonniger Sonntagvormittag, der Himmel strahlend blau, und die Luft roch nach frisch gemähtem Gras. Roland und ich waren früh aufgestanden, voller Vorfreude auf unser kleines Fußballspiel auf dem Hundeplatz, der neben dem inzwischen gerodeten Feld hinter unserem Garten an der Berliner Mauer grenzte. Der Boden war hart und trocken, die ideale Unterlage für die neuen Fußballschuhe, die ich vor wenigen Tagen zum Geburtstag geschenkt bekommen hatte. Diese Schuhe, so dachte ich, würden mir zum Ruhm verhelfen, zumindest in unserer kleinen Mannschaft vom TSV Rudow.

Roland stellte sich, wie so oft, ins Tor. Die Mauer auf der wir ein Tor gemalt hatten fing meine flachen Schüsse ab, wenn sie Roland nicht hielt. Ich nahm Anlauf, der Ball flog hart und flach, direkt auf Roland zu. Doch anstatt den Ball direkt zu fangen, ließ er ihn absichtlich abprallen, wohl um den Ball noch spannender für den nächsten Schuss zu machen. Doch der eigentliche Clou kam erst danach. Mit meinem nächsten Schuss passierte es. Ein perfekter Vollspannstoß. Der Ball flog über die Mauer, doch in der Wucht des Schusses spürte ich, wie mein rechter Schuh den Fuß verließ. Ich sah in Zeitlupe, wie er elegant durch die Luft segelte, höher und höher, bis er auch die Mauer überquerte und auf der anderen Seite verschwand. Roland stand im Tor wie versteinert, seine Augen waren so groß wie Untertassen.

„Hast du das gesehen?", rief ich aufgeregt und gleichzeitig verzweifelt. „Mein Schuh! Er ist einfach weg!"

272

Roland konnte nur nicken, sprachlos vor Überraschung. „Das ist wirklich schlecht", murmelte er schließlich. „Und nächste Woche das entscheidende Spiel!"

Ich stand da, nur noch mit einer Socke an meinem rechten Fuß, und starrte auf die Mauer. Die Realität der Situation traf mich wie ein Schlag in den Magen. Mein neuer Schuh war auf der anderen Seite, und es gab keine Möglichkeit, ihn zurückzubekommen. Die Grenzposten hatten schon oft Bälle zurückgeworfen, aber Schuhe? Das war eine andere Geschichte. Und selbst wenn sie den Schuh sehen würden – was, wenn sie ihn einfach behielten? Vielleicht war es verboten, Dinge zurückzuwerfen, oder vielleicht kümmerten sie sich einfach nicht darum.

„Was mache ich jetzt?", fragte ich verzweifelt und trat unruhig auf der Stelle. Die Socke auf meinem rechten Fuß war schon dreckig, und ich konnte nicht aufhören daran zu denken, wie Vater reagieren würde, wenn ich ihm die Geschichte erzählte, da krieg ich bestimmt eine volle Maulschelle gegen meinen Kopp und hab wieder ein schmervolles Testbild im Hirn.

Roland zuckte mit den Schultern. „Vielleicht kannst du einen Grenzer nett bitten? Aber das ist verdammt gefährlich. Die schießen doch auf alles, was sich der Mauer nähert."

Wir standen beide eine Weile schweigend da, die Mauer vor uns wie ein stummer Wächter. Es war, als ob die Zeit stehen geblieben wäre. Die Geräusche des Alltags drangen kaum zu uns durch – nur das leise Flattern eines Vogels, der hoch oben kreiste, und das entfernte Brummen eines Autos waren zu hören.

Ich trat noch näher an die Mauer heran, legte meine Hand auf das kalte, raue Beton, als könnte ich dadurch irgendwie Kontakt mit meinem verlorenen Schuh aufnehmen. Nur ein Meter – so nah und doch unerreichbar. Es fühlte sich an, als hätte ich ein Stück von mir selbst auf der anderen Seite verloren.

„Was mache ich nur?" Die Verzweiflung kroch in mir hoch. Die Mauer war nicht nur eine physische Barriere, sie war ein Symbol für all das, was uns voneinander trennte – eine Welt, die unerreichbar war, genauso wie mein Schuh jetzt.

„Vielleicht…", begann Roland zögernd, „vielleicht können wir jemanden fragen, der drüben näher an der Grenze wohnt. Vielleicht kennt er einen Weg…"

Frag doch Onkel Bernd, vielleicht kennt der einen Grenzer." " Ich brauch den Schuh bis nächste Woche zum Spiel, erwiderte ich unruhig."

Aber ich wusste, dass es aussichtslos war. „Vergiss es", sagte ich schließlich und trat zurück. „Ich werde nie an diesen Schuh kommen."

Das war der Moment, in dem ich die Härte der Realität in unserem geteilten Land so richtig spürte. Es ging nicht nur um einen Schuh – es war die Erkenntnis, dass manche Dinge einfach unerreichbar bleiben würden. Und dieser Schuh, der für einen Moment die Freiheit gekostet hatte, war nun für immer auf der anderen Seite.

Es war Sonntagmittag. Mutter und Vater waren mit den kleinen bei Onkel Hansi in der Bergmannstrasse und vor 18/19 Uhr ist der Rest der Familie nicht zurück, wir hatten noch Zeit uns etwas zu überlegen.

Doch Roland, immer der clevere von uns beiden, hatte plötzlich einen Geistesblitz. „Warte mal", sagte er und seine Augen begannen verdächtig zu funkeln. „Ich habe eine Idee."

Ohne eine weitere Erklärung rannte er los zu unserem Garten und verschwand hinter dem Schuppen. Ich stand unschlüssig da und sah ihm nach, unsicher, was er vorhatte. Kurz darauf tauchte er wieder auf – in den Händen hielt er Vadderns selbstgebaute Holzleiter, die normalerweise für das Pflücken von Obst verwendet wurde. „Das wird funktionieren", rief er, während er die schwere Leiter mühsam über das Feld zwischen Mauer und altem Grenzzaun im Niemandsland schleppte.

„Bist du verrückt?", fragte ich, während ich ihm half, die Leiter an die Mauer zu lehnen. Der Moment war gekommen. „Los klettere hoch", flüsterte er.

Ich stieg hinauf, mein Herz schlug schneller, als ich die ersten Stufen der Leiter erklomm. Jeder Schritt fühlte sich an, als würde er mich nicht nur der Mauer, sondern auch einem unausweichlichen Schicksal näherbringen. Als ich den oberen Rand der Mauer erreichte, hielt ich inne. Meine Hände umklammerten die Sprossen, und ich spürte, wie die Angst mir die Kehle zuschnürte. Der Gedanke daran, was auf der anderen Seite der Mauer auf mich warten könnte, ließ mich frösteln. Ich schaute zu Roland runter und sagte:

„Ich kann das nicht", flüsterte ich und schaute ängstlich zu Roland hinunter. „Die schießen mir die Rübe ab."

Roland schüttelte den Kopf und versuchte, meine Angst mit einem schiefen Lächeln wegzuwischen. „Quatsch, die schießen nicht auf kleine Berliner Jungs." Seine Stimme klang beruhigend, aber auch ein

275

wenig drängend. „Nu mach schon, bevor uns einer sieht. Du willst doch deinen Schuh wiederhaben, oder?"

Ich wusste, dass er recht hatte, aber es war schwer, diese lähmende Angst zu überwinden. Ich atmete tief durch und zwang mich, die Hände vom Rand der Mauer zu lösen, um weiter hochzuklettern. Langsam schob ich mich nach oben, bis mein Kopf fast über den Rand lugte. Die Luft war kühl, und ein leichter Wind wehte. Die Mauer ragte vor mir auf, kalt und abweisend, wie ein stummer Zeuge der geteilten Welt. Es war nicht leicht, einen geeigneten Halt zu finden. Ein Betonrohr, das oben auf der Mauer befestigt war, erschwerte das Übersteigen zusätzlich. Ich spürte, wie der Puls in meinen Ohren hämmerte, während ich mich mit aller Kraft hochzog, die Kälte des Rohres unter meinen Fingern fühlte und mich vorsichtig in eine Position brachte, um einen Blick auf die andere Seite zu erhaschen.

Für einen Moment blieb ich reglos, mein Atem ging flach, während ich mich fragte, ob dies der Moment war, in dem ich mein Leben riskierte – alles für einen Schuh. Doch der Gedanke daran, dass mein Vater und meine Mutter mich mal wieder verprügeln würden, ließ mich weiter machen.

„Siehst du was?", rief Roland von unten.

Als ich endlich den Mut fand und weiter vorsichtig über den Rand der Mauer blickte, weitete sich die Welt auf der anderen Seite wie ein trostloses, bedrohliches Panorama vor mir aus. Das, was ich sah, unterschied sich so sehr von unserem kleinen Fußballfeld, dass es mir den Atem stocken ließ.

Vor mir lag eine karge, fast schon gespenstisch wirkende menschenleere Landschaft. Der Boden war sauber geharkt, als wäre er täglich gepflegt, um jedes Anzeichen von Leben im Keim zu ersticken. Das war also der Grenzstreifen, der sauber und leer wirkte, fast so, als wäre er absichtlich so gehalten, um jeden Schritt, jeden Abdruck sofort sichtbar zu machen.

Ein Stück weiter hinten sah ich die stählernen, bedrohlich wirkenden Panzersperren, die wie stumme Wächter den Grenzbereich zusätzlich absicherten. Dahinter erstreckte sich eine Kontrollstraße, die geteert war und die Wachtürme der DDR miteinander verband. Hinter der Straße verliefen hohe, unüberwindbaren Stromzäune, die mit ihren bedrohlichen Stacheldrahtrollen wie gefährliche Schlangen aussahen. Es war ein unheimliches Bild – kalt, unbarmherzig und so völlig anders als die belebten Straßen, die wir kannten.

Neben den Zäunen, fast unscheinbar, standen kleine Hundehütten, einige leer, andere mit Hunden besetzt, die wachsam das Gelände überwachten. Ein Schäferhund, der in einiger Entfernung direkt am Grenzzaun angebunden war, schien tief zu schlafen, sein Körper war ausgestreckt, seine Augen geschlossen. Doch plötzlich, als wäre er durch eine unsichtbare Präsenz geweckt worden, öffnete er die Augen. Obwohl er bestimmt fünfzig Meter entfernt lag, spürte ich, wie sich unsere Blicke trafen.

Er hob seinen Kopf und spitzte die Ohren, die Aufmerksamkeit sofort auf mich gerichtet. Für einen Moment erstarrte ich, die Luft schien mir in der Kehle stecken zu bleiben. Es war, als ob die Zeit stehen geblieben wäre, als ob wir beide, der Hund und ich, in diesem Augenblick miteinander verbunden wären. Sein durchdringender Blick

277

ließ mich schaudern, und obwohl ich wusste, dass er mich nicht wirklich erreichen konnte, fühlte ich mich plötzlich unendlich ängstlich, er könnte aufspringen und laut bellen.

Links, weit in der Ferne, entdeckte ich einen Wachturm, und rechts, kaum zu erkennen, ragte ein weiterer Turm am Horizont auf. Sie standen wie mahnende Silhouetten, wachsam und allgegenwärtig. Doch ich beruhigte mich ein wenig, als mir klar wurde, dass ich von dort aus wahrscheinlich nicht gesehen werden konnte. „Die können doch meine kleine Rübe nicht sehen", dachte ich mir und versuchte, den rasenden Puls in meiner Brust zu ignorieren.

Doch der Schäferhund blieb wachsam, sein Blick unverwandt auf mich gerichtet. Ich konnte sehen, wie seine Muskeln angespannt waren, bereit, jeden Moment loszuspringen. Plötzlich war mir klar, dass dies kein Spiel mehr war. Die Grenze war nicht nur eine Mauer aus Beton – sie war lebendig, bewacht von Augen, die nichts entging.

Eine kurze Sekunde beugte ich meinen Kopf über die Mauer und sah den Schuh unmittelbar an der Rückwand der kahlen weißen Mauer liegen.

Panik besessen stieg ich die Leiter wieder hinab. „Und wenn ich drüben bin, wie komm ich da wieder zurück?"

Wir standen da und überlegten. „Stimmt", sagte Roland.

Es musste eine andere Lösung her. Wir legten die Leiter ins Feld, denn von der Straße vorn konnte man die Leiter sehen, auch wenn die Straße nicht oft befahren wurde, aber immerhin konnten ja jetzt die Amis kommen, die immer an der Westseite der Mauer Kontrollfahrten durchführten.

278

„Wir graben ein Loch unten durch", blitzte es in Roland auf. Somit trugen wir die Leiter zurück in den Garten und holten zwei Spaten und zwei Schippen. Zum Glück waren die Mauersegmente nicht tief in den Boden eingelassen, nach einer Stunde hatten wir ein Loch gegraben durch das mein Körper passte. Nun wollten wir den Abend abwarten, ehe ich in den Osten musste, um meinen Schuh zu holen. Wir gingen also zurück ins Haus. Vater und Mutter waren inzwischen mit den Kleinen zurückgekehrt. Sie hatten vor, noch zu Manne Unger zu gehen, einem Arbeitskollegen von Vaddern, der in der Nachbarsiedlung wohnte. Währenddessen lag es an uns, für unsere drei jüngeren Geschwister um halb acht das Abendbrot vorzubereiten. Nach dem Essen sollten wir die Lütten ins Bett bringen. Wir erinnerten sie daran, leise zu sein, denn wenn Mama und Papa wieder nach Hause kommen, würden sie sich darüber freuen, wenn es im Haus schön ruhig ist. Die Kleinen gehorchten. Sohni war tief versunken in sein Spiel mit den Autos, während Mausi und Püppi damit beschäftigt waren, sorgfältig die Haare ihrer Puppen zu kämmen. Die Ruhe, die sich über das Haus legte, war fast greifbar, als die Kinder in ihr Spiel vertieft waren.

Während die Dämmerung langsam über die grauen Häuser zog und das Licht in ein fahles Zwielicht verwandelte, schlichen wir uns leise zur Mauer. Jeder Schritt hallte in meinen Ohren wie ein Donnerschlag, und das pochende Adrenalin machte mir bewusst, dass ich noch nie in meinem Leben so viel Angst gehabt hatte. Mein Magen drehte sich um, und das kalte Gefühl kroch mir den Rücken hoch. Doch ich wusste, es gab keinen Weg zurück. Ich musste rüber. Die Grenze zwischen Ost und West – sie war mehr als nur eine physische

Barriere. Sie war das Symbol all dessen, was uns voneinander trennte, und dennoch zog sie uns magisch an.

Ohne weiter nachzudenken, zwängte ich mich durch das schmale gegrabene Loch unter der Mauer. Das Herz schlug mir bis zum Hals, doch zum Glück war der verlorene Schuh in Reichweite. Ich packte ihn mit zitternden Fingern, drückte ihn fest an mich und kroch hastig zurück. Es dauerte nur Sekunden, doch in meinem Kopf dehnten sich diese Sekunden zu einer Ewigkeit. Mein Herz hämmerte wild, und ich spürte, wie das Blut durch meine Halsschlagader schoss, als würde es gleich herausspritzen.

Als ich mich endlich auf die sichere Seite zurückzog, grinste Roland breit. Sein Stolz spiegelte sich in seinen Augen, und er klopfte mir auf die Schulter, als wäre ich ein Held aus einem Abenteuerroman. Doch ich konnte nur flach atmen und brachte kaum mehr als ein flüsterndes „Nie wieder!" hervor. Roland, unbeeindruckt von meiner Panik, fragte mich, ob ich unseren Ball gesehen hätte. Mein Blick schweifte umher, aber der Ball war in dem Moment das Letzte, woran ich denken konnte. Mein Kopf war viel zu voll mit den Bildern und Gefühlen der letzten Minuten.

Roland, neugierig wie immer, sprang sofort wieder zum Loch. Er zwang seinen Kopf unter die Mauer und schaute in den Grenzstreifen, seine Augen blitzten im fahlen Licht. Als er zurückkam, schüttelte er den Kopf und meinte nur: „Der Ball ist ganz schön weit weg!" Doch anstatt mich weiter zu drängen, legte er seinen Arm beruhigend über meine immer noch zitternden Schultern. „Für heute genug, mein Held! Gürkchen steht irgendwann in den Geschichtsbüchern, Gürkchen, der Kontrolle in den Osten spaziert. Jetzt haben wir eins der größten Geheimnisse der Welt!", flüsterte er verschwöre-risch.

Aber das war erst der Anfang. Unser kleiner Erfolg hatte uns beflü-gelt, und die kindliche Furcht wich einem immer größeren Drang, die verbotene Grenze weiter zu erkunden. Im Laufe des Jahres gruben wir das Loch immer weiter aus. Es wurde so groß und tief, dass wir beide problemlos darin Platz fanden. Der Ball, der mitten im Grenz-streifen lag, wurde schließlich auch geborgen, nachdem Roland sich todesmutig bis zu ihm vorgearbeitet hatte.

Unsere Mutproben trieben uns immer weiter hinein in den Grenz-streifen, wo die Spannung bei jedem Schritt greifbarer wurde. Ro-land, immer der Draufgänger, wagte es sogar, bis zu den Panzersper-ren zu rennen, während ich eines Abends so waghalsig war, mich in einen Graben zu legen, während ein Grenzer mit seinem Motorrad nur wenige Meter von mir entfernt vorbeifuhr. Jeder Atemzug war ein Spiel mit dem Feuer, und die Gefahr war allgegenwärtig, auch wenn wir sie damals nicht wirklich begriffen. Sie hätten uns jeden Moment erschießen können – dieser Gedanke kam uns nicht in den Sinn. Für uns war es ein aufregendes Spiel, das den tristen Alltag durchbrach, eine heimliche Rebellion gegen die allgegenwärtige Kontrolle. Doch tief in mir wusste ich, dass dieses Spiel eines Tages zu Ende gehen würde – und vielleicht nicht gut.

Doch manchmal, wenn der triste Alltag der Schule abgeklungen war, lagen wir abends, wenn Vater und Mutter noch in der Arbeit waren und sich die Kleinen bereits im Bett befanden, einfach nur in unserem Loch und beobachteten das Geschehen auf der anderen Seite. Mit einem alten Fernglas, das wir auf dem Dachboden unseres Hauses

281

gefunden hatten, spähten wir in die Welt, die uns so fremd und doch so nah war. Roland, immer auf der Suche nach einem besonderen Moment, hatte seine selbstgebaute Kamera dabei, ein kurioses Konstrukt aus zusammengebastelten Teilen, die er über Monate hinweg gesammelt hatte. Er fotografierte alles, was sich ihm bot – die armeegrünen Trabbis, die mit knatternden Motoren vorbeifuhren, die Motorräder mit ihren Seitenwagen und die darinsitzenden Grenzpolizisten, deren starre Mienen nichts von dem verrieten, was sie dachten. Über all dem schwebte ein Kiebitz, der sich mit ausgebreiteten Flügeln durch den Abendhimmel schwang. Wir hörten sein klagendes Rufen, ein scharfes „kiju-wit", dass die Stille der Dämmerung durchbrach. Roland flüsterte mir zu, dass diese Vögel ihren Namen, „Kiebitz", eben diesem charakteristischen Ruf verdanken. Ein Falke, majestätisch in seinem Flug, flatterte über das Feld, seine scharfen Augen auf die Erde gerichtet. Plötzlich zog er seine Flügel an und stürzte senkrecht hinab, als er eine Maus entdeckte, die nichts von ihrer drohenden Gefahr ahnte. Mein Bruder, der nicht nur abenteuerlustig, sondern auch wissbegierig war, erklärte mir mit gedämpfter Stimme, dass der Falke ein Greifvogel sei, der sich hier in unserer Gegend fast ausschließlich von kleinen Nagetieren ernährte. So lernten wir zwischen unseren Mutproben auch noch etwas über die Natur, ein Unterricht im Freien, den kein Schulbuch je ersetzen konnte.

Doch die friedliche Stille, die uns in diesen Momenten umfing, wurde oft jäh unterbrochen, wenn der dröhnende Lärm eines Hubschraubers die Luft zerschnitt. Der Helikopter der Amerikaner, der mehrmals täglich die Grenze abflog, erschien plötzlich am Horizont und ließ uns erstarren. Das war unser Signal. Schnell rutschten wir aus

282

unserem Versteck, ließen das Loch hinter uns und spazierten scheinbar gelassen über den Hundetrainigsplatz, als wäre nichts geschehen.
Unsere Herzen pochten wild, aber nach außen hin blieben wir ruhig,
immer bedacht darauf, keinen Verdacht zu erregen.

Die Mauer selbst war ein Phänomen, das uns gleichermaßen faszinierte und beängstigte. Auf der Ostseite war sie in den Abendstun-
den grell beleuchtet, fast so, als wollte sie jede Dunkelheit verbannen.
Doch sobald wir uns durch das Loch gezwängt und wieder im Westen befanden, verschluckte uns die Schwärze der Nacht. Die Dunkelheit war so tief, dass es einige Sekunden dauerte, bis sich unsere
Pupillen daran gewöhnten. Diese Übergänge, von Licht zu Dunkel,
von Angst zu Neugier, waren wie ein Spiegel unserer eigenen Gefühle, die sich ständig zwischen Aufregung und Unsicherheit bewegten.

So vergingen die Abende, in denen wir das Phänomen der Mauer
erlebten, jeden Moment in uns aufsaugten und dabei mehr lernten als
in jedem Klassenzimmer. Es war eine Zeit, die uns prägte, in der wir
mutig und zugleich verletzlich waren, stets auf der Suche nach dem
nächsten Abenteuer, ohne wirklich zu begreifen, wie gefährlich unsere Spiele waren.

Die Abende verrannen, und selbst im tiefsten Winter zog es uns oft in
unser Loch an der Mauer. Dick eingepackt in mehrere Schichten
Kleidung, lagen wir dort, während die Kälte um uns herum alles
erstarren ließ. Der Grenzstreifen verwandelte sich in eine unberührte
weiße Welt, in der der Schnee jede Bewegung dämpfte und die Stille
fast greifbar machte. Nur die Hunde, angeleint am Hinterland Zaun,
durchbrachen gelegentlich die Ruhe. Gelangweilt liefen sie hin und
her, ihre Atemwolken mischten sich mit dem Nebel, der von der

gefrorenen Erde aufstieg. Wenn einer der Hunde anfing zu jaulen, hallte sein Klagen durch die Nacht, und bald darauf setzten andere in der Ferne ein, als wollten sie die Kälte vertreiben.

Manchmal wurde die Nacht durch das plötzliche Aufleuchten einer Signalrakete unterbrochen. Ein Kaninchen, das im Mauerstreifen über einen Draht gehoppelt war, löste den Alarm aus, und hoch oben explodierte das Geschoss. Eine leuchtend rote Kugel breitete sich am Himmel aus und tauchte die eisige Welt in ein unheimliches Licht, bevor sie langsam verblasste und die Dunkelheit wieder die Oberhand gewann. Doch trotz dieser faszinierenden Momente trieb uns die immer stärker werdende Kälte schließlich zurück in unsere warmen Häuser. Wir mussten unseren Beobachtungsposten für einige Wochen aufgeben, der Winter war zu hart.

Als der Frühling kam und die Tage länger wurden, kehrten wir voller Vorfreude zu unserem Loch zurück – nur um festzustellen, dass es verschwunden war. Ein riesiger Mauerblock war in unseren Unterschlupf gerammt worden, von der Ostseite her, wie ein unüberwindbares Hindernis. Die Grenzer hatten unser Versteck entdeckt und es gnadenlos zugemacht. Ein komplettes Mauersegment wurde eingesetzt, und unser geheimer Durchgang war endgültig versperrt. Die Enttäuschung war groß, doch wir ließen uns nicht entmutigen. Etwa fünfzig Meter weiter gruben wir ein neues Loch, diesmal noch tiefer und verborgener. Doch auch dieses wurde von den Grenzern entdeckt und schnell wieder geschlossen. Nun waren wir auf ihrem Radar, sie wussten, dass wir nur Jugendliche waren, die das Abenteuer suchten – und sie machten uns das Spiel schwer.

Einmal schaute Roland neugierig durch einen kleinen Spalt zwischen den unteren beiden Mauersegmenten. Kaum hatte er sein Auge an den Spalt gelegt, flog ihm eine Handvoll Sand entgegen – geworfen von einem Grenzer auf der anderen Seite. Roland war wütend und schwor, sich zu rächen. Wir wollten nicht klein beigeben. An einem Abend, als die Grenzpatrouillen weitergezogen waren, holten wir Hammer und Meißel aus Papas Schuppen. Vorsichtig vergrößerten wir den kleinen Spalt in der Mauer, arbeiteten leise und schnell, das Herz pochte uns bis zum Hals.

Am nächsten Tag, als wir aus der Schule kamen, schauten wir nach unserem Werk. Doch die Ostseite hatte reagiert. Der Spalt war mit Zement zugeschmiert. Das hielt uns nicht auf. Am Abend kratzten wir den Zement wieder auf und erweiterten den Spalt weiter. Bald war das Loch in der Mauer so groß, dass ein Fußball leicht hindurch-passte. Doch unser Triumph währte nicht lange. Es ging eine Weile hin und her, bis der Osten eine massive Stahlplatte in das Loch schraubte. Eine Platte von der Ostseite, eine von der Westseite, ge-geneinander verschraubt und in der Mitte mit Beton gefüllt – das saß wie eine Bombe. Unsere kleine Öffnung war nun endgültig blockiert.

Zu allem Überfluss patrouillierten die Grenzer nun auch noch zu Fuß direkt an der Mauer, natürlich auf der Ostseite. Doch anstatt uns zu entmutigen, heizte das unsere Abenteuerlust nur weiter an. Roland machte Erinnerungsfotos von der Stahlplatte, die etwa 80 x 80 Zenti-meter maß. Es war wie eine Trophäe für uns, ein Beweis für unsere Ausdauer und Hartnäckigkeit.

Unsere Eltern hatten bis dahin nicht den blassesten Schimmer von dem, was wir auf dem Feld trieben. Der alte Bunker, in dem wir früher gespielt hatten, hatte längst seinen Reiz verloren. Außerdem hatte sich darauf ein Schrotthändler breit gemacht. Der sogenannte antifaschistische Grenzwall hingegen zog uns an wie ein Magnet, ein Ort, an dem wir unseren Hunger nach Adrenalin stillen konnten.

Und immer das gleiche Ritual.

Jedes Mal, wenn wir die Lütten ins Bett gebracht hatten, begannen die Stunden, die wir heimlich herbeisehnten. Der Tag war noch nicht ganz vergangen, doch die Dämmerung kroch bereits über die Stadt, und mit ihr kam die Zeit für unser geheimes Abenteuer. Unsere Mutter arbeitete jeden Tag von 16 bis 22 Uhr. Sie kam oft müde nach Hause, und wir wussten, dass sie froh war, wenn es dann im Haus ruhig war. Vater hatte alle zwei Wochen Spätschicht, ebenfalls bis 22 Uhr. Diese Woche war wie ein Freibrief für uns, es bedeutete, dass wir die Abende wieder für uns hatten, eine Woche, in der das Verbotene uns rief.

Abwechselnd kümmerten wir uns darum, unsere kleinen Geschwister spätestens um halb acht ins Bett zu bringen. Es war ein stilles Ritual, das wir entwickelt hatten. Wir erzählten ihnen Geschichten und warteten, bis ihre Augenlider schwer wurden. Sie wussten nichts von dem, was wir danach vorhatten, und das war gut so. Sobald wir sicher waren, dass sie tief und fest schliefen, zogen wir uns leise an. Die dicken Jacken, die wir trugen, um uns gegen die abendliche Kälte zu schützen, und die Mützen, die wir tief in die Stirn zogen, waren unsere Rüstungen, unsere Tarnung für die kommenden Stunden.

Kaum war das Haus still und dunkel, schlichen wir uns zur Tür. Die Nachtluft war frisch und klar, und wir spürten das Kribbeln der Aufregung, das sich in unseren Körpern ausbreitete. Das Feld war gruselig dunkel und die Sträucher sahen aus wie kleine Kobolde, die darauf warteten uns Schrecken und Angst einzuflößen. Für uns war das die perfekte Tarnung. Niemand würde vermuten, dass zwei Jugendliche in der Dunkelheit auf dem Weg zur Mauer waren, um dort ihren geheimen Mutproben nachzugehen.

Die Stille der Nacht verschluckte unsere Schritte, und bald erreichten wir den vertrauten Pfad, der uns zur Mauer führte. Es war wie ein zweites Zuhause für uns geworden, ein Ort, an dem die Regeln des Alltags nicht mehr galten. Sobald wir dort ankamen, vergaßen wir die Welt um uns herum. Es gab nur uns, die Mauer und das Abenteuer, das uns in diesen Stunden erwartete. Die Dunkelheit und die Kälte waren uns egal. Wir waren auf eine Weise lebendig, wie wir es am Tag nie waren.

Für zwei Stunden tauchten wir ein in unsere geheime Welt. Wir erkundeten die Mauer, beobachteten den Grenzstreifen, lauschten den Geräuschen der Nacht und suchten nach neuen Wegen, unsere kleinen Mutproben durchzuführen. Es war ein Spiel mit der Gefahr, dass wir nicht lassen konnten. Jeder Abend war anders, jede Nacht brachte neue Herausforderungen und Entdeckungen mit sich.

Doch so sehr wir auch in unsere Abenteuer vertieft waren, verloren wir nie die Zeit aus den Augen. Gegen zehn machten wir uns wieder auf den Rückweg, immer darauf bedacht, rechtzeitig zu Hause zu sein, bevor Vater oder Mutter zurückkehrten. Die letzten Meter zum Haus gingen wir leise, als wären wir nie fort gewesen. Zurück in unserem Zimmer, legten wir uns in unsere Betten und ließen den Abend in unseren Köpfen noch einmal Revue passieren. Das Adrenalin sickerte langsam aus unseren Adern, und die Müdigkeit übermannte uns schließlich.

Wir wussten, dass unsere nächtlichen Ausflüge riskant waren, doch die Freiheit, die wir in diesen Stunden spürten, war es wert. Es war unser geheimer Bund, eine ungesagte Übereinkunft, die uns durch diese stillen Abende trug, bis der nächste Morgen anbrach und der Alltag uns wieder einholte. Aber wir wussten auch, der nächste Abenddämmerung würde wieder kommen, und mit ihr die nächste Gelegenheit, dem Ruf der Mauer zu folgen.

Jeden Abend, den wir dort verbrachten, war eine Mischung aus Angst und Aufregung, aus Kälte und dem brennenden Verlangen, das Unbekannte zu erkunden. Wir waren Adrenalinjunkies, die immer wieder zurückkehrten, trotz der Gefahren, die wir längst nicht mehr richtig einschätzen konnten.

Doch zurück zur Schule: 1973 gab es ein Sommerkursprogramm, dass eine Vielzahl von Aktivitäten anbot. Besonders spannend war die Gelegenheit, an einem Rudercamp in Ratzeburg teilzunehmen. Unsere Walter-Gropius Gesamtschule war immerhin eine sportbezogene Schule. Nur die besten 12 Sportlerinnen und 12 Sportler der Schule wurden dafür ausgewählt – und ich war einer von ihnen. Die Aufregung war groß, als ich erfuhr, dass ich an diesem besonderen Erlebnis teilnehmen durfte.

Unsere Gruppe setzte sich aus Schülerinnen und Schülern der siebten und achten Jahrgangsstufe zusammen. Ich gehörte zur achten Klasse. Es war eine bunt gemischte Truppe, die unter der Aufsicht unserer beiden Sportlehrer, Frau Luchmann und Herr Marcinkowski, stand.

Beide waren erfahrene und engagierte Lehrer, die uns sowohl sportlich als auch persönlich weiterbringen wollten.

Die Reise begann früh am Morgen mit einer Busfahrt nach Ratzeburg. Die Stimmung im Bus war ausgelassen, voller Vorfreude auf das, was uns erwarten würde. Die Fahrt führte uns durch malerische Landschaften, und je näher wir unserem Ziel kamen, desto gespannter wurden wir.

Unsere Unterkunft war die Jugendherberge, die idyllisch direkt am Ufer des Küchensees lag. Ratzeburg selbst ist eine bezaubernde kleine Ortschaft, die auf einer Insel liegt und von vier Seen umgeben ist. Die Natur dort war beeindruckend, und der See funkelte in der Sonne, als wir ankamen.

Nach unserer Ankunft gab es ein gemeinsames Mittagessen, bei dem wir uns stärken konnten. Die Jugendherberge war gemütlich, und die Mahlzeiten wurden im großen Speisesaal serviert. Nach dem Essen bekamen wir Zeit zur freien Verfügung, um Ratzeburg auf eigene Faust zu erkunden. Wir streiften durch die engen Gassen der Altstadt, bestaunten den imposanten Ratzeburger Dom und genossen den Blick auf die glitzernden Seen. Die Atmosphäre war friedlich und entspannend, eine wunderbare Abwechslung zum Schulalltag.

Um 18 Uhr versammelten wir uns wieder zum Abendessen. Es wurde viel gelacht und über die ersten Eindrücke ausgetauscht. Danach hatten wir noch Freizeit, um die Umgebung der Jugendherberge zu erkunden, uns zu unterhalten oder Spiele zu spielen. Doch um 22 Uhr musste jeder in seinem Bett sein. Die Nachtruhe war strikt geregelt, was sicherstellte, dass wir am nächsten Tag ausgeruht und bereit für die sportlichen Herausforderungen waren.

Unsere Gruppe war in zwei Sechserzimmer für die Mädchen und zwei Sechserzimmer für die Jungs aufgeteilt. Die Zimmer waren schlicht, aber funktional eingerichtet. Die Betten standen in einer Reihe, und jeder hatte einen kleinen Schrank für seine persönlichen Sachen. Das Gemeinschaftsgefühl war stark, und schon am ersten Abend wurde viel geredet und gelacht.

Am nächsten Morgen begann der Tag bereits vor dem Frühstück mit einer sportlichen Herausforderung: dem Lauf um den Küchensee. Es waren immerhin 7,2 Kilometer – eine beachtliche Strecke, die uns alle wachrüttelte. Wer sich diese Distanz nicht zutraute, konnte stattdessen ein oder zwei Runden um den kleinen Küchensee drehen, der im Volksmund „Spucknapf" genannt wurde. Jede Runde betrug etwa 2 Kilometer, und auch wenn sie kürzer war, verlangte sie dennoch Ausdauer und Durchhaltevermögen.

Nach dem Lauf, noch leicht außer Atem, freuten wir uns auf das Frühstück in der Jugendherberge. Der Speisesaal war bereits gefüllt mit dem Duft von frischen Brötchen, Aufschnitt und heißem Tee. Wir stärkten uns, denn wir wussten, dass uns ein intensiver Tag bevorstand.

Nach dem Frühstück führten uns Frau Luchmann und Herr Marcinkowski, unsere Sportlehrer, zur Ruderakademie des Deutschen Ruderverbandes. Das Gelände beeindruckte uns mit seinen modernen Einrichtungen und den zahlreichen Ruderbooten, die ordentlich in Reih und Glied in einer Halle in Regalen gestapelt waren. Für mich stand heute eine besondere Herausforderung an. Ich lernte, im Skiff zu fahren – einem schmales Einer-Ruderboot, das viel Geschick und einen ausgeprägten Gleichgewichtssinn erforderte. Es war ein Gefühl

290

von Unabhängigkeit, aber auch von wackliger Unsicherheit, wenn man das erste Mal allein auf dem Wasser war. Andere aus unserer Gruppe versuchten sich im Doppelzweier, im Vierer oder sogar im Achter, und die Atmosphäre war voller Kraft und Konzentration.

Da wir den gesamten Tag auf dem Wasser verbringen sollten, hatte jeder von uns aus der Jugendherberge einen Verpflegungsbeutel für das Mittagessen erhalten. Das war praktisch, denn so mussten wir zur Mittagszeit nicht zurück zur Unterkunft und konnten unsere Pause direkt am Bootssteg der Akademie verbringen.

Wir ruderten täglich bis 16 Uhr, erkundeten die Umgebung rund um Ratzeburg und genossen die atemberaubende Natur. Besonders spannend war die Passage über den Schwanenteich, die uns Zugang zum Küchensee ermöglichte. Hier musste man unter einer schmalen Fußgänger- und Autobrücke hindurchrudern, eine echte Herausforderung, besonders für uns Skiff-Fahrer. An dieser engen Stelle mussten wir die Ruder einholen und gleichzeitig die Balance halten, was nicht immer gelang. Ich selbst machte diese Erfahrung, als ich plötzlich das Gleichgewicht verlor und in das kühle Wasser unter der Fußgängerbrücke plumpste. Mit Mühe schob ich mein Boot durch die Engstelle, bevor ich es schaffte, wieder ins Skiff zu steigen. Es war eine Mischung aus Anstrengung und Frustration, aber auch aus Stolz, als ich es schließlich meisterte. Eine weitere Engstelle befand sich am Spucknapf, wo wir ebenfalls unter einer schmalen Straßenbrücke hindurchmussten, um zum Küchensee zu gelangen. Doch sobald wir auf dem Küchensee waren, ruderte es sich leichter. Der See war windgeschützter als der Ratzeburger See und hatte weniger

291

Wellen, was uns ermöglichte, in gleichmäßigem Rhythmus voranzukommen.

Gegen 16 Uhr brachten wir nach und nach die Boote zurück zur Ruderakademie. Dabei halfen wir uns gegenseitig. Es herrschte ein starkes Gemeinschaftsgefühl unter uns, und jeder wusste, dass man auf die Unterstützung der anderen zählen konnte. Nachdem alle Boote sicher verstaut waren, spazierten wir gemeinsam zurück zur Jugendherberge, erschöpft, aber zufrieden.

Um 18 Uhr erwartete uns dann ein warmes Abendessen. Die Mahlzeiten waren einfach, aber nahrhaft. Mal gab es Linsensuppe, mal heiße Würstchen oder Schnitzel mit Kartoffelsalat, und manchmal auch eine kräftige Portion Spinat mit Kartoffeln und Rührei. Die Gespräche beim Essen waren lebhaft, und wir fachsimpelten über unsere Erlebnisse des Tages aus.

Wer nach dem Abendessen noch Energie übrig hatte, konnte für zwei Stunden zurück zur Ruderakademie gehen, um in der Sporthalle weitere Aktivitäten zu unternehmen. Aber nach diesem ersten intensiven Sporttag fielen die meisten von uns – mich eingeschlossen – erschöpft ins Bett. Der Schlaf kam schnell, denn wir wussten, dass der nächste Tag wieder früh beginnen würde.

Und so wiederholte sich das Ritual: Um 6 Uhr aufstehen, eine Runde laufen, dann frühstücken und zur Ruderakademie. Schon am zweiten Tag freundete ich mich mit einer Schülerin aus der Jahrgangsstufe unter mir an. Carola Beckmann. Sie fuhr ebenfalls im Skiff, und wir halfen uns gegenseitig, die Boote zu tragen. Gemeinsam ruderten wir oft hinaus auf den Küchensee, teilten die Stille und das gleichmäßige Plätschern der Ruder im Wasser. Carola und ich fanden schnell Ge-

292

fallen daran, unsere Ruderkünste miteinander zu messen. Bei diesen Wettfahrten war sie stets diejenige, die die Nase vorn hatte. Mit einer fast spielerischen Leichtigkeit setzte sie ihre Paddel ins Wasser, als wären sie eine Verlängerung ihrer Arme. Ihre Bewegungen waren elegant und präzise, ihre gerade, filigrane Körperhaltung auf dem schmalen Skiff eine perfekte Verkörperung der Ruderästhetik. Im Vergleich dazu wirkte mein kraftvolles, aber eher ungestümes Rudern zunächst fast grob und wenig effizient. So hatte ich gegen Carolas feinen Stil kaum eine Chance, und sie fuhr bei unseren Rennen souverän einen Sieg nach dem anderen ein. Doch Carola war keine, die ihren Erfolg für sich behielt. Stattdessen zeigte sie mir geduldig, wie ich meinen Stil verbessern konnte. Sie erklärte mir, wie wichtig es war, das Paddel mit Gefühl ins Wasser zu setzen, um möglichst wenig Widerstand zu erzeugen, und wie man durch die richtige Körperhaltung und Balance die maximale Geschwindigkeit aus jedem Ruderschlag herausholen konnte. Mit jedem Trainingstag nahm ich ihre Ratschläge mehr und mehr an, und langsam begann sich mein Stil zu verändern. Das kraftvolle Rudern wich einer geschmeidigeren Technik, und ich spürte, wie das Boot leichter und schneller durch das Wasser glitt. In den letzten Tagen unserer Zeit in Ratzeburg gelang es mir schließlich, auf der 2000-Meter-Strecke einige Male vor Carola ins Ziel zu kommen. Diese Siege fühlten sich besonders wertvoll an, nicht nur, weil ich die Wettkämpfe gewann, sondern weil sie das Ergebnis harter Arbeit und der Hilfe einer Freundin waren, die mir geduldig gezeigt hatte, wie ich mich verbessern konnte. Unsere gemeinsamen Ausfahrten auf dem Küchensee wurden so zu einer

Mischung aus Wettkampf, Lernen und einem stillen Verständnis, das uns verband mehr.

Carola war etwas größer als ich, was mich stets dazu brachte, zu ihr aufzuschauen, nicht nur im wörtlichen Sinne. Ihr schulterlanges, brünettes Haar fiel in sanften Wellen über ihre Schultern und schimmerte in der Sonne in einem warmen Kastanienbraun, das ihr etwas Mystisches verlieh. Wenn das Sonnenlicht auf ihre Locken fiel, schien es, als würden sie die Strahlen einfangen und in ein goldenes Glühen verwandeln. Sie war erst dreizehn Jahre alt, doch sie trug bereits die Anmut und die Ausstrahlung einer jungen Frau in sich. Ihre Bewegungen hatten eine Leichtigkeit, die mich faszinierte, und ihr Lächeln brachte mein Herz jedes Mal zum Hüpfen. Ich konnte nicht anders, als mich in sie zu Verschießen – immer wieder und wieder, jeden Tag. Es fühlte sich an, als hätten tausend Schmetterlinge in meinem Bauch ihre Flügel ausgebreitet und würden dort in einem wilden Tanz herumwirbeln. Carola und ich waren unzertrennlich. Sie war immer in meiner Nähe, oder ich in ihrer, so genau konnte ich das manchmal nicht sagen. Es war, als ob uns eine unsichtbare Kraft zueinander hinzog. Gemeinsam holten wir die Boote aus der Halle der Ruderakademie, lachten zusammen über die albernsten Dinge, die nur wir beide verstehen konnten, und genossen jede Minute, die wir zusammen verbrachten. Nach dem Abendbrot, wenn die anderen schliefen, schlich ich mich heimlich in ihr Zimmer. Das Herz klopfte mir bis zum Hals, doch die Aufregung trieb mich immer wieder zu ihr. Ich legte mich leise zu Carola ins Bett, und in der Dunkelheit teilten wir zarte Küsse, die so süß und unschuldig waren wie die ersten Blüten im Frühling. Manchmal schliefen wir dabei ein, eng aneinander gekuschelt, als wollten wir die Welt draußen vergessen. Doch bevor der Morgen graute, schlich ich mich ebenso leise wieder hinaus, zurück in mein Zimmer. Niemand schien unser Geheimnis zu bemerken, nur die anderen Mädchen in Carolas Zimmer kicherten manchmal leise, wenn sie mich sahen, als wüssten sie mehr, als sie zugeben wollten. Nach einer Woche gestand mir Carola schließlich, dass sie einen Freund in Berlin hat. Doch sie fügte hinzu, dass sie die Zeit mit mir dennoch gerne weiterhin so wundervoll und voller Freiheit genießen möchte. In diesem Moment dachte ich bei mir: „Das wird dann wohl meine erste Urlaubsromanze."

Die Atmosphäre unter uns Schülern und unseren Lehrern, war entspannt und freundschaftlich. Es war klar, dass sie nicht nur als Lehrer, sondern auch als Mentoren fungierten, die uns mit Rat und Tat zur Seite standen. Besonders hilfreich war auch Ralf, ein Schüler aus der Oberstufe, der kurz vor dem Abitur stand. Er hatte bereits viel Erfahrung im Rudern und unterstützte uns bei allen Fragen rund um die Technik und die Boote. Diese Tage in Ratzeburg waren geprägt von Anstrengung, Teamarbeit und neuen Freundschaften. Wir kehrten jeden Abend erschöpft, aber glücklich zurück und freuten uns auf den nächsten Tag voller neuer Herausforderungen auf dem Wasser.

Die Zeit in Ratzeburg verging wie im Flug. Wir kehrten nach zwei Wochen erschöpft, aber glücklich und voller neuer Erfahrungen zurück. Dieses Sommerkursprogramm war eine der prägendsten Erfahrungen meiner Schulzeit, und die Erinnerungen daran insbesondere an Carola bleiben lebendig.

Viel Zeit in meiner Familie zu erzählen, was ich in Ratzeburg erlebt habe, blieb nicht. Wir kamen an einem Freitag zurück, die Sommerferien begannen und schon am nächsten Morgen geht es weiter mit der Familie in den Urlaub. Es war ein heißer Sommermorgen im Jahr 1973, als unser altbewährtes Auto bis unter das Dach mit Gepäck beladen wurde. Der Geruch von Leder und Benzin vermischte sich mit der warmen Sommerluft, die durch die offenen Fenster ins Wageninnere drang. Es war die Zeit unseres Sommerurlaubs, und das Ziel war für drei Wochen das malerische Irschen in Österreich. Vater saß konzentriert am Steuer, und neben ihm auf dem Beifahrersitz saß Roland mit einer Landkarte auf dem Schoß, sie war sorgsam zusammengefaltet und mit handschriftlichen Notizen versehen. Im Fond saßen Olaf und ich, wir hatten viel Platz und zu unseren Füßen waren einigen Taschen mit Reiseproviant. Die Vorfreude auf den Urlaub war sehr groß, mit dem Auto zu fahren war immer ein weiteres Abenteuer. Mutter, immer die Organisatorin, hatte entschieden, zwei Tage später nachzukommen, gemeinsam mit unseren jüngeren Geschwistern Mausi und Püppi. Für sie war die Reise mit dem Zug angenehmer, und so konnten wir Jungs die Fahrt für uns genießen, ohne die übliche Unruhe der Kleinen.

Zuerst kamen wie immer die lästigen Grenzkontrollen der DDR. Wir haben gelernt, den Grenzposten gegenüber freundlich zu sein, zu lächeln und unsere frechen Kodderschnauzen zu halten. Nach einer langen, 12-stündigen und kurvenreichen Fahrt erreichten wir schließlich unsere vertraute Unterkunft, eine kleine Frühstückspension am Waldrand von Leppen. Die Pension war einfach, aber heimelig, mit einem großen, knarrenden Holztor und einem gepflegten Garten, in dem wir Kinder oft spielten. Roland, Olaf und ich hatten ein eigenes Zimmer. Der Wald, der sich direkt hinter dem Haus erstreckte, war unser Paradies. Hier konnten wir stundenlang toben, uns in den kühlen Schatten der Bäume legen und den Geräuschen der Natur lauschen. Eines unserer Lieblingsspiele war es, den Bach zu stauen. Wir sammelten Steine, Äste und Schlamm, und bauten eine kleine Mauer, die das Wasser aufstaute, bis sich ein Becken bildete. Das Wasser war kalt und erfrischend, perfekt, um an heißen Sommertagen darin zu baden. Doch wir mussten immer ein Auge auf Sohni haben, unseren jüngsten Bruder. Das Becken war für ihn gefährlich tief, und er war abenteuerlustig genug, ohne nachzudenken hineinzuspringen. Wenn er am Rand stand und neugierig ins Wasser starrte, schlossen wir uns unbewusst enger um ihn, bereit, ihn im Notfall festzuhalten. der kleine Bach schlängelte sich durch das dichte Grün, sein Wasser war so klar, dass man die glatten Kiesel auf dem Grund zählen konnte.

Für Püppi und Mausi war der Wald mit seinem kühlen, schattigen Bach eher ein unergründliches Reich, das sie aus sicherer Entfernung beobachteten, als ein Ort, an dem sie sich austoben wollten. Während wir Jungs uns begeistert in den schlammigen Wassern des Baches wälzten, Dämme bauten und uns die Hände schmutzig machten, zog es die beiden lieber in die vertraute, sonnendurchflutete Welt des Gartens vor der Pension. Im Garten stand eine alte Holzschaukel, die knarrend an einem dicken Ast eines großen Kastanienbaums hing. Für Püppi und Mausi war sie der Inbegriff des Sommers. Sie liebten es, sich gegenseitig anzuschubsen, immer höher und höher, bis ihre kleinen Füße fast den Himmel zu berühren schienen. Das helle Lachen der beiden Mädchen erfüllte die Luft, während sie in gleichmäßigen Schwüngen hin und her glitten, die sanfte Brise durch ihre

Haare strich und sie für einen Moment das Gefühl von absoluter Freiheit erlebten. Wenn sie genug vom Schaukeln hatten, ließen sie sich auf die saftig grüne Wiese vor der Pension plumpsen, das Gras kitzelte an ihren nackten Beinen. Mutter und Vater saßen oft in der Nähe auf einer Bank oder in ihren Liegestühlen und sahen den beiden beim Spielen zu. Vater, der das Mädchenlachen und die Sonnenstrahlen gleichermaßen genoss, legte oft die Tageszeitung beiseite, in der er sich vertieft hatte, um den Ball, den die beiden Mädchen ihm zuwarfen, zurück zu rollen. Püppi und Mausi waren glücklich in ihrer kleinen Welt, wo die Sonne immer schien und die Blumen in allen Farben blühten. Sie spielten Ball, liefen lachend über die Wiese und jagten sich gegenseitig, bis sie schließlich erschöpft ins Gras fielen, die Gesichter strahlend und die Wangen rot vor Freude. Für sie war der Garten ein sicherer Hafen, eine Insel des Friedens und der Geborgenheit, während der Rest der Welt um sie herum groß und unberechenbar erschien. Obwohl sie sich nie in die Abenteuer des Bachs wagten, fanden sie in ihrem eigenen kleinen Paradies unendlichen Spaß und Freude. Hier, in der Nähe von Mutter und Vater, fühlten sie sich behütet und frei zugleich, ein Gefühl, das den Sommerurlaub für sie zu einer Zeit ungetrübten Glücks machte.

Ein weiterer Höhepunkt unseres Urlaubs war die Fahrt hinauf zum Großglockner, dem höchsten Berg Österreichs. Vater war stolz auf die Leistung unseres Autos, das die steilen Serpentinen meisterte, als wäre es dafür gebaut. Die Landschaft wurde zunehmend karger, je höher wir kamen, bis der ewige Schnee des Gletschers in Sicht kam. Es war ein unvergesslicher Anblick. Der mächtige Gletscher leuchtete im Sonnenlicht, und wir Kinder konnten es kaum erwarten, ihn zu betreten. Über Treppen und abgesteckte Wege näherten wir uns dem Eis, unsere Schritte hallten in der kalten, klaren Luft wider. Der Gletscher mit deren gefährlichen Gletscherspalten war gewaltig und faszinierend, ein Monument der Natur, das mich mit Ehrfurcht erfüllte.

Bis zu diesem Punkt war unser Urlaub wie jeder andere gewesen – voller Abenteuer, Lachen und unbeschwerter Tage.

Doch an einem Tag, hatte es zwischen meinen Eltern geknallt, ein lang andauernder Streit in der Nacht, in den nicht nur Türen knallten, sondern mein Vater meine Mutter auch eine ballerte. Kochten die Ereignisse von dem letzten Sommerurlaub wieder hoch, ich weiß nicht. Manchmal redeten sie über Manni. Es wurde wieder still im Haus. Am nächsten Morgen sah ich die rote Wange von meiner Mutter, nur zu gut wusste ich, wie schmerzhaft ein Treffer von Vadders Pranke sein konnte. Ich stand am Küchenfenster neben Mutter und starrte auf den Scharnik, ein Berg dessen Gipfel majestätisch aus der Nebeldecke ragte. „Mutter, ich möchte heute auf den Berg steigen," sagte ich unvermittelt, die Worte aus meinem Innersten heraus. Mutter drehte sich von ihrer Arbeit am Küchentisch um, ein mildes Lächeln auf den Lippen, das zugleich Zustimmung und Sorge ausdrückte. Sie nickte kurz, dann griff sie nach einem Rucksack, der schon so viele Wanderungen mit uns erlebt hatte. Während sie ihn mit Essen und Getränken füllte, sagte sie ruhig, aber bestimmt: „Nimm den Sohni mit." Er stand längst hinter mir in der Küche. Sohni, mein kleiner Bruder, der nur allzu gern seinen großen Bruder bei Abenteuern begleitete, strahlte übers ganze Gesicht und sprang aufgeregt auf. „Ja, ich komme mit!", rief er und griff nach seinen festen Wanderschuhen, die für einen Siebenjährigen erstaunlich robust wirkten. Es war eine stille Abmachung zwischen uns. Wir würden dieses Abenteuer gemeinsam angehen, Seite an Seite, Bruder an Bruder. Der Nebel um uns herum löste sich langsam auf, als wir das Haus verließen und den schmalen Pfad einschlugen, der uns zum Scharnik führen würde. Die Luft war kühl und klar, das Gras unter unseren Füßen noch feucht vom Morgentau. Der Weg begann sanft, doch ich wusste, dass er bald steiler und anspruchsvoller werden würde. Sohni war entschlossen, das merkte ich an seinem festen Blick und dem energischen Schritt. Er war jung, aber voller Tatendrang. Als wir den Wald erreichten, wurde der Weg enger und die Bäume dichter. Der Duft von Moos und feuchter Erde lag schwer in der Luft. Die Welt um uns herum war still, nur das gelegentliche Rascheln von Blättern und das Knacken von Zweigen unter unseren Stiefeln durchbrach die Ruhe. Sohni fand einen dicken Ast, den er begeistert aufhob und als Wanderstock benutzte. Mit jedem Schritt den wir höher kamen, spürte ich die Anstrengung, aber auch die wachsende Spannung, die uns beide vorantrieb.

Der Aufstieg war mühsam, besonders als wir die Baumgrenze erreichten. Dort öffnete sich der Wald und gab den Blick frei auf die weite, karge Landschaft, die sich unter uns ausbreitete. Es war, als hätten wir eine andere Welt betreten, eine Welt aus Felsen, Gras und Himmel. Der Leppner Knappensee lag wie ein stiller Spiegel unter uns, das Wasser schimmerte dunkel und geheimnisvoll. Wir machten hier eine kurze Pause, tranken aus den Bächen, die kristallklar an den Felsen entlangflossen, und spürten, wie sich neue Energie in unseren Körpern sammelte. Der Weg wurde steiler und gefährlicher, als wir

300

dem Grat Richtung Norden folgten. Die Aussicht war atemberaubend, doch gleichzeitig bedrückte mich die Nähe des Abgrunds. Nur wenige Schritte von uns entfernt fiel der Berg plötzlich hunderte Meter in die Tiefe. Ein kalter Schauder lief mir den Rücken hinunter, als ich kurz stehen blieb und hinunterstarrte. Für einen Moment ergriff mich eine dunkle, unerklärliche Sehnsucht, die Tiefe hinabzuspringen. Der Gedanke war so überwältigend und erschreckend, dass ich unwillkürlich zitterte. Schnell riss ich mich los von dieser Vorstellung, wandte den Blick ab und versuchte, mich auf etwas anderes zu konzentrieren. Sohni stand neben mir, völlig unberührt von der Gefahr, die uns umgab. Er kaute friedlich an einer Schmalzstulle, der Wanderstock lag sicher in seiner kleinen Hand. Sein Anblick erdete mich wieder, brachte mich zurück in die Realität. Ich konnte nicht anders, als ihn bewundernd anzusehen. Für ihn war dies alles ein großes Abenteuer, und seine Unbeschwertheit half mir, meine eigene dunkle Sehnsucht zu überwinden. Als wir weitergingen, wurde der Gipfel des Scharnik sichtbar, das Kreuz ragte klar und deutlich gegen den blauen Himmel auf. Doch ich spürte, dass ich genug hatte. Die Todessehnsucht von zuvor hatte mich zu tief erschüttert, als dass ich weiter in die Höhe wollte. Ich drehte mich zu Sohni um und sagte leise: „Wir sollten umkehren, es ist schon spät." Er sah mich an, und obwohl er das Gipfelkreuz vor uns sah, nickte er verständnisvoll. Wir waren ein Team, und er vertraute meinem Urteil.

Der Rückweg war erleichternd, die Anspannung wich, und mit jedem Schritt, den wir uns vom Abgrund entfernten, fühlte ich mich freier. Wir erzählten uns Geschichten, lachten über belanglose Dinge, und Sohni begann plötzlich lautstark das Lied „Das Wandern ist des

Müllers Lust" zu singen. Ich stimmte ein, und unsere Stimmen hallten durch das Tal, wurden vom Wind aufgenommen und davongetragen. Als wir spät am Abend wieder das Haus erreichten, waren wir erschöpft, aber glücklich. Der Tag hatte mich verändert. Die Herausforderung, die wir gemeinsam gemeistert hatten, war mehr als nur ein Ausflug auf einen Berg gewesen. Es war ein Erlebnis, das wir nicht mehr vergessen werden, die Besteigung des 2657 Meter hohen Schanrnik. Und natürlich die Bindung zu meinem kleinen Bruder stärkte.

Der Rest des Urlaubs war geprägt von einer sonderbaren, fast bedrückenden Stimmung. Die unbeschwerte Fröhlichkeit, die uns in den vergangenen Jahren begleitet hatte, war wie ausgelöscht. An ihrer Stelle trat ein Schweigen, das schwerer wog als jedes gesprochene Wort. Vater, sonst der Fels in der Brandung, zog sich mehr und mehr zurück, verbrachte seine Tage oft allein mit Mausi und Püppi. Manchmal sah ich sie zusammen auf den Wegen der kleinen Dörfer, oder wie sie am Ufer der Elz saßen, in Gedanken versunken, während Püppi leise mit ihrer Puppe spielte. Es war, als wollte er sie beschützen, als könne er sie durch seine Nähe vor der Dunkelheit bewahren, die über uns hereingebrochen war. Mutter hingegen suchte die Gesellschaft von Roland. Sie schien in ihm eine Art Trost zu finden, oder vielleicht war es auch nur die Notwendigkeit, irgendwie weiterzumachen, für die Familie stark zu sein. Sie sprachen viel miteinander, oft leise und abseits von uns anderen, als ob sie gemeinsam versuchten, einen Weg aus dem Schatten zu finden, der sich über uns gelegt hatte. Roland, der älter und reifer war als ich, schien die Last der Situation besser zu verstehen. Er war ruhiger als sonst, seine

Worte bedacht und sein Blick oft sorgenvoll, als ob er spürte, dass dies ein Wendepunkt in unserem Leben war.

Die Tage in Irschen verliefen in einer seltsamen Mischung aus Routine und Unbehagen, als ob wir uns alle bemühten, die Normalität aufrechtzuerhalten, während unter der Oberfläche etwas Dunkles brodelte. Sohni und ich verbrachten viel Zeit am Bach hinter der Pension, einem unserer liebsten Rückzugsorte. Hier, in der Kühle des Waldes, schien die Welt noch in Ordnung zu sein, auch wenn ich spürte, dass etwas anders war.

Eines Morgens entschieden Sohni und ich, eine zweite Staustufe zu bauen, direkt unter der größeren, die wir bereits errichtet hatten. Mit nackten Füßen im kühlen, klaren Wasser standen wir zwischen den glattgeschliffenen Steinen und weichem, feuchten Schlamm. Das leichte Kribbeln des kalten Wassers stieg unsere Beine hinauf, während wir uns bemühten, die perfekte Balance zwischen den runden Kieseln zu finden. Unsere Hände, beschmutzt von Schlamm und Lehm, arbeiteten geschickt und behutsam. Wir klebten die Steine sorgfältig aneinander, als ob wir versuchten, ein kleines, geheimes Reich zu erschaffen, das nur wir kannten. Mit jeder neuen Schicht, die wir hinzufügten, stieg nicht nur das Wasser hinter unserem Staudamm, sondern auch unsere Begeisterung. Wir konnten das leise, aber stetige Rauschen des Wassers hören, das gegen unsere Hindernisse ankämpfte. Doch für einen kurzen Moment hatten wir das Gefühl, die Natur zu überlisten und das Wasser zu zähmen.

Die Konzentration auf diese einfache, aber faszinierende Aufgabe lenkte mich ab, ließ mich für kurze Zeit vergessen, dass die Stimmung in der Familie verändert war. Das Wasser sammelte sich in

303

einem kleinen Becken, das Olaf sofort für sich beanspruchte. Er plantschte und lachte, während ich mich in das größere Staubecken legte und das kühle Nass auf meiner Haut spürte. Für einen Moment war alles, wie es immer gewesen war – zwei Brüder, die in der Natur spielten, fernab von den Sorgen der Erwachsenenwelt.

Doch es gab auch Tage, an denen ich das Bedürfnis hatte, allein zu sein, mich von der bedrückenden Stimmung zu lösen, die unsere Familie umgab. An einem dieser Tage machte ich mich auf den Weg zum Schloss Stein, das etwa fünf Kilometer entfernt lag. Der Weg dorthin war steil und verschlungen, führte durch dichte Wälder und über sanfte Hügel, doch ich genoss die Einsamkeit. Jeder Schritt brachte mich weiter weg von den Spannungen, die zu Hause herrschten. Als ich schließlich vor dem alten Gemäuer stand, das majestätisch und erhaben über der Landschaft thronte, fühlte ich mich wie in eine andere Zeit versetzt. Die Stille war greifbar, nur unterbrochen vom gelegentlichen Rauschen des Windes in den Bäumen. Ich setzte mich auf eine der verwitterten Steinbänke und ließ meinen Blick über die weite, grüne Ebene schweifen. In der Ferne konnte ich die Gipfel der Berge sehen, die in der Sonne leuchteten. Für einen Moment fand ich Frieden, eine kurze Flucht aus der Unruhe, die mich in diesen Tagen begleitete.

Aber die meiste Zeit verbrachten wir im Freibad von Irschen. Es war ein beliebter Ort, an dem das Wasser glitzerte und das Lachen von Kindern in der Luft lag. Mutter war oft mit uns im Wasser, ihr Gesicht zeigte eine Spur von Gelassenheit, die in den letzten Tagen selten geworden war. Wir tobten im Wasser, sprangen von den Beckenrändern und ließen uns treiben. Es war, als versuchten wir verzweifelt, an dieser Unbeschwertheit festzuhalten, die uns so vertraut war. Vater hingegen saß meist auf der mitgebrachten Decke am Rand, die Tageszeitung in der Hand blieb oft unbelesen. Stattdessen schaute er gedankenverloren in die umliegenden Berge, als ob er Antworten in der Ferne suchte, Antworten auf Fragen, die niemand von uns auszusprechen wagte.

Ging es um Manni?

Der Urlaub schien nicht vergehen zu wollen. Doch bald kam der Zeitpunkt, an dem wir wieder nach Hause fahren mussten. Das Auto war wieder vollgepackt, doch diesmal war die Stimmung eine andere. Die Leichtigkeit der Hinfahrt war einer bedrückenden Stille gewichen. Niemand sprach viel, jeder hing seinen eigenen Gedanken nach, und die Kilometer zogen sich scheinbar endlos dahin.

Als wir schließlich zu Hause ankamen, schien es, als wäre die Dunkelheit, die uns schon in Irschen verfolgt hatte, mit uns gekommen. Ein nebliger Schleier legte sich über unser Haus, als ob der Sommer, der uns sonst immer so viel Freude gebracht hatte, in diesem Jahr von etwas Unerklärlichem überschattet worden wäre. Die Stimmung zwischen meinen Eltern war oft gereizt, kleine Meinungsverschiedenheiten flammten schneller auf als zuvor, und das Lachen, das sonst unser Haus erfüllte, wurde seltener endete gänzlich.

Die Veränderung, die nach dem Urlaub über unsere Familie hereingebrochen war, brachte nicht nur Dunkelheit und Unbehagen mit sich, sondern auch eine seltsame Form von Freiheit, die ich bis dahin nicht gekannt hatte. Es war, als ob das unausgesprochene Wissen um das, was geschehen war, eine Art ungeschriebenes Gesetz mit sich brachte – ich wurde in Ruhe gelassen. Keine Prügel mehr, keine

305

Backpfeifen, keine ständigen Vorwürfe. Vielleicht lag es daran, dass ich inzwischen 13 Jahre alt war, oder vielleicht auch daran, dass mein Vater und ich in den restlichen Sommerferien gemeinsam ein Projekt angingen, das uns beide ablenkte und uns gleichzeitig näherbrachte. Vaters Werkzeugschuppen wollte ich umräumen. Der Hühnerstall, der direkt an den Schuppen angrenzte, war ungenutzt und verfiel langsam. Eines Tages, als ich wieder einmal durch den Garten streifte und über die vergangene Zeit nachdachte, kam mir die Idee: Warum nicht den Werkzeugschuppen umräumen und daraus ein eigenes Zimmer machen? Ein Ort, der nur mir gehörte, wo ich meinen Gedanken nachhängen und der bedrückenden Stimmung im Haus entfliehen konnte.

Ich fasste mir ein Herz und fragte meinen Vater, ob ich die Werkzeuge aus dem Schuppen umräumen dürfe, um dort mein eigenes Reich zu schaffen. Zu meiner Überraschung stimmte er zu, ohne viel zu überlegen. Vielleicht sah er es als Möglichkeit, sein Schuldgefühl mir gegenüber, das in den letzten Jahren mit seinen brutalen Schlägen abzubauen. Vielleicht war es auch seine Art, sich selbst abzulenken, indem er mir half.

So verbrachten wir die restlichen Sommerferien damit, den Schuppen auszuräumen und in ein neues Zuhause für mich zu verwandeln. Die Arbeit begann mit dem Umräumen der unzähligen Werkzeuge, die sich über die Jahre angesammelt hatten. Es war eine mühsame, aber auch faszinierende Aufgabe, all die Hämmer, Schraubenzieher, Feilen, Schweißgeräte und die unzähligen Schrauben und Muttern in allen erdenklichen Größen zu sortieren und neu zu ordnen. Der Schuppen war vollgestopft mit Dingen, die ich vorher nie wirklich beachtet hatte, und jetzt, da ich sie in die Hand nahm, entdeckte ich die Welt des Handwerks und des Bauens für mich. Es war, als ob sich eine neue Welt auftat, eine, in der ich mich beweisen konnte.

Mein Vater half mir, wann immer er Zeit hatte. Besonders beim Umbau der schweren Werkbank war seine Hilfe unerlässlich. Die massiven Holzbalken waren zu schwer für mich allein, aber gemeinsam schafften wir es, die Bank zu versetzen und neu zu installieren. Diese gemeinsamen Stunden brachten uns einander näher, ohne dass viele Worte nötig waren. Wir arbeiteten Seite an Seite, und obwohl die Kommunikation meist auf kurze Anweisungen und gelegentliche Ratschläge beschränkt war, fühlte ich eine Verbindung, die ich so einem Vater gegenüber vorher nie gespürt hatte.

Als der Schuppen endlich leer war, begann der nächste Abschnitt: die Renovierung. Der Boden des Schuppens war alt und uneben, und ich beschloss, ihn neu zu machen. Ich musste Beton für den Fußboden mischen, eine Arbeit, die mich körperlich forderte, aber auch unglaublich befriedigend war. An der Schwelle vor der Tür nagelte ich ein 15 Zentimeter hohes Brett an, damit der beton zurückgehalten werden konnte. Dann legte ich den Boden mit Styroporplatten aus, die ich am Abend zuvor von der Baustelle hinter unserem Garten geholt hatte. Es war ein wenig fragwürdig, aber damals sah ich es als notwendige Tat, um mein Projekt voranzubringen.

Das Mischen des Betons war eine der anstrengendsten Arbeiten, die ich je gemacht hatte. Auf dem Hof mischte ich Kies und Zement mit einer Schippe, per Hand. Fügte nach und nach so viel Wasser hinzu, bis der klebrige Zement die richtige Konsistenz hatte. Der Geruch des feuchten Betons und das Gefühl der groben Mischung unter meinen

Händen waren ein merkwürdiges Gefühl aus Freude und Erschöpfung. Schließlich füllte ich den Beton in eine Schubkarre und verteilte ihn vorsichtig über der Styroporisolierung im Schuppen.

Es war ein Sonntag, als ich den 12 Quadratmeter großen Fußboden unter den prüfenden Blicken meines Vaters fertigstellte. Er stand mit verschränkten Armen im Türrahmen, beobachtete jede meiner Bewegungen und nickte schließlich anerkennend, als die letzte Kelle Beton geglättet war. Dieser Moment bedeutete mir mehr, als ich zugeben wollte. Es war, als hätte ich mir nicht nur ein eigenes Zimmer, sondern auch ein Stück Eigenständigkeit erarbeitet und vielleicht auch ein kleines bisschen Respekt von meinem Vater, der in diesen Tagen irgendwie anders geworden war, zurückhaltender, aber auch offener für die Dinge, die mir wichtig waren. Mit jedem Tag nahm mein neues Zimmer mehr Gestalt an. Nachdem der Betonboden ausgehärtet war, machte ich mich an die Feinarbeiten. Zuerst wählte ich eine robuste Fußbodenfarbe, die dem Raum einen sauberen und frischen Look verlieh. Die Wände bekamen eine Schicht Makulatur und wurden sorgfältig mit Raufasertapete verkleidet, die ich anschließend in strahlendem Weiß strich. Der Geruch von frischer Farbe erfüllte den Raum und vermischte sich mit der kühlen Luft, die durch die offene Tür strömte. Noch vor dem ersten Schultag nach den Ferien, war meine Bude fertig. Ein heller, freundlicher Ort, der ganz allein mir gehörte. Nun begann der spannende Teil. Ich räumte mein Bett und all meine Plünnen in das neue Zimmer. Stück für Stück trug ich meine Sachen hinüber. Bücher, Kleidung, Spielzeug und Erinnerungsstücke, ich ordnete sie sorgfältig in dem frisch gestrichenen Raum. Es war ein befreiendes Gefühl, meine eigenen vier Wände zu gestalten, und mit jedem Gegenstand, den ich einrichtete, wurde der Schuppen mehr zu meinem ganz persönlichen Rückzugsort. Mein eigenes Reich, in dem ich die letzten Sommerabende verbrachte, fernab der glühenden Spannungen, die weiterhin im Haus schwelten. Es war nicht nur ein Zimmer aus Farbe und Beton, sondern ein Symbol für einen Neuanfang, ein Ort, an dem ich in Ruhe nachdenken und wachsen konnte, ohne Prügel, ohne Angst. Die Tür meines neuen Zimmers führte direkt hinaus auf unseren Hof. Es war ein kleines Stück Freiheit, die Möglichkeit, jederzeit ins Freie zu treten. Natürlich musste ich für den Gang zur Toilette ins Haus zurück, aber dieses kleine Übel nahm ich gern in Kauf. Dafür hatte ich jetzt einen eigenen Raum, der mir das Gefühl gab, unabhängig und selbstständig zu sein, ein Ort, an dem ich mich zurückziehen konnte, wann immer ich wollte.

Zum Ende des Sommers 73, spielten wir Jungs aus der Umgebung an einem Sonntag mal wieder Fußball auf dem Hundeplatz, da nahm mich mein Bruder nach dem Spiel zur Seite. Alle anderen waren schon gegangen. Er fragte mich ob wir nicht ein letztes Mal versuchen wollten, die Stahlplatte aus der Mauer heraus zu hebeln. Nun ich war wie immer dabei und für jede Schandtat, für jedes Abenteuer zu haben. Also beobachteten wir durch einen Spalt der Mauersegmente, eine Weile das Treiben auf der anderen Seite der Mauer, legten uns ins Feld, nahe dem halb verrottetem Stacheldraht und lauschten. Wir mussten sicher gehen, dass keine Grenzer auf der anderen Seite stehen und ebenfalls lauschten. Es war nichts mehr zu hören. Wir schlichen wieder zu dem kleinen Spalten in der Mauer, nähe der Metallplatte. Es war keine Regung aus Seite des Ostens zu erkennen.

Sie fuhren wieder wie gewohnt mit ihren grünen Trabbis der NVA auf dem Teerweg ihre Streife. Die Luft war rein, sagt man beim Schmiere Stehen eines Überfalls. Wir schritten zur Tat, holten Hammer, Meißel, Brecheisen und eine Leiter. Ich stieg zuerst auf die Leiter und beobachtete vorsichtig über den sogenannten antifaschistischen Schutzwall ob sich Personen oder Fahrzeug nähern. Mein Bruder meißelte um die Stahlplatte herum, den Beton weich. Nach einer halben Stunde wechselten wir uns ab.

Unsere Arbeit wurde nach zwei Stunden belohnt, die Stahlplatte war gelockert. Nun holten wir einen Betonpfeiler, die lagen zu dutzenden im Niemandsland herum, denn daran war einst der Stacheldraht der ersten Grenze befestigt. Wir nahmen den Betonpfeiler unter unsere Arme und rannten auf die Betonplatte zu. Beim ersten Ramm Stoß schon, plumpste sie heraus und landete dumpf auf der anderen Seite der Mauer. Ein heller Schein fiel von Ost nach West. Es war absolut dunkel auf unserem Teil der Mauer, es war bereits abends und die Mauer warf dann immer einen weiten dunklen Schatten auf die Westseite. Doch jetzt schien ein quadratisches Licht in unser Land. Wir steckten unsere Köpfe durch das Loch und sahen den grellen Schein der Straßenlampen, die entlang des Grenzweges angebracht waren. Wir wussten natürlich, dass unser Unterfangen sehr gefährlich war, ein Schütze der Grepos hätte uns längst die Birne wegballern können.

Es war mucks Mäuschen still da drüben. Kalter Wind zog um unsere Nasen, wir waren ziemlich fertig wegen der harten Arbeit. Ich räumte das Werkzeug zusammen, Roland nahm die Leiter und wir gingen über den Hundeplatz und der Baustelle der neuen Häuser vor unse-

310

rem Garten nachhause schlafen. Noch während ich im Bett lag grinste ich vor mich hin, weil ich wieder das Bild der nach Osten plumpsenden Metallplatte vor Augen hatte.

Am nächsten Tag, nach der Schule gab es ein wenig Stress zu hause. Mutter nahm uns zur Brust und sagte, die Amis sind mit zwei Hubschraubern hinten auf dem Feld gelandet. Der deutsche Zoll und die Polizei waren auch in der Nähe. Die Grenze auf der Ostdeutschen Seite war voller Grenzposten, Volkspolizisten und der Nationalen Volksarmee. In einem Loch an der Mauer ist wohl ein Flüchtling erschossen worden, ob wir damit was zu tun hätten. Wir beschworen es gleichzeitig bei einem nein. Nach dem Gespräch gingen Roland und ich in den Garten und sprachen über den Scheiß den wir angerichtet hatten. Anschließend schwiegen wir und gingen die nächste Zeit nicht mehr nach hinten zur Mauer. Ich recherchierte Jahre später, ob an unserer Mauer wirklich einer erschossen wurde. Natürlich stimmte es nicht, Mutter wollte mit der kleinen Lüge uns vor den Abenteuern an der Mauer abhalten, denn immerhin waren wir dort jeden Tag in Lebensgefahr.

Die hätten uns doch jederzeit erschießen können!

Nach den Herbstferien erschien eine handgeschriebene Liste am Büro der pädagogischen Mitarbeiter in unserer Schule. Es war eine dieser gelblichen, leicht zerknitterten Listen, die in unserem Zentralraum immer wieder an die Wand gepinnt wurden, und jeder von uns ging mit einer Mischung aus Neugier und Angst daran vorbei. Man wusste nie, ob man gute oder schlechte Nachrichten erfuhr, wenn der Blick auf die dort aufgereihten Namen fiel. Das Büro selbst war ein kleiner, vollgestopfter Raum, in dem zwei pädagogische Mitarbeiter saßen, freundlich, aber bestimmt. Sie waren keine Lehrer, doch sie hatten eine ähnliche Autorität. Ihre Aufgabe bestand darin, uns Schüler bei allerlei Problemen und Fragen zu unterstützen. Ob es um schulische Dinge ging oder um persönliche Anliegen, sie waren immer da, wenn jemand Hilfe brauchte. Und manchmal eben auch, wenn man sich Sorgen um Listen wie diese machte.

Dieses Mal ging es um die Einsegnung, die Konfirmation. Es war eine bedeutende Zeit für viele von uns, ein Übergang ins Erwachsenwerden. Die Liste, die am schwarzen Brett hing, war lang und detailliert. Darauf standen die Namen aller Schüler, die zur Konfirmation angemeldet waren, fein säuberlich aufgeführt mit dem Ort des Konfirmationsunterrichts und dem Tag der großen Zeremonie. Viele erwarteten diesen Moment mit einer gewissen Ehrfurcht, ein feierlicher Anlass, auf den Familien und Verwandte schon warteten.

Als Torsten und ich an dieser Liste vorbeikamen, fühlten wir uns jedoch wie Außenseiter. Während viele unserer Mitschüler in dieser Phase bereits ihre Bibeln studierten und sich auf den Unterricht vorbereiteten, hatten wir, nun ja... andere Prioritäten. Torsten und ich hatten den Religionsunterricht von Anfang an nicht sonderlich ernst genommen. Statt über Bibelverse nachzudenken oder zu beten, hatten wir uns nach draußen geschlichen, um Fußball zu spielen. Der staubige Bolzplatz auf dem Schulgelände war für uns heiliger Boden, heiliger als jede Kirche. Das Rauschen des Balles, das dumpfe Aufprallen auf dem Sand, das war unser Ritual. Deshalb standen wir auch nicht auf der Liste. Kein Unterricht, keine Vorbereitung, keine Einsegnung. Das hätte uns vielleicht nichts ausgemacht, aber als wir sahen, dass nahezu alle anderen dort verzeichnet waren, fühlten wir

312

uns plötzlich ausgeschlossen. Es war, als ob eine unsichtbare Grenze gezogen worden war, die uns von dem großen Ereignis trennte, an dem die gesamte Schule teilzunehmen schien. Torsten, immer mit einem schelmischen Funkeln in den Augen, hatte jedoch sofort eine Lösung parat. "Warte mal," flüsterte er mit einem Grinsen, das nichts Gutes verhieß. Er zog einen Kugelschreiber aus seiner Jackentasche, schaute sich um, ob niemand hinsah, und trat näher an die Liste heran. "Was soll's", sagte er leise, während er mit schnellen Bewegungen unsere Namen auf die Liste kritzelte. Plötzlich standen wir mit fettgedrucktem Kugelschreiber unter den anderen Schülern: *Unterricht im Gemeindezentrum Wutzkyallee, Konfirmation in der Rudower Dorfkirche.*

Für einen Moment hielten wir beide den Atem an. Es fühlte sich verboten an, aufregend, und zugleich auch ein wenig wie ein Triumph. Wir hatten uns einfach in das System eingeschlichen, wie zwei Gauner, die unbemerkt in einen noblen Club eindringen. Mit einem breiten Grinsen auf dem Gesicht betrachteten wir unser Werk. Jetzt waren auch wir „offiziell" dabei. Ab Oktober würden wir, zumindest auf dem Papier, jede Woche Konfirmationsunterricht haben, und am 03.05.1974 unsere große Einsegnung in der Rudower Dorfkirche feiern.

Die Ironie an der ganzen Sache war, dass wir immer noch keinen Plan hatten, was wir da eigentlich taten. Aber in diesem Moment war uns das egal. Es ging nicht um den Glauben oder die Rituale, es ging um das Gefühl, Teil von etwas zu sein, was wir ursprünglich ignoriert hatten. Und, vielleicht, um das Abenteuer, zu sehen, wie weit wir gehen konnten, ohne erwischt zu werden. So gingen wir also fort, mit einem Lachen im Bauch und der Vorfreude auf das, was kommen würde.

Im kommenden Winter durfte ich mit der Schulklasse für zwei Wochen nach Pfronten in den Skiurlaub fahren. Es nannte sich Winterkursprogramm, und für mich war es eine aufregende Gelegenheit, die ich kaum erwarten konnte. In dieser Zeit war ich gerade 13 Jahre alt und hatte noch nie zuvor auf Skiern gestanden. Deshalb war es üblich, dass ein erfahrener Schüler einen unerfahrenen an die Hand nahm und als "Pate" fungierte, um ihm die Grundlagen des Skifahrens beizubringen.

Mir als Pate wurde Birgit Buchholz zugeteilt, eine hübsche Blondine mit strahlend blauen Augen und einem ansteckenden Lächeln. Sie war zwei Jahre älter als ich, also 15, und wir verstanden uns auf Anhieb. Birgit war nicht nur erfahren im Skifahren, sondern auch voller Energie und Lebensfreude. Diese Eigenschaften machten sie zu einer großartigen Lehrerin und Begleiterin während unseres Aufenthalts.

In den ersten beiden Tagen besuchte ich den Anfängerkurs, bei dem ich die Grundlagen des Skifahrens lernte. Doch schon am dritten Tag holte mich Birgit ab und nahm mich mit auf die richtigen Pisten. Sie war geduldig und ermutigend, zeigte mir Schritt für Schritt, wie man richtig Schwünge macht und sein Gleichgewicht hält. Wir fuhren gemeinsam einige der anspruchsvolleren Strecken hinunter, die viel Mut erforderten, aber ich ließ mir nichts anmerken und brauste hinterher. Ich wollte Birgit zeigen, dass ich keineswegs Angst hatte, also stürzte ich mich mit ihr zusammen jeden Abhang hinunter, sie immer als Erste, und ich dicht hinter ihr. Wir lachten viel und genossen die frische, klare Bergluft, während der Schnee unter unseren Skiern knirschte.

Abends, nach einem langen Tag auf den Pisten, versammelten sich alle im Gemeinschaftsraum der Jugendherberge. Dort saßen wir oft nebeneinander auf einem alten, abgewetzten Sofa und erzählten uns gegenseitig Geschichten aus unserem Leben. Birgit war überrascht zu erfahren, dass ich der jüngere Bruder von Roland war, einem ihrer Klassenkameraden. Sie hatte immer gedacht, Roland sei ein Einzelkind, da er in der Schule kaum Kontakt zu anderen hatte. Wir fanden auch heraus, dass ihre jüngere Schwester Elke in dieselbe Klasse wie meine Schwester Püppi ging. Diese kleinen Verbindungen zwischen unseren Familien brachten uns noch näher und gaben uns jeden Abend neue Gesprächsthemen.

Das Winterkursprogramm ging zu Ende, und kurz darauf begannen die Winterferien. Auch wenn der Alltag bald wieder Einzug hielt, blieben die Erlebnisse und die Freundschaft mit Birgit ein kostbarer Schatz in meinem Herzen. Wir verloren uns im Schulalltag doch wenn wir uns irgendwo auf den Gängen der Schule sahen, grüßten und drückten wir uns herzlich. Leider verstarb Birgit viel zu früh, vermutlich noch bevor sie 20 Jahre alt wurde. Die Erinnerung an sie und die zwei Wochen in Pfronten habe ich auf ewig in meinem Kopf abgespeichert.

Weihnachten kam, und wie jedes Jahr folgten die vertrauten Rituale, die unsere Familie schon seit Generationen pflegte. Die Luft im Haus war erfüllt vom Duft nach Zimt, Nelken und frischem Tannengrün, das meine Mutter mit bedächtiger Sorgfalt überall verteilt hatte. Kerzen flackerten auf den Fensterbänken, und der Weihnachtsbaum, prächtig geschmückt mit glitzernden bunten Kugeln, und silbernen Lametta Fäden, erstrahlte im sanften Licht. Die Vorfreude auf das Festessen war allgegenwärtig, denn es war eine Zeit, in der nicht nur die Herzen, sondern auch die Mägen gefüllt wurden.

Am Weihnachtsabend bereitete meine Mutter einen knusprigen Gänsebraten zu, dessen goldene Kruste bereits beim ersten Anblick das Wasser im Mund zusammenlaufen ließ. Die Küche war erfüllt vom Duft des Bratens, der sich mit dem Aroma Zwiebeln und den warmen Gewürzen vermischte. Neben dem Braten gab es den klassischen Kartoffelsalat, den mein Vater nach einem alten preußischen Familienrezept zubereitete. Die perfekte Balance aus cremigen Kartoffeln, knackigen Gurken und einem Hauch von Senf war jedes Jahr ein kulinarisches Highlight. Doch das war erst der Anfang. Die Klöße, rund und weich, lagen wie kleine Wolken auf den Tellern und warteten darauf, in die dunkle, reichhaltige Soße getaucht zu werden. Rotkohl, süßlich und leicht säuerlich, ergänzte die Aromen des Bratens, während der Grünkohl, grün und herzhaft, einen Hauch von Winter in jedes Bisschen brachte. Es war ein Festmahl, das den Gaumen verwöhnte und die Seele wärmte. So hatte dieser 24 zigste Dezember sein Ritual, am frühen Mittag Kartoffelsalat mit Würstchen und zum Abend den Braten.

Die Feiertage dienten nicht nur dem Schenken, sondern auch dem gemeinsamen Genießen dieser festlichen Speisen. Während wir noch den Geschmack der Festtagsköstlichkeiten auf der Zunge hatten, freuten wir uns bereits auf den Jahresabschluss. Das neue Jahr lag vor uns, mit all seinen ungewissen Möglichkeiten und Abenteuern. An diesem Silvesterabend, als das Jahr dem Ende zuging, schien die ganze Welt in festlicher Stimmung zu sein, nur wir hatten etwas ganz anderes im Sinn. Roland und ich hatten es uns in den Kopf gesetzt, das neue Jahr mit einem lauten Knall zu begrüßen. Wir brauchten keine Böller, wie die anderen Nachbarn. Dank unserer kreativen Experimente im Chemieunterricht hatten wir genug Pulver gesammelt, um unsere eigenen Knaller zu bauen. Natürlich hatten diese eine ganz andere Wirkung als die gekauften Böller. Durch kleine Anpassungen in den Mischverhältnissen gelang es uns, die Selbstgebauten noch explosiver zu machen. Jedes Mal, wenn es dann "rumste", lachten wir uns kaputt, während wir den Schaden begutachteten. Ein Opfer unserer „Feuerwerkskünste" war der Briefkasten von Herrn Zerbe, dem es schon in den letzten Jahren regelmäßig an den Kragen ging. An diesem Sylvester jedoch setzten wir uns ein neues Ziel, den alten, hölzernen Briefkasten der Familie Amelungsen. Sie wohnten nur zwei Doppelhaushälften weiter. Noch am späten Nachmittag, es war schon dunkel, schlichen wir uns heran, platzieren unseren Sprengsatz und versteckten uns hinter geparkten Autos, die Spannung auf die Spitze getrieben. Der Knall war ohrenbetäubend, die Explosion zerfetzte der Briefkasten in tausend Splitter, die in der Dämmerung des Silvesterabends aufblitzten und wie Konfetti zu Boden rieselten. Für uns war es der Inbegriff von Spaß, der laute Knall, das zerstörte Holz und das Gefühl, etwas Verbotenes getan zu haben. Die Amelungsen hatte das gar nicht mitbekommen, die feierten drinnen weiter ihre Party. Nachdem wir uns sattgelacht hatten, machte ich mich auf den Weg zu Spargel, wo ich die Silvesternacht und den Neujahrstag feiern wollte. Spargel, oder wie er mit bürgerlichem Namen hieß, Martin, war immer noch einer meiner besten

Freunde. Zusammen mit Dagmar, Bettina, deren Eltern mit Spargels Mutter in ihrem gemütlichen Wohnzimmer im Erdgeschoss feierten, gingen wir nach oben ins Zimmer. Nachdem ich die Erwachsenen im Wohnzimmer begrüßt hatte. Spargels Mutter hatte alles liebevoll dekoriert, Luftschlangen hing überall im Zimmer, Konfetti war auf dem Tisch verteilt und die mit Sekt gefüllten Gläser funkelten im Kerzenlicht. Die Erwachsenen unterhielten sich angeregt, während sie auf Mitternacht warteten.

Oben in Spargels Zimmer herrschte allerdings eine ganz andere Stimmung. Wir hatten uns von der festlichen Atmosphäre unten abgekoppelt und unsere eigene kleine Welt erschaffen. Von Spargels Fenster aus hatten wir einen perfekten Blick auf die umliegende Siedlung, wo die ersten Raketen bereits in die Luft schossen. Doch viel Zeit zum Schauen blieb mir nicht, denn die Mädchen hatten es sich in den Kopf gesetzt, mich in ihr Spiel einzubeziehen. Bevor ich mich versah, hatten Dagmar und Bettina mich gepackt und am Griff des Fensters festgebunden. Es war ein Spiel, bei dem ich die Rolle eines gefangenen Spions übernehmen sollte, der wichtige Informationen preisgeben musste. Natürlich widersetzte ich mich, wie es sich für einen tapferen Agenten gehörte. Doch Dagmar und Bettina hatten andere Pläne. Sie holten einen Trichter hervor und begannen, Wasser in meinen Mund zu gießen. Es war nicht viel, gerade genug, dass ich es schlucken konnte. Plötzlich jedoch schmeckte das Wasser anders, scharf und brennend. Ich realisierte zu spät, dass sie Wodka in den Trichter gefüllt hatten. Der Alkohol lief heiß meine Kehle hinunter, und ich spürte sofort seine Wirkung. Die Mädchen kicherten, fanden es lustig, wie ich mich bemühte, den Geschmack zu ignorieren. Doch

318

sie gaben nicht auf. Spargel holte die Flasche Wodka und ehe ich mich versah, gossen sie erneut nach. Diesmal verschluckte ich mich, aber ich zwang mich, alles hinunterzuwürgen, um ihnen keinen Triumph zu gönnen. Es dauerte nicht lange, bis der Alkohol seine volle Wirkung entfaltete. Mein Kopf begann zu schwirren, meine Gedanken wurden träge, und die Kontrolle über meinen Körper schwand dahin. Das Spiel nahm für die Mädchen eine neue Wendung, als sie mich losbanden und meinen betrunkenen Zustand mit einem Gemisch aus Belustigung und Sorge beobachteten. Sie fanden es amüsant, doch für mich wurde alles zu einem verschwommenen Durcheinander. Ich döste auf einen Sessel sitzend nur noch dahin. Die Geschehnisse in diesem Raum verschwammen dahin, wenn jemand laut lachte, lachte ich mit. Der Höhepunkt kam, als ich nachhause wollte und ich beim Versuch, mich zu bei den Erwachsenen zu verabschieden, über den Wohnzimmertisch stolperte. Mit einem lauten Krachen räumte ich sämtliche Flaschen und Gläser ab, die zu Boden klirrten und in einem Chaos aus Scherben und verschüttetem Alkohol endeten. Die Eltern von Dagmar und Bettina waren außer sich vor Wut. Mit eisigen Blicken und scharfen Worten eskortierten sie mich aus dem Haus und durch den Garten hinaus. Ich war kaum noch in der Lage, aufrecht zu stehen, hielt mich bei den Gronwalds am Zaun fest und als ich versuchte, die Straße zu überqueren, verlor ich das Gleichgewicht und stürzte der Länge nach hin. Schließlich blieb mir nichts anderes übrig, als die letzten 50 Meter durch den Schnee und bei eisigen Temperaturen, bis zu meinem Haus auf allen Vieren zu kriechen, jeder Versuch, aufzustehen, scheiterte kläglich. Zu Hause angekommen, schaffte ich es irgendwie ins Bett, doch der

Alkohol ließ mich nicht in Ruhe. Irgendwann während der Nacht muss ich mich übergeben haben, denn am nächsten Morgen fand ich einen 10-Liter-Eimer neben meinem Bett, der über und über mit Erbrochenem gefüllt war. Der Raum drehte sich noch immer, mein Kopf hämmerte, und die Erinnerung an die letzte Nacht kam nur bruchstückhaft zurück. Es war meine erste Erfahrung mit Alkohol, und sie hinterließ einen bitteren Nachgeschmack. Das Knallen in der Silvesternacht hatte ich in meinem Delirium verpasst. Von Scham und Reue getrieben, zog ich meine Laufschuhe an und ging joggen, eine fünf Kilometer lange Strecke zur Müllkippe und zurück. Jeder Schritt fühlte sich an wie eine Buße für das, was ich getan hatte. Der Gedanke daran, wie ich mich vor meiner Familie und Spargels Eltern präsentiert hatte, ließ mich nicht los. Es war ein graues Kapitel in meinem noch so jungen Leben, eine Erfahrung, die mich lehrte, wie leicht man die Kontrolle verlieren kann, wenn man sich von der Leichtsinnigkeit und den Experimenten anderer mitreißen lässt.

1974, Januar

Am ersten Schultag hüpften wir aufgeregt durch den Zentralraum, ein riesiger Raum voller Hektik und Energie. Die Winterferien lagen hinter uns, und jeder war gespannt darauf, seine eigenen Abenteuer zu teilen. Man hörte Lachen und aufgeregte Stimmen, die wild durcheinanderriefen, als ob jeder seine Geschichte als die wichtigste betrachtete. Jeder wollte der Erste sein, der von seinen Erlebnissen

320

berichtete, sodass ein lebhaftes Durcheinander entstand. Es war ein Chaos, aber eines, das mit Freude und Wiedersehensglück erfüllt war. Trotz des Trubels konnte ich nur an eine Person denken, Esther. Irgendetwas an ihr war anders. Sie strahlte förmlich, obwohl sie sich nicht verändert hatte, und doch... ihre langen, blonden Haare, die sonst wie ein goldener Schleier um ihr Gesicht fielen, waren jetzt kurz und frech geschnitten. Der neue Look brachte ihre Gesichtszüge viel deutlicher zur Geltung, ihre hellen Wangen, die funkelnden, tiefblauen Augen, die jetzt nicht mehr hinter dem dichten Haar verborgen waren. Ich war wie gebannt von ihrem Anblick, aber zu meinem Bedauern schien sie mich gar nicht zu bemerken. Stattdessen verbrachte sie ihre Zeit mit den Älteren, den „coolen" Typen, Ekki und Bödke. Beide waren bereits 16, zwei Jahre älter als wir und jeweils schon einmal sitzen geblieben. Sie hatten diesen rebellischen Charme, den viele bewunderten, und offenbar fühlte sich Esther davon angezogen. Gemeinsam verschwanden sie aus dem Zentralraum, liefen hinten am Schulsportplatz entlang bis zur Wiese, wo immer noch vereinzelte Schneereste vom Winter lagen. Von weitem sah ich, wie sie sich auf einer alten Bank niederließen, Zigaretten und eine Weinflasche in der Hand. Der beißende Geruch von Rauch und Alkohol war hier von meinem Klassenraum zu erahnen, und ich beobachtete, wie die Jungs kleine Fläschchen mit Schnaps aus den Jackentaschen zogen. Esther lachte, ihre Augen funkelten im kalten Sonnenlicht, während sie einen tiefen Zug von der Zigarette nahm, gleichzeitig mit Ecki und Bödke jeweils einen Flachmann leerte. Ein Bild, das mich erschreckte und gleichzeitig faszinierte.

Mit der Zeit veränderte sich Esther. Sie wurde distanzierter, als ob etwas von ihrer ursprünglichen Leichtigkeit verloren gegangen war. Wenn ich versuchte, mit ihr zu sprechen, wich sie mir aus, gab vor, keine Zeit zu haben oder war einfach in Gedanken versunken. Die Stunden, in denen sie den Unterricht schwänzte, häuften sich. Es war, als ob ein unsichtbarer Graben zwischen uns aufgerissen wurde, und ich konnte nichts dagegen tun. Unsere einst so lebhafte, tiefgründige Freundschaft, in der wir stundenlang über alles Mögliche gesprochen hatten, verblasste allmählich. Während Esther immer weiter in diese Welt der Älteren und vermeintlich Erwachsenen abrutschte, veränderte sich auch mein Leben. Ich begann mich stärker auf den Sport zu konzentrieren. Fußball wurde zu meinem Hauptaugenmerk, und ich spielte nicht nur in der Schulmannschaft, sondern auch für DJK SW Neukölln. Leichtathletik betrieb ich in der Schule mit Matze meinem Sportlehrer, und wenn ich Zeit für mich brauchte, lief ich zur alten Müllkippe und zurück, eine Strecke, die ich inzwischen in einem guten Tempo zurücklegte. Diese Momente des Laufens gaben mir ein Gefühl von Freiheit und Unabhängigkeit, hierbei wurde mein Kopf frei.

Die Welt der Mädchen, des Flirtens und des ständigen Herumtreibens interessierte mich plötzlich nicht mehr. Stattdessen war ich voll und ganz in die Welt des Sports eingetaucht. Das Leben zog weiter, und während sich Esther immer weiter von mir entfernte, verschwand auch die letzte Hoffnung, dass wir wieder zu dieser intensiven, geistvollen Freundschaft zurückfinden könnten, die wir einst hatten.

Im Frühjahr 1974 stand die Versetzung in die 9. Klasse bevor, und mit jedem Tag wurde mir klarer, dass ich mich auf dünnem Eis bewegte. Meine Noten waren schlechter geworden, ein stummer Zeuge meiner immer häufiger abgelenkten Gedanken und meiner Abneigung gegen gewisse Fächer. Der Stolz auf meine früheren Erfolge war längst verflogen. Mein Durchschnitt lag bei 3,0. Kein komplettes Desaster, aber auch weit entfernt von den glänzenden Ergebnissen, die meine Mutter von mir erwartete.

Vor allem eine Zensur prägte mein Zeugnis und belastete mich schwer, die 5 in Latein. Dieses Fach war zu meinem persönlichen Albtraum geworden. Jedes Mal, wenn ich das Lateinbuch aufschlug, fühlte ich mich wie ein Taucher, der viel zu tief unter die Wasseroberfläche gezogen wird. Die Deklinationen und Konjugationen verschwammen vor meinen Augen, und die alten Texte von Caesar oder Cicero schienen mir wie unlösbare Rätsel. Ich kämpfte, aber ich ertrank. Meine Mutter hingegen hatte noch immer die eiserne Überzeugung, dass Latein der Schlüssel zu meiner Zukunft sei. Sie glaubte fest, dass die Beherrschung der lateinischen Sprache die Basis einer erfolgreichen Karriere als Arzt sei. "Latein öffnet Türen", pflegte sie zu sagen, als ob diese Sprache die magische Formel wäre, um meinen Weg in die Medizin zu ebnen. Ihr Plan für mich war klar. Ich sollte Arzt werden, ein Beruf, der in den Augen meiner Mutter höchste Anerkennung und Sicherheit versprach. Doch in mir tobte ein ganz anderes Verlangen. Während sie von Laboren und Krankenhäusern träumte, blickte ich in die Sterne. Ich sah mich nicht als Arzt im weißen Kittel, der über Mikroskope gebeugt Krankheiten diagnostizierte. Nein, mein Herz gehörte dem Weltall. Seit meiner Kindheit hatte ich diese Faszination für Astronauten, für das Unbekannte und das Abenteuer jenseits der Erdatmosphäre. Ich sah mich in einem Raumanzug, schwerelos, während die Erde als winziger blauer Punkt hinter mir verschwand. Die NASA, Raketenstarts, das Gefühl der grenzenlosen Freiheit, das war es, wovon ich träumte. Wenn ich abends im Bett lag, hörte ich in Gedanken die Raketentriebwerke zünden. Der Countdown begann, und mein Puls beschleunigte sich. 10... 9... 8... die Zahlen hallten durch meinen Kopf, und mit jeder Sekunde schien der Traum realer. Die Enge des Schulalltags, die Last der schlechten Noten, alles verblasste, sobald ich mir vorstellte, wie ich das Unmögliche möglich machte. Doch in der Realität hielt mich Latein gefangen. Ich wusste, dass Französisch eine Fluchtmöglichkeit wäre, ein Fach, in dem ich mich wohler fühlte und dass mir die Chance geben würde, mein Zeugnis zu verbessern. Doch meine Mutter, die sich an ihren Idealen klammerte, ließ mich nicht los. "Du wirst das schon schaffen", sagte sie immer wieder, als ob diese Worte meine lateinischen Probleme von selbst lösen würden. Die Kluft zwischen ihrem Traum und meinem wuchs. Während sie mich in einem weißen Kittel vor sich sah, sah ich mich in der Ferne, weit weg von der Erde, umgeben von Sternen und Planeten, wo die Schwerkraft keine Rolle spielte und die Grenzen des menschlichen Wissens nur darauf warteten, von mir überwunden zu werden. Doch wie sollte ich meiner Mutter erklären, dass ich das Weltall erobern wollte, während sie in mir den nächsten Arzt der Familie sah?

Entspannung kam zu den anstehenden Osterferien. Wir fuhren mit der ganzen Familie zwei Wochen nach Lindenberg, in das Feriendorf auf dem Nadenberg im Allgäu, etwa 25 Kilometer vom Bodensee entfernt. Der Weg dorthin war lang, aber mit dem Auto machte es allemal Spaß. Vater saß am Lenkrad und steuerte das Auto wie gewohnt sicher durch die Kurven der Landstraßen, während Mutter und Mausi vorne saßen. Mausi natürlich auf dem von Werner damals eigenhändig gebauten Notsitz in der Mittelkonsole. Im Fond saßen wir Kinder, Roland, Sohni, Püppi und ich, dicht gedrängt, aber gut gelaunt. In den letzten Wochen hatte ich den Eindruck, dass sich meine Eltern nach einigen turbulenten Monaten irgendwie wieder zusammenrauften. Es war, als ob der Frühling nicht nur die Natur, sondern auch ihre Beziehung erneuert hätte. Also fuhren wir als vermeintlich glückliche Familie ins Allgäu, mit der Hoffnung, dass dieser Urlaub alles noch ein bisschen besser machen würde.

Das Erste, was mir in diesem kleinen Feriendorf auffiel, war der Aussichtsturm, der wie ein stiller Wächter über den Dächern thronte. Von dort oben, so hatte ich gehört, sollte man einen fantastischen Blick über die Berge und den Bodensee haben. Doch bevor ich Gelegenheit bekam, den Turm genauer zu erkunden, erlebten wir etwas ganz Besonderes. Eines Morgens zog ein Spielmannszug durch das Feriendorf auf dem Nadenberg. Es war ein buntes Spektakel, mit Musikern, Trommeln und Fanfaren. Ich nenne es mal das „Drachenfest", denn an der Spitze des Zuges trugen mehrere Kinder eine lange, gewundene Drachenkonstruktion, die sich durch die Wege der Anlage schlängelte wie ein lebendiger Teil der Festgemeinde. Wir Kinder waren mit Blumen geschmückt und durften ganz am Ende des Zuges mitlaufen. Es fühlte sich an, als wären wir Teil von etwas Verzaubertem, einem geheimnisvollen Ritual, das irgendwo zwischen Märchen und Realität schwebte. Auf der Festwiese angekommen, schien es, als hätte jemand die Welt in ein Meer aus Farben und Düften verwandelt. Überall leuchteten Blumen in allen erdenklichen Nuancen, knallrote Tulpen, zarte lilablaue Gladiolen, und duftende Anemonen sowie Löwenzahn bildeten ein lebendiges Mosaik. Die Luft war erfüllt vom süßen Aroma blühender Wiesenkräuter, gemischt mit dem erdigen Duft von frisch geschnittenem Gras, während eine leichte Brise die kühle, klare Bergluft über die Wiese trug. Kinder liefen lachend umher, trugen Blumenkränze im Haar und ließen Seifenblasen in die Luft steigen, die im Sonnenlicht in schillernden Farben glitzerten. Musiker auf einer kleinen Holzbühne spielten fröhliche Melodien, die uns alle mitrissen. Wir ließen uns von der Energie des Augenblicks anstecken und tanzten den ganzen Tag über wild und ausgelassen auf der Wiese. Barfuß spürten wir das kühle, weiche Gras unter unseren Füßen, und jeder Schritt schien uns näher mit der Erde zu verbinden. Wir drehten uns in Kreisen, fielen lachend ins Gras, nur um gleich wieder aufzustehen und weiter zu tanzen. Es fühlte sich an, als gäbe es keine Zeit, nur den Augenblick, voller Freude, Leichtigkeit und dem einfachen Glück, unter dem endlosen Himmel zu sein.

Die Tage im Allgäu waren erfüllt von Abenteuerlust und einer Unbeschwertheit, die nur die Natur schenken konnte. Lange Waldspaziergänge und Bergbesteigungen ließen uns Kinder in eine Welt eintauchen, die uns endlos erschien. Jeder Schritt durch die üppigen Wiesen und verwunschenen Wälder war wie das Öffnen einer neuen Schatztruhe. An einem besonders sonnigen Tag machten wir uns auf den Weg zum Waldsee. Vater, Mutter und wir fünf Geschwister. Der Weg führte uns durch saftig grüne Wiesen, in denen die Blumen in den Farben des Regenbogens leuchteten, und hinein in dichte, kühlende Wälder, in denen das Sonnenlicht in schimmernden Strahlen durch die Blätter fiel. Jeder von uns fand seinen eigenen Weg, die Natur zu erkunden. Püppi ließ sich immer wieder zurückfallen, ihre Augen suchten verträumt nach den schönsten Blüten am Wegesrand. Sie sammelte sie mit bedächtiger Hingabe und ordnete sie in ihrer kleinen Hand zu einem bunten Strauß, als ob sie ein kleines Herbarium für sich selbst anlegen wollte. Roland, der nie ohne sein Fernglas unterwegs war, lief mit gerunzelter Stirn und geschärftem Blick voraus. "Ein Mäusebussard! Nein, schaut, das da ist ein Rotmilan!" rief er uns begeistert zu, seine Stimme voller Freude darüber, uns an seiner Leidenschaft für die Natur teilhaben zu lassen. Sohni war ein einziges Energiebündel, immer in Bewegung. Er jagte lachend den Schmetterlingen hinterher, die wie lebendige Juwelen durch die Luft tanzten. Seine Begeisterung war ansteckend, und sein Lachen hallte zwischen den Bäumen wider. Mausi hingegen war ganz versunken in ihre eigene kleine Welt. Zwischen den hohen Gräsern und kleinen Farnen suchte sie mit konzentriertem Blick nach Tannenzapfen. Jeder Fund war für sie ein Schatz, den sie stolz wie einen wertvollen Pokal in die Luft hielt. "Schau mal, was ich habe!" rief sie mit strahlenden Wangen und hüpfenden Zöpfen. Ich hingegen war auf der Suche nach Pilzen. Mit wachsamem Blick durchstreifte ich den moosigen Waldboden, hoffte auf den Fund eines prächtigen Steinpilzes oder einer Gruppe goldener Pfifferlinge. Es war eine stille, konzentrierte Suche, die mich ganz in ihren Bann zog. In meiner Fantasie sah ich schon das Lächeln meiner Eltern, wenn ich ihnen meine Entdeckung präsentieren würde, als sei ich ein Jäger, der von seiner erfolgreichen

Pirsch zurückkehrt. Als wir schließlich den Waldsee erreichten, schien die Zeit stillzustehen. Das Wasser lag spiegelglatt vor uns, eingefasst von hohen Bäumen, die sich im klaren Blau des Sees widerspiegelten. Vögel zwitscherten ihr fröhliches Lied, und eine leichte Brise brachte den Duft von Harz und frischen Blüten mit sich.

Doch irgendwann bemerkten wir, dass etwas nicht stimmte. Vater, Mutter und Mausi waren plötzlich wie vom Erdboden verschluckt. Anfangs zuckte Roland nur mit den Schultern und meinte: "Die kommen gleich wieder." Doch als die Minuten vergingen und keine Spur von ihnen zu sehen war, breitete sich eine seltsame Unruhe in unserer kleinen Gruppe aus. Püppi rief nach Mausi, ihre Stimme hallte zwischen den Bäumen wider, während Sohni nervös an einem Grashalm kaute. Ich versuchte, die Ruhe zu bewahren, doch in meinem Kopf spukten wilde Gedanken. „Vielleicht sind sie auf einen neuen Weg abgebogen", schlug Roland schließlich vor, und so begannen wir, uns in verschiedene Richtungen aufzuteilen, die Augen suchend über das Gelände wandernd. Jeder knackende Ast, jedes Rascheln im Unterholz ließ uns innehalten, nur um zu erkennen, dass es doch nur der Wind war. Es fühlte sich an wie eine Ewigkeit, bis wir schließlich hinter einem großen, knorrigen Baum Gelächter hörten.

Da waren sie, Vater, Mutter und Mausi, die sich kaum halten konnten vor Lachen. Ihre Gesichter strahlten vor Freude, und Mausi sprang mit einem triumphierenden „Ihr habt uns gefunden!" hervor. Vater erklärte mit einem breiten Grinsen: „Wir wollten mal sehen, wie lange ihr braucht." Die Mischung aus Erleichterung und Verärgerung wich schnell einem ansteckenden Lachen, und selbst Roland konnte sich ein Schmunzeln nicht verkneifen. Es dauerte nicht lange, bis sich dieses kleine Versteckspiel zu einer Art Ritual entwickelte. Fast auf jedem Spaziergang verschwanden unsere Eltern irgendwann spurlos, immer begleitet von einem von uns Kindern. Der Rest blieb zurück, um mit Rätseln, Lachen und einem Hauch von Spannung nach ihnen zu suchen.

Am Waldsee, fanden wir ein Becken für Kneippkuren. Das kalte Wasser war glasklar und schimmerte in der Sonne. Wir krempelten unsere Hosenbeine hoch und traten mutig hinein, das eiskalte Wasser prickelte an unseren Beinen, während wir lachend und schreiend durch das Becken stapften. Es war arschkalt.

Ein weiterer Höhepunkt unserer Reise war der Ausflug nach Oberstdorf. Mit dem Auto fuhren wir dorthin, um mit der Seilbahn hinauf zum Nebelhorn zu gelangen, auf 2.224 Meter Höhe. Oben angekommen, erwartete uns eine schneebedeckte Landschaft, obwohl es Frühling war. Eine Schneeballschlacht brach sofort aus, Kinder gegen Eltern. Unsere Eltern hatten genauso viel Spaß wie wir und kämpften mit derselben Begeisterung, als wären sie selbst wieder Kinder. Nachdem wir uns völlig verausgabt hatten, spazierten wir über den Gletscher, der unter unseren Füßen knirschte und glitzerte, als wäre er mit Tausenden von Diamanten übersät.

Ein weiterer Ausflug führte uns zum Eistobel, einem beeindruckenden Naturschutzgebiet. Dort bahnte sich ein Fluss seinen Weg durch tiefe Schluchten, über Wasserfälle und durch Gletschertöpfe. Das Rauschen des Wassers begleitete uns auf unserer Wanderung, mal laut und tosend, mal leise und beruhigend. Wie gewohnt verschwanden unsere Eltern auch hier irgendwann und spielten ihr

Versteckspiel. Während Vater schließlich zum Auto zurückging, um uns am Ausgang des Sägewerks abzuholen, nutzten Roland, Sohni und ich die Zeit, um schnell zur Burgruine Hohenegg zu laufen. Es war ein aufregendes Abenteuer, und in jedem Winkel der Ruine spürte man die Geschichte, die dieser Ort in sich trug. Sohni zog es immer wieder zu kleinen Bächen und Tümpeln. Er watete oft mit nackten Füßen durch das kühle Wasser, als wäre es seine ganz eigene Verbindung zur Natur. Mausi und Püppi hingegen pflückten unermüdlich Blumen, um daraus kleine Sträuße zu binden, die sie dann stolz Mutter überreichten. In diesen Momenten sah ich den ganzen Zauber dieser Reise, das Lachen, das Spielen in der Natur. Es war eine Zeit, in der wir Kinder einfach Kinder sein konnten, fernab von Schule und Alltag.

Wenn ich heute Bilder von diesem Urlaub sehe, fällt mir auf, dass ich immer dunkle Shirts trug, meist in Braun, und immer mit diesen verhassten Knöpfen. Meine Eltern waren besessen von Knöpfen. Jedes Kleidungsstück, das sie für mich aussuchten, hatte mindestens ein halbes Dutzend dieser altbackenen Dinger. Ich konnte sie nie leiden, und auch heute noch meide ich sie, wann immer es geht. Aber inmitten all dieser Knöpfe und altmodischen Kleidung verbirgt sich eine Erinnerung an eine Zeit, trotz allem, was einmal war, all den Sorgen, dem Streit und den Momenten, in denen die Welt dunkel schien, Sonnenstrahlen und Lachen in meinem Herzen blieben. Es war, als ob tiefe Schatten niemals ganz die Wärme vertreiben konnten, die sich in mir festgesetzt hatte. Selbst in den stillen Stunden, wenn die Gedanken an früher schwer auf mir lasteten, blitzte irgendwo ein Lächeln auf, eine Erinnerung, die golden schimmerte und mir zeigte, dass Freude immer ihren Weg findet, auch durch die dichtesten Wolken.

Der Konfirmationsunterricht begann schon im letzten Jahr, es war wie eine kleine Flucht aus dem grauen Schulalltag. Die strenge Routine von Mathe und Deutsch wich für eine Stunde einer ganz anderen Art von Lernen. Nach dem Schulessen, das wir meist hastig hinunterschlangen, sprangen wir Schüler auf unsere Fahrräder und fuhren in Grüppchen los, die Köpfe frei vom üblichen Schulstress. Das Ziel war das Gemeindezentrum am U-Bahnhof Wutzkyallee. Schon die Fahrt dorthin hatte etwas Befreiendes, die frische Luft wehte uns ins Gesicht, und die Straßen schienen leerer, ruhiger als sonst. Im Gemeindezentrum angekommen, wartete eine andere Atmosphäre auf uns. Die Räume waren schlicht, aber die Stille hatte etwas Beruhigendes. Der Gottesunterricht war eine willkommene Abwechslung, kein Drängen und Hasten, sondern eine Stunde Nachdenken über Themen, die über das Alltägliche hinausgingen. Unser Pastor war ein freundlicher, geduldiger Mann, der es schaffte, den Glauben mit unserem jugendlichen Alltag zu verbinden. Oft saßen wir in einem Kreis und sprachen über Dinge, die uns beschäftigten, Gemeinschaft, Verantwortung, die Bedeutung von Glauben. Es war anders als in der Schule, wo es immer um Noten und Leistung ging. Hier fühlte es sich an, als dürften wir einfach wir selbst sein, ohne Druck, ohne Wettbewerb. Nach dieser Stunde war der Nachmittag unser. Ab 15 Uhr hatten wir frei, und das bedeutete Freiheit. Wir stoben auseinander und sahen uns am nächsten Tag in der Schule wieder. Doch dann, nach einem halben Jahr, stand die Einsegnung bevor, so nannten wir sie. Ein seltsames Wort für uns, aber irgendwie passte es. Die Zere-

331

monie rückte immer näher, und mit jedem Tag wuchs die Aufregung in uns. Nach den Schulferien, ein Tag im Mai 1974 begann mit einer milden Brise und einem klaren, blauen Himmel, das perfekte Wetter für einen Tag, den alle mit Spannung erwartet hatten. Der Duft von frisch gemähtem Gras aus der Nachbarschaft lag in der Luft, als wir uns in unsere besten Anzüge zwängten. Die Mädchen trugen blühende Kleider in zarten Pastelltönen, während die Mütter in eleganten Kostümen durch die Straßen eilten. Die ganze Gemeinde Rudow schien im Festtagsfieber. Unser Ziel war die alte Rudower Dorfkirche, deren Glocken uns schon aus der Ferne begrüßten. Die Konfirmationszeremonie hatte etwas Erhebendes. Der Altar war geschmückt mit frischen Frühlingsblumen, die sich an die kühlen Steinmauern der Kirche schmiegten. Als Torsten und ich nach vorne gerufen wurden, spürte ich die erwartungsvollen Blicke unserer Familien im Rücken. Der Zufall wollte es, dass Torsten an diesem Tag auch noch getauft wurde, ein besonderes Ereignis, das unseren Moment in der Kirche noch bedeutender machte. Draußen vor der Kirche, als der letzte Segen gesprochen war, brach die feierliche Stimmung auf einmal in ein ausgelassenes Stimmengewirr aus. Alle begrüßten sich, tauschten Komplimente über die feine Kleidung aus und planten ihre eigenen Feierlichkeiten. Wir aber fuhren direkt in unseren Garten, wo Vater den Grill vorbereitete und Mutter schon eifrig ihre berühmte Käsesahnetorte in der Küche vollendete. Die Sonne stand hoch am Himmel, als Onkel Detti mit seinem schelmischen Lächeln den ersten Witz des Nachmittags machte und sich mit einem kalten Bier zu meinem Vater setzte. Tante Beate war unübersehbar, ihr rotschwarzes Kostüm blitzte zwischen den Bäumen hervor, als sie mir mit einem Lächeln einen Umschlag überreichte, 50 Mark, ein kleines Vermögen für einen Jungen meines Alters. Wir spielten Tischtennis, lachten und schossen später sogar mit dem Luftgewehr auf schwarze Zielscheiben, ein kleiner Nervenkitzel, der den Tag feierlich abrundete. Roland, mein großer Bruder, zog wie immer die Aufmerksamkeit auf sich. Er sprach über seine Pläne, Revierförster im Schwarzwald zu werden, und die Erwachsenen hörten ihm bewundernd zu, während ich danebenstand und die Worte auf mich wirken ließ. Der Nachmittag verging wie im Flug, und obwohl es meine Einsegnung war, schien Roland doch irgendwie den Mittelpunkt der Feier einzunehmen. Manni war überraschend auch da, und trotz der Spannungen zwischen Vater und ihm, wirkte alles friedlich an diesem Tag. Die Sonne neigte sich langsam dem Horizont entgegen, aber das Fest ging weiter. Der Abend, an dem die Gäste unsere Feier verließen, war einer der Momente, die mir in Erinnerung bleiben. Manni, mein Halbbruder, fuhr zurück in sein Zimmer bei den Kremkaus, und ich saß in meinem Kabuff, glücklich über die 150 Mark, die ich insgesamt als Konfirmationsgeschenk bekommen hatte.

In der Schule verging die Zeit wie im Flug, besonders in den Pausen und beim Fußballtraining. Es war, als würde die Uhr schneller laufen, sobald ich den Ball am Fuß hatte. Wir spielten oft auf dem Sportplatz der sich auf dem Schulgelände befand, und es gab nichts Schöneres, als den Ball über den Sand zu jagen. Und auch im Fußballverein rannte die Zeit förmlich, mein Zeitfräulein stand nie still. Während des Trainings bei DJK Schwarz-Weiß Neukölln, malten wir uns schon die Strategien für das nächste Ligaspiel aus. Doch in der Schule, sobald der Gong für den Lateinunterricht ertönte, schien

333

die Zeit plötzlich stillzustehen. Jede Minute zog sich hin wie zäher Kaugummi. Die Doppelstunde Latein, die ich nur einmal in der Woche hatte, fühlte sich an wie eine Ewigkeit. Meine Lehrerin, Frau Thieme, bemühte sich redlich, mich durch die verworrenen Pfade der römischen Geschichte und Grammatik zu führen. Sie war eine strenge, aber gutherzige Frau, die nie aufgab, auch wenn meine Begeisterung für das Fach gleich null war. Ihr Lächeln, wenn sie eine spannende Anekdote über Caesar oder Cicero erzählte, konnte mich trotzdem nicht aus meinen Träumen von den nächsten Fußballspielen reißen. Manchmal, wenn sie krank war und der Unterricht ausfiel, konnte ich meine Freude kaum verbergen, was nicht gegen Frau Thieme war. Diese Stunden waren dann eine Erlösung für mich.

Nach dem Mittagessen, das mir immer sehr gut schmeckte und nach einer weiteren Portion, die ich mir abholte, auch satt machte, trafen wir uns im Zentralraum zum Tischtennis oder Kicker. Es war die Zeit, in der wir uns richtig austoben konnten. Torsten und ich waren unschlagbar im Kickern. Wir spielten schnell, mit einem guten Auge für den Ball und einem Gespür für die Lücken des Gegners. Diese Minuten vergingen wie im Flug, und schon bald war es wieder Zeit für den Unterricht, oder auch nicht. Oft schwänzten die Fußballer die Arbeitsstunden, in denen eigentlich Hausaufgaben gemacht werden sollten, und trafen sich heimlich auf dem Schulsportplatz, um eine Partie Fußball zu spielen. Es war ein wildes Durcheinander, mehr als 20 Spieler auf dem Platz, die alle nur das eine im Kopf hatten, den Ball ins Tor zu bringen. Diese Spiele bauten wir sehr strukturiert auf, denn immerhin waren viele Vereins Spieler dabei. Die letzten Stunden des Tages waren meist entspannt, es waren die Fächer, in denen

Kreativität gefragt war. Musik, Kunst oder Sport, das waren die Fächer, in denen ich ohne viel Mühe glänzen konnte. Die Noten, die ich dort bekam, waren immer Bestnoten, und das, ohne dass ich mich groß anstrengen musste. Ich nannte sie meine "Eins-Fächer", weil ich wusste, dass ich dort immer gut abschneiden würde. Meine Einser-Fächer, die ich mühelos meisterte, waren nicht nur leicht für mich, sie machten auch richtig Spaß. Im Musikunterricht war ich immer einen Schritt voraus, weil ich bereits ein Instrument spielen konnte. Es war, als hätte ich einen Trumpf in der Hand, der mir den Unterricht fast spielerisch leicht machte. Der Lehrer schätzte es, wenn ich meine Fähigkeiten einbrachte, und oft durfte ich sogar kleine Soli vor der Klasse spielen. Das verschaffte mir nicht nur Anerkennung, sondern machte mich auch zum Liebling des Lehrers, was natürlich nie schaden konnte.

Im Fach "Form und Farbe" war ich in meinem Element. Hier konnte ich meine Kreativität frei ausleben, und meine Ideen schienen nie auszugehen. Eines der spannendsten Projekte war der Bau einer Murmelbahn aus Papier und Pappe. Die Aufgabe war, etwas zu erschaffen, das sowohl funktional als auch ästhetisch ansprechend war. Während die anderen Schüler einfache Konstruktionen bauten, war meine Murmelbahn ein wahres Kunstwerk. Sie war nicht nur raffiniert gestaltet, sondern auch so gut durchdacht, dass sie perfekt funktionierte. Als Krönung wurde sie sogar in den Vitrinen vor dem Lehrerzimmer ausgestellt, direkt am Haupteingang der Schule! Es war ein stolzer Moment, jedes Mal an meinem Werk vorbeizugehen und zu sehen, wie es von den Lehrern und Schülern bewundert wurde.

Und dann war da noch der Sportunterricht. Ich war in nahezu jeder Disziplin ganz vorne mit dabei. Natürlich liebte ich Fußball, aber das war nur der Anfang. In der Leichtathletik sprintete ich über die Bahnen und sprang weiter als die meisten meiner Mitschüler. Beim Bodenturnen bewies ich Geschick und Körperbeherrschung, und auch im Schwimmen zog ich elegant meine Bahnen und ließ die Konkurrenz hinter mir. Egal, ob Laufen, Springen, Turnen oder Schwimmen, ich gehörte immer zu den Besten. Es war nicht nur mein Ehrgeiz, der mich antrieb, sondern auch die Freude an der Bewegung und dem Wettkampf. Sport war mein Revier, und dort fühlte ich mich unbesiegbar.

Doch Irgendwann begann ich, die Schule nur noch als notwendiges Übel zu sehen, das sich zwischen meine Wochenenden und die Fußballspiele drängte. Ich lebte von einem Wochenende zum nächsten, immer mit dem Blick auf das nächste Ligaspiel, den nächsten Urlaub oder die nächste Klassenfahrt. Die Schule schien nur noch eine Nebensache zu sein, die ich irgendwie überstehen musste. Doch das Merkwürdige war, dass der Lernstoff irgendwie trotzdem den Weg in meinen Kopf fand. Es war, als würde ich den Unterrichtsstoff aufsaugen, ohne es bewusst zu merken. Mein älterer Bruder, der eine Klasse über mir war, half mir manchmal, aber oft schien es, als würde ich das Wissen einfach aus der Luft greifen. Während ich im Unterricht saß und von der nächsten Reise träumte, schlich sich der Stoff still und leise in mein Gedächtnis ohne, dass ich dafür etwas tun musste.

Es war wieder Zeit für das Sommerkursprogramm, und ich konnte es kaum erwarten, erneut nach Ratzeburg zu fahren. Es war mein zweites Mal dort, und die Erinnerungen vom letzten Jahr waren noch frisch. Schon auf der Fahrt dorthin spürte ich die Vorfreude, vor allem, weil ich wusste, dass Carola wieder mit dabei sein würde. Wir verstanden uns blendend, und wie im Jahr zuvor, war sie meine ständige Begleitung auf dem Wasser und außerhalb.

Der Tag begann früh. Noch vor dem Frühstück joggten wir zwei Runden um den Küchensee. Die frische Morgenluft und das ruhige Wasser des Sees machten den Lauf fast geheimnisvoll. Es fühlte sich an, als gehörte der See nur uns. Danach ging es direkt zum Frühstück, um Energie für das Langstreckenrudern zu tanken. Das Rudern selbst war anstrengend, aber es hatte etwas Meditatives. Die gleichmäßigen Bewegungen der Ruder, das leise Plätschern des Wassers, und das Gefühl, wenn das Boot durch die glatte Oberfläche des Sees schnitt, waren unvergleichlich. Manchmal saßen wir im Doppelvierer und ruderten als Team, aber am liebsten war ich im Skiff, allein mit meinen Gedanken und der Weite des Wassers. Carola ruderte oft neben mir, und obwohl wir nicht viel sprachen, verstanden wir uns wortlos. Nach dem Abendessen hatten wir oft noch die Möglichkeit, in die Sporthalle zu gehen, um uns weiter auszutoben. Doch in diesem Jahr hatten Carola und ich andere Pläne. Anstatt uns bis zur Erschöpfung zu verausgaben, entschieden wir uns dafür, die Abende anders zu verbringen. Wir gingen Eis essen in der Stadt, schlenderten durch die Straßen von Ratzeburg und entdeckten kleine Ecken, die wir im Jahr zuvor noch nicht gesehen hatten. Es war eine Art von Leichtigkeit, die wir teilten, entspannt, vertraut, und doch irgendwie besonders. In den stillen Nächten der Jugendherberge schlich ich mich dann oft zu Carolas Zimmer. Es war ein unausgesprochenes

Ritual, das wir beide genossen. Es gab keine Verpflichtungen, keine festgelegten Erwartungen, nur diese flüchtigen Momente, die für uns beide wie eine Art geheimer Romanze waren. Wir lachten viel, sprachen über das Rudern und das Leben, und es fühlte sich an, als wäre die Zeit in Ratzeburg eine kleine, abgeschlossene Welt, weit weg von der Realität. Eine Beziehung hatten wir nicht, denn Carola hatte ja einen festen Freund in Berlin, aber in diesen Tagen und Nächten in Ratzeburg war es mehr als Freundschaft, etwas, das sich schwer in Worte fassen ließ. Der Ratzeburg-Kurs war nicht nur Sport und Disziplin, sondern auch Freiheit, Entdeckung und eine Erinnerung, die für immer bleiben würde.

Als ich vom Rudern aus Ratzeburg zurückkam, hatte die drückende Sommerhitze die Stadt fest im Griff. Gerade hatte das neue Schwimmbad in der Gropiusstadt eröffnet, an der Lipschitzallee, und es war der perfekte Zufluchtsort an solch einem Tag. Wir nannten es einfach das Lipschitzbad, für uns war es wie eine kleine Oase, eingebettet in das Grau der Gropiusstadt. Die ganze Gegend sprach davon, und so zog es auch mich dorthin, auf der Suche nach Abkühlung und vielleicht ein wenig Neugier.

Ich war oft allein und breitete meine Decke auf der Liegewiese aus, suchte mir einen Platz mit Blick auf das strahlend blaue Wasser. Überall tobte das Leben, Kinder, die kreischend ins Wasser sprangen, Jugendliche, die in Gruppen zusammenstanden und lachten, und dazwischen die Älteren, die ruhig in der Sonne lagen. Die Hitze drückte auf mich herab, während ich mich auf den Rücken legte und die Augen schloss. Plötzlich fiel ein Schatten über mein Gesicht, und ich öffnete die Augen. Über mir stand ein Mädchen, groß und schlank, mit nachtschwarzem Haar, das glänzend über ihre Schultern fiel. Sie war älter als ich, das war sofort klar, vielleicht 17, während ich gerade mal 14 war. Sie hatte diese selbstbewusste, fast lässige Haltung, die ältere Mädchen manchmal haben, und ihre blauen Augen strahlten Neugier und Entschlossenheit aus.

„Kann ich meine Decke neben deine legen?" fragte sie, ohne Vorwarnung. Ich starrte sie für einen Moment an, sprachlos von ihrem Auftreten und ihrer plötzlichen Präsenz. Doch bevor ich überhaupt eine Antwort herausbringen konnte, hatte sie sich schon umgedreht, ging ein paar Schritte und holte ihre Decke. Mit einer fließenden Bewegung breitete sie sie neben meiner aus und ließ sich nieder, als wäre es das Selbstverständlichste der Welt. „Hallo, ich bin Susanne", sagte sie mit einem Lächeln, das mir den Atem raubte. Ich konnte kaum klar denken. „Ich... äh... ich bin Thomas", stammelte ich, während ich versuchte, meine Nervosität zu verbergen.

Susanne hatte eine Ausstrahlung, die mich sofort verzauberte. Sie trug einen weißen Bikini, der ihre schlanke, aber kurvige Figur perfekt zur Geltung brachte, und ich konnte nicht umhin, einen kurzen Blick auf ihre Brüste zu werfen, die sich sanft unter dem Stoff abzeichneten. Meine Wangen glühten, und ich versuchte krampfhaft, meinen Blick auf ihre Augen zu richten.

„Und, Thomas", fragte sie neugierig, „was machst du hier so? Wohnst du in der Nähe?" „Bist Du allein im Schwimmbad?" Ihre Fragen prasselten auf mich ein, während sie sich entspannt auf die Seite legte, mit ihrer Hand meinen Arm berührte und mich aufmerksam ansah. Ihre Nähe war überwältigend, und ihre lockere Art ließ es so erscheinen, als wäre das alles ganz normal, als würden wir

339

uns schon ewig kennen. Aber für mich war es alles andere als gewöhnlich. Noch nie hatte ein Mädchen wie sie so unverblümt meine Nähe gesucht, und ich wusste nicht, ob ich mich freuen oder in Panik verfallen sollte. „Äh, ich wohne nicht weit von hier", antwortete ich schließlich. „Und du?" Sie grinste. „Ich wohne am Zwickauer Damm. Weißt du, wo das ist?" „Ja, in der Nähe der Postsiedlung, da wohne ich", antwortete ich schüchtern. „Und, Thomas, was machst du hier so? Bist du oft im Schwimmbad?" Ihre Fragen kamen schnell, und ich versuchte, sie so gut es ging zu beantworten. Sie schien alles über mich wissen zu wollen, wo ich wohnte, welche Schule ich besuchte, was ich außer Schwimmen noch so machte. Es war, als hätte sie beschlossen, dass wir Freunde wären, und ich hatte keine andere Wahl, als diesem Verlauf zu folgen. Nach schon einer halben Stunde fragte sie mich, ob ich mit ihr gehen möchte. „Aber komm, wir gehen erst mal ins Wasser", schlug sie vor. Als ich aufstand, bemerkte ich, dass ich einen halben Kopf kleiner war als sie. Als wir gemeinsam ins kühle Wasser eintauchten, fühlte sich alles plötzlich leichter an. Wir schwammen, lachten, und für einen Moment schien es, als wäre die Welt um uns herum nicht vorhanden. Ich brachte sie nach Badeschluss nachhause und sie küsste mich. Mein Herz pumpte Blut in die Schlagadern. Sie küsste sehr lange und ich spürte ihre Brüste an meinem Körper. Nach dem Kuss wuschelte sie über mein Haar und sagte: "Tschüss Kleiner, sehen wir uns morgen wieder im Schwimmbad?"

Es waren Sommerferien und ich konntes es kaum abwarten wieder ins Schwimmbad zu gehen. Schon um acht Uhr, wenn der Einlass begann stand ich in der Schlange am Eingang und suchte auf der

340

Liegewiese einen geeigneten Platz. Ich war aufgeregt und schaute wann Susanne kam. Ich leuchtete vor Leidenschaft, in mir brannte ein mir unerklärliches Feuer. Ich sah sie am Eingang, sie kam direkt auf mich zu, legte sich neben mich hin, halb auf mich. Sie küsste mich innig mit Zunge. Ich spürte wieder ihre festen Brüste auf meinem Körper. Sie lächelte und sagte: „Ich bin froh, dass du gekommen bist." Es entwickelte sich eine heiße Sommeraffäre, ohne zu wissen wohin sie führt. Ich war zunächst komplett überfordert.

Eines Tages, an einem Samstag, stand ich zum Abschied wieder vor ihrem großen weißen Elternhaus. Sie schloss die Tür auf und sagte: „Meine Eltern sind am Wochenende in Braunschweig, du kannst mit reinkommen." Auf ihrem Zimmer ging alles so schnell, dass ich kaum Zeit hatte, mich zu sammeln. Susanne warf mich spielerisch aufs Bett, und ehe ich mich versah, zog sie sich aus, bis auf ihren Schlüpfer, der noch eng an ihrem Körper lag. Ihre Bewegungen waren selbstbewusst und entschlossen, als hätte sie genau gewusst, was sie wollte. Ich folgte ihrem Beispiel, zog mich ebenfalls aus, bis nur noch meine Unterwäsche übrig war. Dann legte sie sich neben mich, und wir begannen uns zu küssen, erst vorsichtig, dann leidenschaftlicher. Die Hitze des Tages schien noch in unseren Körpern zu stecken, und ich spürte jede Berührung, jedes Kribbeln auf meiner Haut. Unsere Hände erkundeten die Körper des anderen, tasteten neugierig und doch sanft, als wären wir beide dabei, etwas Neues und Geheimnisvolles zu entdecken. Es war wunderschön, fast wie ein Tanz, bei dem wir beide führten und gleichzeitig folgten. Ihr Atem ging schnell, mein Herz schlug unregelmäßig, und in diesem Moment fühlte sich die Welt weit weg an. Alles, was zählte, war dieser Augenblick. Einfach, ein Moment, den ich für immer festhalten wollte. Jede Berührung fühlte sich an wie eine leise Explosion, die sich in meinem ganzen Körper ausbreitete. Doch so schnell wie es begann, musste es auch enden. Ein Blick auf die Uhr ließ mich aufschrecken, es war schon halb acht, und zuhause wartete das Abendbrot. Ich musste gehen. Der Moment, so schön und intensiv er auch war, wurde von der Realität abgebrochen. Wir verabschiedeten uns hastig, mit einem schnellen Kuss, und ich zog mich an, so schnell ich konnte. Fünf Minuten später war ich schon zuhause. Kaum hatte ich die Tür geöffnet, kam die unvermeidliche Frage von meiner Mutter: „Warum kommst du so spät aus dem Schwimmbad?" In meinem Kopf ratterte es. Ohne nachzudenken, sprudelte eine Ausrede aus mir heraus: „Ich bin noch freiwillig zum Papiersammeln geblieben, damit ich morgen freien Eintritt habe." Sie schien mir zu glauben, und ich atmete erleichtert auf. Beim Abendbrot war alles wie immer, das Geklapper von Tellern, das leise Murmeln der Gespräche meiner Geschwister– doch in meinem Kopf war ich nicht wirklich da. Ich saß zwar am Tisch, aber meine Gedanken waren bei Susanne. Jede Berührung, jeder Kuss, jede Bewegung spielte sich in meinem Kopf noch einmal ab, als könnte ich die Erinnerung festhalten und immer wieder durchleben. Mein Herz pochte immer schneller, und ich fragte mich, ob das, was ich fühlte, Verliebtheit war. Doch die Realität holte mich bald wieder ein. Meine Mutter hatte mich für ein Sommerferienlager in Dänisch-Niendorf angemeldet. Zwei Wochen Trennung von Susanne lagen vor mir, und allein der Gedanke daran machte mich nervös. Zwei Wochen schienen mir wie eine Ewigkeit. Der Rest der Familie reiste mit dem Auto nach Norwegen, ins beschauliche Fischerdorf Kristiansand. Der Abschied von Susanne rückte immer näher, und die Vorstellung, sie so lange nicht zu sehen, schmerzte mehr, als ich zugeben wollte. Doch Susanne lachte, als ich es ihr erzählte, und sie schien den bevorstehenden Abschied viel leichter zu nehmen als ich. „Macht nichts", sagte sie mit einem Lächeln. „Ich fahre mit meinen Eltern nach Darmstadt, wir besuchen Oma und Opa. Aber das sind nur zehn Tage, und dann sehen wir uns wieder, bevor du es merkst. Du fährst ins Zeltlager, hast eine gute Zeit, und Schwups, sind die zwei Wochen vorbei. Dann haben wir noch drei Wochen Sommerferien, und da können wir jeden Tag gemeinsam im Schwimmbad verbringen." Sie küsste mich, diesmal länger, fast tröstend. Dann wuschelte sie mir wie immer durch die Haare, ein Zeichen ihrer Zuneigung, das ich mittlerweile liebte. „Tschüss, Kleiner", sagte sie, mit diesem Lächeln, das mich gleichzeitig aufmunterte und verwirrte. Mir fiel auf, dass sie noch nie meinen Namen genannt hatte, nicht ein einziges Mal. Der Abschied war leichter als erwartet, vielleicht, weil sie so optimistisch und zuversichtlich war. Ich fühlte mich plötzlich beruhigt und sicher, dass wir uns bald wiedersehen würden. Und so verabschiedeten wir uns, beide mit der Gewissheit, dass der Sommer noch lange nicht vorbei war, und dass uns noch viele Tage im Lipschitzbad bevorstanden.

Dänisch Niendorf mit Michael Kasper.

Im Zeltlager in Dänisch-Niendorf schien die Zeit auf eine seltsame Art zu vergehen, als wären zwei Wochen nicht mehr als ein Wimpernschlag, jedoch andauernd. Es begann jeden morgen früh, wenn die ersten Sonnenstrahlen durch die Zeltwände drangen und mich aus dem Schlaf weckten. Zusammen mit Michael Kasper, einem

343

Kumpel aus dem Nachbarzelt, zog ich los, um mich meiner freiwilligen Aufgabe in der Küche zu widmen. Nach dem Frühstück wartete die nächste Aufgabe. Kartoffelschälen für das Mittagessen. Während ich in der warmen Sonne saß und die Schalen in großen Schüsseln sammelte, fühlte es sich fast meditativ an. Die Geräusche des Lagers, das Gelächter der anderen Kinder, die sich hinter einer Böschung, am Strand vergnügten, und das Rauschen der Wellen im Hintergrund, bildeten eine Art Klangteppich, der die Tage angenehm dahinplätschern ließ. Die Arbeit mit den Kartoffeln war einfach, aber erfüllend. Als Küchenhelfer war ich immer beschäftigt, hatte keine Zeit für Langeweile oder Heimweh. Auch das Zelt musste jeden Tag gereinigt werden. Gemeinsam mit Michael und den anderen Jungs aus unserem Zelt machten wir uns an die Arbeit. Wäschewaschen gehörte auch dazu, ein notwendiges Übel, das jedoch oft in einer Wasserschlacht am großen Waschbecken endete. Das Lagerleben war einfach, aber es hatte eine gewisse Freiheit, die mir gefiel. Es war, als ob all die kleinen Pflichten und Aufgaben uns zusammenbrachten, nicht als lästige Arbeit, sondern als Teil des Erlebnisses. Der Duft frisch gebackener Brötchen hing jeden Morgen schon in der Luft, als ich die Küche betrat. Die Arbeit als Küchenpersonal hatte etwas Beruhigendes, das rhythmische Streichen der Butter auf die Brötchen, das sanfte Zischen der Pfanne, in der ich das Rührei brät, während draußen das Lager allmählich erwachte. Die anderen schliefen oft noch, und es war fast, als hätte ich diese stillen Momente ganz für mich allein. Nur Michael war da, manchmal schloss er sich mir an, und wir lachten über irgendwelche dummen Witze, die uns in den Sinn kamen.

Elektronischer Kuhdraht. Micha hatte eine ganz besondere Begabung, die uns immer wieder in Staunen versetzte. Einer der Betreuer im Lager, von allen nur „Bär" genannt, war eine imposante Erscheinung. Mit seiner kräftigen, stämmigen Statur und der stoischen Ruhe, die er ausstrahlte, wirkte er wie ein Fels in der Brandung. Jeden Tag stapfte er gemächlich durch das Lager, immer mit einem wachsamen Auge auf uns. Natürlich konnten wir es nicht lassen, ihm einen Streich zu spielen. Die Gelegenheit bot sich, als wir in der Nähe einer Weide mit einem elektrischen Kuhdraht herumlungerten. Der Draht, durch den in regelmäßigen Abständen kleine Stromstöße flossen, war dafür gedacht, die Kühe davon abzuhalten, das Gehege zu verlassen. Micha hatte eine erstaunliche Fähigkeit: Er konnte diesen Draht anfassen, ohne dass er mit der Wimper zuckte, während jeder andere beim bloßen Gedanken daran zurückschreckte. „Das wird lustig", flüsterte ich Micha zu, und schon war der Plan geschmiedet. Micha stellte sich ins hohe Gras und griff den Draht mit beiden Händen fest an. Ich rief laut: „Bär, schnell, wir brauchen Hilfe! Micha steckt im Boden fest, ich kriege ihn da nicht mehr raus!" Bär kam sofort angerannt, wie ein gutmütiger Riese, der zur Rettung eilt. Ohne zu zögern, packte er Micha am Fuß, um ihn aus seiner vermeintlichen Misere zu befreien. Doch kaum hatte er ihn berührt, durchzuckte ihn ein Stromschlag. „Autsch!" rief Bär erschrocken und ließ Micha sofort los. „Was ist los?" fragte Micha scheinheilig, während er den Draht weiterhin fest umklammerte. Bär, fest entschlossen, uns zu helfen, unternahm einen zweiten Versuch. Mit aller Kraft griff er wieder nach Michas Bein – und zack, der nächste Stromschlag! Dieses Mal stieß Bär einen kleinen Schrei aus, zog die Hand zurück und schaute

345

Micha an, als wäre er ein Wesen von einem anderen Planeten. Wir schwiegen und warteten gespannt, ob er noch einen dritten Versuch wagen würde. Und tatsächlich: Bär gab nicht auf. Doch kaum hatte er Micha erneut angefasst, sprang er vor Schreck regelrecht zurück, als ob ihn der Blitz getroffen hätte. Micha ließ den Draht los, schüttelte sich kurz und trat aus dem hohen Gras hervor. Mit einem breiten Grinsen bedankte er sich bei Bär für seine Hilfe und sagte: „Du bist echt der Beste, danke dir!" Dann liefen wir lachend davon, während Bär uns kopfschüttelnd hinterherblickte. In den restlichen Tagen des Zeltlagers war sein Blick auf uns ein Mix aus Unglauben und Respekt. Ob er jemals herausfand, wie Micha diesen Draht so locker halten konnte, weiß ich nicht. Aber eines ist sicher: Diesen Streich wird Bär so schnell nicht vergessen. Abends, wenn das Brot wieder geschmiert und der Tag zur Neige ging, saßen wir oft noch am Lagerfeuer. Unsere Betreuer erzählte Geschichten, und das Knacken des Feuers vermischte sich mit dem Zirpen der Grillen. In solchen Momenten vergaß ich fast, dass nur zwei Wochen hier in Dänisch-Niendorf geplant waren. Die Zeit hatte sich aufgelöst, wurde bedeutungslos es war, als ob ich in diesem kleinen Mikrokosmos des Lagers gefangen war, in dem jeder Tag gleich und doch einzigartig war. Michael Kasper und ich stellten fest, dass wir in Berlin auf der gleichen Schule gingen und hatten uns vorgenommen, nach den Sommerferien auf dem Schulgelände mal zu treffen.

Das Ferienlager war zu Ende, und ein großer, knatternder Bus holte uns ab, um uns zurück nach Berlin zu bringen. Die Fahrt war eine Mischung aus Lachen, Abschiedstränen und dem Knistern von Bonbonpapier, während wir uns gegenseitig Geschichten erzählten, die wir nie vergessen wollten. Schließlich erreichten wir die Rudower Spinne, und die Stimmung kippte. Einer nach dem anderen wurde von seinen Eltern freudig in Empfang genommen, mit Umarmungen, Lächeln und dem Rufen von Namen. Nur ich stand allein da, mein Herz schwer, als der Busfahrer mir höflich zunickte und sagte, ich könne aussteigen.

Keiner wartete auf mich. Kein vertrautes Gesicht, keine warme Umarmung. Ich schnappte mir mein Gepäck, das schwerer schien als sonst, und machte mich auf den Weg zur Bushaltestelle. Der 57er kam bald, und ich stieg ein, versuchte die Blicke der anderen Fahrgäste zu meiden. An der Haltestelle Geflügelsteig Ecke Großziethner Chaussee stieg ich aus und schleppte mein Gepäck die restlichen ´paar hundert Meter zu Fuß nach Hause. Die Straße war still, und der Wind wehte ein paar vergilbte Blätter über den Gehweg. Es war Samstag, und das Haus wirkte verlassen. Niemand war da, um mich willkommen zu heißen.

Zum Glück hatte ich meinen eigenen Schlüssel. Ich öffnete die Tür zu meinem Kabuff, einem kleinen Raum, der mir wenigstens ein Stückchen Privatsphäre bot, stellte meine Sachen ab und ließ mich erschöpft aufs Bett fallen. Der Gedanke kroch in meinen Kopf: *Was ist das für eine Familie? Haben sie mich vergessen, oder bin ich ihnen wieder einmal völlig egal? Wissen sie überhaupt, dass ich existiere?*

Doch Grübeln brachte nichts. Nach einer Weile stand ich auf, schnappte mir ein Handtuch, eine Badehose und meine kleine karierte Decke und beschloss, ins Schwimmbad zu gehen. Es war kurz nach Mittag, und obwohl die Sonne schien, war mein Kopf voller düsterer

Wolken. Mit jedem Schritt fühlte ich den Frust in mir wachsen, ein dumpfes Grollen wie ein bevorstehendes Gewitter.

Doch dann, wie ein Sonnenstrahl durch einen grauen Himmel, sah ich Susanne. Sie lag allein auf ihrer Decke an unserem üblichen Platz, ihr Lächeln strahlte heller als die Sonne. Als sie mich sah, sprang sie sofort auf, lief mir entgegen, umarmte mich fest und drückte mir einen Kuss auf die Lippen. In diesem Moment lösten sich die dunklen Wolken in meinem Kopf auf, und alles fühlte sich plötzlich richtig an. Wir verbrachten den restlichen Nachmittag zusammen, lachten, redeten und ließen uns von der warmen Sonne trocknen. Der Tag, der so trostlos begonnen hatte, nahm einen unerwartet süßen Abschluss.

Als ich abends nach Hause kam, waren plötzlich alle da. Meine Mutter sah mich überrascht an und sagte, sie habe gedacht, ich käme erst am Sonntag zurück. Ihr Ton war beiläufig, als wäre das alles keine große Sache. *Friede, Freude, Eierkuchen*, dachte ich mir und ließ die Sache auf sich beruhen.

Die verbleibende Woche der Ferien verbrachte ich größtenteils mit Susanne, und wir genossen jeden Moment.

Die Schule nach den Sommerferien begann, die Schulglocke läutete und die vertrauten Geräusche des Alltags kehrten zurück. Esther, die mit ihrem klaren Blick und der ruhigen Art stets eine Art Anker für mich war, schenkte mir einen kurzen, aber intensiven Moment ihrer Aufmerksamkeit. Sie schien zu spüren, dass etwas anders war, dass in mir eine warme Unruhe brodelte. Neugierig fragte sie nach, und ohne lange nachzudenken, erzählte ich ihr von Susanne. Ein sanftes Lächeln huschte über ihr Gesicht, und mit einer gewissen Gelassenheit, die nur jemand haben konnte, der schon mehr Erfahrungen gesammelt hatte, wünschte sie mir viel Glück. „Mach dir keine Sorgen", sagte sie und musterte mich von oben bis unten, als ob sie in mir nach Anzeichen von Nervosität suchte. „Lass dich einfach fallen. Sei ganz bei ihr. Genieße, was sie mit dir anstellt, und verliere dich in dem Moment." Es klang fast zu einfach, doch Esthers Ratschläge hatten immer etwas Beruhigendes, fast Magisches. Sie sprach mit der Sicherheit eines reifen Mädchens, das genau wusste, wie es sich verhalten sollte, und vielleicht sah sie in mir jemanden, der noch einen langen Weg vor sich hatte. Ich fragte dann noch beiläufig nach Ekki, Esthers Freund, und sie winkte schnell ab. „Alles gut", meinte sie mit einem leichten Lächeln, als ob das Thema für sie keinerlei Dramatik barg.

Als die Stunden des Schultags verstrichen, fand ich mich schließlich auf der Wiese hinter dem Pavillon unserer Klasse wieder. Dort sah ich Carola mit ihrem Freund Hand in Hand über unserem Schulsportplatz laufen. Sie war mir immer ein Rätsel gewesen, mal nah, mal fern. Ich winkte ihr fröhlich zu und rief laut „Hallo", doch was ich zurückbekam, war nur ein peinlich berührtes Wegdrehen. Ihr Freund, offensichtlich älter und mit diesem arroganten, leicht abweisenden Blick, passte irgendwie nicht zu ihr. Ich dachte bei mir: „Der Typ sieht aus wie ein blasser Snob." Wie ich später herausfand, hieß er Till, ein blonder, langer Kerl, der zu allem Überfluss auch noch blass wie Kreide war. „Er passt nicht zu Carola", schoss es mir durch den Kopf, aber wer war ich, das zu beurteilen?

Kurz darauf traf ich unerwartet auf Michael Kasper, den ich im Zeltlager kennengelernt hatte. Überraschenderweise stellte sich heraus,

349

dass er in meiner Jahrgangsstufe war. Die Zeit im Zeltlager war wie im Flug vergangen, und wir sind uns in den Jahren zuvor kein einziges Mal in der Schule über den Weg gelaufen. Ich musste schmunzeln, als ich daran dachte, wie unterschiedlich unsere Leben waren. Micha war ein waschechter Streber, Einser-Schüler durch und durch. Nur im Sport hinkte er hinterher, eine Drei war für ihn ein kleiner Makel. Er hatte einen klaren Plan: Kampfpilot wollte er werden. Das war sein Ziel, und alles, was er tat, diente diesem einen großen Traum. Sein Bruder Andres war kaum anders, nur 11 Monate älter und genauso ehrgeizig. Die Kasper-Brüder waren fleißig und zielstrebig, während ich meine eigenen Wege ging. Wir liefen uns selten über den Weg, zu unterschiedlich waren unsere Interessen. Während Micha lernte, um seine Zukunft zu formen, verbrachte ich meine Zeit mit anderen Hobbys, solchen, die sich jenseits der Schulbücher abspielten.

Von der Schule ging ich direkt ins Schwimmbad, der Tag war heiß und die Sonne stand schon tief am Himmel. Viel Zeit blieb mir nicht, denn Schulschluss war erst um 16.00 Uhr, und ich wusste, dass sie nicht lange bleiben würde. Als ich durch das Tor trat, umfing mich der vertraute Geruch von Chlor und Sonnencreme, der in der Luft lag. Menschen lachten, Kinder sprangen ins Wasser, und für einen Moment dachte ich an nichts weiter als an das kühle Nass. Doch dann sah ich sie, Susanne. Sie war die Art von Mädchen, die in jeder Menge herausstach, nicht nur wegen ihres Aussehens, sondern wegen dieser unbeschwerten, natürlichen Art, die mich jedes Mal aufs Neue faszinierte. Susanne saß auf ihrer Decke am Beckenrand, das schwarze Haar vom Sonnenlicht durchflutet, und als sie mich entdeckte, zauberte sich ein Lächeln auf ihr Gesicht. Ohne ein Wort zu sagen, stand sie auf, kam zu mir und nahm meine Hand. In diesem Moment schien alles andere unwichtig zu sein. Sie führte mich zu ihrer Decke, und wir setzten uns nebeneinander. Unsere Umarmung war fest, unsere Küsse zärtlich, und alles um uns herum schien zu verschwimmen. Es war, als existierten nur wir beide in diesem kleinen Universum aus Sonnenschein und Zweisamkeit.

Der Sommer mit Susanne war ein Traum. Jeder Tag fühlte sich an wie ein Abenteuer, als würden wir in einer endlosen Geschichte leben, in der Zeit keine Rolle spielte. Wenn mich heute jemand fragen würde, was das Paradies ist, würde ich ohne zu zögern sagen: Es ist ein Sommer mit ihr. Alles war leicht, alles war schön. Wir waren jung, verliebt und hatten das Gefühl, die Welt gehöre uns. Doch an diesem Tag im Schwimmbad, während wir noch in unserer kleinen Blase der Unbeschwertheit schwebten, änderte sich etwas. Sie sah mich mit ihren großen, traurigen Augen an, und ich wusste sofort, dass sie mir etwas Wichtiges sagen musste. „Ich muss nächste Woche auf ein Internat", begann sie vorsichtig, „ab September gehe ich nach Königsfeld, im Schwarzwald." Ihre Stimme klang leise, als ob sie die Worte nicht aussprechen wollte, aus Angst, dass sie wahr werden würden. Ich spürte, wie sich ein Knoten in meinem Magen bildete. Das Internat? Königsfeld? Der Schwarzwald? Es klang wie das Ende von allem, was wir hatten. Eine Trennung, die sich wie ein kalter Schatten über unseren endlosen Sommer legte. Wir redeten viel über das, was uns bevorstand, die Monate der Trennung bis zum Winter. Die Ungewissheit machte mir Angst, doch ich versuchte, es mir nicht anmerken zu lassen.

351

„Es ist nicht für immer", sagte sie leise, als ob sie sich selbst davon überzeugen wollte. Aber in dem Moment fühlte es sich an, als würde sie für eine Ewigkeit gehen.

Die Tage bis zu ihrer Abreise vergingen viel zu schnell, und als sie schließlich weg war, blieb nur eine Lücke in meinem Leben, die niemand füllen konnte. Ich habe Susanne bis zu den Winterferien nicht gesehen, und jeder Tag ohne sie fühlte sich leer und trostlos an. Doch tief in mir hielt ich an der Hoffnung fest, dass der Winter schneller kommen würde, als es mir jetzt erschien, und dass wir wieder in unseren Sommer zurückkehren könnten, auch wenn es nur für einen Moment wäre.

Die Trennung von Susanne schwebte wie eine dunkle Wolke über mir, und ich versuchte verzweifelt, sie aus den Gedanken meines täglichen Lebens zu verdrängen. Draußen, hinter unserem Garten, hatte sich das Bild der Umgebung verändert. Wo einst das Feld lag, standen nun nagelneue weiße einstöckige quadratische Häuser in strenger Reihe. Vater hatte jahrelang gespart, sogar einen Bausparvertrag abgeschlossen, um eines dieser Häuser zu kaufen. Es war seine Vorstellung von der Erweiterung unseres bestehenden Hauses mit Garten, mit einem neuen Haus dahinter. Wir waren auch eine große Familie, immerhin sechs Kinder. Doch Mutter hatte ohne ersichtlichen Grund abgelehnt. Eine Entscheidung, die ich nicht ganz verstand. So kam es, dass nicht wir, sondern die Pipers, unsere neuen Nachbarn wurden.

Die Familie Piper war eine ganz eigene Erscheinung. Herr Piper, ein ernster Akademiker, war oft in seinem Arbeitszimmer, vertieft in irgendwelche Bücher oder wissenschaftliche Artikel. Seine Frau hingegen, eine Frau von unerträglicher Arroganz, schien sich ständig über uns zu erheben. Sie strahlte eine kühle Distanz aus, die wie ein unsichtbarer Zaun zwischen unseren Grundstücken lag. Ihr Leben kreiste ausschließlich um das Wohl ihrer Familie, als gäbe es nichts Wichtigeres auf der Welt. Besonders ihre beiden Söhne, Thomas und Andreas, standen unter ihrer Fuchtel.

Andreas, groß und schlank, mit braunem kurzem Haar, war in meinem Alter. Sein jüngerer Bruder Thomas, knapp ein Jahr jünger, trug seine schulterlangen blonden Haare wie ein Zeichen seiner Andersartigkeit. Beide Jungs besuchten ein Gymnasium, was die Mutter immer wieder betonte, als wolle sie uns unmissverständlich klarmachen, dass wir nicht im gleichen sozialen Gefüge lebten. In ihren Augen war ich, das Arbeiterkind, keine angemessene Gesellschaft für ihre hochgebildeten Söhne. Wenn wir doch einmal im Garten Fußball spielten, kam sie schnell herbei, rief ihre Söhne mit schriller Stimme ins Haus zurück, als wäre ich eine Gefahr für ihre makellose Welt. Ich erinnere mich gut an die unzähligen Male, als ich Andreas und Thomas fragte, ob sie nicht in meinem Fußballverein mitspielen wollten. Doch die Antwort war stets dieselbe: "Mama hat es verboten." Frau Piper war eine Glucke, die ihre Söhne bewachte, als wären sie zerbrechliche Porzellanfiguren, die beim kleinsten Kratzer zu Bruch gehen könnten. Auch wenn wir Tischtennis in unserem Garten spielten, war sie nicht weit. Meist stand sie in ihrem Garten, tat so, als würde sie Unkraut jäten oder den Rasen inspizieren, während sie uns mit Argusaugen beobachtete, immer darauf bedacht, dass ich ihren Söhnen bloß keine schlechten Einflüsse einflößte.

Es fiel mir schwer, mich mit den Piper-Kindern anzufreunden. Unsere Welten waren zu unterschiedlich, und die Zeit, die wir gemeinsam verbrachten, wurde stets von der Mutter kontrolliert.

Schule und Fußballverein nahmen den Großteil meiner Tage ein, und der Herbst mit seinen stürmischen Winden brachte wenig Gelegenheit für Treffen. Oft saß ich allein in meinem kleinen Zimmer oder wie meine Familie es nannte, mein "Kabuff". Es war ein winziger Raum, vollgestopft mit meinen Sachen, aber es war mein Rückzugsort. Hier malte ich Bilder oder schrieb kleine Geschichten und führte Tagebuch. Doch egal, wie sehr ich mich bemühte, in meine kreativen Welten zu entfliehen, meine Gedanken kreisten immer wieder um Susanne. Ich träumte von ihr, ihren langen schwarzen Haaren und dem Lächeln, das mir in letzter Zeit so fehlte.

Draußen heulte der Wind um die Häuser, rüttelte an den Fenstern, und manchmal glaubte ich, in den Böen ein leises Flüstern zu hören, als würde Susanne irgendwo in der Ferne meinen Namen rufen.

Endlich waren Winterferien, und die grauen Schulmonate lagen hinter mir. Susanne war zurück, endlich wieder da, zurück aus ihrem Internat im Schwarzwald, und es fühlte sich an, als würde ein neues Kapitel beginnen. Der Winter war wunderschön, genau wie Susanne. Der Frost legte sich wie eine zarte Decke über die Welt, und die zugefrorenen Teiche in Rudow wurden unser kleiner Zufluchtsort. Mit klobigen Schlittschuhen an den Füßen drehten wir lachend unsere Runden auf dem Eis. Manchmal hielten wir uns an den Händen, und wenn einer von uns das Gleichgewicht verlor, zogen wir den anderen mit in den Schnee. Die eisige Kälte spielte keine Rolle, wir seiften uns gegenseitig ein, lachten uns die roten Wangen warm und warfen

Schneebälle, bis wir außer Atem waren. Weihnachten stand vor der Tür, und wir schenkten uns kleine Aufmerksamkeiten, die mit so viel Herz ausgewählt waren, dass sie wertvoller waren als alles andere. Susanne drückte mir ein winziges rotes Plüschherz in die Hand, dass ich sofort in meiner Jackentasche verstaute, um es immer bei mir zu haben. Ich schenkte ihr einen kleinen weißen Kuschelbär, der sie an mich erinnern sollte, wenn sie wieder im Internat war. Die Silvesternacht wurde zauberhaft. Während meine Familie mit den Nachbarn Raketen abschoss und Sektgläser klirrten, schlich ich mich leise davon. Es waren nur fünf Minuten zu Fuß bis zu Susannes Elternhaus, doch es fühlte sich an wie eine heimliche Reise in eine andere Welt. Wir standen draußen, eingemummt in unsere Winterjacken, und zählten die letzten Sekunden des Jahres herunter. Punkt Mitternacht küssten wir uns innig, während der Himmel über uns in allen Farben explodierte. Es war der perfekte Start ins neue Jahr, oder zumindest dachte ich das.

Susannes Gesicht wurde plötzlich traurig, als sie mir leise sagte, dass sie schon übermorgen früh mit ihren Eltern zurück in den Schwarzwald fahren würde. Mein Herz sank, doch sie drückte mir einen kleinen Zettel in die Hand, ihre Adresse. "Schreib mir, okay?" flüsterte sie, und ich versprach es.

Ich hielt mein Versprechen. Ich schrieb Briefe, lange Briefe, in denen ich ihr von allem erzählte, von der Schule, den Freunden, dem Wetter in Berlin, aber auch davon, wie sehr ich sie vermisste. Doch die Antworten blieben aus. Wochen vergingen, dann Monate. Die Hoffnung verblasste, aber ich wollte nicht aufgeben. Ein paar Mal ging ich an dem Haus ihrer Eltern vorbei, hoffend, einen Blick auf sie zu erhaschen. Doch das Namensschild an der Tür war irgendwann verschwunden, und eines Tages sah ich, dass dort andere Menschen wohnten. Das war der Moment, in dem ich es akzeptieren musste. Susanne war weg, aus meinem Leben, aus meiner Welt. Vielleicht für immer. Manchmal fragte ich mich, ob sie meine Briefe überhaupt erhalten hatte oder ob das Leben sie einfach zu weit weg von mir getragen hatte. Ich habe sie nie wieder gesehen. Ihre Umarmungen, ihr Lächeln, ihr Duft, all das wurde zu einer Erinnerung, die in einem stillen Winkel meines Herzens begraben liegt. Manchmal denke ich an sie, besonders an Winterabenden, wenn der Frost auf den Fenstern tanzt. Doch es gibt keine Antworten mehr, nur ein leises Echo aus der Vergangenheit. Ende. Für immer. Ein erster kleiner Tod.

Der Januar 1975

Mit Susanne war es vorbei, und ohne groß zu zögern, war ich schon ins nächste Abenteuer gestürzt. Es war seltsam, wie das manchmal so läuft. Kaum war eine Tür zu, stand schon die Nächste offen. Diesmal war es Manuela, die mir nach der Trennung von Susanne ein Lächeln und Interesse schenkte. Ich erfuhr von ihren Freundinnen, dass sie mich schon länger im Auge hatte. Sie dachte jedoch, ich sei mit Esther zusammen, bis diese das Missverständnis aufklärte. Kaum war das mit Susanne erledigt, stand Manuela vor mir und fragte, ob wir es nicht miteinander probieren sollten. Die Mädels sind manchmal so, warten ab, bis du frei bist, und dann schlagen sie zu. Ich sagte „ja", und Schwupps, waren wir ein Paar.

Manuela war anders als Susanne. Sie war eine Klasse unter mir aber genauso alt. Sie wollte das Abitur machen und war sehr zielstrebig, was mich beeindruckte. Ihre Entschlossenheit sprang auf mich über, und plötzlich war ich wieder motiviert, mich in der Schule anzustrengen. Das letzte Schulhalbjahr hatte ich mich ziemlich gehen lassen, und mein Zeugnisdurchschnitt war auf 3,2 abgesackt. Um die Zulassung zur Einführungsphase des Abiturs zu schaffen, brauchte ich aber mindestens eine 2,84 – also stand harte Arbeit bevor.

In der Schule war es mit Manuela eher entspannt. Wir begrüßten uns mit einem Kuss, saßen in den Pausen zusammen mit anderen herum und redeten über alles Mögliche, meistens aber über Schule, Lehrer und das Lernen. Es war irgendwie beruhigend, jemanden zu haben, der ebenfalls hohe Ziele verfolgte. Für mich hieß das, dass ich mich jetzt ordentlich ins Zeug legen musste. Die 4 in Gesellschaftskunde musste unbedingt weg, ebenso die in Chemie. Auch in Physik wollte ich die 3 auf eine 2 verbessern, und die 3 in „Form und Farbe" sowie in Musik mussten ebenfalls nach oben korrigiert werden, damit es am Ende für die Aufnahme in die E-Phase reichte. Gesellschaftskunde war besonders zäh in dieser Zeit. Wir behandelten die Französische Revolution und Napoleon, und ich konnte einfach nicht verstehen, warum wir diesen alten Kram auswendig lernen mussten. Die Lehrer bestanden darauf, dass es wichtig sei, die Geschichte zu kennen, um die Gegenwart zu verstehen, aber für mich fühlte es sich einfach nur trocken und weit weg an. Roland, mein großer Bruder, war zu dieser Zeit ebenfalls in einer entscheidenden Phase seines Lebens. Er hatte sich sowohl als Revierförster im Kreis Stuttgart als auch als Eisenbahner in Neu-Isenburg beworben, und die ganze Familie wartete gespannt auf das Ergebnis. Es war sein Traum, Förster zu werden, und ich konnte seine Aufregung förmlich spüren. Doch er bekam weine Absage, aus Stuttgart, der Traum Revierförster zu werden war geplatzt. Dafür jedoch sagte die Deutsche Bundesbahn zu und er musste ab September nach Neu-Isenburg, nähe Frankfurt am Main, seinen ersten Arbeitsplatz antreten. Roland verließ im April mit der zehnten Klasse die Schule und bereitete sich auf seinen nächsten Schritt ins Berufsleben vor. Mutter organisierte ihm sofort ein Zimmer in Neu-Isenburg, um ihm einen reibungslosen Start am 01.September 1975, zu ermöglichen. Alles musste noch vor unserem letzten Urlaub als komplette Familie, inklusive Roland, geregelt und abgeschlossen sein. Sie kümmerte sich mit beeindruckender Geschwindigkeit um die Details, von den Mietverträgen bis zur Einrichtung. Kurz vor der Abreise packte sie Roland ins Auto und fuhr mit ihm zu Frau Schilling nach Neu-Isenburg, wo sie gemeinsam das Zimmer besichtigten. Das Zimmer lag in einem Haus am grünen Stadtrand und versprach eine ruhige Umgebung, ideal für den Start in ein neues Kapitel.

Ich unterdessen widmete mich meines dritten Sommerkurses in Ratzeburg, ich legte mich voll ins Zeug. Mit Carola war es vorbei, da ihr Freund aus der Oberstufe mit von der Partie war. Ich widmete mich daher voll und ganz dem Sport. Früh morgens, noch vor dem Frühstück, ging es mit Matze und der Sportgruppe zum Joggen, eine Routine, die meinen Ehrgeiz anspornte. Ich lief zweimal um den Küchensee, insgesamt 16 Kilometer, und genoss die morgendliche

Stille, bevor der Trubel des Tages begann. Nach dem Frühstück hieß es dann, zur Ruderakademie am Ratzeburger See zu fahren. Dort unterstützte ich unsere Sportlehrerin Frau Friesicke und Matze dabei, neue und jüngere Schüler ins Rudern einzuführen. Das Boot ins Wasser zu lassen, sicher ins Skiff zu steigen – eine Balanceprobe für sich – und die ersten sauberen Ruderschläge zu meistern, erforderte Geduld und Erfahrung. Oft fuhr ich als Steuermann im Vierer oder Achter mit und half den anderen dabei, ihren Rhythmus zu finden. Nachmittags ruderte ich dann oft allein. Meistens ging es über den Spucknapf zum Küchensee, wo das Wasser ruhiger war, und ich nutzte die Gelegenheit für ausgiebige Sprints. Die erfahrenen Ruderer kamen oft mit, und wir lieferten uns kleine Wettkämpfe, genau das, was ich brauchte. Die Zeit verging ohne besondere Vorkommnisse und schnell. Mein Zeitfräulein stand nie still, es war auch nie außer Atem, es rannte, rannte und rannte.

Als ich wieder in Berlin ankam, blieb kaum Zeit zum Durchatmen. Schnell die Wäsche waschen, Koffer packen, und dann startete der Familienurlaub nach Jugoslawien.

Zadar 1975

Unsere Familie machte Sommerurlaub in Zadar, Jugoslawien. Vater fuhr mit uns drei Jungs Roland, Icke Gürkchen. und Sohni, die Strecke mit dem Auto. Papa steuerte den alten grünen Ford Taunus 17m, die 1360 Kilometer lange Strecke ohne Übernachtung. Start war morgens vier Uhr. Roland, mit 15 Jahren der Älteste, saß vorne als Beifahrer. Ich, gerade 14 Jahre geworden und Sohni 8 Jahre, saßen hinten. Mutter rollte mit den beiden Schwestern Püppi und Mausi auf der Schiene nach Zadar. Nonstop brauste Vater nach Salzburg in

Österreich. Erste Pause um 13.00 Uhr. Gemeinsam kehren wir in einen Gasthof ein, um eine warme Mahlzeit zu uns zu nehmen. Vier Wiener Schnitzel mit Pommes und vier Spezi, bestellte das Familienoberhaupt. Sohni der Kleinste, erhält die größte Portion. Und während wir hungrig uns über unser Essen her machten, fragte Sohni den Papa, wer ist das da oben. Gemeint war ein Kreuz, an dem Jesus Christus hing. Vater sagte: "Das ist Fritze." Ich war gerade dabei einen Schluck meines süßen Getränkes zu mir zu nehmen, als ein Teil der Flüssigkeit mir durch die Nase wieder nach draußen schoss. Ich hatte mir gerade ein Stück Schnitzel in den Mund geschoben, als die spontane Antwort durch den Raum hallte. Die Nase kribbelte und ich konnte mich nicht halten vor Lachen. Roland schaute mich böse an und Ruhe kehrt ein. Vater aß genüsslich weiter und Sohni starrte auf Fritze. Nach dem Essen wurden wir gebeten auf die Toilette zu gehen, damit die zweite Hälfte der Strecke auch Nonstop heruntergerissen werden konnte. Mitten in den Bergen Österreichs überrascht Sohni, der wissbegierige blonde Zwerg, mit einer erneuten Frage. Vor einer Brücke ist ein rundes Schild, weißer Untergrund, rote Umrandung und in der Mitte steht in schwarz 12t. „Was bedeutet das Schild?" Roland, der Klügste Besserwisser dieser unserer Erde antwortete: „Zwölf Tonnen." Sohni erneut: „zwölf leere oder volle Tonnen?" Roland wollte gerade antworten, da brüllte Sohni: „Fritze, Friiitze!" Ich hielt mir vor Lachen den Bauch, denn am Straßenrand war ein Kreuz mit Jesus. Roland genervt wollte noch die Gewichtsfrage klären und sagt: „Hier dürfen nur Fahrzeuge bis zu einem Gewicht von zwölf Tonnen durchfahren." Sohni schaute mich mit seinen großen, fragenden Augen an und wiederholte irritiert: „Zwölf

360

volle oder leere Tonnen?" Roland wirkte dabei ebenfalls überfordert und wusste offenbar keine Antwort. Schließlich blickte Sohni hilfesuchend zu mir, als würde ich alle Antworten parat haben. Ich überlegte kurz, wie ich es ihm erklären konnte. „Weißt du, Tonnen sind eine Maßeinheit in der Physik, das wirst du noch in der Schule lernen. Es gibt Gramm, das ist superleicht, wie eine Feder. Dann gibt es Kilogramm, schau, du wiegst vielleicht vierzig Kilo, und das könnte ich gerade noch so anheben." Sohni nickte verständnisvoll, doch sein Blick war weiterhin gespannt. „Und dann gibt es Tonnen," fuhr ich fort, „eine Tonne ist so schwer, dass man oft einen Kran braucht, um sie zu bewegen. Zwölf Tonnen? Das ist so viel Gewicht, dass es die Brücke tragen kann. Deswegen darf hier auch nichts drüber, das schwerer als diese zwölf Tonnen ist." Ich bemerkte, wie Sohni durch mich hindurch blickte. Er schaute mich an, als wäre ich gerade mit einem Ufo gelandet. Ein Außerirdischer aus einer anderen Dimension.

Vater blieb stumm und konzentriert sich auf den Straßenverkehr. Während der nächsten Stunden riss Sohni immer wieder alle erschreckend aus den Gedanken, indem er rief: „Friiiitze, Friiitze!".

Und heute, Jahrzehnte später, wenn ich mit dem Auto in den Urlaub fahre, denk ich bei dem Kreuz an Fritze und bei einem bestimmten Verkehrsschild, an braun verrostet gefüllte Regentonnen.

Die Urlaubsfahrt nach Zadar war ein besonderes Abenteuer, voller kleiner Eigenheiten und unvergesslicher Momente. Wir wohnten im Haus von Marco, einem Arbeitskollegen meines Vaters, dass er uns für die Zeit des Urlaubs für kleines Geld zur Verfügung stellte. Schon am ersten Tag deckten wir uns mit Salami, Weißbrot und Spezi ein, um den Abend in Ruhe beginnen zu können. Die scharfe Eselsalami stellte sich als köstlich und ungewohnt zugleich heraus, ein Vorgeschmack auf die kulinarischen Abenteuer, die uns noch erwarten sollten.

Am nächsten Tag holte Vater den Rest der Familie vom Bahnhof ab, und wir beschlossen, den ersten gemeinsamen Abend in Marcos Lieblingsrestaurant zu verbringen. Das unweit seines Hauses gelegenen Restaurant „IVO"

Das Restaurant „IVO" wurde vom gleichnamigen Ivo geführt, einem charismatischen Gastgeber, der die Wärme der jugoslawischen Gastfreundschaft verkörperte. Er begrüßte uns mit einem breiten Lächeln, einer festen Umarmung und der Selbstverständlichkeit, dass wir uns wie zu Hause fühlen sollten. Ivo war stolz auf seine Küche, und das spürte man in jedem Detail. Von der liebevollen Dekoration der Tische mit frischen Blumen bis hin zu den duftenden Speisen, die er uns persönlich empfahl. Während wir es kaum erwarten konnten, die Spezialitäten der jugoslawischen Küche zu kosten, hatte Püppi ganz andere Vorstellungen. Sie, die am Essen stets mäkelte, bestand von Anfang an auf ihrem Standardmenü: Schnitzel mit Pommes. Nichts und niemand konnte sie davon abbringen, nicht einmal Ivos charmante Überredungskünste. Mit einem Augenzwinkern brachte er ihr jeden Abend dasselbe Gericht, während wir ihn bewundernd für seine Geduld ansahen. Zwei Wochen lang hielt Püppi eisern an ihrer Wahl fest, denn die einheimische Küche war einfach nicht ihr Ding.

Der Rest von uns hingegen tauchte mit Begeisterung in die kulinarische Vielfalt ein. Saftige Cevapcici, perfekt gewürzt und auf den Punkt gegrillt, wurden zu unseren Favoriten. Die Rasnici, zarte

362

Fleischspieße, die mit Paprika und Zwiebeln auf glühender Holzkohle gebraten wurden, entfesselten wahre Geschmacksexplosionen. Und dann gab es noch das frisch gebackene Fladenbrot, das wir in aromatische Ajvar-Sauce tunken konnten, so einfach und doch unwiderstehlich. Ivo ließ es sich nicht nehmen, uns immer wieder neue Gerichte zu empfehlen. Ob es die deftigen Sarma, zarte Krautwickel mit saftigem Hackfleisch, oder der süße Abschluss in Form von frittierten Krapfen mit Honig waren, jede Mahlzeit war ein Erlebnis für die Sinne. Wir saßen stundenlang zusammen, lachten, erzählten Geschichten, und Ivo mischte sich oft in die Gespräche ein, erzählte uns Anekdoten aus seiner Heimat oder schenkte heimlich noch ein Gläschen Kruskovac nach, natürlich nur für unsere Eltern.

Die Abende in Ivos Restaurant waren mehr als nur Essen, sie waren eine Feier des Lebens, des Zusammenseins und des Genusses. Auch wenn Püppi stur an ihrem Schnitzel festhielt, schien selbst sie am Ende ein wenig von der herzlichen Atmosphäre angesteckt zu sein. Gut gesättigt schlenderten wir, oder besser gesagt, die meisten von uns, gemütlich zurück zum Haus. Püppi hatte den Fußweg jedoch schon früh als eine Herausforderung erkannt und bestand darauf, dass sie stets mit dem Auto chauffiert wurde, ob es zum Strand oder zum Restaurant ging, während der Rest der Familie fleißig marschierte.

Unser täglicher Weg zur Adria war kurz, doch für Püppi immer zu weit, also fuhr Mutter mit ihr im Auto, während wir die frische Seeluft zu Fuß durch einen kleinen Pinienhain genossen. Es war herrlich, das klare Wasser der Adria zu spüren, aber Püppi brauchte stets ihre

"Extrawurst". Mausi, unser kleiner Wirbelwind, durfte dabei natürlich auch nicht fehlen und saß immer mit im Auto.

Ein Ausflug in die Berge sollte den Höhepunkt unseres Urlaubs bilden. Wir fuhren mit dem Auto bis nach Modric, einem kleinen verträumten Dorf an der Adria und starteten von dort aus zu Fuß in die wilde, abgelegene bergige Landschaft. Die Umgebung wurde zunehmend karger und trockener, was dem Abenteuer eine besondere Atmosphäre verlieh. Als wir schließlich ein tiefes Wasserloch entdeckten, war die Freude groß. Die umgebenden Felsen luden förmlich zum Springen ein, doch Vorsicht war geboten. Die Felsen waren schroff und ein falscher Sprung hätte üble Folgen haben können. Vater, Roland Püppi und ich ließen uns davon jedoch nicht abschrecken. Mit waghalsigen Sprüngen stürzten wir uns ins kühle Wasser, während Mutter mit den Kleinen Sohni und Mausi am Kieselufer planschte. Die prickelnde Erfrischung in der glühenden Mittagshitze war genau das, was wir gebraucht hatten.

Nach dieser Abkühlung konnten Roland und ich nicht widerstehen und wagten uns weiter in die Berge. Der Weg wurde immer beschwerlicher, die Sonne brannte auf uns herab, und wir suchten verzweifelt nach Wasser. Ein kleiner Tümpel, voller Mückenlarven, versprach zumindest ein wenig Erleichterung. Wir schoben das Ungeziefer zur Seite und tranken hastig, doch die Geier, die über uns kreisten, jagten mir eine Gänsehaut ein. Roland hingegen war fasziniert von den mächtigen Vögeln. Letztlich zwang uns die Hitze jedoch zur Umkehr, und erschöpft kehrten wir zum Rest der Familie zurück.

Der Rückweg zum Auto war von Muskelkater und Erschöpfung geprägt, das Wandern in dieser wilden, unbarmherzigen Landschaft hinterließ seine Spuren. Doch diese Erinnerung an unseren abenteuerlichen Ausflug in die Berge sollte uns noch lange begleiten. Am Abend waren wir alle froh, uns wieder zu Ivo setzen zu können, doch selbst der kurze Fußweg dorthin war für uns zu viel. Keiner wollte mehr laufen, und so fuhren wir dieses Mal alle mit dem Auto. Eines schönen Tages, am steinigen Strand von Zadar, bin ich beim Baden in einen Seeigel getreten. Das war eine sehr schmerzhafte Erfahrung und Mutter meine, wir müssen die abgebrochenen Stacheln, die noch im Hacken meines Fußes verharrten, so schnell wie möglich entfernen, um eine Infektion zu vermeiden. Zum Glück haben wir als Großfamilie einen Arztkoffer im Auto. Vater holte das OP-Set. Mutter reinigte die betroffene Stelle vorsichtig, um Schmutz und Bakterien zu entfernen. Dann sprühte sie Desinfektionsmittel drauf, das brannte dann schön. Sie zauberte eine Pinzette hervor und zog vorsichtig die Stacheln heraus. Ich bis vor Schmerz in mein T-Shirt aber ich konnte meine Augen von der OP nicht ablassen und sah meinen blutüberströmten Hacken. Immer wieder wischte sie das Blut weg und zog vorsichtig Stachel für Stachel hinaus. Alles alle entfernt waren desinfizierte sie noch einmal und verband den Hacken samt Fuß. Püppi und Sohni standen daneben und beobachteten, wie Mutter mich auf der Stranddecke verarztete. Mein Badetag war vorbei und ich vergnügte mich damit, unter den Pinien im Schatten liegend, Supermannhefte zu lesen. Leider vergehen Ferien und Urlaube immer viel zu schnell, und so war es auch in Zadar. Die Tage schienen regelrecht dahin zu fliegen, während die Sonne unbarmherzig vom blauen Himmel strahlte und die warme Adria in ihrem glasklaren Blau lockte. Es war, als ob die Zeit sich im Rhythmus der Wellen auflöste, während wir uns zwischen entspannten Strandtagen und abenteuerlichen Ausflügen bewegten. Die lauen Abende, an denen wir bis spät draußen saßen und das Zirpen der Grillen den perfekten Hintergrund bildete, fühlten sich wie kostbare Momente an, die für immer hätten andauern können. Doch so wie jeder Sonnenuntergang über der Adria, der die Landschaft in ein goldrotes Licht tauchte, wusste man, dass auch dieser Urlaub bald enden würde.

Die Wärme der Sonne, der Duft von Salz und Pinien und die unbeschwerte Leichtigkeit dieser Tage in Zadar hinterließen Spuren, nicht nur auf der Haut, sondern vor allem in unseren Erinnerungen. Jeder Tag war ein kleines Abenteuer, sei es das Eintauchen ins kristallklare Wasser oder das Erforschen der felsigen Berge. Doch genau in dem Moment, als wir uns so richtig eingelebt hatten und die Routine der Entspannung perfekt war, rückte das Ende des Urlaubs immer näher.

Am letzten Abend, kurz bevor unser Urlaub endgültig zu Ende ging, versammelten wir uns noch einmal im Restaurant von Ivo. Die vertraute Wärme seines Lokals, die gemütliche Atmosphäre und der Duft von gegrilltem Fleisch und Gewürzen schienen diesen Moment besonders zu machen. Ivo, mit seinem gewohnt breiten Lächeln und den Händen tief in die Taschen seiner Schürze gesteckt, trat an unseren Tisch, als das Dessert gerade serviert wurde.

„Ihr seid hier fast schon wie Familie", sagte er herzlich, während er zwei kleine Pakete auf den Tisch legte. Neugierig packten wir sie aus und fanden darin zwei T-Shirts, jedes mit der markanten Aufschrift

„IVO". Meines war strahlend weiß mit einer blauen Aufschrift, während Roland eines in Weiß mit leuchtend roter Schrift erhielt. „Damit ihr uns nicht vergesst", fügte Ivo mit einem Augenzwinkern hinzu. Es war ein kleines, aber bedeutungsvolles Geschenk, das uns beide strahlen ließ.

Am nächsten Morgen begann der Abschied endgültig. Wir brachten Mutter und die beiden Mädchen, zum Bahnhof in Zagreb. Die Stadt war in den frühen Morgenstunden noch verschlafen, und der Bahnsteig lag im sanften Dämmerlicht. Während wir das Gepäck, was fast nur aus Reiseproviant bestand, in den Zug luden sagte ich noch schnell zu Mausi, Tschüss bis gleich in Berlin, sie grinste verschlafen. Kaum war der Zug abgefahren, stiegen Vater, Roland und ich in unser Auto, das beladen war mit Koffern, Souvenirs und der Erinnerung an einen unvergesslichen Urlaub. Sohni bekam von all dem nichts mit, der pennte zufrieden auf der Rückbank. Von Zagreb aus fuhren wir direkt los, ohne Umwege, ohne Pausen, abgesehen von kurzen Stopps zum Tanken und Pipi machen. Die Straße zog sich endlos vor uns dahin, und der Duft des Südens wich langsam der kühleren, vertrauten Luft, je näher wir Berlin kamen.

In der späten Nacht rollten wir endlich in die Postsiedlung ein, erschöpft, aber zufrieden. Die vertrauten Häuser und der kleine Vorgarten begrüßten uns mit ihrer heimeligen Vertrautheit. Es war schön, wieder daheim zu sein doch die Erinnerungen an die herzliche Gastfreundschaft von Ivo, die Abenteuer und die kleinen Freuden des Urlaubs würden uns noch lange begleiten.

Wieder in der Schule angekommen, begann der erste Sprint für die Herbstzeugnisse. Auch wenn es anstrengend war, nach einem langen

367

Sommerurlaub wieder zu lernen. Wir schrieben die letzten Abschlussarbeiten und als endlich die Zeugnisse kamen war ich zufrieden, alle Ziele erreicht, Zeugnisdurchschnitt 2,7 glatt.

In den Herbstferien reisten wir für zwei Tage zu Onkel Achim, dem jüngeren Bruder von Vater. Die Fahrt zu Onkel Achim nach Manschnow, einem kleinen Dorf unmittelbar an der polnischen Grenze, versprach Abenteuer, auch wenn es nur ein kurzer Besuch sein würde. Schon die Fahrt dorthin war aufregend, nachdem mein Vater die Einreisevisa für die DDR besorgt hatte, machten wir uns auf den Weg, und auf der holprigen alten Straße wurde die Vorfreude größer, je näher wir dem Ziel waren. Onkel Achim und Tante Elfriede freuten sich, als wir endlich eintrafen. Es wurde Kaffee und Kuchen gereicht. Die Luft war erfüllt von Geräuschen aus dem Stall und dem herbstlichen Geruch von frisch umgegrabener Erde. Mausi fand sofort ein Kaninchen im Stall und verbrachte den Nachmittag damit, es zu streicheln und zu füttern. Doch am nächsten Tag sahen wir das Kaninchen auf dem Festmahl-Tisch wieder, sehr zum Schrecken von Mausi, die an diesem Tag keinen Bissen Fleisch aß und nur eine Butterstulle vor sich hatte. Mein Cousin Thomas und ich schnappten uns ein Ruderboot und erkundeten den gesamten Vormittag die Oder. Wir fanden einen schmalen, zugewachsenen Seitenarm, der wie ein geheimer Kanal aussah, und paddelten vorsichtig hindurch, bis wir uns schließlich auf dem offenen Fluss wiederfanden. Nach unserem kleinen Abenteuer zogen wir das Boot aus dem Wasser und tauften es stolz "Thomas III." Der Besuch war schnell vorüber, und als wir am späten Nachmittag die Rückfahrt antraten, lag Manschnow bald wieder hinter uns.

In der Schule ließ ich es also weiter locker angehen, ohne jedoch den Anschluss zu verlieren. Mein Versuch, Latein doch noch zu meistern, scheiterte. Die ständigen Vokabeln, die komplexen Zeiten und die strengen grammatikalischen Regeln waren mir ein Graus. Ich opferte täglich eine Stunde, in der Hoffnung, dass etwas hängenbleiben würde, aber es fühlte sich an wie der Versuch, Wasser in einer Wüste zu finden. Schließlich akzeptierte ich die Fünf in Latein und setzte darauf, durch gute Noten in anderen Fächern, wie Sport, Sport/Biologie, Mathematik, Physik, Musik und Englisch, die Bilanz auszugleichen.

Meine Eltern schienen kaum noch Interesse an meinem Leben zu haben, weder an meiner Schule noch an meinen sportlichen Erfolgen oder Freundschaften. Püppi, meine jüngere Schwester, lieferte über meine Schul- und Vereinskameraden fleißig Berichte, die nur Spott und abfällige Bemerkungen bei meiner Mutter hervorriefen. Sie verstand nicht, warum ich überhaupt so viel Zeit mit Sport verbrachte. Ich zog mich deshalb zunehmend in meinen Kabuff zurück, diesen kleinen Anbau draußen, der fast mein zweites Zuhause geworden war. Hier konnte ich dem Trubel und der Hetze im Haus entfliehen. Manchmal kam ich ins Haus und meine Mutter sagte spöttisch: „Da ist ja der Miesepeter." Püppi lachte dazu, und ich wusste nicht einmal, was genau sie damit bezweckten. Ich hatte Freunde aus der Siedlung, aber auch diese Beziehungen waren abgekühlt. Wir sahen uns zwar noch, grüßten uns mit einem „Hallo", „Hey" oder „Tachschen", aber unsere Wege hatten sich in unterschiedliche Richtungen entwickelt. Vielleicht war es einfach der Lauf der Dinge. Dafür blieb der Fußball ein fester Anker: Dienstag und Donnerstag um 18:00 Uhr war Training bei DJK schwarz-weiß Neukölln im Stadion Britz-Süd, und sonntags war Spieltag. Diese Routine gab mir Halt, und während ich über das Spielfeld rannte, konnte ich den Frust und die Kälte zu Hause vergessen.

Manchmal zog es mich zurück in die Vergangenheit, zu vertrauten Orten, die früher so viel bedeuteten. Ich joggte oft zum Müllberg, lief ihn hinauf und blickte in Gedanken über die Mauer in den Osten. Die Weite und der Wind halfen mir, klare Gedanken zu fassen. Ich dachte an Onkel Bernd und Tante Karin, die dort drüben mit Ihren drei Kindern hinter der Mauer lebten, in einer Welt, die mir wie ein fernes, fast mythisches Land erschien.

An manchen Nachmittagen wanderte ich am Zwickauer Damm entlang. Ich überprüfte das Klingelschild am Gartenzaun vor Susannes altem Haus, suchte nach einem kleinen Zeichen von ihr, obwohl ich wusste, dass sie längst mit ihren Elternweggezogen war. Der Name am Schild war ein anderer.

Auch Sabrina kam mir in den Sinn. Ich spazierte zum Theodor-Loos-Weg, sah den Namen „Rabe" an der Klingel in der achten Etage und stand eine Weile davor. Ein Teil von mir wollte klingeln, aber es war zu lange her. Ich drückte den Knopf trotzdem, hörte ihre Stimme durch die Gegensprechanlage. Doch ich sagte nichts und ging schließlich schweigend nach Hause.

Zurück in meinem Kabuff schrieb ich ein paar Zeilen in mein Tagebuch, sortierte meine Gedanken und reflektierte, was war und was kommen würde. In der Stille dieses kleinen Raumes fand ich eine Art Frieden, der mir half, den Blick nach vorn zu richten, ein Moment, bevor ich ins Ungewisse der Zukunft eintauchte.

370

Die letzten Schultage vor den Weihnachtsferien zogen sich endlos, wie ein Kaugummi, der einfach nicht enden wollte. Die Stunden schleppten sich dahin, und jeder seufzte erleichtert, wenn endlich die Pausenglocke klingelte. Die Tafel war mit letzten Unterrichtsthemen gefüllt, aber niemand schien sich richtig konzentrieren zu können. Stattdessen glitten die Blicke der Schüler immer wieder zu den Fenstern, wo sie hofften, vielleicht die ersten Schneeflocken der Saison zu sehen.

In den Klassenzimmern war die Luft schwer von der Heizung und dem Duft der Schokolade und Lebkuchen, die einige heimlich in ihren Taschen schmuggelten. Die Lehrer versuchten tapfer, noch etwas Stoff durchzunehmen, aber ihre eigene Vorfreude auf die Feiertage schien den Unterrichtsstoff zu bremsen. Manche von ihnen kamen selbst mit Weihnachtsmützen oder bunten Schals in die Klasse und erzählten bereitwillig Anekdoten von den Festen ihrer eigenen Kindheit, was uns ablenkte und irgendwie auch unterhielt.

Zwischen den Stunden wurden Weihnachtslieder geübt, obwohl der Schulchor, in dem ich auch mitsang, dieses Jahr vor lauter Lachen kaum ein Lied bis zum Ende brachte. Irgendwie lag diese freudige Unruhe in der Luft, das Wissen, dass bald alles hinter uns liegen würde und ein paar freie Tage vor uns lagen. Der Höhepunkt kam am letzten Schultag, als die Schüler gemeinsam den Weihnachtsbaum in der Aula schmückten, Lichterketten und selbstgebastelte Figuren an die Äste hängten und sich mit einem letzten, lachenden Blick voneinander verabschiedeten bereit, die Schule für das Jahr hinter sich zu lassen.

Ich traf Esther nach der letzten Schulstunde im Gang, nahe der Pausenhalle. Die Schule war schon halb leer, die meisten waren längst auf dem Heimweg, und die Gänge schienen ruhiger als sonst. Esther strahlte mich an, ihre Augen leuchteten warm und freundlich, und sie hielt ein kleines, sorgfältig verpacktes Geschenk in den Händen. Als sie es mir überreichte, bemerkte ich, dass es ein niedliches, kleines Stoffeichhörnchen war, dessen braunes Fell sich erstaunlich weich anfühlte. Sie drückte es mir mit einem leichten Lächeln in die Hände und sagte: „Frohe Weihnachten, ich hoffe, du hast ein paar schöne Tage." Ihre Worte klangen leise, aber ich konnte spüren, dass sie von Herzen kamen. Ich bedankte mich überrascht und drückte das Stofftier an mich, ein so kleines Geschenk, das doch für mich eine große Bedeutung hatte. Dann verabschiedeten wir uns mit einem sanften Winken.

Gerade, als ich durch das große Schultor trat, bemerkte ich Carola, die gerade um die Ecke bog. Ihr Blick war irgendwie betrübt, und ich konnte spüren, dass etwas nicht stimmte. Wir wechselten ein paar Worte, und schon nach wenigen Sätzen erzählte sie mir mit einem leicht zitternden Lächeln, dass ihr Freund, mit dem sie viele Monate zusammen war, sich von ihr getrennt hatte, und das ausgerechnet jetzt, kurz vor Weihnachten. Ohne zu zögern nahm ich sie in die Arme und spürte, wie sie einen Moment lang den Kopf auf meine Schulter sinken ließ, so als würde dieser kurze Trostmoment ihr ein bisschen Last nehmen. Ich versprach ihr, sie zwischen den Feiertagen zu besuchen. Carola wohnte ja nicht weit von der Schule entfernt, und ich wusste, dass ein kleiner Besuch für sie viel bedeuten würde. Wir verabschiedeten uns, und als ich mein Fahrrad aus dem Ständer nahm, konnte ich in ihren Augen eine Spur Dankbarkeit erkennen. Der Himmel hatte sich inzwischen in eine stille Schneewolke gehüllt, und der erste Schnee begann sacht auf die Straßen zu fallen. Ich schwang mich auf mein Fahrrad und trat in die Pedale. Der Gedanke an das kleine Stoffeichhörnchen in meiner Tasche und an Carola, die ich bald besuchen würde, erwärmte mein Herz trotz der winterlichen Kälte. Noch während ich in die Pedale trat, fiel mein Blick auf eine blonde Gestalt, die ebenfalls gerade auf dem Fahrrad unterwegs war. Ein blonder Lockenkopf, dessen dichte Mähne unter einer blauen mit leuchtend gelben Sternen, handgehäkelten Mütze hervorschaute. Ihre Haare schimmerten golden in dem grauen Winterlicht, und ihre Gestalt wirkte vertraut. Mir war aufgefallen, dass wir oft denselben Heimweg fuhren, doch wir hatten nie wirklich gesprochen. Der Schnee legte sich sanft auf unsere Schultern, und ohne viel zu überlegen, trat ich ein bisschen stärker in die Pedale, holte auf und fuhr an ihrer Seite vorbei. „Frohe Weihnachten!", rief ich ihr zu, und winkte mit einem Lächeln, während ich weiterfuhr. Sie sah überrascht auf, hob aber kurz die Hand zum Gruß und lächelte unter dem dicken, flauschigen cremefarbenen Schal hervor, den sie sich um das Gesicht gewickelt hatte. Sie sah ein wenig verlegen aus, fast wie ich mich fühlte, doch ihr Lächeln begleitete mich noch ein Stück auf meinem Heimweg, während die Flocken langsam dichter wurden und eine erste dünne Schneeschicht die Straßen und Dächer weiß bedeckte.

n den Winterferien 1975 habe ich mir ein wenig Taschengeld verdient, indem ich Werbeprospekte in Briefkästen verteilte. Jeden Morgen fuhr ich dazu nach Neukölln in die Panierstraße, holte meine rund 2000 Prospekte ab und lud sie in meinen Handwagen. Anschließend machte ich mich auf den Weg in die Gropiusstadt, wo ich von Hochhaus zu Hochhaus zog. Glücklicherweise befanden sich die Briefkästen der Bewohner alle im Foyer, sodass ich in jedem Gebäude fast immer auf einen Schlag mindestens 50 Prospekte loswurde. Sobald diese Arbeit erledigt war, wartete zu Hause schon die nächste Aufgabe auf mich: Meine Mutter hatte für meinen Bruder Roland und mich Heimarbeit von einer nahegelegenen Stoffverarbeitungsfirma organisiert. Wir erhielten Stoff Aufnäher, deren Ränder wir von überflüssigen Fäden befreien mussten. So schnippelten wir mit einer kleinen Schere bis spät in den Abend, während Mutter und Vater für die Gartenbaufirma Reiche Kränze banden. Man konnte fast von einer kleinen Familienproduktion sprechen.

Mein Tag folgte einem festen Rhythmus: morgens Prospekte verteilen, mittags nach Hause, am Nachmittag an den Aufnähern schnippeln. Zwischendrin versuchte ich immer wieder, meine Lateinvokabeln zu lernen – was jedoch gründlich scheiterte, weil mir für konzentriertes Pauken einfach die Zeit und Energie fehlten.

Rückblickend waren diese Ferien eine Mischung aus Arbeit, etwas Geldverdienst und dem Versuch, schulische Pflichten nicht zu vernachlässigen. Zwar blieb mein Erfolg in Latein bescheiden, doch ich habe gelernt, Verantwortung zu übernehmen und meine Tage sinnvoll zu strukturieren.

Anfang 1976, schon in den ersten Tagen des Januars, hieß es: Pauken. Der Druck war spürbar, denn jeder wusste, dass die letzten großen Klassenarbeiten bevorstanden und jeder in allen Fächern noch einmal schriftlich zeigen musste, was er draufhatte. Es fühlte sich an, als stünde das gesamte Schuljahr, ach was die ganze Schulzeit, auf dem Prüfstand, und ich wusste, dass ich keine Fehler riskieren durfte. Alles, was normalerweise meine Zeit beanspruchte, Fußballtraining, Nachmittage mit den Jungs und andere Ablenkungen, hatte ich hintenangestellt. Die Bücher wurden meine täglichen Begleiter, und ich kämpfte mich durch Formeln, Grammatikregeln und historische Daten. Doch so sehr ich mich auch auf das Lernen konzentrieren wollte, meine Gedanken glitten oft ab. Es waren nicht nur die Schulhefte, die meine Fantasie beanspruchten, da waren auch Charlotte, Esther, Sabrina, Carola und Susanne, die unweigerlich in meinen Gedanken auftauchten. Mit Manuela hingegen war längst Schluss, unsere Freundschaft war flach geblieben, und insgeheim wusste ich, dass sie ohnehin nie etwas Besonderes für mich empfunden hatte.

Es war ein völlig normaler Vormittag in der Schule, im Form-und-Farbe-Unterricht. Wir waren alle in unsere kreativen Projekte vertieft, als plötzlich etwas geschah, das die gesamte Klasse aus ihrer konzentrierten Arbeit riss. Mirella, ein quirliges und stets selbstbewusstes Mädchen, stand ohne Vorwarnung auf ihrem Tisch. Ihre langen, dunklen Locken fielen ihr in die Stirn, und ihre Augen funkelten

375

entschlossen. Mit klarer, lauter Stimme rief sie in den Raum: „Thomas, ich liebe dich!"

Für einen Moment schien die Zeit stillzustehen. Der Raum wurde totenstill, bevor ein Raunen und Lachen durch die Klasse ging. Ich selbst spürte, wie mir die Röte ins Gesicht stieg, und wusste nicht, wohin ich schauen sollte. Es war eine dieser Situationen, die man gleichzeitig faszinierend und unendlich peinlich findet. Ich versuchte, mich auf meinen Pinselstrich zu konzentrieren, aber meine Hände zitterten leicht. Mirella jedoch ließ sich von meiner Reaktion nicht beirren. Sie setzte sich einfach wieder hin, als wäre nichts gewesen, und arbeitete weiter an ihrem Projekt, während die Klasse langsam wieder zur Ruhe kam. Nach dem Unterricht kam sie direkt auf mich zu, mit einem Lächeln, das sowohl herzlich als auch herausfordernd wirkte. „Thomas", sagte sie mit einer Stimme, die kein Widerspruch duldete, „willst du mit mir zusammen sein?" Ich stand da, völlig überfordert. Mirella war ohne Zweifel ein besonderes Mädchen, intelligent, humorvoll und voller Energie, aber ich hatte einfach keinen Kopf für so etwas. Die Schule, die seltsame Stimmung in meiner Familie, das gelegentliche Fußballtraining, verlangte zu viel. Die Vorstellung einer Freundschaft oder Beziehung mit einem Mädchen, hatte keinen Platz in meinem Kopf. Nach kurzem Zögern brachte ich ein ehrliches, aber vorsichtiges „Nein, tut mir leid" heraus. Mirella nahm meine Antwort erstaunlich gefasst auf. Sie zuckte mit den Schultern und meinte nur: „Na gut, dann eben nicht." Doch die Worte, die sie in der Klasse gerufen hatte, blieben – „Ich liebe dich, Thomas" – und wurden zu einem kleinen Running Gag, der mich noch eine Weile begleiten sollte.

376

Was niemand damals ahnte: Diese Mirella Michaela Bordt würde später eine außergewöhnliche Lebensgeschichte schreiben. Sie heiratete den legendären Hürdensprinter und Weltrekordhalter Edwin Moses. Noch heute denke ich manchmal mit einem Schmunzeln an den Moment zurück, als sie mit solcher Leidenschaft und Offenheit ihre Gefühle für mich kundtat, ein Moment, der mich in vielerlei Hinsicht prägte und den ich nie vergessen werde.

Die Abschlusszeugnisse der 10. Klasse wurden vor den Osterferien verteilt, und mit einem Durchschnitt von 2,75 war ich fürs Abitur zugelassen. Ich war stolz, überglücklich, endlich einen Schritt in Richtung meiner Träume gemacht zu haben. Zuhause legte ich meine Zensuren vor, als wären sie der Schlüssel zu einer besseren Zukunft, und erzählte meiner Mutter euphorisch, was ich nach dem Abitur vorhatte: „Luft- und Raumfahrt studieren und Astronaut werden." Doch die Reaktion meiner Mutter traf mich wie ein Schlag. Sie schaute mich entsetzt an, als hätte ich gerade etwas Absurdes gesagt. „Nee," begann sie scharf, „mit dem Abitur wird das nichts. Wo willst du denn wohnen? Du machst es wie Roland, eine Ausbildung, damit du Geld verdienst." Ihre Worte ließen in mir eine Mischung aus Wut und Verzweiflung aufsteigen. Ich wollte doch mehr! Wollte der Welt entfliehen, nach den Sternen greifen, und hier saß ich und musste mich rechtfertigen. Es wurde ein wilder Streit. „Warum verstehst du nicht, dass ich etwas erreichen will?" entgegnete ich trotzig, doch sie ließ nicht locker. Ihre Stimme wurde lauter, aggressiver. „Ich habe längst mit deinem Tutor gesprochen und dich von der Schule abgemeldet," schrie sie schließlich. Es fühlte sich an, als würde der Boden unter meinen Füßen wegbrechen. „Für den Rohrstock bin ich wohl schon zu groß," sagte ich bitter, doch sie grinste überlegen und stach weiter zu: „Außerdem, mit einer Fünf in Latein lassen sie dich sowieso nicht zu. Du darfst in der zweiten Fremdsprache keine Fünf haben." Dieses Grinsen, als wäre sie stolz auf ihre Manipulation, machte alles nur noch schlimmer. „Was? Das muss ich nachfragen," stammelte ich ungläubig. Und sie hatte recht. Die Schule würde mich nur mit einer Ausnahmegenehmigung zulassen. Meine Mutter hatte all die Jahre über ihre eigenen Pläne verfolgt. Sie hatte mich mit Latein festgenagelt, wohl wissend, dass Französisch für mich einfacher gewesen wäre. Und jetzt, da ihre Hoffnung auf eine Fünf in Latein aufgegangen war, hatte sie mich einfach abgemeldet. Ich war niedergeschlagen, als sie mir eröffnete, dass sie mich längst als Helfer in einer Baumschule angemeldet hatte. Aber das war nicht alles. Sie hatte auch ein Gespräch als Einzelhandelskaufmann bei Kajot, einem Bekleidungsgeschäft in der Karl-Marx-Straße in Neukölln, für mich vermittelt. Der Gedanke daran, Kleidung zu verkaufen, machte mich krank, aber ich hatte keine Wahl. Widerwillig ging ich zu dem Gespräch. Ich sagte kaum mehr als „Guten Tag" und „Auf Wiedersehen", und doch – keiner hätte es geglaubt – ich hatte die Stelle. Ab dem 1. September 1976 sollte ich anfangen. „Ich soll in einem Bekleidungsgeschäft Klamotten verkaufen? Niemals," dachte ich mir. Das war einfach nicht mein Weg. Mir blieb nichts anderes übrig, als Bewerbungen zu schreiben. Zoll, Lufthansa, Deutsche Bahn, ich setzte alles auf eine Karte. Ich wollte raus, wollte meinen eigenen Weg finden, weit weg von den Erwartungen

und Einschränkungen meiner Mutter.

378

Die Zusage für die Ausbildung zum Energieanlagenelektroniker bei der Post kam überraschend leicht, ohne die Hürde einer Einstellungsprüfung, einfach eine Zusage, die mir die Tür zu einer handfesten Berufsausbildung öffnete. Erleichterung und Stolz erfüllten mich, doch da stand meine Mutter, die sofort mit einer Frage reagierte, die mir den Boden unter den Füßen wegzog: „Wo willst du wohnen? Du brauchst ein eigenes Zimmer." Der Schock saß tief. Mein gewohntes Zimmer in der Postsiedlung, dass ich für selbstverständlich gehalten hatte, sollte nun keine Option mehr sein. Sie bestand darauf, dass ich ausziehen müsste, als würde die neue Ausbildungsstelle auch eine eigene Wohnung verlangen. Jedes Argument, das ich vorbrachte, ließ sie in weitere Widersprüche verstricken, die mehr Fragen aufwarfen als Antworten gaben. Doch ich hatte mehrere heiße Eisen im Feuer. Mit all diesen Chancen in Aussicht fühlte ich mich, als hätte ich die Zukunft im Griff. Beim Zoll am Ku'damm war ich voller Erwartung zur Einstellungsprüfung angetreten. Diese offizielle Atmosphäre, die strengen Blicke und die prüfenden Fragen machten mir zunächst etwas Druck, aber dann ging ich mit Ruhe und Präzision an jede Aufgabe heran und bestand. Ein Erfolg! Doch die Freude bekam gleich einen Dämpfer, als ich erfuhr, dass mein Alter das einzige Hindernis war, mit 15 Jahren musste ich bis zum 17. Geburtstag warten. „Versuch's im September 1977 nochmal", hieß es. Der Zoll blieb ein Ziel in der Ferne, das ich erreichen könnte, aber erst später.

Dann kam Lufthansa ins Spiel. Als Flugdienstberater in Frankfurt am Main allein die Vorstellung war schon aufregend. Ich stellte mir die riesigen Flughallen, die hektische Betriebsamkeit und die Dynamik am Drehkreuz des internationalen Flugverkehrs vor. Auch diese

Prüfung verlief gut, und ich bestand mit Leichtigkeit. Doch wie ein Déjà-vu traf mich wieder dieselbe Nachricht: „Erst ab 17." Auch hier war ich zu jung. Die Enttäuschung schmerzte, besonders weil ich wusste, dass ich die Prüfungen bestanden hatte. Es fühlte sich so an, als ob ich mich in einem riesigen Wartezimmer für die Zukunft befand.

Die Reise zur Deutschen Bundesbahn in Hannover war ein weiterer Schritt in die Zukunft. Drei Tage verbrachte ich dort, alles auf Kosten der Bahn, und spürte eine Mischung aus Nervosität und Aufregung. Hier ging es um mehr als nur eine Prüfung. Es war ein Test meiner Belastbarkeit, Konzentration und meines Wissens, Eigenschaften, die ich unbedingt unter Beweis stellen wollte. Die schriftlichen Tests forderten mich heraus, und ich blieb die ganze Zeit über fokussiert. Doch der Höhepunkt war das mündliche Prüfungsgespräch. Die Prüfer saßen mir gegenüber, und ihre erwartungsvollen Blicke verstärkten das Gewicht der Fragen. In jedem Moment wollte ich zeigen, dass ich bereit war, ein Teil dieser riesigen Organisation zu werden. Als ich schließlich die Nachricht erhielt, dass ich bestanden hatte, war die Freude riesig. Wieder ein Erfolg und diesmal ohne die Hürde des Alters.

Doch auch hier gab es eine Einschränkung, einen genauen Einstellungstermin oder Einsatzort konnte die Bahn noch nicht festlegen. Aber die Einstellung sollte noch in diesem Jahr im September erfolgen. „Wir melden uns", hieß es, und so blieb ich auf Abruf, in der Hoffnung, dass die Bahn bald konkrete Pläne mit mir haben würde. Bevor der Ernst des Lebens weiterging, stand erst einmal der Sommerurlaub in Obergurgl, Österreich, an. Mutter, Vaddern, Mausi,

Sohni, Püppi und ich drängten uns in die Vorfreude auf Berge, klare Luft und die Freiheit, die dieser kleine Ort am Ende des Tals versprach. Schon früh am Morgen, genauer gesagt um vier Uhr, brach in unserem Haushalt das übliche Chaos aus. Die Hektik des Beladens unserer grünen Familienkutsche, Ford 17 M, war ein Ritual für sich. Die Taschen, Koffer und Vorräte stapelten sich in der Garageneinfahrt. Während Vaddern und Mutter versuchten, alles irgendwie im Kofferraum zu verstauen. Das Auto war fast bis zum Platzen voll, jede Lücke wurde genutzt, von den Sitztaschen bis zum Boden unter den Beinen. Es war fast, als würde unser vertrautes Fahrzeug aus seinen Nähten platzen, bereit, uns auf ein neues Abenteuer zu bringen. Die Fahrt nach Obergurgl war ein Kraftakt, 850 Kilometer, zwischen schlafenden und hin und her rutschenden Geschwistern, während draußen allmählich die Berge immer höher wurden. Die letzte Etappe durch das enge Tal und die steilen Hänge war eine aufregende, fast ehrfürchtige Einstimmung auf das, was mich erwartete.

Obergurgl, das letzte Dorf vor der scheinbar endlosen Kette der 3000 Meter hohen Gipfel, war ein Ort, der mir sofort Freiheit und viele Entdeckungen versprach. Während die Familie Tagesausflüge machte oder am Frühstückstisch zusammenrückte, zog es mich in die Berge, meist allein. Ich packte mir früh Butterbrote und eine Feldflasche, bereit für stundenlange Streifzüge bis zur Baumgrenze.

Sandra war ein glücklicher Zufall, eine Wanderkameradin mit wildem, schwarzem Haar und strahlenden blauen Augen, die mich gleich faszinierte. Sie schien mir so viel reifer. Selbstbewusst, offen und mit einem Lächeln, das ihre ganze Umgebung erhellte. Gemeinsam durchstreiften wir die Wälder, teilten die Stille der Berge und sprachen über Zukunftsträume und das Leben. Unsere Verabschiedungen bestanden aus einem freundschaftlichen Kuss auf die Wange, doch da war immer ein Funken mehr.

Dann, eines Morgens, zeigte sich die ganze Landschaft in strahlendem Schnee – ein Winterwunder mitten im Sommer. Es war ein Tag, wie geschaffen für Spiel und Lachen. Sandra, meine Geschwister und ich rollten Schneekugeln, bauten einen Schneemann und lieferten uns eine Schneeballschlacht, bis unsere Hände und Wangen vor Kälte kribbelten. Am Abend verabschiedete Sandra mich mit einem letzten Kuss auf die Wange, aber diesmal hielt sie meinen Kopf fest, küsste mich auf den Mund und sprang davon, bevor ich reagieren konnte. In meinem Kopf drehte sich alles, es war der schönste und zugleich bittersüßeste Moment. Doch dann kam die Nachricht von Tante Beate, dass wir sofort abreisen mussten, da die Deutsche Bundesbahn mich nach Kassel berufen hatte. Im Dunkeln verließen wir Obergurgl, und aus Sandras Fenster der Nachbarpension blieb nur eine stille, dunkle Silhouette. Wir hatten in unserer glücklichen Zeit vergessen Adressen zu tauschen, ich wusste nur, sie kommt aus Osterode im Harz. Und als wir die Berge hinter uns ließen, wusste ich, dass dieses Kapitel ohne einen Abschied enden würde. Ich sah Sandra nie wieder, doch das Gefühl von Freiheit und die Erinnerungen an diesen Sommer blieben. Ich habe sogar während der ganzen Aufregung vergessen, ihr eine Zettelchen, einen kleinen Brief zu hinterlassen.

Da wir den Urlaub in Tirol, in Obergurgl, wegen meiner Anstellung bei der Deutschen Bundesbahn in der Güterabfertigung Kassel frühzeitig abbrechen mussten, fuhren wir, nachdem alle Einstellungsformalitäten bei der DB unterzeichnet waren, noch eine Woche an den

Schönberger Strand an der Ostsee. Dieser Tag sollte für den kleinen Michael ein sehr wichtiger werden. Michael, ein achtjähriger Junge mit kurzen blonden Haaren, paddelte mit seinem Schlauchboot am Sandstrand herum. Seine Mutter ließ ihn nur für einen kurzen Moment aus den Augen. Da passierte es, Michael fiel ins Wasser, hielt sich aber am Schlauchboot fest und trieb mit der Strömung hinaus aufs offene Wasser. Ich zögerte nicht lange und sprintete ins Wasser der Ostsee. Durch meine vielen Tage beim Rudern in Ratzeburg und den damit verbundenen Schwimmscheinen sowie meiner guten Kondition erreichte ich nach 20 Minuten den kleinen Michael und sein Schlauchboot. Ich hievte ihn ins Boot, die Paddel waren längst über Bord gegangen. Ich hielt mich am Schlauchboot fest, um mich ein wenig auszuruhen und Kraft für den Rückweg zu sammeln. Dann zog ich das Boot auf dem Rücken schwimmend langsam zurück an den Strand. Zwei ältere Männer kamen mir entgegen geschwommen und halfen bei der Rettungstat. Die Mutter des kleinen Michael bedankte sich bei mir und lud unsere Familie zu sich ins Ferienhaus zum Essen ein. Ein Abenteuer der besonderen Art.

Die letzten Tage, bevor ich nach Kassel zur Ausbildung ging, verbrachte meine Mutter damit, ein Zimmer für mich in Kassel zu besorgen. Sie durchforstete Wohnungsanzeigen in Zeitungen und telefonierte viel mit Vermietern. Sie nahm auch Kontakt zu Tobi auf, dem Freund ihres Bruders, meines Onkels Otthard. Tobi kam, bevor er mit meinem Onkel auf See ging, ursprünglich aus Kassel und half bei der Wohnungssuche. Schließlich fanden sie ein kleines Zimmer in einem Haus, in dem ich als Untermieter wohnen konnte.

Währenddessen arbeitete ich den ganzen Tag in der Gärtnerei von Günter Reiche auf seinem Hof. Für ihn hatten meine Eltern bekanntermaßen die Weihnachtskränze gebunden. Meine Arbeit bestand darin, zusammen mit einem älteren Mitarbeiter Blumen und Bäume auszufahren, um diese in den bestellten Gärten fachgerecht einzupflanzen. Manchmal musste ich auch auf dem gesamten Gelände sämtliche Pflanzen wässern. Die Tage in der Gärtnerei waren lang, aber ich fand die Arbeit sehr erfüllend. Die Vielfalt der Aufgaben und die Möglichkeit, an der frischen Luft zu arbeiten, gefielen mir sehr. Ich war so begeistert von der Gärtnerei, dass ich Herrn Reiche fragte, ob er mich einstellen und ausbilden würde. Die Idee, in einer Gärtnerei zu arbeiten, erschien mir sehr verlockend und bot die Möglichkeit, eine Tätigkeit auszuüben, die ich wirklich liebte. Herr Reiche war ebenfalls angetan von der Idee und sprach noch in der gleichen Woche mit meiner Mutter darüber. Leider lehnte meine Mutter ab. Sie war fest entschlossen, dass ich zur Deutschen Bundesbahn nach Kassel gehen und dort meine Ausbildung machen sollte. Immer wieder wiederholte sie: „Thomas geht zur Deutschen Bundesbahn nach Kassel und macht dort eine Ausbildung, ohne Widerrede." Ich fand das alles sehr seltsam. Warum sollte ich diese Möglichkeit nicht nutzen dürfen? Ich hätte die Chance gehabt, zuhause in meinem vertrauten Umfeld zu bleiben, bei meinen Verwandten, Freunden und Bekannten. Stattdessen musste ich nach Kassel gehen, weit weg von allem, was ich kannte und liebte. Im September sollte es in Kassel losgehen, doch Anfang August schrieb die Deutsche Bundesbahn, dass ich nach Frankfurt am Main verlagert werde. Das Zimmer in Kassel musste gekündigt werde. Mutter kaufte sich eine Frankfurter

Rundschau und fand ein Zimmer in einer Art Wohngemeinschaft in Frankfurt, in der Spohrstrasse 6.

Im Jahre 1976 zog ich auch nach Frankfurt am Main um eine Ausbildung bei der Deutschen Bahn anzutreten.

Meine Jugend war zu ende. Meine Mutter fuhr mich mit dem Auto von Berlin nach Frankfurt. In der Spohrstrasse angekommen, räumte ich das Rennrad aus dem Auto, meine gelbe Sporttasche, meinen Koffer und sonstigen Kram, den man braucht um allein zu wohnen. Wir trugen alles nach oben in die erste Etage in mein Zimmer. Sie drückte mich und fuhr fort, ein Abschied ohne Tränen, gefühllos und kalt stand ich da. Allein im weiten Land, auf dem Gehweg in der Spohrstrasse 6, vor dem Mietshaus in dem ich nun wohnen sollte. Keine Familie, keine Freunde, Niemand den ich kannte. Eben allein, versuchen erwachsen zu werden.

Die ersten Wochen in der Ausbildung musste ich oft nach Bebra, ein Ausbildungszentrum der DB, im Klassenverband lernen und alle Auszubildenen kennenlernen. Anlernphasen am Bahnhof Frankfurt Main Ost. Meine Kollegen hier nannten mich „Icke". Und immer, wenn ich zur Arbeit kam sagten sie, janz Berlin war eene Wolke, nur der ICKE war zu sehn. Sie nahmen mich gut auf. Und schnell war ich auch der „Icke" in meiner Ausbildungsgruppe. Hier gab es kein Gürkchen mehr, dieser Spitzname wurde auch nur noch selten in Berlin zu mir gesagt, manchmal beim Fußball oder von meiner Schwester Püppi, wenn sie mich vor meinen Freundinnen oder Freunden aufziehen oder blamieren wollte. Gürkchen war Vergangenheit.

Erst einen Tag im Oktober fuhr ich wieder nach Berlin. Die Heimfahrten als Mitarbeiter der Deutschen Bundesbahn waren kostenfrei. Ich kam das erste Mal nach sechs Wochen wieder nach Berlin. Ich war 16 Jahre, am Bahnhof Zoo wartete niemand auf mich. Um 22.00 Uhr kam ich mit dem Zug an und fuhr mit der U-Bahn zum Bahnhof Zwickauer Damm. Mit meiner gelben Sporttasche ging ich den langen Weg vom Bahnhof zu Fuß an den südlichen Rand, wo mein Elternhaus lag. Kurz vor Mitternacht war ich zuhause. Alles war dunkel. Ich ging im Anbau in mein Zimmer, meinem Kabuff. Am nächsten Morgen kam ich in die Küche. Vater war arbeiten und Mutter schmierte Frühstücksbrötchen für meine drei kleinen Geschwister. Ich stand in der Küche und sie schauten mich an, als wäre ich ein Außerirdischer. Keine Begrüßung, nur Verwunderung. Ich ging zum Fußball, ich spielte noch in der B-Jugend von DJK schwarz-weiß Neukölln. Abends kam ich heim, Vater war vor dem Fernseher und rauchte seine Zigaretten. Die drei Kleinen spielten oben. Mutter war nicht zuhause. Ich machte Abendbrot für Püppi, Sohni und Mausi. Sie gingen zu Bett sowie ich auch. Vater saß abwesend auf dem Sofa, rauchte und der Fernseher lief. Sonntagmorgen fuhr Mutter mit den drei Kleinen, noch vor dem Frühstück weg, ich hatte sie verpasst. Vater saß am Küchentisch, trank Kaffee und aß eine Schmalzstulle. In dem großen Haus lebten fünf Personen aber alles war erfüllt von einer Leere. Damals, die tobenden Kinder, das Streiten, das Lachen, alles vorbei. Ich ging joggen. Als ich wiederkam, war keiner mehr im Haus. Ich traf mich mit Carola, ihr Freund hatte sich von Ihr getrennt. Ich erzählte Ihr, dass mein Heim sich nicht mehr anfühlt wie mein Heim. Wir gingen bis in die Dunkelheit spazieren und ich erzählte

386

ihr von Frankfurt und meiner dortigen Einsamkeit. Sie weinte. Ich umarmte sie und brachte Carola nach Haus. Um Neun Uhr abends kam ich zuhause an. Meine drei Geschwister waren schon in Ihren Kinderzimmern und schliefen. Ich blickte vorsichtig in beide Zimmer. Mausi und Püppi schliefen. Olaf lag im Bett und schaute mich an. Er winkte mir lächelnd zu. Ich winkte zurück, dann drehte er sich um und versuchte auch zu schlafen. Ich ging die Treppen hinunter und öffnete leise die Tür des Elternschlafzimmers. Mutter schlief auch schon. Im Wohnzimmer lag Vater auf dem Sofa, unsere alte braune Decke schützte ihn ein wenig. Er schlief, im Ofen rutschte das Koks nach. Ich schaltete das Fernsehgerät aus und verlies auch das Wohnzimmer. Ich schlich leise in meine Stube, packte meine Tasche, es war bereits halb zehn abends. Mein Zug fährt um kurz vor Mitternacht vom Bahnhof Zoo Ich verlies meine Stube, schloss die Tür hinter mir ab, ging durch den Garten zum Tor und blickte noch einmal zurück. Ich betrachtete ein letztes Mal, den Mond über dem roten Ziegeldach. Die ersten großen vollen Abenteuer gefüllten Reise war zu ende. Platz für den nächsten großen unbekannten Schritt.

Im Nachgang betrachtet ist mir aufgefallen, dass meine Eltern während unserer gemeinsamen Urlaube, mich nie geschlagen oder verprügelt hatten. Ich denke, sie waren zu sehr mit meinen Geschwistern, Ihren Lieblingen, beschäftigt oder waren selbst sehr entspannt.

Was mir in meiner Kindheit fehlte, war eine einfache Umarmung durch Mutter oder Vater.

Was wird jetzt aus ICKE in Frankfurt am Main?

Thomas Gohlke

Geboren am 18. Juni 1960 in Berlin-Neukölln, habe ich in meinem Leben zahlreiche berufliche Stationen durchlaufen, die mich geformt und inspiriert haben. Vom Bundesbahnbeamten und Maurergehilfen über den Luftverkehrskaufmann und Polizeibeamten bis hin zum Computerfachberater und Hotel- und Tourismusassistenten – meine Erfahrungen sind so vielfältig wie die Geschichten, die ich nun erzählen möchte.

Als Geschäftsführer einer Tennisanlage und Betreiber einer Gastronomie auf einem Reiterhof konnte ich meine unternehmerischen Fähigkeiten ausbauen. Ich habe bei renommierten Unternehmen wie der Berliner Lufthansa, Viessmann, IBM, Air Berlin, CCC (eBay), Amazon, Mr. Spex und der Deutschen Post gearbeitet. Jede dieser Tätigkeiten hat mir wertvolle Einblicke in unterschiedliche Lebens- und Arbeitswelten gegeben.

Kurz vor dem Renteneintritt habe ich beschlossen, mich meiner wahren Leidenschaft zu widmen: dem Schreiben.

Letzte Veröffentlichung:

- Die Suche nach einem längeren Leben

Ich freue mich darauf, weitere Geschichten, Erfahrungen und Gedanken mit meinen Lesern zu teilen.

Thomas Gohlke

gotosifi@aol.com